rororo

ro
ro
ro

J.M. Calder ist das Pseudonym von John Clanchy und Mark Henshaw. Die beiden Schriftsteller leben in Canberra.

«Ein hervorragend geschriebener, atmosphärischer Krimi mit starken Charakteren und einem komplexen Plot.»
Sunday Canberra Times

J. M. CALDER

Ich töte, was du liebst

Thriller

Deutsch von Anja Schünemann

Rowohlt Taschenbuch Verlag

Die Originalausgabe erschien 2007 unter dem Titel
«And Hope to Die» bei Viking / Penguin Group, Australia

S. 7 zitiert nach: T. S. Eliot,
«The Hollow Men», in: Poems 1909–1925, Faber & Gwyer, 1925
S. 197 zitiert nach: William Faulkner,
Requiem for a Nun, Random House NY, 1951
S. 341 zitiert nach: Ki no Tsurayuki,
in: *One Hundred Poems from the Japanese*, übersetzt von
Kenneth Rexroth, New Directions Publishing, USA, 1964

2. Auflage Februar 2009

Deutsche Erstausgabe
Veröffentlicht im Rowohlt Taschenbuch Verlag,
Reinbek bei Hamburg, Februar 2009

Redaktion Gisela Klemt
Umschlaggestaltung any.way, Barbara Hanke / Cordula Schmidt
(Abbildungen: LINKIMAGE / Gunnar Smoliansky;
plainpicture / Design Pics)
Satz aus der Apollo MT (InDesign)
bei hanseatenSatz-bremen, Bremen
Druck und Bindung CPI – Clausen & Bosse, Leck
Printed in Germany
ISBN 978 3 499 24826 9

Ene mene meck, und du bist weg.

Kinderreim

Teil I

Between the idea
And the reality
Between the motion
And the act
Falls the Shadow

T. S. Eliot

Eins

Glass wusste, was das Päckchen enthielt. Jedenfalls glaubte er es zu wissen, denn schließlich hatte er schon vier dieser Päckchen gesehen. Und jetzt, jetzt gleich musste er Amys Mutter eröffnen, was ihm darüber bekannt war. Amys Mutter, die vor ihm stand und ihn ansah und die sich vor lauter Angst nicht überwinden konnte, den Blick auf das Päckchen zu richten, dieses unschuldige kleine Päckchen, das Glass in der Hand hielt.

Amy Gardner. Neun Jahre alt. Ein Engel. Und seit sechsunddreißig Stunden vermisst.

Die kleine Amy passte ins Muster. Vier Kinder waren im Laufe des vergangenen Jahres entführt worden, alle an einem Zweiundzwanzigsten, zum Wechsel der Jahreszeiten. Wie um jeden Zweifel daran, dass es sich um denselben Täter handelte, auszuschließen. Und immer kam ein paar Tage später ein Päckchen, adressiert an die Mutter. Das erste enthielt einen Finger. Einen Kinderfinger – Rachel McNeills Finger. Das zweite fiel bisher als einziges aus dem Rahmen, denn es enthielt weder einen Finger noch sonst einen Körperteil, sondern eine tote Schnecke. Das Kind, Rodney Springer, war zwei Tage später körperlich unversehrt freigelassen worden. Mit einer Botschaft an die Mutter: *Sie Glückliche.*

Warum?, fragte man sich. Warum dieses Kind und nicht das nächste? Oder das vorige? Wobei auch die anderen schließlich wieder freigelassen wurden, lebend, jedoch verstümmelt, traumatisiert.

Glass glaubte es zu wissen. Er war sogar fest davon überzeugt, es zu wissen. Es sollte der Eindruck entstehen, die Freilassung folge einem bestimmten Muster. Jedes zweite Kind? Oder vielleicht beim nächsten Mal das dritte? Womöglich eine grausige Fibonacci-Folge. Ein willkürliches Hoffnungskalkül ...

Beim dritten Kind hatte es zwei Päckchen erfordert. Zwei Päckchen im Abstand von zehn Tagen. Ein Finger, ein Ohr – und dann erfüllte auch Mrs. Chen die Forderung, genau wie Rachels Mutter es zuvor getan hatte: Sie nahm sich das Leben. Daraufhin wurde Mei Ling freigelassen, um einen Finger und ein Ohr beraubt. Das war doch ein fairer Handel, oder?

Nun also berichtete Glass in der Küche Amys Mutter, was sie wussten – dass aus irgendeinem Grund, aus irgendeinem irrationalen, unbegreiflichen Grund, von ihr dasselbe Opfer verlangt werden würde, das bereits die beiden anderen Frauen gebracht hatten: ihr Leben für das ihres Kindes zu geben. Es sei denn, sie wäre eine der Glücklichen.

«Sind Sie sicher, dass wir es hier öffnen sollen?», fragte Glass, nachdem er geendet hatte. «Wir könnten es ins Labor bringen.»

Mrs. Gardner schüttelte den Kopf.

«Also gut.» Glass legte das Päckchen auf den Tisch, zog seine Handschuhe aus der Tasche. Der forensische

Fotograf, der im Türrahmen lehnte, hörte auf, seinen Kaugummi zu kauen, trat vor und hob die Kamera. *Blitz.* Und noch einmal. *Blitz.*

Glass rückte einen Stuhl vom Tisch ab und setzte sich, um das Päckchen von allen Seiten in Augenschein zu nehmen. Dann zückte er ein Messer, schob die Klinge unter das Klebeband. Schlug behutsam das Papier auseinander.

Blitz.

Der mittlerweile vertraute Deckel lag jetzt frei. Darauf war in Rot HABANOS NOCTURNOS aufgedruckt – kubanische Zigarren. Ein weiterer Scherz? Ein weiteres Puzzleteil? Glass warf einen Blick zu seinem Assistenten Malone hinüber, doch der starrte nur gebannt und mit bleichem Gesicht auf den Küchentisch.

Glass richtete seine Aufmerksamkeit wieder auf das Kästchen, hob es aus dem Packpapier und stellte es vor sich auf den Tisch. Der Fotograf ging einmal um den Tisch herum. *Blitz, Blitz, Blitz.*

Glass stellte die Zigarrenkiste auf seine flache Hand, hielt in der anderen das Messer und hob mit der Klinge den Deckel an.

Noch Stunden später, während der Regen auf sein Autodach prasselte, sah er die Szene vor seinem geistigen Auge in allen Einzelheiten ablaufen – langsam, quälend, unaufhaltsam. Und er wusste, genau so war es geplant gewesen.

Auf den ersten Blick schien das Kästchen leer zu sein. Glass beugte sich vor, um genauer hinzusehen.

Dann entdeckte er ganz unten in einer Ecke etwas Kleines. Es sah aus wie eine Schnecke oder ein halber getrockneter Pilz. Der Fotograf kam näher. Die Welt verschmolz in einem weißen Lichtblitz. Nahm wieder feste Formen an, schmolz erneut.

Mrs. Gardner beugte sich über den Tisch, eine Hand auf die kühle Platte gelegt.

«Ach, Gott sei Dank», sagte sie. «Gott sei Dank. Es ist eine Schnecke, sehen Sie? Nur eine Schnecke.» Sie lachte mit zurückgelegtem Kopf, die Augen geschlossen. Dann öffnete sie die Augen wieder und sah, dass Glass noch immer in das Kästchen starrte. Sie bemerkte die Veränderung in seinem Gesichtsausdruck.

«Was ist denn?», fragte sie, nahm ihm, statt eine Antwort abzuwarten, hastig die Zigarrenkiste aus der Hand und tastete nach dem Gegenstand, bis sie ihn in den Fingern hielt. Ihre Hand zitterte.

«Was ist das?» Sie blickte Glass an. «Sagen Sie es mir. Bitte. O Gott, bitte, bitte sagen Sie es mir!»

Glass nahm ihr das winzige Stück Fleisch ab, legte es auf den Tisch, drehte es herum. Doch er war sich bereits sicher.

«Bitte», drängte Mrs. Gardner erneut. «Tun Sie mir das nicht an. Bitte, sagen Sie es mir endlich.»

Glass schaute ihr ins Gesicht. Legte das Messer ab. Stützte sich mit beiden Händen auf die Tischplatte.

«Es ist ihre Lippe», sagte er. «Ihre Unterlippe.»

Zwei

«Mussten Sie ihr das zeigen?» Malones Stimme klang gepresst, jedoch eher vor Verzweiflung als vor Wut.

«Es war *ihr* Päckchen, Malone. Es wurde ihr zugestellt, nicht mir.» Auch Glass' Tonfall verriet extreme Anspannung, lag an der Grenze zu etwas, das weitaus tiefer ging als Wut und das jetzt im kalten Innenraum des Autos in der Luft zu hängen schien.

«Sehen Sie», fuhr er fort, «sie hat sich genau an unsere Anweisungen gehalten. Bei der ersten Kontaktaufnahme hat sie sich sofort an uns gewandt.»

«Sicher, das verstehe ich ja. Aber es ihr wirklich zu zeigen, sie *das* sehen zu lassen ...»

«Sie hatte jedes Recht dazu, Malone. Es war ihre Entscheidung, nicht unsere. Sie hatte die Wahl.»

«Und was für eine Wahl.»

Eine Hupe ertönte, dann scherte ein silberner Dodge Viper hinter ihnen aus und raste vorbei. Beim Überholen warf der Fahrer ihnen einen erbosten Blick zu. Glass brauchte nicht auf den Tacho zu schauen, um zu erkennen, dass er weit unter dem Tempolimit gefahren war – vierzig, höchstens fünfzig auf einer Straße, auf der sechzig erlaubt waren. Wieder einmal. In Situationen wie dieser schien der Wagen seine Stimmungen aufzufangen; die acht schweren Kolben verfielen in ein beinahe lautloses Pulsieren, unterhalb der Grenze der bewussten Wahrnehmung, während sein eigener Kopf und sein Herz rasend arbeiteten, sein Verstand fieberhaft Gedanken, Bilder, Indizien, Beweismaterial durchging. Es war eine umgekehrte Symbiose, durch die er geistesabwesend und langsam durch die Straßen der Stadt navigierte. Seiner Stadt, deren Adern ihm so bekannt und vertraut waren, als sei er mit ihr verschmolzen, und in der er jederzeit wusste, wo er sich befand, ohne ein einziges Mal anhalten und überlegen zu müssen. Wo er nie mühsam den Weg suchen musste, sondern sich einfach in dem stetig pulsierenden Verkehrsstrom treiben ließ.

«Sie denken doch nicht ...?» Malones Stimme gehorchte ihm immer noch nicht richtig. Glass ließ ihm Zeit. «Diese Kinder – Sie denken doch nicht, dass sie bei Bewusstsein sind?»

Glass wusste, welchen Albtraum Malone durchlebte. Ein Kind allein in einer Zelle, in einem schalldichten Raum. Irgendwo in der Stadt. Ein Mädchen, neun Jahre alt, völlig verstört. Die Geräusche, wenn der Mann kam, sich von außen am Türschloss zu schaffen machte, dann an der Kette. Wenn er schließlich in ihre Zelle kam. Waren ihre Augen verbunden? Oder ließ er sie alles sehen? Und falls sie sah, was er in der Hand hielt – begriff sie, was er damit vorhatte?

«Bestimmt nicht, oder, Lieutenant? Er macht sie doch sicher irgendwie bewusstlos? Gibt ihnen Betäubungsmittel?»

Einen Moment lang rechnete Glass damit, dass Malone ihn am Arm packen, an der Schulter rütteln würde, um ihn zu einer Antwort zu bewegen.

«Er kann doch nicht etwa –»

«Was erwarten Sie von mir, Malone? Und um wessen Schmerz geht es hier überhaupt, um den dieser Kinder oder um Ihren?»

Malone starrte seinen Vorgesetzten an, als habe dieser ihm eine Ohrfeige versetzt.

«Begreifen Sie denn nicht», sagte Glass leise, «ich kann Ihnen nicht helfen.»

Als sie wieder in die Dienststelle kamen, lag zuoberst auf den Stapeln alter Unterlagen, die auf Glass' Schreibtisch

Staub ansetzten, eine Notiz von Nora. Sie war mit einem so grell pinkfarbenen Textmarker umrahmt, dass nicht einmal er sie übersehen konnte. Auf dem Zettel stand, Commissioner Keeves sei zu Ohren gekommen, dass es im Fall Gardner neue Entwicklungen gebe. Er verlange einen Bericht, und zwar bis gestern. Spätestens. Glass legte die Notiz in den einzigen Eingangskorb, der noch nicht überquoll.

Malone ergriff den Zettel und überflog ihn. «Sie werden darauf reagieren müssen, Lieutenant.»

«Wie denn – soll ich ihm vielleicht etwas über das Wetter erzählen? Viel mehr wissen wir doch selbst noch nicht.»

«Trotzdem.»

«Übernehmen Sie das, Malone. Rufen Sie seine Assistentin an und sagen Sie ihr, wir warten noch auf die Laborberichte.»

«Denken Sie, die Untersuchungen werden etwas ergeben?»

«Nichts, was wir nicht bereits wissen. Es wird wieder mal alles sauber sein, völlig steril. Standard-Packpapier, Standard-Klebeband, Standard-Schrift.»

Was hatten sie bisher in der Hand? Nichts als ein paar schriftliche Botschaften und ein halbes Dutzend Zigarrenkisten, alle von derselben Sorte. Habanos Nocturnos. Erstklassige kubanische Zigarren. Handgefertigt, teuer, Zigarren für Kenner. Die Sorte, die man spätabends genoss, allein oder mit einem guten Freund. Nocturnos: Nacht. Wie bedeutsam das wohl war? Und wer zum Teufel konnte wissen, woher sie stammten, in Anbetracht des vollständigen Importembargos gegen Kuba? Was den Ort betraf, an dem die Päckchen aufgegeben wurden – dem Poststempel nach zu urteilen, kamen hundert Annahmestellen in der Stadt in Frage.

«Himmel, Lieutenant!» Malones Stuhl ächzte, als er sein Gewicht verlagerte. «Wie sollen wir nur Licht in diese verrückte Angelegenheit bringen?»

Glass war ebenso ratlos und frustriert wie Malone, doch ihm war klar, dass Malone vollends den Mut verlieren würde, wenn er sich das anmerken ließe. «Okay, Malone, gehen wir noch einmal alles ganz von vorn durch.»

Malone vergrub das Gesicht in den Händen. «Nicht schon wieder, Lieutenant», flehte er.

«Doch, schon wieder. Und wieder und immer wieder, so lange, bis wir etwas erkennen, was wir bisher übersehen haben.»

«Aber da gibt es nichts zu erkennen! Wir haben das Ganze schon so oft durchgekaut.»

«Es gibt immer etwas zu erkennen, wir sind nur noch nicht darauf gekommen. Also werden wir die Sache so oft wieder von vorn aufrollen, bis wir es finden.»

«Aber Lieutenant –»

«Vergessen Sie nicht, Malone, ich habe noch immer etwas aufzuholen. Sie hatten einen Vorsprung. Also nochmal von Anfang an.»

Malone musste an eine Szene vor anderthalb Jahren zurückdenken. «Es gibt nur einen Weg, der Beste zu werden», hatte Commissioner Keeves an seinem, Malones, ersten Tag im Dezernat für Mord und schwere Gewaltverbrechen zu ihm gesagt, «und der besteht darin, sich den Besten auszusuchen und mit ihm zusammenzuarbeiten.» Malone hatte nacheinander mit fünf verschiedenen Partnern gearbeitet, bis er sich für Glass entschied. *Mit dem kann man unmöglich zusammenarbeiten*, so lautete im gesamten Bezirk die einhellige Meinung über Glass. Ein kluger Kopf, das musste man ihm lassen. Weder in der Theorie noch in der Praxis konnte ihm jemand das Wasser reichen. Ein harter Bursche, das auf jeden Fall. Und dreist dazu. Und schwierig. Niemand hätte jemals angezweifelt, dass Glass schwierig war. In seiner Personalakte stand, er habe ein Autoritätsproblem. Außerdem, es gab persönliche Dinge in seiner Vergangenheit, über die niemand sprechen wollte und bei denen unter anderem eine gescheiterte Ehe eine Rolle spielte.

«Glass?» Keeves hatte Malone beinahe angeschrien, als dieser ihm seinen Entschluss mitteilte.

«Sie haben selbst gesagt, ich soll mir den Besten suchen und mit ihm zusammenarbeiten», hielt Malone dem Commissioner vor.

«Sicher. Ja. Das habe ich.» Keeves fehlten die Worte. «Aber *Glass*?»

Jetzt seufzte Malone und begann, wie schon so oft, seinen Bericht abzuspulen. In unbeteiligtem Tonfall, als lese er von einem Datenblatt in seinem Kopf ab, nannte er die Fakten: «McNeill, Rachel, neun Jahre alt. Viertes Grundschuljahr. Klug, begabt, viele Freunde. Ein hübsches Kind, brünett. Die Mutter hat im Einzelhandel gearbeitet – Bekleidungsbranche, Arbeits- und Dienstkleidung, so etwas in der Art. Der Job war neu für sie. Im vergangenen Jahr hat sie finanziell und sozial einen gewissen Abstieg erlebt. Ihr Mann war zwei Jahre zuvor bei einem Autounfall ums Leben gekommen. Das Mädchen ist ein Einzelkind, aber offenbar unkompliziert, hat seine Trauer sogar besser verarbeitet als die Mutter. Es nahm Klavierunterricht.»

«Aha, Musik. Was ist mit den anderen?»

«Das wissen wir doch schon.»

«Ich höre?»

«Das zweite Kind – Rodney Springer – spielt kein Instrument und interessiert sich überhaupt nicht für Musik. Mei Ling schon, sie spielt allerdings nicht Klavier, sondern Geige, wie alle chinesischen Kinder.»

«Und?»

«Es ist keine Verbindung zu erkennen. Die kleine McNeill wird privat unterrichtet. *Wurde* privat unterrichtet.»

«Und Mei Ling?»

«Sie hat an einem Programm zur Begabtenförderung oben am Riverside Conservatory teilgenommen. Viel formeller, viel fortgeschrittener. Mit dem Bogen in der Hand war dieses Kind offenbar ein anderer Mensch. Zwischen ihr und Rachel McNeill liegen Welten. Nicht nur im Hinblick auf die Instrumente, sondern auch was das Talent, den Stil und den Wohnort betrifft. Rachel wohnt drüben in Wellsmore, die Chens waren aus Oakdale.»

«Schulen? Spielkreise?»

«Schulen, Spielkreise, Konzerte, Musikfreizeiten ... Glauben Sie mir, Lieutenant, es gibt keine einzige Überschneidung. Rachels Lehrerin – eine alte Dame, die anderthalb Straßenblocks von Rachels Elternhaus entfernt wohnt, sagt, dass das Mädchen nie mit anderen zusammengespielt hat. Zu schüchtern. Und im Riverside Con liegen vollständige Aufzeichnungen über Mei Ling vor. Keine Konzerte, keine Wettbewerbe, keine Spielkreise mit anderen Kindern. Alles streng klassisch. Elitär. Nun zu Amy Gardner: Sie spielt Flöte und hat jeden Dienstag und Donnerstag nach Schulschluss – das ist um vier – Unterricht bei einer Miss Lucy Tarrant am Welcome Drive, nicht einmal einen Kilometer von ihrem Elternhaus entfernt. Nein, Lieutenant, den Bereich Musik haben wir gründlich abgeklopft. Ebenso wie Schulen, Sportvereine, Kirchen, Kinos, Ärzte, Zahnärzte und wo auch immer sich diese Kinder hätten begegnen können. Und dann natürlich die Wohnbezirke – die Gardners leben draußen in Harmony.»

«Was ist mit dem Springer-Jungen?»

«Er ist jünger, erst sieben, und bis zu diesem Vorfall in jeder Hinsicht ein normaler Junge. Schule, Basketball, Computerspiele, PlayStation. Mrs. Springer ist ebenso wie Mrs. Chen alleinerziehend. Eine ‹wiedergeborene› Christin mit einem extremen Hang zur Kirche. Der Vater hat sie kurz nach der Geburt des Kindes verlassen.»

«Und er wurde auch überprüft?»

«Wieder verheiratet, wohnt im Norden des Staates, zwei Kinder. Er hat nicht viel Kontakt zu Rodney, der Junge besucht ihn nur einmal im Jahr in den Sommerferien. Außerdem hat der Vater wasserdichte Alibis. Ich habe ihn selbst befragt. Es herrscht kein böses Blut in der Familie, er hegt keinen Groll gegen die Mutter oder den Jungen. Guter Job, nettes Häuschen, eine gutaussehende zweite Frau. Er zahlt regelmäßig Unterhalt für Rodney. Nur mit Mrs. Springers religiöser Bekehrung ist er nicht zurechtgekommen. Er sagt, sie hat kurz nach ihrer Heirat ‹zu Gott gefunden›.»

«Vielleicht hat sie in der Hochzeitsnacht einen Schock erlitten.»

«Der Junge ist natürlich nicht in der Verfassung, uns irgendetwas zu sagen.»

«Was ist mit Mrs. Chen? Erzählen Sie mir von ihr.»

«Diese ganz bestimmte Sorte Chinesin, wenn Sie verstehen, was ich meine. Strebsam, ehrgeizig. Hat das Kind getrieben und getrieben. Mei Ling sollte um jeden Preis ein weiblicher Menuhin werden, und wenn sie beide dabei draufgingen.»

«Der Mann?»

«Lebt in Taiwan. Wir forschen da noch nach – anscheinend war er ihr auch nicht gut genug, oder er zählte einfach nicht. Sie hat alles in dieses Kind investiert. Dafür war ihr kein Opfer zu groß.»

«Offensichtlich.»

«Es gab Überlegungen, Mrs. Chen zu ihrem eigenen Schutz einweisen zu lassen, aber wir kamen zu spät. Sobald sie die Einzelheiten über den McNeill-Fall erfuhr und dann, dass Rodney Springer freigelassen worden war ...»

«Da hat sie ihre Wahl getroffen.»

«Aber sie konnte nicht wissen, dass Mei Ling dann wirklich freikommen würde, jedenfalls nicht mit Sicherheit. Dieser perverse Irre hätte ebenso gut –»

«Ich weiß, Malone. Aber diese Frau hatte nun einmal nichts als die Fakten in der Hand. Ihr Kind war entführt worden. Dann kam mit der Post ein Päckchen: ein Finger. Als Nächstes ein Ohr. Sie brauchte keine Laborergebnisse und keine DNS-Analyse abzuwarten – sehr oft muss sie gesehen haben, wie sich Mei Ling das Haar hinters Ohr strich, wenn sie die Geige unter das Kinn klemmte. Mrs. Chen wusste, dass es das Ohr ihrer Tochter war. Und sie wusste, dass Mrs. McNeill getan hatte, was von ihr verlangt wurde, und dass Rachel daraufhin freigekommen war. Wenn auch verstümmelt. Wer weiß, vielleicht hat sie ja sogar die richtige Entscheidung getroffen. Vielleicht wird dieses Kind tatsächlich der nächste Menuhin.»

«Nach dem, was der Kerl mit ihr gemacht hat?»

«Geige spielt man nicht mit dem Ohr, Malone.»

Das kannte Malone bereits von Glass: Immer wenn man gerade dachte, er öffnete sich – wenn er Einfühlung und Verständnis für andere Menschen zeigte und dabei auch etwas von sich selbst preiszugeben schien –, dann war es, als ertappe er sich in dem Moment selbst dabei. Der kurzzeitige Riss in der Fassade schloss sich augenblicklich wieder, und man kam sich vor, als blicke man in das schwarze Herz eines sterbenden Sterns. Fern und trostlos.

«Aber das ist es ja gerade: In gewisser Weise spielt man sie tatsächlich mit dem Ohr. Die Geige ist eines der Instrumente, für die man seine Ohren braucht. Ich meine nicht nur zum Hören, sondern physisch. Jedenfalls das Ohrläppchen. Das hat etwas mit den Oberschwingungen zu tun.»

Glass sah Malone an.

«Ich habe mal was darüber gelesen», erklärte der Detective und zuckte mit den Schultern.

Typisch Malone, dachte Glass. Man unterschätzte ihn leicht, doch dann kam er plötzlich mit so etwas daher. Und es ging noch weiter.

«Es ist, als hätte er gewusst, wie er Mrs. Chen am empfindlichsten treffen kann», fuhr Malone fort. «Indem er Mei Ling genau das genommen hat, worauf sie besonders angewiesen war.»

Glass dachte einen Moment lang darüber nach. «Möglich», sagte er dann. «Und jetzt zu den Gardners – erzählen Sie mir von ihnen.»

Malone wusste, dass Glass' Verstand jedes Detail, das er kannte, jedes winzige Informationsbröckchen und noch viel mehr längst gespeichert, ausgewertet und zum Rest in Beziehung gesetzt hatte, auf der Suche nach Verbindungen, nach einem passenden Puzzleteil. Was für eine Maschine, die da unablässig hinter diesen Augen rotierte – Himmel, welche Farbe hatten seine Augen eigentlich? Schwarz mit Einsprengseln von was, reinstem Silber? Augen, die ihr Gegenüber ohne einen Wimpernschlag fixierten. Und warteten. Augen, deren Wachsamkeit bereits mehr als einem Mörder und Vergewaltiger zum Verhängnis geworden war.

Aber so war Glass nun einmal: Obwohl er alles den Fall betreffende bereits wusste, wollte er es dennoch wieder und wieder hören. Dabei achtete er auf jeden Unterton, jede kleine Abweichung in einem Detail, jedes Zögern oder Anzeichen von Zweifel, das den Zugang eröffnete in eine Welt, die anders geordnet war, als man die ganze Zeit angenommen hatte.

Solomon Glass – das war Malone allmählich klar geworden – stützte sich bei all seiner Klugheit, seinen akademischen Abschlüssen, seiner theoretischen Ausbildung ebenso sehr auf Intuition wie auf seinen Verstand. Auf plötzliche seismische Verschiebungen, die aus dem Nichts zu kommen schienen und mit einem Schlag die gesamte Landschaft, die man seit Wochen oder Monaten bearbeitet und beackert hatte, ohne etwas Neues zu entdecken, grundlegend veränderten. *Intuition* – so hatte Glass einmal zu ihm gesagt, wobei er sich auf Thomas von Aquin berief – *ist den Engeln gegeben. Wir Übrigen müssen eben mit dem Verstand auskommen.* Scheiß drauf, dachte Malone. Zum Teufel mit Thomas von Aquin. Wenn Intuition der schnellste Weg zum Ziel war, dann wollte auch er diesen Weg nutzen, dann musste er lernen, seine Intuition zu gebrauchen.

Inzwischen wartete Glass. Auf Fakten.

«Ach ja, die Gardners. Also, wie Sie ja bereits wissen, wohnen sie draußen in Harmony.» Malone blätterte die Seiten seines Notizblocks um. «Ein großes Haus, typische Neureich-Villa. Ein Dutzend Badezimmer, drei Garagen, ein Stall für das Pony der Tochter, riesige Terrassen, ein Swimmingpool –»

«An Ihnen ist ein Immobilienmakler verlorengegangen, Malone.»

«Zwei Kinder. Amy, neun Jahre alt, und ein vierjähriger Junge. Er heißt ... Cyrus.»

«Cyrus?»

«Der Name hat in der Familie Tradition.» Malone beobachtete mit heimlicher Zufriedenheit eine winzige Veränderung in Glass' Gesicht, einen Hauch von Anerkennung. Offenbar hatte Glass bis jetzt nicht gewusst, wie das zweite Kind hieß.

«Sie haben Mrs. Gardner danach gefragt?»

«Hmm.»

«Fahren Sie fort.»

«Mrs. Gardner bleibt zu Hause und kümmert sich um die Kinder. Sie braucht nicht zu arbeiten. Es ist eine typische 1960er-Jahre-Familie. Mr. Gardner bringt die Brötchen auf den Tisch.»

«Er ist Bäcker?»

Malone lernte allmählich, mit dem Sarkasmus seines

Vorgesetzten zurechtzukommen – indem er ihn ignorierte. «Er arbeitet bei der Mercantile First West. Sagte ich gerade, er arbeitet dort? Richtig ist, ihm gehört die Hälfte der Aktien.»

«Es ist also keine gewöhnliche Bank.»

«Eine Art Handelsbank. Auf den Transfer ausländischer Währungen spezialisiert, Anleihengeschäfte, Devisenterminhandel. Gardner ist ein Karrieremensch durch und durch. Europa, Asien, Australien – er ist nie zu Hause.»

«Zweimal muss er wohl doch da gewesen sein.»

«Als er die Nachricht bekam, war er gerade in Jakarta. Er wird heute Nachmittag hier erwartet.»

«Jakarta, sind Sie sicher?»

«Ja, laut Mrs. Gardner war er in Jakarta.» Malone las auf seinem Block nach. «Er soll ihr gesagt haben, er rufe von dort aus an.»

«Nach Auskunft der Telefongesellschaft kam der Anruf aber aus Phuket.»

«Und was sagt uns das?»

«Darüber bin ich mir noch nicht im Klaren. Erzählen Sie mir mehr von Amys Flötenunterricht.»

«Wissen Sie», sagte Malone, «es *muss* doch irgendwas dahinterstecken. Ich meine, hinter der Musik.»

«Aber Sie sagten, dass Sie alle möglichen Verbindungen abgeklopft haben und nichts dabei herausgekommen ist. Und vergessen Sie nicht den Springer-Jungen. Der spielt nichts weiter als Computerspiele.» Glass schwieg einen Moment lang. «Also?»

«Amy wird um vier zum Flötenunterricht gebracht. Der Unterricht dauert eine Stunde. Und um fünf wartet Mrs. Gardner immer vor dem Haus der Lehrerin. Vergessen Sie nicht, wir reden von Harmony. Wenn da nur mal eine Katze auf einen Rasen pinkelt, wird gleich die Feuerwehr gerufen. Zudem ist Mrs. Gardner eine extreme Sicherheitsfanatikerin. In den letzten zwei Jahren hat sie sich nie um mehr als drei Minuten verspätet. Amy hatte die Anweisung, auf der Veranda des Hauses zu warten und erst an die Straße zu kommen, wenn sie das Auto sah.»

«Aber an jenem Tag ...?»

«An jenem Tag war Mrs. Gardner erst um zehn nach fünf dort. Es gab einen Unfall auf der Straße zum Einkaufszentrum. Der gesamte Verkehr wurde über die Ringstraße umgeleitet.»

«Und innerhalb dieser zehn Minuten ist Amy verschwunden.»

«Niemand hat etwas gesehen, niemand hat etwas gehört. Die Musiklehrerin war drinnen mit dem nächsten Schüler beschäftigt.»

«Und die Nachbarn? Hat denn keiner ein Auto gehört? Es ist doch davon auszugehen, dass sie mit einem Fahrzeug entführt wurde. Anderenfalls hätte der Täter riskiert, Mrs. Gardner über den Weg zu laufen.»

«Oh, die Nachbarn haben durchaus Autos gehört, aber niemand hat darauf geachtet. Kein Wunder, schließlich werden dort jede Stunde oder sogar jede halbe Stunde Kinder hingebracht und wieder abgeholt, und das an vier Tagen in der Woche. Die Nachbarn hören ständig Autos halten und wieder anfahren, Türenschlagen, Kinderstimmen. Es ist wie fallendes Laub – eines Tages sind die Bäume kahl, aber niemand hat auch nur ein einziges Blatt fallen sehen.»

«Und als Mrs. Gardner schließlich ankam?»

«Da war Amy verschwunden. Keine Spuren einer Auseinandersetzung, nichts. Nur der Flötenkasten stand auf der Veranda, ordentlich an die Hauswand gelehnt.»

«Was ist mit dieser Lucy Tarrant, der Musiklehrerin?»

«Wie ich schon sagte, sie hat nichts bemerkt.»

«Und sie selbst ist unverdächtig?»

«Die Frau ist ganz und gar koscher. Aufbaustudium an der Juilliard School, spielt im örtlichen Orchester, eine Musikerin mit Leib und Seele. Beherrscht alle möglichen Instrumente. Mehrere Flöten, Klarinette, Oboe. Praktisch alles, wo man reinbläst. Die Nachbarn kommen sich vor wie am Güterbahnhof – die ganze Zeit das Gepfeife –, aber sie kennt sich offenbar wirklich damit aus.»

«Dann hatte der Täter einfach nur Glück?»

«Ich weiß nicht, Lieutenant. Wie konnte er ahnen, dass sich Mrs. Gardner gerade an diesem Tag verspäten würde? Dass es beim Einkaufszentrum einen Unfall geben würde, einen Haufen verbogenes Blech? Der Mann mag gerissen sein, aber er ist nicht Uri Geller.»

«Was haben wir sonst noch?»

«Es ist jedes Mal dieser bestimmte Tag. Der Zweiundzwanzigste. Was immer diesen Kerl antreibt – die Jahreszeiten, die Sonnenwende, was weiß ich –, aus irgendeinem Grund muss es gerade dieses Datum sein. Alle verfügbaren Leute waren auf den Straßen im Einsatz. Streifenpolizisten, Verkehrspolizisten, jede Uniform und jeder Zivilbeamte, den wir auftreiben konnten. Mord, Betrug, Forensik, Rettungskräfte – jeder, der laufen oder fahren konnte, hat an diesem Tag draußen patrouilliert, weil uns klar war, dass der Täter wieder zuschlagen würde. Selbst Commissioner Keeves war im Einsatz.»

«Und trotzdem hat er sie entführen können. Am hellichten Tag, oder jedenfalls beinahe. Um fünf Uhr am Nachmittag.»

«Ja, aber in Harmony, Lieutenant. Ausgerechnet da draußen. Wir dachten, es würde in der Stadt geschehen, wie die vorigen Male.»

«Wenn also Mrs. Gardner pünktlich gewesen wäre, wie sie es bisher in neunundneunzig von hundert Fällen war, dann hätte er keine Gelegenheit gehabt, Amy in seine Gewalt zu bringen. Er zeigt sich nie, er geht kein Risiko ein.» Glass seufzte. «Und Mrs. Gardner hätte durchaus pünktlich sein können. Was sagt uns das – in Verbindung mit der Tatsache, dass er so auf das Datum fixiert ist?»

Malone runzelte die Stirn und überlegte. «Es muss bedeuten ...»

Glass wartete.

«Es muss bedeuten, dass sie nicht sein eigentliches Opfer war. Es ging nicht speziell um Amy Gardner.» Als Malone diese Erkenntnis kam, sprang er so heftig auf, dass er beinahe seinen Stuhl umgerissen hätte. «Jedenfalls nicht ausschließlich. Er muss für diesen Tag noch weitere potenzielle Opfer im Blick gehabt haben. Für den Fall, dass Mrs. Gardner pünktlich kam.»

«Und das heißt ...?»

«Das heißt, es geht ihm nicht so sehr um die Kinder. Ich meine, im Prinzip natürlich schon – immerhin entführt er ausschließlich Kinder. Aber er ist nicht auf eine einzelne Person fixiert. Er geht eher opportunistisch vor. In diesem Fall hat es Amy Gardner getroffen, aber es hätte genauso gut ein anderes Kind sein können.» Malone hob die Hände, nannte willkürlich einen Namen. «Josie Finkelstein.»

«Josie Finkelstein?»

Malones Mund wurde trocken angesichts dieses zerklüfteten düsteren Felsblocks, der ihm gegenübersaß. Unbewegt. Undurchschaubar. Nur eine Schwärze, die ihn umgab, und gewisse Furchen um die Augen verrieten etwas von seiner Geschichte.

«Ich bitte Sie, Lieutenant. Das war irgendein Name, weiter nichts, okay?»

Glass nickte langsam, ließ das so stehen. «Sie und Nora», sagte er, «Sie haben monatelang die Datenbanken durchsucht und jeden Menschen befragt, der irgendetwas mit diesen Kindern zu tun haben könnte. Nach Übereinstimmungen gesucht, nach Querbezügen, nach Mustern. Was haben Sie herausgefunden?»

«Es ist eher so, dass wir einiges ausschließen konnten. Erpressung, persönliche Motive, Rache, schiefgelaufene Drogendeals, Pädophilie, Familienzwiste, Sorgerechtsstreitigkeiten, Organhandel ... Nichts passt in das Profil dieses kranken Hirns.»

Glass dachte einen Moment lang darüber nach. «Und der kleine Springer?»

«Nun, er wurde eines Morgens um sechs Uhr früh gefunden – von einem Wachmann in dem Einkaufszentrum draußen in Braxton. Er irrte völlig orientierungslos umher, wie ein Zombie. Er konnte nicht sagen, wer er war, wo er wohnte oder wohin er wollte. Er hatte auch eins der Zigarrenkästchen bei sich, und als der Wachmann ihn fragte, was er da hätte, was da drin sei –

nichts. Der Junge hat kein Wort gesagt. Aber als der Mann ihm das Kästchen abnehmen wollte, um selbst hineinzuschauen, in der Hoffnung auf einen Hinweis darauf, wer dieses Kind war, fing der Junge an zu schreien und hörte nicht mehr auf. Als wir hinkamen, war der Security-Typ völlig mit den Nerven am Ende. Er sagte, das war der furchtbarste Laut, den er je gehört hat.»

«Und in dem Kästchen?»

«Nur die Botschaft an Mrs. Springer. *Sie Glückliche.*»

«Die Schrift war aus Zeitungen ausgeschnitten?»

«Ja, die gleichen seltsamen Buchstabengruppen wie bei den anderen. Aber nach der Schrifttype zu urteilen, muss es *The Tribune* sein.»

«Davon werden ja auch nur anderthalb Millionen am Tag verkauft.»

«So ungefähr.»

«Hören Sie», sagte Glass, «vielleicht sind es gar nicht die Kinder, auf die er es abgesehen hat. Immerhin vergeht er sich nicht an ihnen.»

«Sie meinen, es sind die Mütter?»

«Könnte doch sein? Witwen, Alleinerziehende, Einzelkinder. Depression, Alkohol, Neurosen ...»

«Ich weiß nicht.»

«Die Kinder – die sind eigentlich völlig normal. Jedenfalls so lange, bis sie entführt werden. Es sind die Mütter, die besonders verwundbar sind.»

«Aber Mrs. Gardner? Die hat doch den Jackpot geknackt. Verheiratet, attraktiv, bei guter Gesundheit. Hat einen erfolgreichen Mann, ein schickes Haus und jede Menge Geld.»

«Von dem einiges gerade in Phuket ausgegeben wurde, wie ich hörte.»

«Zwei Kinder –»

«*Eins*, im Augenblick.»

«Also, was sollen wir jetzt tun? Sollen wir aufhören, uns Gedanken über die Kinder zu machen, und uns stattdessen auf die Mütter konzentrieren?»

«Nein, wir denken weiterhin über beide nach. Denn wie ich schon sagte, vielleicht gibt es noch etwas, was wir bisher einfach nicht richtig sehen. Mein Instinkt sagt, dass es nicht primär um die Kinder geht. Sie sind Mittel zum Zweck, um an die Mütter heranzukommen. Aber ich weiß nicht, ob das alles ist. Ob es sich tatsächlich nur um die Mütter dreht oder ob die wiederum auch nur ein Teil von etwas anderem sind, von einem gänzlich anderen Spiel.»

Malone bekam allmählich Kopfschmerzen. «Das alles kommt mir ein bisschen so vor wie diese chinesischen Schachteln, wissen Sie?»

«Ich werde tun, als hätte ich das überhört.»

«Aber warum sollte jemand gerade *diese* Frauen auswählen?»

«Der Bursche ist clever. Er fügt nicht nur selbst Leid zu, er wittert auch bereits vorhandenes. Selbst bei den Gardners durchschaut er offenbar die Fassade. Er muss über Insiderwissen verfügen. Er ist uns voraus. Wir wissen lediglich, dass er Druck auf die Mutter ausübt, auf Mrs. Gardner.»

«Das ist also unser Anhaltspunkt, um an den Täter heranzukommen? Jemand, der Frauen hasst, insbesondere Mütter? So sehr, dass er ihren Tod will – und nicht nur irgendwie, sondern durch Selbstmord?»

«Möglicherweise. Die Frage lautet, warum?»

«Vielleicht hasst der Kerl ja seine eigene Mutter.

Wer weiß, womöglich wohnt er sogar noch bei ihr. Oberflächlich betrachtet scheint alles in Ordnung – Familie, Nachbarn, alle halten ihn für den liebenden Sohn. Aber insgeheim hasst er sie so sehr, dass er sie am liebsten umbringen würde. Und weil er das aus irgendeinem Grund nicht kann, sucht er sich eine Stellvertreterin. Einen Sündenbock. Und nachdem er es einmal getan hat ...»

«Ritueller Mord an der eigenen Mutter? Eine Neuauflage von *Psycho*? Ich habe Ihnen doch schon mal gesagt, Sie sollen sich vor abgehobenen Theorien hüten.»

«Stimmt, aber wir müssen nun einmal in jede mögliche Richtung denken, Lieutenant. Wissen Sie noch, als Rodney Springer freigelassen wurde – gleich nach der Entführung, ganz entgegen dem Muster –, da dachten wir, dem Täter sei einfach ein Missgeschick unterlaufen, ein Fehler.»

«Sind ihm sonst noch Fehler unterlaufen? Irgendwelche Missgeschicke?»

«Nein.»

«Dann vergessen Sie das, Malone. Vergessen Sie es einfach. Dieser Kerl macht keine Fehler.»

Drei

Glass war mit seiner Jacke schon fast an der Tür, auf dem Weg zu einer Verabredung mit seinem Bruder, als es Malone wieder einfiel.

«Was soll ich denn nun Commissioner Keeves erzählen?»

«Keeves? Ich dachte, Sie treffen sich zum Mittagessen mit Nora.»

«Sehr komisch, Lieutenant. Was, wenn Keeves anruft und verlangt, dass ich ihn über den Fall Gardner auf den neuesten Stand bringe?»

Glass blieb stehen und ging ein wenig in die Knie, sodass er durch die Schlitze der Jalousien in den bleiernen Himmel hinaussehen konnte. «Sagen Sie ihm, ich denke, es wird Regen geben.»

«Ich bitte Sie, Lieutenant. Der Bürgermeister ist wegen dieser Fälle schon in Teufels Küche. Jetzt wird Keeves garantiert *mir* die Hölle heißmachen.»

«Dann sagen Sie ihm, wir haben den Kreis der Verdächtigen auf anderthalb Millionen eingegrenzt.»

«Vielen Dank», murmelte Malone, doch Glass war bereits durch die Tür. «Ich werd's ihm ausrichten.»

Dennoch war es Malone und nicht Glass, dem kurz darauf ein Grinsen übers Gesicht ging. Er hob die abgewetzte Lederbrieftasche vom Boden hinter dem Schreibtisch seines Vorgesetzten auf. Sie musste Glass aus der Tasche gefallen sein, als sie von den Gardners zurückgekommen waren und er seine Jacke über die Stuhllehne geworfen hatte. Oder vielleicht als er sie hastig am Kragen genommen hatte, um hinauszustürzen. Malone gönnte sich einen Moment der Schadenfreude bei der Vorstellung, wie Glass sein Mittagessen bestellte – hoffentlich in einem schicken Restaurant, nicht in solch einem Schuppen, wo sie einem für eins achtzig uraltes Pastrami auf Graubrot servierten und es mit bergeweise Krautsalat als frisch zu tarnen versuchten – und wie er dann nach dem Essen gemütlich bei einem Kaffee saß, sich mit dem Zahnstocher das Schweinefilet zwischen den Zähnen herauspickte und nach seiner Brieftasche griff ...

Malone ging zu dem Safe in der Wand, drehte das Zahlenschloss und wollte gerade die Brieftasche hineinlegen, doch dann konnte er nicht widerstehen. Nicht, dass er wirklich *hineingeschaut* hätte, es war nur – Brieftaschen hatten so eine Eigenart, in der Hand aufzuklappen. Sodass man einen flüchtigen Blick gar nicht vermeiden konnte: Karten, Kassenzettel, ein Foto, ein ganzes Leben in einem Schnappschuss zusammengefasst. Malone rechnete nicht damit, *sie* zu sehen, Tuesday Reed. Dazu war Glass zu clever, zu geheimniskrämerisch und zu diskret. Doch Malone rechnete auch nicht mit dem, was er tatsächlich zu sehen bekam: zwei Gesichter, einander so ähnlich, dass sie Schwestern sein mussten. Malone war nicht gut darin, das Alter zu schätzen, aber er tippte bei der einen auf etwa sechs bis sieben, bei der anderen auf vier Jahre. Es war schwer zu bestimmen. Fotos aus der Zeitung, vom Alter vergilbt und unter Laminierfolie – die Züge waren ein wenig verschwommen.

Er legte die Brieftasche in den Safe, drehte wieder am Zahlenschloss, und während er langsam die Tür zuschob, dachte er intensiv über das nach, was er gerade gesehen hatte.

Unten in der Cafeteria versuchte er sich bei Nora Bloom zu entschuldigen, die ihn mit dem Hinweis empfing, ihre Familie sei nicht nach Amerika gekommen, um eine zweite Hungersnot durchzumachen.

«Glass war schuld.»

«Du solltest dich nicht so von ihm herumschubsen lassen.»

«Du hast leicht reden. Dabei tust du doch selbst alles, was er sagt.»

«Weil ich es will. Solly ist bloß ein Bär, hast du das denn noch nicht begriffen?»

Bären, dachte Malone, konnten einem die Gliedmaßen abreißen. Einem mit einer einzigen Umarmung das Rückgrat brechen.

Es hatte eine Zeit gegeben – vor zwölf Monaten, bevor die Reed-Affäre aufflog –, da hatte Malone das Gefühl gehabt, endlich näher an Glass heranzukommen. Jedenfalls so nahe, wie man eben an jemanden herankommen konnte, der in einer ständigen Abwehrhaltung lebte. Doch als Glass, nachdem das interne Ermittlungsverfahren gegen ihn abgeschlossen war, zu seiner Einheit zurückkehrte, hatte sich der Abstand zwischen ihnen wieder gefestigt, und Malone hatte das Gefühl gehabt, als finge er mit einem neuen Partner gänzlich von vorn an. Glass hatte sich verändert. Ein Teil von seinem Herzen schien zu fehlen. Malone fragte nie danach. Er konnte nur vermuten, dass Tuesday Reed diesen Teil mit ins Grab genommen hatte.

Der einzige Mensch, der anscheinend noch zu ihm durchdringen konnte und der darauf beharrte, dass der echte Solly noch da sei – dass ihm nur eine neue Haut gewachsen war, eine weitere Schicht Narbengewebe über Fels –, war Nora. Und genau darüber mochte Malone nicht zu viele Fragen stellen. Er wollte es nicht wissen. *Eine* Frage gab es allerdings, die ihm auf den Nägeln brannte, jetzt mehr denn je.

«Erzähl doch mal», sagte er, nachdem sie Platz genommen hatten, «wie war Glass' Frau eigentlich so?»

«Miriam? Nach dem, was ich gehört habe, ziemlich neurotisch, ständig unter Hochspannung. Tja, wer wäre das nicht?»

«Und die beiden hatten keine Kinder, oder?»

«Nein. Es hieß gerüchteweise, Miriam wollte keine.»

«Wie steht es mit Nichten?»

«Er hat, soweit ich weiß, nur den einen Bruder. Isaac heißt er wohl – das ist der Izzy, mit dem er manchmal telefoniert. Und Izzy hat einen Sohn, Nathan. Solly war vor einiger Zeit bei seiner Bar-Mizwa.»

«Ach», sagte Malone.

Nora sah ihn von der Seite an, während er die Speisekarte studierte. «Worüber denkst du nach?»

«Nichts.»

«Komm schon, mir kannst du nichts vormachen.»

«Tja – meinst du, wir sollten statt eines Sandwichs die Spareribs nehmen?»

«Hervorragende Idee. Ich verhungere», erwiderte sie. «Sag dem Koch, wir essen sie gleich roh.»

Izzy Glass. Izzy, der Stadtmensch, der Anzugträger. Glass' jüngerer Bruder, der Erbe des Familienbetriebs. Der Verheiratete, der Witzeerzähler, der mit den zahllosen Affären. Er saß bereits im Mario's an ihrem gewohnten Fenstertisch, als Glass eintraf.

Glass nahm ihm gegenüber Platz und rief zur Bar hinüber, dass er ein Sandwich wolle. «Egal was», sagte er zu Mario. «Ich brauche nur etwas, um den Motor am Laufen zu halten.»

«Pastrami auf Graubrot», entschied Izzy, und ehe Glass etwas einwenden konnte, fuhr er fort: «Sol, ich stecke in Schwierigkeiten.»

«Ach?» Glass nippte an dem Kaffee, der bereits vor ihm auf dem Tisch stand. Er war trotz seiner Verspätung heiß, was bedeutete, dass Izzy frischen nachbestellt hatte. Sein Anliegen musste wirklich dringend sein.

«Und du bist der einzige Mensch auf der Welt, der mir da raushelfen kann.»

Das waren neue Töne. Glass stellte die Tasse ab und legte die Hände flach auf die Tischplatte. Normalerweise begannen Izzys Witze einfacher. *Da gibt es ein Mädchen ...*, pflegte er aus heiterem Himmel anzufangen, oder *Da gibt es einen Rabbi ...* In der Hoffnung, seinen Bruder zu überrumpeln, wenn er am wenigsten damit rechnete, sodass ihm keine Zeit blieb, sich hinter der Wand aus Granit zu verschanzen, an der er Izzys Geschichten und Späße normalerweise abprallen ließ.

Während er redete, behielt Izzy Glass' Gesicht immer scharf im Auge und achtete auf den kleinsten Hinweis darauf, dass nach all der Zeit, nach fast vierzig Jahren unerschütterlichen Widerstands, Massada gefallen war und Glass endlich einmal nicht anders konnte, als über einen seiner Witze zu lachen.

«Was ist los mit dir, Steingesicht?», hatte seine Mutter einmal gesagt, als Sol acht war und Izzy fünf. «Worüber machst du dir Sorgen? Meinst du, du würdest dir was abbrechen, wenn du über die Witze deines Bruders lachst?»

Es war das erste Mal gewesen, dass Glass' Mutter ihm in den Rücken fiel, und er hatte es nie ganz verwunden.

«Was für Schwierigkeiten?», fragte Glass jetzt. Dann wandte er sich ab, um sein Sandwich von Mario entgegenzunehmen, und ignorierte Izzy für eine Weile. «Na, Mario, wie geht es Francesca?»

«Sie ist einfach prima, Mr. Glass.»

«Was macht die Schule?»

«Letztes Jahr war sie Klassenbeste.» Mario hatte sich bereits wieder abgewandt, aber sein stolzes Lächeln war noch auf dem ganzen Weg zurück zur Bar in den Spiegeln zu sehen. «Francesca ist so ein gescheites kleines Mädchen! Glück gehabt, den Verstand hat sie von ihrer Mutter.»

«Das ist großartig», sagte Glass.

«Frauenprobleme», raunte Izzy ihm zu. «Also, diese zwei Frauen –»

«Wenn das wieder einer von deinen dämlichen Witzen ist ...» Glass war klar, dass sein Sandwich noch warten musste. Er konnte nicht riskieren, den Mund voll zu haben, solange er nicht wusste, was sich hier anbahnte.

«Die Sache ist ernst, Sol. Diese beiden Frauen haben mich bei den Eiern, und du bist der Einzige, der mich retten kann.»

«Welche beiden Frauen?»

«Mama und Susan.»

Glass riskierte einen Bissen. Das war typisch Izzy: Wenn es nicht um Mama ging, dann um Susan, seine Frau. Und wenn nicht um sie, dann um irgendeine andere Puppe, Schnalle, Biene – wie auch immer Izzy die Frauen bezeichnete.

«Mama wünscht sich mehr Kinder.»

«Sie ist zu alt dafür. Außerdem ist Dad tot, und sie hat ja uns.»

«*Enkelkinder*. Nathan ist jetzt dreizehn, und seitdem ist nichts nachgekommen.»

«Du solltest mehr Zeit zu Hause verbringen.»

«Sol, ich muss dich um Hilfe bitten.»

«Hör mal, ich bin Polizist, klar? Kein Eheberater,

und ich habe auch nicht die leiseste Ahnung von künstlicher Befruchtung. Also, wenn es da ein Problem gibt, dann rede mit Susan.»

«Aber das ist es ja gerade. Susan wird nächstes Frühjahr achtunddreißig. Die Zeit wird knapp. Und sie nimmt mich ordentlich in die Mangel.»

«Sie nimmt dich ordentlich in die Mangel», wiederholte Glass ungerührt, «und trotzdem klappt es nicht?»

«Sol, sie will mehr Kinder. Und Mama will mehr Enkel.»

«Dann mach welche.» Glass aß jetzt mit großem Appetit.

«Aber Susan sagt, sie will keine weiteren Kinder, solange ich nicht monogam bin. Ich soll schwören, ihr treu zu bleiben. Dann dürfte ich nichts mehr mit anderen Frauen anfangen.»

«Tja.» Glass steckte sich das letzte Stück Brot in den Mund. «Das scheint mir eine logische Schlussfolgerung zu sein.»

«Siehst du, Sol, du bist also der Einzige, der mir aus der Klemme helfen kann.»

«O nein.» Glass dämmerte endlich, worauf sein Bruder hinauswollte. «O nein, nichts da.»

«Mama fragt dauernd: ‹Hat Sol nicht eine Beziehung?›»

«Dann sag ihr, ich habe keine. Ich hatte eine Zeit lang eine. Genau genommen sieben Jahre lang, falls du dich erinnerst.»

«Sol wäre ein wunderbarer Vater, sagt sie.»

«Nein. N-e-i-n.»

«Du weigerst dich also, mir zu helfen?»

«Bist du etwa ein so lausiger Vater, dass du deinem

eigenen Sohn nicht einen kleinen Bruder oder eine kleine Schwester zum Spielen gönnst?»

«Ich bin zu jung für einen gesitteten Lebenswandel.»

«Du bist verheiratet, und das schon – wie viele Jahre sind es jetzt? Dreizehn? Vierzehn?»

«Fang du nicht auch noch so an.»

«Wie wäre es, wenn du zur Abwechslung auch mal an andere denkst? Zum Beispiel an Nathan?»

«Er hat dir übrigens noch nicht verziehen.»

Glass hätte ahnen müssen, dass das kommen würde. Wenn Izzy in die Enge getrieben wurde, flüchtete er sich in Ablenkungsmanöver, verschanzte sich hinter Schuldzuweisungen.

«Die Bar-Mizwa deines eigenen Neffen», begann Izzy. Wieder einmal. Sie hatten diese Szene bereits öfter durchgespielt. «Er hatte sich schon das ganze Jahr darauf gefreut.»

«Warum nicht gleich seit seiner Geburt?»

«Das ist sein Übergang zum Erwachsensein. Für ihn ist das eine große Sache. Alle kommen an dem Tag – selbst Onkel Sol, ausnahmsweise mal.»

«Du meinst derjenige, der mit ihm angeln geht? *Ein einziges Mal* ist sein Vater mit ihm angeln gegangen. Einmal in seinem ganzen Leben hat er seinen eigenen Sohn zum Angeln mitgenommen.»

Glass hatte monatelang darüber nachgedacht, was er seinem Neffen schenken sollte – ein neues Fahrrad, ein Skateboard, Computerspiele. Schließlich hatte er etwas gekauft, womit Nathan niemals gerechnet hätte, was er aber mit der Zeit zu schätzen lernen würde: einen Bonsai-Baum. Izzys Reaktion fiel so aus, wie zu erwarten gewesen war. «Was ist das denn? Den haben sie wohl aus der Baumschule geworfen, weil er so verkrüppelt ist?»

Doch im Augenblick hatte Izzy schwerwiegendere Probleme im Kopf als zwergwüchsige Bäume.

«Du willst mir also nicht helfen?»

«Ich sagte doch, ich habe keine Freundin. Und selbst wenn ich eine hätte ...»

«Aber die Sache liegt schon fast ein Jahr zurück. Hattest du etwa in der ganzen Zeit keine Beziehung?»

«Welche Rolle spielt denn dieses eine Jahr?»

«Sol, du trauerst ihr doch wohl nicht bis heute nach?» Verwirrung konnte sich bei Izzy in ganz unterschiedlichen Formen äußern. Im Augenblick war die Sorgenfalte auf seiner Stirn so tief, dass man sie für echt hätte halten können. «Es ist nicht etwa immer noch diese Mrs. Reed? Die Eisfrau hat dich wohl bis in alle Ewigkeit im Griff? Hat sie deine Eier etwa ins Kühlhaus mitgenommen?»

«Weißt du, Izzy, manchmal ...» Glass schob seinen Stuhl zurück. «Hör mal, ich muss jetzt wieder los.» Er faltete seine unbenutzte Papierserviette und steckte sie aus einem Impuls heraus in die Brusttasche. Die dreieckige weiße Spitze ragte hervor wie ein billiges Taschentuch. Izzy grinste. Er erkannte den alten Scherz aus ihrer Kinderzeit – einen Scherz, bei dem ihr Vater eine Rolle spielte – und ergriff sofort die Gelegenheit.

«Saul Niedelmann liegt im Sterben ...»

Glass stöhnte, als ihm klar wurde, was er in Gang gesetzt hatte. «Ich kenne keinen Saul Niedelmann.»

«Das Wetter ist furchtbar. Seit zwei Tagen starker Schneefall ...»

Es war inzwischen zehn nach drei. Draußen hatte ein

grauer, herbstlicher Nieselregen eingesetzt, der die Fenster des Cafés trübte. Glass blickte hinaus und dachte: Hoffentlich hat Keeves Malone nicht wegen des Berichts bedrängt. Nun, falls doch – immerhin regnete es tatsächlich. Mit halbem Ohr hörte er Izzy die Szene schildern. «Die Straßen waren vereist …»

Aber Glass ließ sich nicht darauf ein. «Es reicht», unterbrach er. «Wie oft soll ich dir noch sagen, dass ich von diesen albernen Witzen genug habe?»

«Sol, was ist los mit dir? Denk dran, wir sind eine Familie. Das sind Dads Witze.»

«Wenn es Dads Witze sind, dann habe ich sie schon tausendmal gehört.» Glass stand auf. «Bis nächstes Mal, okay? Ich muss zurück, Malone hält allein die Stellung.»

«Lass ihn doch, da kann er wertvolle Erfahrungen sammeln. Sag mal, diese Fälle, die du da bearbeitest …»

«Welche Fälle?» Glass war vorsichtig mit dem, was er Izzy anvertraute. Durch sein Geschäft kannte Izzy eine Menge Leute, und nicht nur welche von der richtigen Sorte.

«Was soll das heißen, welche Fälle? Es steht doch in sämtlichen Zeitungen. Der Fall Gardner. Die kleine Chen.»

«Wie kommst du darauf, dass zwischen beiden ein Zusammenhang besteht?»

«Warum sonst dieser Aufruf? Weshalb all die Radiomeldungen über den Zweiundzwanzigsten? Komm schon, Sol, du kannst mir doch nichts vormachen.»

Glass zuckte mit den Schultern.

«Es sieht dir gar nicht ähnlich, Sol, dich so hängenzulassen. Das hat ja den Anschein, als ob du dich von diesen Fällen runterziehen lässt. Hast du nicht mal gesagt, das würdest du nie wieder tun? Aber genau das machst du jetzt, du nimmst dir die Sache persönlich zu Herzen. Liegt es daran, dass es Kinder sind? Ist es das?»

Glass nahm seine Tasse und die Untertasse und stellte beides auf den Sandwichteller, in einer Geste, die ausdrücken sollte, dass er dazu nichts zu sagen hatte.

«Dieser Gardner – nach dem, was so geredet wird, gehört dem Mann die halbe Börse. Ein stinkreicher Bursche. Himmel, ich hab ein Bild von dem Haus in der Zeitung gesehen. Wenn jemand Lösegeld zahlen kann, dann der.»

Glass stemmte sich schwerfällig von seinem Stuhl hoch. Er war in der vergangenen Nacht nicht zu Hause gewesen, und heute Abend musste er sich noch mit den Gardners treffen – nachdem Boyd Gardner endlich wieder da war.

«Es gibt keine Lösegeldforderung» war alles, was er Izzy anvertraute. «Bisher jedenfalls nicht.»

«Ach nein? Da entführt jemand vier Kinder und verlangt kein Lösegeld? Und das soll ich glauben?»

«Es ist die Wahrheit.»

«Na gut. Aber wenn es nicht um Geld geht, worauf sind die Täter dann aus? Was wollen sie?»

Glass blickte auf ihn hinunter. «Schmerz zufügen», sagte er. «Schmerz und Leid, weiter nichts. Es gibt solche Menschen.»

Izzy sah zu seinem Bruder auf, erkannte in dessen Gesicht das Ausmaß der Erschöpfung und schluckte das nächste Dutzend Fragen hinunter.

«Weißt du, Sol», sagte er stattdessen, «du bist verrückt, dass du noch länger in diesem Beruf bleibst. Du solltest Schluss machen, bevor dich die Arbeit völlig um den Verstand bringt.»

Glass tastete in seiner Jacke nach der Brieftasche. Izzy zog ihn am Ärmel.

«Warte.»

«Was ist denn nun noch?» Er klopfte seine Seitentaschen ab. «Ich muss gehen.»

«Tja, weißt du, wegen Nathan ... Der Junge liebt seinen Baum.»

Glass gestattete sich ein flüchtiges Lächeln. «Übernimmst du die Rechnung für mich, Izzy?»

Im Gehen hörte er noch, dass Izzy ihm nachrief: «Hat man bei der Polizei neuerdings allen Lieutenants das Gehalt gestrichen? Oder nur dir?»

Doch Glass ging weiter, ohne sich umzudrehen. Als er auf die Straße hinaustrat und durch das Fenster noch einen Blick in die Bar warf, schockierte ihn das, was er sah.

Izzy stand an der Theke. Er nahm weder die Blondine zu seiner Linken zur Kenntnis noch die Rothaarige, die gerade an den Tresen kam, sondern schaute in dem riesigen Spiegel hinter Mario seinem Bruder nach. Und in Izzys Gesicht entdeckte Glass etwas, das er noch nie gesehen hatte und das ihn bis ins Mark erschütterte. In Izzys Augen stand ein ängstlicher, flehentlicher Ausdruck. *Was passiert mit uns, Sol?*, fragten sie. *Wo um Himmels willen führt das alles hin?*

Glass las in Izzys Gesicht deutlich, dass er gerade über ein Geheimnis gestolpert war: Ihm war schlagartig klar geworden, dass sein großer Bruder – Lieutenant Solomon Glass vom Morddezernat, der cleverste und zäheste Cop im Bezirk, der Mann, der durchs Feuer gegangen war, der das größte Grauen gesehen hatte, ohne mit der Wimper zu zucken – dass dieser Mann trotz allem sterblich war.

Und das ängstigte ihn zutiefst.

Glass unterbrach den Blickkontakt. Einen Moment lang blieb er unter der Markise der Bar stehen und starrte in den Regen hinaus. Auf die Autos, die mit zischenden Reifen und eingeschalteten Scheinwerfern vorbeifuhren. Dann schlug er den Kragen hoch und überquerte die Straße. Es war zwar erst Herbst, aber der Winter rückte näher.

Vier

Es war bereits nach sieben, als Glass und Malone von der Mautautobahn abfuhren und durch die dunkle Landschaft auf Harmony zusteuerten. Inzwischen war der nachmittägliche Nieselregen in einen eisigen, peitschenden Graupelschauer übergegangen, und wenn es nicht erst Ende September gewesen wäre, hätte man glauben können, es werde bald schneien. Die Lichter der Häuser am Weg in den Ort – alle auf Grundstücken von einem bis anderthalb Hektar Größe und weit von der Straße abgelegen – wirkten wie verschwommene Laternen, die in dunklen Bäumen hingen.

«Unheimlich.» Malone brach als Erster das lange Schweigen. «Man könnte meinen, man blickt auf das Meer hinaus.»

«Wie kommen Sie darauf?»

«Es gibt einen Küstenabschnitt, wo wir als Kinder oft die Ferien verbracht haben. Oben beim Kap. Wenn man da spätabends am Ufer entlangfuhr, war es genau wie hier – keine Straßenlaternen oder sonstige Beleuchtung, und alles, was man sehen konnte, vor allem bei Dunst, war diese verschwommene Reihe von Lichtern draußen in der Bucht, wo die Yachten ankerten.»

«Sie meinen die Kajütenbeleuchtung?»

«Die Kajüten, die Masten. Und die Lichter der Bojen.»

Glass knurrte und warf seinem wesentlich jüngeren Partner einen Seitenblick zu. «Sie verbringen viel Zeit am Wasser?»

«Früher als Kind, ja. Wissen Sie, ich habe das Meer geliebt. Irgendwo draußen auf einem Steg zu sitzen, mit einer ausgeworfenen Angel, nichts zu tun, nur herumzuliegen und seinen Tagträumen nachzuhängen ... Zu hören, wie das Wasser gegen die Pfosten des Piers plätschert. Haben Sie so etwas je getan, Lieutenant?»

«Als Kind nicht oft.» Glass spähte durch den Regen, der auf die Windschutzscheibe prasselte. Sie näherten sich gerade einer Kreuzung. «Ich habe einen Neffen, mit dem ich manchmal angeln gehe.»

Malone starrte jetzt ebenfalls hinaus und versuchte durch das Seitenfenster die Hausnummern zu erkennen.

Glass fuhr langsam weiter. Die Scheinwerfer durchdrangen die nasse Düsternis. «Hier muss es sein, nicht wahr?»

«Ja, das Nächste links.»

Sie bogen in eine lange, schmale Zufahrt ein. Allmählich kam das Haus in Sicht. Die Betonwände waren in gebranntem Umbra getüncht. Im Regen mischte sich das Licht ihrer Scheinwerfer mit dem der Flutlichter, die das Gebäude von einem Ende bis zum anderen anstrahlten und ihm das Aussehen eines riesigen Haufens umgestürzter rosa Dominosteine verliehen, mit einem Sprungbrett an einem Ende.

«Frank Lloyd Wright», sagte Malone.

Glass warf ihm einen Seitenblick zu.

«Original. Ich habe nachgeforscht. Bis auf die Farbe, die hätte Wright gehasst. Muss eine ordentliche Stange Geld gekostet haben.»

Als sie den Weg von den Parkbuchten neben der Garage bis zur Haustür zurückgelegt hatten, waren sie völlig durchnässt. Die Tür wurde so schnell geöffnet, als habe man sie bereits erwartet.

Glass hielt seine Dienstmarke hoch.

«Haben Sie sie gefunden?» Boyd Gardner war ungefähr so groß wie Glass, Mitte vierzig, sportlich, gebräunt – ob die Bräune vom Strand oder aus dem Solarium stammte, konnte Malone nicht ausmachen. Neben Glass' blassem Olivteint wirkte die Farbe unnatürlich. Das Hemd war teuer, die Stoffhose maßgeschneidert, die rote Krawatte locker gebunden.

«Noch nicht, tut mir leid. Sie sind Mr. Gardner?»

«Ja. Und Sie sind dieser Lieutenant Glass? Meine Frau hat mir von Ihnen erzählt.»

«Könnten wir vielleicht hereinkommen, Mr. Gardner? Das hier ist mein Partner, Detective Malone.»

Gardner wandte den Blick nicht von Glass' Gesicht ab. Für ihn hätte Malone ebenso gut der Chauffeur oder ein Parkplatzwächter sein können.

«Sicher.» Er trat zurück, allerdings widerwillig. «Auch wenn mir nicht klar ist, weshalb Sie hier sind und nicht unterwegs, um nach ihr zu suchen.» Er wies in die Dunkelheit und den Regen hinter Glass' Rücken. «Hier ist sie nämlich nicht.»

«Das wissen wir, Mr. Gardner», erwiderte Glass, und Malone, der hinter ihm eintrat, fiel sein geduldiger Tonfall auf, die gemessene Ruhe in seiner Stimme. Gleichzeitig erkannte er, dass Gardner keine Ahnung hatte, was sich hinter dieser geduldigen Fassade verbarg.

«Wir müssen mit Ihnen reden», erklärte Glass, während sie die Mäntel ablegten. «Und auch mit Mrs. Gardner.»

«Aber Sie waren doch, soweit ich weiß, heute Morgen schon hier, also wenn es nichts Neues gibt ...»

Selbst auf die Entfernung nahm Malone über Glass' Schulter hinweg den Geruch von Bourbon in Gardners Atem wahr. Nicht, dass er ihm deswegen Vorwürfe gemacht hätte. Der Mann hatte eine schwere Heimkehr hinter sich.

«Aber *Sie* waren heute Morgen nicht hier.» Glass sprach wie zu einem widerspenstigen Kind. «Deshalb müssen wir jetzt mit Ihnen reden, Mr. Gardner. Ich nehme an, Mrs. Gardner ist auch zu Hause?», fuhr er fort, nun in einer Art, als sei Gardner nichts weiter als ein Hausangestellter. Der gesamte Ton der Unterredung brachte Gardner aus dem Konzept, das konnte Malone sehen.

«Selbstverständlich, wo sollte sie sonst sein?» Er machte eine Geste in Richtung eines Zimmers weiter hinten im Haus, aus dem Stimmen ertönten. «Ein paar Freunde sind bei uns und Verwandte. Eine Schwester.»

Malone erkannte: Das sollte eine nicht besonders subtile Aufforderung sein, es kurz zu machen, die nötigen Fragen zu stellen und wieder zu verschwinden. Zurück in die Dunkelheit und den Regen, losziehen und die Kreaturen finden, die diese ungeheuerliche Tat begangen hatten. Und auf der einfachsten, elementarsten Gefühlsebene konnte Malone das sogar verstehen. Aber auch wenn die kleine Amy Gardner nicht hier in diesem Haus war, war die Antwort auf die Frage, *warum* sie es nicht war, unter Umständen hier zu finden.

«Es muss ein großer Trost sein», sagte Glass zu Gardner, «Freunde zu haben, auf die Sie sich in schweren Zeiten verlassen können.»

Gardner betrachtete das Gesicht des Lieutenant so eindringlich, als sei er hörgeschädigt und müsse von den Lippen ablesen. Tatsächlich versuchte er auszumachen, was hinter dessen Worten steckte. «Wenn Sie und Mr. ...»

«Malone. Detective Malone.»

«Malone, natürlich. Wenn Sie beide vielleicht einen Moment im Wohnzimmer warten möchten, werde ich Mrs. Gardner holen.»

Der Raum, in den er sie führte, war mit keinem «Wohnzimmer» vergleichbar, das Malone jemals betreten hatte. Von der Größe her war es eher ein Saal, und eine gesamte Wand schien aus einer einzigen durchgehenden Glasfläche zu bestehen, sodass man kaum anders konnte, als hinauszublicken. Draußen war das Flutlicht eingeschaltet, und auch der Swimmingpool war erleuchtet. Pool? Der Regen ließ gerade nach, und in dem unruhigen Licht, mit den nassen Palmwedeln, die entlang dem Beckenrand in der Brise schwankten, wirkte er eher wie eine tropische Lagune. Das Einzige, was fehlte, war die schemenhafte Silhouette eines Ozeandampfers, der an der Küste vor Anker lag. So also sieht echter Reichtum aus, dachte Malone. Doch als er sich wieder den anderen zuwandte, bemerkte er, dass Gardner genau beobachtet hatte, welchen Eindruck der Pool auf ihn machte, und er erkannte, dass er in eine Falle getappt war. Glass hingegen richtete den Blick in den Raum, als habe er die Aussicht gar nicht bemerkt, und wartete ungerührt.

Gardner wandte sich zum Gehen. In der Tür drehte er sich noch einmal abrupt um. «Ich möchte nicht, dass sie sich aufregt, hören Sie, Lieutenant? Nicht noch mehr, als sie es ohnehin schon tut.»

«Wir sind nicht hergekommen, um Ihre Frau aufzuregen, Mr. Gardner.» Glass sprach mit ernster Stimme, wie ein Bestattungsunternehmer. «Glauben Sie mir, wir sind nur hier, weil wir Ihnen helfen wollen. Ihnen beiden.»

Als Mrs. Gardner nach einer Weile erschien, wirkte sie völlig gefasst. Von ihrer morgendlichen Hysterie war keine Spur mehr zu erkennen. Vielleicht, dachte Malone, bewirkte das die Anwesenheit ihres Mannes. Die Tatsache, dass das Grauen nun nicht mehr allein auf ihren Schultern lastete. Dass sie über das Unbegreifliche mit ihrem Mann gesprochen hatte und mit den Freunden und Angehörigen, die im anderen Zimmer warteten.

Doch als er bei genauerem Hinsehen nicht nur die Schwellungen unter ihren Augen, sondern auch die Schrammen an der Innenseite ihres linken Unterarms bemerkte, fragte sich Malone, ob ihre derzeitige Ruhe nicht schiere Erschöpfung war. Oder vielleicht die Folge davon, dass sie sich auf das Schlimmste gefasst machte.

Sie betrat das Zimmer, gefolgt von ihrem kleinen

Sohn Cyrus. Der Junge sah sie nicht an, schien aber wie durch ein unsichtbares Band mit ihr verbunden.

«Sorg endlich dafür, dass er den verdammten Daumen aus dem Mund nimmt», hörte Malone Gardner zischen, während die drei auf die Polizisten zukamen. Stumm folgte sie der Anweisung, griff nach unten, nahm dem Jungen sanft den Daumen aus dem Mund und zog seine Hand von seinem Gesicht fort. Malone fragte sich, ob sein erster Eindruck womöglich gänzlich falsch gewesen war und ihre seltsame Ruhe und Gefasstheit eher auf etwas Verschreibungspflichtiges zurückzuführen waren. War tagsüber ein Arzt ins Haus gekommen? Er hätte es ihr nicht verdenken können, wenn sie etwas genommen hätte. Wie stand man solch eine Hölle sonst durch?

Der Junge hatte inzwischen den Daumen wieder in den Mund gesteckt und begann daran zu saugen.

«Sie sagten, Sie hätten ein paar Fragen an uns, Lieutenant?» Gardner legte jetzt wieder seine herrische Art an den Tag, wie ein Vorstandschef in einem Sitzungssaal, der die Zügel fest in der Hand hielt. Bereits auf drei Meter Abstand nahm Malone wahr, dass sein Atem nun deutlicher nach Bourbon roch. Offenbar hatte er, während er auf seine Frau wartete, im Nebenzimmer seine Entschlossenheit gestärkt. «Also, was genau möchten Sie wissen?»

Doch Mrs. Gardner, ganz Gastgeberin, hatte zuerst noch eine andere Frage.

«Möchten Sie sich nicht setzen, Lieutenant? Und Sie auch, Mr. Malone? Ich bin sicher, Sie hatten ebenso wie wir einen sehr langen Tag.»

«Diese Männer sind nicht zu einem Höflichkeitsbesuch hergekommen, Karen», setzte Gardner an, doch Glass nahm bereits Platz.

«Danke, Mrs. Gardner. Wir werden uns bemühen, nicht zu viel von Ihrer Zeit in Anspruch zu nehmen.»

«Ach, *Zeit*», erwiderte sie mit einer unbestimmten Geste. Sie setzte sich ebenfalls und blickte auf ihre geöffneten Hände, als seien sie ihr plötzlich fremd geworden. Malone kam zu dem Schluss, dass sie wirklich etwas genommen haben musste. Keinen Bourbon wie ihr Mann – von Bourbon wurde man sich nicht selbst fremd. Jedenfalls zu Anfang nicht. Er heizte einen an, machte einen aggressiv.

«Wenn wir jetzt vielleicht zur Sache kommen könnten», drängte Gardner in scharfem Ton. Doch Malone fiel auf, dass sein Blick immer wieder zu dem Jungen wanderte, der auf dem Boden hockte, den Daumen im Mund, und der den Kopf ab und zu leicht gegen die Kante des Kaffeetischs schlug. «Karen, kannst du nicht –», begann Gardner. Aber wieder redete sie über ihn hinweg, als habe sie ihn gar nicht gehört. Es war, als befänden sich die beiden in zwei unterschiedlichen Wirklichkeiten, auf zwei verschiedenen Zeitebenen, die einander kaum berührten. Und wenn sie doch einmal in Kontakt kamen, schlug es Funken.

«Haben Sie überhaupt schon gegessen, Lieutenant?» Vielleicht war es einfach ihr höfliches Wesen. Oder vielleicht glaubte sie in ihrer derzeitigen Verfassung tatsächlich, dies sei ein Anstandsbesuch. Auch wenn sie in anderer Hinsicht völlig klar wirkte. «Sie waren den ganzen Tag bei diesem Wetter unterwegs», sagte sie mit einem Blick auf Glass' nasse Haare. «Sie müssen doch hungrig sein, Sie beide.» Jetzt sah sie auch Malone näher an. Ihre Augen waren braun und, wie Malone bemerkte, trotz der roten Ränder schön. Doch es war kein Leben in ihnen.

«Danke, Mrs. Gardner», erwiderte Glass, «aber wir haben uns auf dem Weg hierher schnell etwas zu essen besorgt.» Während er sprach, lehnte er sich in seinem Sessel ein wenig zur Seite, zog etwas aus der Jacketttasche und legte es, ohne hinzusehen, auf den Kaffeetisch. Der Junge spürte die Bewegung und hielt den Kopf still. Er sah Glass nicht an, sondern richtete den Blick auf den Gegenstand auf dem Tisch. Malone konnte von der Stelle aus, wo er stand, zwei kleine Figuren erkennen, die sich in einem winzigen Display bewegten. Das Ding schien eine Art Gameboy zu sein.

«Um Himmels willen, Lieutenant», protestierte Gardner. «Meine Tochter wurde entführt, und Sie –»

«Sie haben recht, Mr. Gardner. Wir müssen miteinander reden.»

«Wenn Ihr Verein ein Privatunternehmen wäre –»

«Aber das ist er nicht, wie? Wir sind das Police Department.»

Endlich hatten die beiden eigentlichen Kräfte im Raum aufgehört, einander zu umkreisen, und begannen ernsthaft mit der Auseinandersetzung. Malone und Mrs. Gardener verfolgten die Szene. Sie atmeten flacher – plötzlich schien die Luft in dem Wohnzimmer bedeutend weniger Sauerstoff zu enthalten.

Gardner wischte die Bemerkung beiseite. «Wenn es nach mir ginge, wären jetzt hundert Officers auf den Straßen, die die ganze Stadt durchkämmen, statt zweien, die Besuche abstatten. Ich würde jeden verfügbaren Privatdetektiv –»

«Nichts hindert Sie daran, Privatdetektive zu engagieren, Mr. Gardner. Das steht Ihnen jederzeit frei. Wenn Sie glauben, die könnten bessere Arbeit leisten …»

«Aber was *leisten* Sie denn überhaupt, Lieutenant? Abgesehen davon, dass Sie hier in meinem Wohnzimmer herumsitzen, über Ihr Essen plaudern und Computerspiele mit meinem –»

«Ihr Sohn spielt das Spiel, Mr. Gardner. Nicht ich.»

Wie auf ein Kommando sahen sie alle hin, und tatsächlich: Der Junge hatte das kleine Gerät vom Tisch genommen und angefangen zu spielen. Man brauchte beide Daumen, um die Tasten zu bedienen.

«Es ist Ihr gutes Recht», fuhr Glass fort, während alle Blicke noch auf Cyrus ruhten, «so viele Privatermittler einzuschalten, wie Sie wünschen. Solange Ihnen dabei klar ist –»

«Dass sie mit keinerlei Unterstützung oder Zusammenarbeit seitens der Polizei rechnen können, nicht wahr, Detective Glass?»

«Lieutenant.»

«Man würde ihnen auf Schritt und Tritt Steine in den Weg legen, Informationen vorenthalten, Zugang zu Beweismaterial verweigern, habe ich recht?»

Glass zuckte die Achseln.

«Jetzt will ich Ihnen mal was sagen, *Lieutenant*, ich habe in dieser Stadt Freunde. Leute, denen Sie lieber nicht in die Quere kommen sollten. Den Bürgermeister. Den Gouverneur.»

Sein Tonfall verriet, dass er die Aufzählung hätte fortsetzen können – Berühmtheiten nennen, Drahtzieher, hohe Tiere überall im Staat.

Malone glaubte ihn vor sich zu sehen, wie er am anderen Ende der Welt per Telefon die Nachricht erfahren hatte. «Amy? Was soll das heißen, Amy ist verschwunden? Verdammt, was redest du da, Karen?» Wie er das Flughafenpersonal unter Druck setzte, um sich einen Platz im nächsten Flieger zu sichern. Wie er während des Fluges die ganze Zeit in der Kabine auf und ab lief, nach der Landung bereits von einer Limousine erwartet wurde, von der aus er Anrufe tätigte. Ungeduldige, wütende, frustrierte Anrufe. Und zwischendurch musste er sich selbst immer wieder dieselbe Frage gestellt haben: Wie verdammt nochmal kann es passieren, dass dein eigenes Kind einfach so verschwindet?

«Ich habe nie gesagt, dass wir nicht kooperieren würden, Mr. Gardner. Mit jedem, den Sie hinzuziehen möchten. Ich gebe Ihnen nur den Rat –»

«*Sie* wollen *mir* Ratschläge erteilen? Das ist ja allerhand.» Gardner war jetzt aufgestanden und hatte sich vor Glass aufgebaut. Ohne zu ahnen, wie gefährlich das sein konnte. Doch Glass war immer noch entschlossen, diplomatisch und taktvoll zu bleiben, Herzen und Köpfe für sich zu gewinnen. Malone nahm an, dass er es mit Rücksicht auf Mrs. Gardner tat, auf ihren Anstand, ihre Höflichkeit.

«Rat mag nicht das richtige Wort gewesen sein, Mr. Gardner. Sagen wir, ich wollte Ihnen einen Vorschlag machen. Wir alle stehen ziemlich unter Druck, wir sind gestresst. Nun, manchmal ist es so: Je mehr Leute an einem Fall arbeiten, desto eher kommen sie einander in die Quere, stiften untereinander Verwirrung. Und vernichten dabei womöglich Beweise. Massen haben die

Pyramiden erbaut, aber Massen können auch Chaos verursachen.»

«Nennen Sie das hier etwa *nicht* Chaos? Wenn Sie beide hier herumsitzen und wertvolle Zeit vergeuden? Karen, kannst du ihn nicht endlich daran hindern, mit diesem gottverdammten Spielzeug herumzuklicken?»

Mrs. Gardner beugte sich hinunter und legte für einen Moment ihre Hand über die Hände des Jungen. Es war, als habe sie damit einen Schalter umgelegt und den Strom abgestellt. Cyrus saß reglos da, den Blick auf den Handrücken seiner Mutter gerichtet. Doch als sie ihre Hand wegzog, setzte er, ohne zu zögern, sein Spiel genau da fort, wo er es unterbrochen hatte.

Gardner hob entnervt die Hände. Sein Frust galt nicht nur dem Benehmen des Jungen, sondern der gesamten Situation: diesem verrückten Polizisten, der hier in seinem eigenen Haus saß und seine höflich verpackten Drohungen äußerte – er kannte die Sorte –, während sich seine Tochter in den Händen eines Entführers befand. Und der jetzt anfing, irgendwelchen Unsinn über Schmetterlinge und Vulkane von sich zu geben.

«Wenn ein kleiner Vogel mit den Flügeln schlägt», sagte Glass gerade, «zum Beispiel hier in Harmony ...»

«Ich weiß nicht, wovon zum Teufel Sie reden, Lieutenant.»

«... dann kann es sein, dass eine kleine Weile später auf der anderen Seite der Welt die Erde unter Ihnen anfängt zu beben, Mr. Gardner. Sagen wir, in Jakarta. Oder in Phuket.»

Gardner, der kurz vor einer erneuten Explosion stand, hätte es beinahe überhört. Aber nur beinahe.

Phuket. Seine Augen wurden schmal, und er sah Glass forschend ins Gesicht. Das eine Maske der Unschuld war. Dann wandte er sich seiner Frau zu, die seinem Blick ebenfalls standhielt. Letztendlich war sie es, die das Schweigen brach. Ihre Stimme klang zwar bedrückt, aber viel kräftiger als vorhin.

«Ich bin auch nicht sicher, ob ich Ihnen folgen kann, Lieutenant», sagte sie, wobei sie weiter ihren Mann ansah. «Aber was immer das bedeuten mag, es interessiert mich nicht. Mich interessiert nur eins: dass Amy zu uns zurückkommt. Also, Boyd, würdest du dich bitte wieder setzen und dir anhören, was Lieutenant Glass und Mr. Malone zu sagen haben?»

Gardner folgte betreten ihrer Aufforderung.

«*Wie* lautete diese Botschaft?» Boyd Gardner lachte ungläubig, als Glass ihm eröffnete, was möglicherweise als Nächstes geschehen würde. Als hätte ihm jemand einen geschmacklosen Witz erzählt. Dann wurde sein Gesicht aschfahl. Er wandte sich seiner Frau zu. «Karen! Warum hast du mir nichts davon gesagt?»

«Ich konnte es nicht, Boyd», sagte sie und wich seinem Blick aus. «Du warst ... Du warst ohnehin schon so außer dir.»

«Aber – Gott im Himmel», stieß er hervor.

Sie hatten die Routinefragen hinter sich gebracht. Hatte Gardner Feinde? Vielleicht in der Geschäftswelt? Selbstverständlich, hatte Gardner erwidert. Jeder in der Geschäftswelt hatte Feinde. Zumindest jeder, der erfolgreich war, der es bis ganz nach oben schaffte. So erbitterte Feinde, hatte Glass nachgebohrt, dass sie zu etwas Derartigem fähig wären? Lieber Gott, nein! Gardner war schockiert gewesen. Doch nicht solche Feinde. Wenigstens nicht, soweit er wusste. In *seinem* Teil der Geschäftswelt waren Feinde eher Rivalen. Das waren keine Gangster, keine Verrückten, keine Leute, die einem Kind *so etwas* antäten. Himmel, er traf sich mit seinen Feinden sogar zum Golf!

Dann musste Glass ihm von Mei Ling erzählen. Von Mrs. Chen, der Botschaft, Mrs. Chens Tod, Mei Lings Freilassung. Und all das Übrige.

Malone fiel auf, dass es nicht Boyd Gardner war, zu dem Glass' Blick beim Sprechen immer wieder hinüberglitt. Und er bemerkte auch, dass Mrs. Gardner alles, was der Lieutenant sagte, aufmerksam verfolgte, es abzuwägen schien und dabei immer tiefer in ihre eigene Gedankenwelt versank.

«Aber das ist doch krank», sagte Gardner, als Glass geendet hatte. «Sie meinen, diese Frauen haben das tatsächlich getan? Sie haben Botschaften erhalten, in denen sie aufgefordert wurden ...» Er warf einen Blick zu seiner Frau, die ihm gegenüber auf der Couch saß. Und zu seinem Sohn, der immer noch unter dem Tisch hockte und klickend die Tasten bearbeitete. «Und sie haben es getan?»

«Ja, Mr. Gardner. Es war ein obszöner Handel, aber trotz allem ein Handel.»

«Und der Täter hat seinen Teil der Vereinbarung eingehalten, nicht wahr, Lieutenant?» Die leise Stimme von Mrs. Gardner, die seit einiger Zeit nichts mehr gesagt hatte, ließ sie alle aufschrecken. «Mei Ling ist am Leben. Und Rachel McNeill ebenfalls.»

Gardner stand von seinem Sessel auf und stieg über den Kaffeetisch hinweg, um sich neben seine Frau zu setzen. Er legte ihr den Arm um die Schultern. «Karen, dir ist doch klar, wie krank all das ist?»

Sie nickte schwach, sah ihn jedoch nicht an.

«Wenn diese Verrückten ...», begann Gardner, an den Raum im Allgemeinen gerichtet, an Glass, an sich selbst, «wenn die glauben ...»

«Ich denke, es ist nur einer», warf Glass leise ein.

«Ob einer oder eine ganze Bande, das spielt doch keine Rolle. Wenn die glauben, sie könnten mich und meine Familie zugrunde richten ...»

«Ich glaube nicht, dass der Täter es auf Sie abgesehen hat, Mr. Gardner.»

«Auf wen dann? Meine Frau?»

«Auch davon bin ich nicht überzeugt. Wir wissen es einfach nicht. Noch nicht.»

«Mir scheint, das ist nur eines von zahllosen Dingen, die Sie nicht wissen, Lieutenant.»

Glass ließ die Bemerkung unkommentiert.

«Denken Sie nicht, dass es ein fairer Tausch war?», fragte Mrs. Gardner, setzte sich auf und streckte die Hand nach ihrem Sohn aus. Ihre Stimme klang entrückt, abwesend, matt, als habe sie ihre Entscheidung bereits getroffen.

«Karen, um Himmels willen!» Gardner wollte ihre Hand ergreifen, aber sie reagierte nicht. «Das ist doch verrücktes Gerede.»

Sie wartete darauf, dass Cyrus ihre Hand nahm. «Haben Sie Kinder, Lieutenant?»

«Nein.»

«Frauen bekommen die Kinder, Lieutenant. Männer zeugen sie, aber Frauen bringen sie zur Welt.»

Endlich sah der Junge auf. Vielleicht hatte er einen

Unterton wahrgenommen, den die Männer im Raum nicht hören konnten. Er schaltete das Computerspiel aus, schob es über die Tischplatte auf den zu, der es mitgebracht hatte. Glass nahm es und steckte es in die Tasche.

«Komm jetzt, Cyrus», forderte Mrs. Gardner ihren Sohn auf. «Zeit fürs Bett. Sag Lieutenant Glass und Mr. Malone gute Nacht.»

«Nacht.»

Sie gab den beiden Ermittlern über den Tisch hinweg die Hand. «Danke», sagte sie nur.

Malone fand, dass Mrs. Gardner eine wirklich bemerkenswerte Frau war – auch wenn er das am Morgen noch nicht geahnt hatte.

«Ich weiß, dass Sie alles Menschenmögliche tun werden, damit Amy wieder freikommt», fügte sie noch hinzu.

Etwas hatte sich zwischen ihr und Glass abgespielt. Ein Verständnis, das Malone nur erahnen, aber nicht in Worte fassen konnte.

«Wenn er wieder Kontakt zu Ihnen aufnimmt, müssen Sie mich sofort benachrichtigen, Mrs. Gardner», schärfte Glass ihr ein.

Sie ging. Die drei Männer waren wieder unter sich.

Gardner wandte sich an die beiden Polizisten. «Amy wird nie wieder Flöte spielen, ist Ihnen das klar? Selbst wenn die Ärzte einen Teil des ... Grauens beheben können, sodass die Narbe nicht zu sehr auffällt. Sie würde es nicht *fühlen*. Verstehen Sie das? Sie könnte es nie wieder *fühlen*.»

Malone, der Glass aus dem Zimmer und über den Gang folgte, konnte sich des Gedankens nicht erwehren, dass es noch andere Dinge gab, die dieses Mädchen niemals fühlen würde.

«Denken Sie, er hat es gewusst?», fragte Gardner. «Dass sie Flöte spielt? Himmel, warum nicht ein Zeh oder ...?» Er brach ab, unsicher, welche Körperteile er sonst noch nennen könnte.

An der Tür angekommen, hielt Gardner die Polizisten noch einmal zurück.

«Können Sie sich das eigentlich vorstellen?», fragte er. «Können Sie sich einen Menschen vorstellen, der fähig ist, so etwas zu tun? Einem *Kind* so etwas anzutun? Einer lebenden Person, einem anderen menschlichen Wesen?» Er hatte Glass am Arm gefasst, als wolle er ihn nicht wieder loslassen, ehe er eine Antwort bekam. Auf diese unbeantwortbare Frage.

«Ja, das kann ich», sagte Glass.

«Mein Gott» war alles, was Gardner zunächst herausbrachte. Doch dann besann er sich. «Natürlich, Lieutenant, Sie sind ja Polizist. Sie müssen schon ein paar ziemlich grausige Typen kennengelernt haben.»

«Nicht nur ein paar, Mr. Gardner», erwiderte Glass. «Ich habe sie schon alle kennengelernt. Sämtliche Typen.»

«Ja, aber kein anständiger Mensch ... ich meine, man kann sich doch nicht vorstellen, dass ein *anständiger* Mensch ...» Er blickte Glass direkt in die Augen. Und fuhr beinahe zurück, als er sah, was unausgesprochen darin stand.

«Dann tun Sie mir leid, Lieutenant.»

«Sparen Sie sich Ihr Mitleid, Mr. Gardner. Sparen Sie es sich für sich selbst auf. Für Amy. Und für Ihre Frau.»

Die drei standen auf der Veranda, gefangen in dem

Lichtkegel, der sie von der Dunkelheit draußen trennte. Gardner schaute abwechselnd dem einen und dem anderen Polizisten ins Gesicht. Als er in keinem der beiden Trost fand, wandte er sich ohne ein weiteres Wort um und schloss die Tür hinter sich.

Es hatte aufgehört zu regnen, doch das Wasser tropfte noch von den Vordächern und spritzte Glass und Malone auf die Stiefel, als sie um das Haus herum zu ihrem Wagen gingen. Im Osten klarte der Himmel bereits auf. Ein strahlender Sichelmond durchschnitt die schnell dahinziehenden Wolken.

«Haben Sie sein Gesicht gesehen, Lieutenant?» In Malones Stimme lag tiefe Bewunderung. «Wie sich sein Ausdruck verändert hat, als Sie Phuket erwähnten?»

«Es ist nicht schwer, einen Mann zu erschrecken, der ohnehin bereits verängstigt ist.»

«Mir erschien er eher wütend als verängstigt.»

Glass zuckte mit den Schultern. «Wut und Angst können manchmal sehr ähnlich aussehen.»

«Wahrscheinlich», räumte Malone ein. Als sie das Fahrzeug erreichten, dachte er laut: «Ich kann es irgendwie verstehen. Alles, was er will, ist, dass sie wieder nach Hause kommt, und das heil und ...»

Das unausgesprochene Wort schwang für einen Moment in der kalten Luft zwischen ihnen.

Fünf

Nora Bloom – Officer Second Class in der Datenverarbeitungszentrale – besaß neben vielen anderen hervorstechenden Merkmalen eines, das einzigartig war: Sie war die einzige Person im gesamten Police

Department, die Lieutenant Solomon Glass *Solly* nannte. Und das nicht nur hinter seinem Rücken – sie redete ihn tatsächlich so an.

Nora hatte dreist diese Verkleinerungsform gewählt, als sie ihn zum ersten Mal traf, als vierundzwanzigjähriger Grünschnabel auf der ersten Station ihres Rotationsdurchlaufs durch die Behörde. Und seitdem beharrte sie mit der geballten Sturheit ihres irischen Temperaments auf diesem Namen. Trotz Glass' anfänglicher Proteste, trotz seines Stirnrunzelns und seiner Anweisung, das zu unterlassen.

«*Lieutenant* Glass heißt das», hatte er gesagt. «So steht es an der Tür. Damit die Leute wissen, wie sie mich anzureden haben.»

«Entschuldigung, Solly, äh ... ich meine Lieutenant», hatte sie erwidert. Und konnte dabei ein überraschend mädchenhaftes Kichern nicht unterdrücken.

Letztendlich blieb Glass gar nichts anderes übrig, als sich damit abzufinden. Gegen Noras Hartnäckigkeit kam er einfach nicht an. Sie war das Produkt von drei Generationen irischer Polizisten in der Stadt, und sie ließ nicht so leicht locker. Außerdem begann er sehr bald ihre Vorzüge zu schätzen. Beispielsweise war sie ein menschlicher Metalldetektor und konnte auf wundersame Weise inmitten von Bergen eselsohriger Papiere auf seinem Schreibtisch haargenau *die* Aktenklammer ausfindig machen, die die Unterlagen zusammenhielt, nach denen er gerade suchte – und oft bereits seit Stunden gesucht hatte. Doch was noch wertvoller war: Nora Bloom war ein IT-Genie. Sie hatte einen intuitiven Zugang zur Computertechnologie, und das ohne die unliebsamen Begleiterscheinungen, die normalerweise mit solchen Fähigkeiten einhergingen. Sie konnte sich gezielt im gesamten System bewegen, in die entlegensten Bereiche des Netzes vordringen, nötigenfalls sogar ohne die Aufmerksamkeit von SPIDER zu wecken – der Special Police Information and Data Ethics Regulators, die als Aufsichtsinstanz eifersüchtig über alles wachte, was im Datendschungel herumkrauchte.

Nachdem Nora die vorgesehenen Stationen innerhalb der Behörde durchlaufen hatte, sprach sich Glass ganz besonders dafür aus, sie wieder ins Crime Bureau zu holen. Dann jedoch hätte er beinahe alles verdorben, indem er schwach wurde angesichts von Noras Jugend, der Art, wie sie sich von ihm beeindrucken ließ, der Tatsache, dass sie sich offensichtlich zu ihm und seinem Arbeitsstil hingezogen fühlte – zu seiner Besessenheit, seiner Ironie, seiner unnahbaren, lakonischen Haltung. Und natürlich zu seiner Aufklärungsquote bei den grausigsten und aussichtslosesten Fällen. Das war, wie sowohl Glass als auch Nora erkannte, ein Bestandteil der komplexen Chemie zwischen ihnen beiden: die Anziehung, die die dunkle Seite des menschlichen Verhaltens auf sie ausübte. Seine Person eingeschlossen.

In jenen ersten Monaten trafen sie sich ein- oder zweimal zum Abendessen, tasteten sich behutsam aneinander heran, flirteten ein wenig. Doch dann – es war nie klar, von wem der beiden es ausgegangen war – gingen sie auf Abstand. Vielleicht hatten sie erkannt, dass die Unterschiede, die einerseits gerade die Anziehung zwischen ihnen beiden ausmachten, andererseits doch einfach zu groß waren. Dass Glass womöglich zu viel Ballast angesammelt hatte, als dass es hätte gutgehen können. Vielleicht spürten sie auch, dass etwas anderes, etwas ganz Besonderes aus dieser Beziehung wachsen konnte, die sich so grundlegend von vielen der anderen Verbindungen unterschied, die im Treibhaus der Behörde gediehen. Beziehungen, die bereits im Ursprung verkehrt waren, die eher auf verirrten Gefühlen als auf echter Anziehung beruhten und die daher nur kurz dauerten und in Bitterkeit endeten.

Es war die klügste Entscheidung, die er je getroffen hatte, fand Glass. Seite an Seite gaben er und Nora ein hervorragendes Team ab. Glass war ihr Mentor und prägte ihre Laufbahn, und Nora brachte ein Niveau technischer Expertise ein, das es nirgendwo sonst im Crime Bureau gab. Außerdem gefiel ihm ihre Herzlichkeit, diese kesse, neckische Art, die man normalerweise nur bei einer Geliebten oder einer Tochter erlebte.

Mit der Zeit entdeckten sie, dass sie noch mehr gemeinsam hatten, manches davon zu Glass' größtem Erstaunen. Zum Beispiel Detective Daniel Malone. Als sie irgendwann damit herausrückte, dachte er zuerst, sie wolle andeuten, dass Malone sie belästigte. Dass er Annäherungsversuche unternahm, die ihr unangenehm waren. Nein, erklärte sie, das sei es nicht. Die Annäherung sei ihr durchaus recht.

«Malone?», vergewisserte er sich noch einmal, da er es sich einfach nicht vorstellen konnte. «Sind Sie sicher?»

«Ja, ich finde ihn süß.»

Darauf fand er nichts zu erwidern.

Und so war Glass unvermutet eine doppelte Verantwortung zugefallen. Für Nora, für Malone und jetzt auch noch für Nora *und* Malone. Was ihn noch immer jedes Mal, wenn er darüber nachdachte, in Staunen versetzte, war die Tatsache, dass Nora die Latin Lover bei der Sitte keines Blickes gewürdigt hatte, ebenso wenig die Schweden vom Diebstahl oder die zurückhaltenden, liebenswürdigen Polen vom Rauschgiftdezernat, sondern sich zielsicher für Daniel Malone entschieden hatte, der keltischer Abstammung war wie sie, mit Schuhgröße dreizehn, einem immensen Pizza-Appetit und einem rötlichen Haarschopf, wie man ihn nur im windgepeitschten Marschland westlich der Irischen See fand.

«Sie sehen erschöpft aus», sagte Nora, als Glass am nächsten Morgen in die Zentrale kam und sich auf eine Ecke ihres Schreibtisches setzte, neben die Konsole, an der sie arbeitete. «Bekommen Sie nicht genug Schlaf?»

«Schlaf? Was ist das?»

«Erzählen Sie mir nicht, Sie fürchten sich im Dunkeln. Doch nicht der große, mutige Solly!»

«Was mir Angst macht, ist nicht die Dunkelheit.»

«Sie meinen, es ist das, was Sie darin sehen?» Mit einem Schlag war der neckische Tonfall aus ihrer Stimme verschwunden. «Wenn Sie die Augen schließen?»

«Ja», sagte er. Dieses Eingeständnis, das so gar nichts von seinem gewohnten Sarkasmus hatte, ließ sie beide für einen Moment verstummen.

«Also, was haben wir vorliegen?», fragte er nach kurzem Schweigen.

«Ich bin noch damit beschäftigt, den einzelnen Punkten nachzugehen. Manches davon ist ziemlich furchtbar. Ich habe schon zu Danny gesagt, ich will gar nicht jedes Detail erfahren.» Sie sah ihn an. «Aber *Sie* hatten eine Wahl. Und nach dem, was Sie hinter sich haben ...»

Glass hob eine Hand und stand auf. Seine kräftige Gestalt überragte Nora und verdeckte das Licht der Lampe auf ihrer Konsole.

«Fangen wir nicht davon an, Nora. Wie Sie selbst gerade sagten: Das habe ich hinter mir.»

Infolge der Reed-Affäre war Glass für beinahe ein Jahr vom Dienst suspendiert worden, während die ganze Angelegenheit in einem internen Ermittlungsverfahren aufgerollt wurde. Sechs Morde und eine tote Stellvertretende Staatsanwältin, die Glass persönlich erschossen hatte und deren Beziehung zu ihm so undurchsichtig, so unergründlich war wie das Gesicht dieses Mannes. Am Ende hatten die Ermittler nichts herausgefunden – jedenfalls nichts, was sie ihm zur Last legen konnten –, und Glass war in den Polizeidienst zurückgekehrt, im selben Rang wie zuvor und mit dem kryptischen Vermerk *Keine nachteiligen Erkenntnisse* in der Personalakte. Dahinter standen zwei handschriftliche Fragezeichen, die Commissioner Keeves hinzugefügt hatte – wohl nur, weil in den offiziellen Unterlagen der Behörde Formulierungen wie *Schwachsinn* oder *Wer's glaubt* nicht zulässig waren.

«Aber warum sind Sie nach Ihrer Rückkehr gerade bei diesen Fällen eingestiegen?»

«Ich weiß es nicht.» Glass verzog das Gesicht. «Und ich bin mir selbst nicht sicher, ob es richtig war. Aber etwas an dem Springer-Fall hat meine Aufmerksamkeit geweckt.»

«An dem Jungen? Aber er wurde doch freigelassen.»

«Schon, nur warum? Diese Frage hat mich nicht losgelassen.»

«Wie auch immer, ich bin *sehr* froh, dass Sie wieder da sind. Ohne Sie war es hier verdammt öde.»

«Na, das ist mir ja ein Trost. Wenigstens einer, der mich vermisst hat.»

«Danny hat Sie auch vermisst», sagte Nora. «Kommen Sie schon, in Wirklichkeit mögen Sie ihn doch auch, und Sie wissen, was für eine hohe Meinung er von Ihnen hat. Er nimmt sich an Ihnen ein Vorbild. Und er ist schlau, sonst würden Sie nicht mit ihm zusammenarbeiten. Er verliert nur manchmal das Wesentliche aus dem Blick, wird ein wenig ...»

«Übereifrig?»

«Das ist eben ein Unterschied zwischen Ihnen beiden. Im Alter und in der Erfahrung.»

«Tja, wie auch immer – er erwartet uns jetzt gerade unten in der Cafeteria und spinnt sicher wieder neue Theorien. Er kommt ständig mit irgendeiner neuen Theorie an.»

«Aber ist das nicht etwas Positives? Ist es nicht genau das, was Sie wollen? Jemanden, der voller Ideen steckt?»

«Nur dass man seine Ideen doch hin und wieder an der Wirklichkeit prüfen sollte. Um zu sehen, ob sie Bestand haben oder ob es nur Seifenblasen sind.»

«Tja, das wird sich zeigen.» Nora klappte die Akten zu und zog ihre Karte durch den Scanner an der Tastatur, um sich auszuloggen. «Okay», sagte sie und stand auf, «hören wir uns an, was ihm eingefallen ist.»

Der Zweiundzwanzigste, das war Malone eingefallen. Wieder einmal. «Das Datum muss etwas zu bedeuten haben», beharrte er. Er saß gerade vor seiner zweiten Tasse Kaffee, als Nora und Glass dazukamen.

Seine Augen leuchteten. Glass glaubte zu sehen, wie

das Koffein auf sein Gehirn wirkte. Natürlich wusste der Lieutenant, dass Malone immer noch überzeugt war, das Datum sei der Schlüssel: die Tatsache, dass alle vier Entführungen am selben Datum des jeweiligen Monats geschehen waren, im Abstand von genau einem Vierteljahr, immer zum Wechsel der Jahreszeiten. Ihm war klar, dass Malone und auch Nora auf jede erdenkliche Weise nach dem geringsten Anhaltspunkt für ein solches Muster gesucht und Verbrechensdatenbanken durchforscht hatten, Aufzeichnungen, Statistiken, Unterlagen über frühere Kriminalfälle, die irgendwelche Parallelen aufwiesen. Und nachdem all das ergebnislos verlaufen war, hatten sie aufs Geratewohl im Bereich von Almanachen, Horoskopen, Mondkalendern und Sternzeichen weitergesucht.

Er hatte sie machen lassen. Solange die eigentlichen Ermittlungen nicht darunter litten.

«Wussten Sie eigentlich», sagte Malone jetzt und beugte sich aufgeregt über den Tisch vor, «dass JFK an einem Zweiundzwanzigsten ermordet wurde?»

«Ja», erwiderte Glass.

«Ach, tatsächlich?», fragte Nora.

«Sie vergessen, Malone, dass ich das selbst miterlebt habe. Und ich weiß auch, dass es der zweiundzwanzigste November war. Nicht September oder Dezember, nicht zum Wechsel der Jahreszeit.»

«Trotzdem», beharrte Malone.

«Nichts trotzdem. Wenn Sie nach einem Muster suchen, kann es nicht einfach der Zweiundzwanzigste eines beliebigen Monats sein. Es muss etwas mit einem Vierteljahreszyklus zu tun haben. Darin liegt die Bedeutung. Also erzählen Sie mir vom September. Sagen Sie mir, was an einem zweiundzwanzigsten September war, an dem Datum, an dem Amy entführt wurde.»

«Mal sehen.» Malone zog seinen Notizblock hervor und blätterte darin. «Der Todestag von Isaac Stern. 22. September 2001.»

«Und?»

«Und er war Musiker.»

Glass sah Malone abwartend an. Bis Nora ihm zu Hilfe kam.

«Es war auch der Geburtstag von Anna von Cleve», sagte sie. «Sie wissen schon, die Frau von Heinrich VIII.»

Malone blätterte weiter in seinen Notizen. «Im Jahr 1862 hat am 22. September Abraham Lincoln die Befreiung aller Sklaven proklamiert.»

Glass schwieg beharrlich.

«Der Ausbruch des ersten Golfkriegs?» Malones Tonfall wurde unsicherer. «Das war 1980. Der Einmarsch irakischer Truppen in den Iran.»

«Sie haben wohl mal wieder in den Trivial-Pursuit-Karten gestöbert, wie?»

«Nun, wie erklären *Sie* es sich denn, Lieutenant? Diese ganze Sache kann doch wohl kein bloßer Zufall sein, oder?»

«Warum nicht? Glauben Sie nicht an Zufälle?»

«Schon, aber nicht in diesem Fall. Und da wir gerade von Zufällen reden – es gibt einen, der etwas näher läge.»

Glass wartete ab.

«Geboren am 22. Dezember 1960 in South Braxton. Eltern: Mr. Saul und Mrs. Irma Glass. Ein Sohn, Solomon. Benannt nach seinem Großvater mütterlicherseits, Dr. Solomon Franck, einem tschechischen Psychotherapeuten. Sie können mir nicht weismachen, dass Sie daran noch nicht gedacht haben.»

Das hatte er allerdings. Oft. Steinbock, mit Mars im Aszendenten. Stur, intelligent, launenhaft. Jahr der Ratte. Einer, der immer ins Finstere vordrang, in die düsteren Gefilde. Seine eigenen oder die anderer. Der sich zur dunklen Seite der Dinge hingezogen fühlte. Tuesday Reed war die Ausnahme gewesen. Sie war blond, eine strahlende Persönlichkeit. Und was daraus geworden war, hatte man ja gesehen.

«Darüber haben Sie sich als Kind bestimmt immer geärgert, nicht wahr, Lieutenant?» Malones Gedanken liefen in anderen Bahnen. «Nur einmal im Jahr Geschenke zu bekommen, in der Weihnachtszeit.»

«Er hätte ohnehin nur einmal welche bekommen, Danny», wandte Nora ein. «Weil er Jude ist.»

«Ach.» Malone bemühte sich hastig, seinen Patzer zu überspielen. «Tja, dann können Sie sich wohl glücklich schätzen, dass Sie kein neunjähriges Mädchen sind, Lieutenant.»

«Was? Denken Sie etwa, dann wäre ich das nächste Opfer? Der Zweiundzwanzigste ist das Datum der Entführungen, Malone, nicht das Geburtsdatum der Kinder.» Er warf Nora einen fragenden Blick zu.

«Nein, keins der Opfer hat an einem Zweiundzwanzigsten Geburtstag», bestätigte sie.

«Gut, das mit Ihrem Geburtstag ist also meinetwegen ein Zufall», räumte Malone ein. «Aber vier Entführungen, immer zum Wechsel der Jahreszeiten – halten Sie das wirklich für zufällig?»

«Nein», erwiderte Glass. «Da liegt in der Tat ein Muster vor. Nur – was bedeutet dieses Muster?»

«Womöglich weiß der Entführer es ja selbst nicht. Vielleicht reagiert er nur bei jeden Wechsel der Jahreszeit, gewissermaßen zwanghaft ...»

«Glauben Sie jetzt etwa, er ist ein Werwolf? Ein Vampir oder etwas in der Art?»

«Selbstverständlich nicht.» Wieder schritt Nora ein, ergriff Partei. Für einen kurzen Moment ärgerte sich Glass darüber.

«Dann ist er vielleicht ein Druide auf Urlaub, der Vielfliegerpunkte sammelt?»

«Solly, seien Sie fair.» Nora konnte nicht mit ansehen, dass Malone derart vorgeführt wurde.

«Wenn es kein Zwang ist, handelt er also aus freiem Entschluss ...» Malone sah sich zu einem Rückzieher gezwungen. «Also gut, Lieutenant, was ist Ihre Erklärung?»

«Wenn ich Ihnen das sagen würde, wären Sie noch deprimierter, als Sie jetzt schon sind.»

«Nein, kommen Sie schon. Sie denken also nicht, dass die Jahreszeiten für ihn eine entscheidende Rolle spielen – warum wählt er dann jedes Mal dieses Datum?»

«Weil er Gott spielt.»

«Wie meinen Sie das?»

«Weil er glaubt, dass wir nicht die leiseste Chance haben, ihn zu fassen. Obwohl wir genau wissen, wann er zuschlagen wird.»

Malone hätte beinahe gelacht. «Sie wollen sagen, er gibt uns einen Vorsprung? Einen Wettkampfvorteil?»

«Ganz recht», bestätigte Glass. «Genau das tut er.»

Später, oben in ihrem Büro, schrieb Malone das Protokoll über ihr Gespräch mit den Gardners am Vortag, während Glass am Telefon wieder einmal einen Revierkampf ausfocht. Diesmal nicht mit den Mexikanern vom Drogendezernat und auch nicht mit den Kollegen von der Abteilung für Erpressung und Betrug, sondern mit zwei noch launischeren und gefährlicheren Gegnern. Zwei Schwesterbehörden: der Sozialfürsorge und Children's Justice, dem Zweig der Justiz, der die Rechte minderjähriger Opfer vertrat.

Glass versuchte, noch einmal Gespräche mit Rachel McNeill und Rodney Springer zu arrangieren, doch er musste die Sache behutsam vorbereiten. Er benötigte die Einwilligung der Erziehungsberechtigten und außerdem die Zustimmung der Hälfte aller Bürokraten der Stadt. Wenn er etwas überstürzte, sich über die nötigen Formalitäten hinwegsetzte, würden die Leute von der Fürsorge – die Psychologen, Justizbeamten und Traumatherapeuten – dafür sorgen, dass er für seine Dreistigkeit bezahlte.

Schließlich, nach einem halben Dutzend Anrufen und mit Hilfe einer raffinierten Kombination aus Beharrlichkeit, der Berufung auf bestimmte Namen und für ihn ungewöhnlicher Diplomatie und ganz altmodischer Erpressung, bekam Glass, was er wollte: die Erlaubnis zu erneuten Gesprächen mit Rachel McNeill und Rodney Springer. Was Mei Ling betraf, kamen seine Bemühungen zu spät. Sie war – verdammt nochmal – bereits bei ihrem Vater in Taiwan.

Na also, wollte Glass gerade zu Malone sagen, als er endlich den Hörer auflegte, so macht man das. Doch stattdessen stellte er fest, dass Malone ihn beobachtete, und zwar, nach seinem nachdenklichen Gesichtsausdruck zu urteilen, bereits seit einiger Zeit.

«Was ist?», fragte Glass.

«Nichts, Lieutenant.»

Glass seufzte. *«Was?»*

«Ich habe mich nur gerade gefragt», sagte Malone, «ob Sie wohl viel über diesen Kerl nachdenken.»

Es brachte ihn aus dem Konzept, wie Malone manchmal ins Schwarze traf. Nora, schön und gut. Nora wusste gewisse Dinge. Aber Malone?

«Ein bisschen», erwiderte Glass. «Aber ich vergeude meine Zeit nicht damit, mir Gedanken über Monster, Außerirdische oder Werwölfe zu machen.»

«Ich bitte Sie, Lieutenant. Das ist doch nur so eine Redeweise.»

«Nein, das ist es nicht. Es ist eine *Denkweise*. Und zwar eine gefährliche. Und wissen Sie, warum wir so denken?» Glass stand von seinem Schreibtisch auf, ging zum Fenster hinüber und schob mit dem Finger eine Lamelle der Jalousie hinunter, um ins Herz der Stadt hinausblicken zu können.

«Wir tun es», fuhr er fort, «damit wir uns selbst vormachen können, wir seien anders. Uns vormachen, diese Leute seien nicht wie wir. Wir übertragen unsere eigenen Schatten auf sie. Wir machen sie zu unseren Monstern, unseren Außerirdischen. So können wir sie jagen und töten, ohne selbst Schaden zu nehmen. Selbst unsere Schatten.»

«Wie meinen Sie das, unsere Schatten?»

Glass wandte den Kopf, den Finger noch immer in der Jalousie. «Haben Sie noch nie von einem Burschen namens Jung gehört, Malone? Carl Gustav Jung?»

Malone sah, dass es eine *dieser* Fragen war, und veränderte seine Blickrichtung um eine Winzigkeit, sodass er nicht mehr direkt in das Gesicht seines Vorgesetzten schaute, sondern auf den oberen Rand von dessen linkem Ohr. Er wusste, wie sehr er Glass damit reizen konnte.

«Wie Sie vorhin selbst anmerkten, Lieutenant: Sie sind wesentlich älter als ich.»

«Jung ist jemand, mit dem Sie sich mal beschäftigen sollten», erklärte Glass. «Er hatte die Theorie –»

«Sagten Sie nicht, wir sollen uns vor Theorien hüten? Und dass mein Kopf eine wahre Theorienfabrik ist?»

«Diese war eine echte, bahnbrechende Theorie. Eine gänzlich neue Idee. Eine der wenigen.»

Glass, der es leid war, sich aufs Ohr starren zu lassen, blickte wieder durch den Spalt in der Jalousie hinaus. «Jedes Licht», sagte er, «erzeugt einen Schatten. Jede unserer Stärken, unserer Tugenden hat ihren düsteren Gegenpart, ihren unzivilisierten Vetter. Das ist unsere dunkle Seite, der Teil von uns, dem wir uns nicht stellen können. Und so projizieren wir ihn auf andere.»

«Wie die Nazis auf die Juden?»

«So in der Art.»

«Wer war noch dieser Kerl, den die Israelis in Südamerika gefasst haben? Eichmann, also das war mal ein –»

Die Lamelle der Jalousie knackte scharf wie ein Pistolenschuss, als Glass den Finger aus dem Spalt zog und sich zu Malone herumdrehte. «Ein *was*? Vielleicht ein Monster? Ist es das, was Sie denken? Adolf Eichmann», begann Glass langsam eine Lektion, über die er viel nachgedacht hatte, «war wie jeder Regierungsbeamte, jeder Buchhalter, jeder Bürokrat bei der Kinderwohlfahrt.»

«Aber ich bitte Sie, Lieutenant! Das ist doch verrückt. Eichmann war ein antisemitischer Wahnsinniger. Ausgerechnet Sie –»

«Eichmann war ein Musterbeamter des öffentlichen Dienstes.»

«Er hat Hunderttausende Menschen umgebracht!»

«Er hat in seinem ganzen Leben zwei Hinrichtungen selbst mit angesehen. Zwei. Und wissen Sie, wie er darauf reagiert hat? Ist er mit sadistischer Freude herumgetanzt? Hat er das Blut der Getöteten getrunken? Nein. Ihm wurde speiübel. Er ist nach Hause gegangen und hat bei der Erinnerung daran gekotzt.»

Malone starrte ihn ungläubig an.

«Aber hinter seinem Schreibtisch», fuhr Glass fort, «war er unglaublich akribisch. Er hat die Berichte geführt, die Register. Er hat die Transporte geplant, er hat Menschen dorthin gebracht, wo Hitler und andere sie haben wollten. Er war Kantianer – er glaubte an das richtige Handeln, er befolgte die Regeln. Wohin auch immer sie führten. In die Lager. Nach Buchenwald. Auschwitz. Treblinka. Und er hat nie auch nur einen Moment lang darüber nachgedacht. Das ist der entscheidende Punkt: Er hat nie auch nur einen Moment lang darüber nachgedacht, weil er dazu gar nicht fähig war. Ihm fehlte das Eine, das ihn dazu gebracht hätte, das Grauen dessen, was er tat, zu sehen.»

Glass hielt inne, wartete darauf, dass Malone fragte, was das sei. Um sich zu vergewissern, dass sein Assistent ihm noch folgte.

«Er konnte sich nicht vorstellen, wie es war, die andere Person zu sein», fuhr er schließlich fort. «Er konnte sich die Angst, den Schmerz dieser Menschen nicht vorstellen. Was für uns normal ist – die Fähigkeit, mit jemand anderem mitzuempfinden, zu fühlen, was der andere fühlt –, diese Fähigkeit besaß er nicht. An der Stelle war bei ihm einfach eine Lücke, ein leerer Raum. Das machte ihn zum perfekten Mörder.»

Malone war versucht, einen Witz über perfekte Regierungsbeamte zu reißen, besann sich jedoch eines Besseren.

«Eichmann», sagte Glass, «war es zuwider, morgens mit schmutzigen Schuhen oder einer ungebügelten Krawatte ins Büro zu gehen. So etwas kam bei ihm nicht vor. Das hat Hannah Arendt gemeint, als sie von der deprimierenden Banalität des Bösen sprach.»

Glass richtete sich auf und sah Malone an. Sein Gesicht schien auszudrücken, er habe zu viel gesagt. Sich eine Blöße gegeben. Malone war unfähig, seinen Blick von diesen beiden schwarzen Seen loszureißen, in denen Gardner zweifellos am vergangenen Abend ertrunken war.

«Was würden Sie tun, Malone», fuhr der Inquisitor fort, «wenn Sie diesen Kerl fänden? Wenn Sie ihm gegenüberstünden und ohne jeden Zweifel wüssten, dass er es ist? Dass er Rachel und Mei Ling das angetan hat? Dass er in diesem Moment Amy, der er das Gleiche angetan hat, irgendwo gefangen hält? Was würden Sie tun?»

«Bevor oder nachdem ich ihn eingebuchtet hätte?»

«Vergessen wir mal die markigen Sprüche. Sagen wir, Sie würden ihm in einer einsamen Gasse begegnen. Nur Sie und er. Sie können ihn verhaften, oder Sie können ihn gründlich verprügeln und ihn dann verhaften. Aber was, wenn Sie davon ausgehen müssen, dass – so, wie das System arbeitet – sich der Kerl wahrscheinlich einen cleveren Anwalt nimmt und ungestraft davonkommt?

Sich stapelweise psychologische Gutachten besorgt, in denen steht, dass er nicht wusste, was er tat, und in die geschlossene Psychiatrie eingewiesen werden sollte, bis er geheilt und bereit zur Wiedereingliederung in die Gesellschaft ist? Was täten Sie dann, Malone? Würden Sie ihm nach ein paar Schlägen die Handschellen anlegen? Oder würden Sie ihn an die Wand stellen und ihm eine Kugel in den Kopf jagen?»

«Letzteres.»

«Sie würden ihn also töten? Sie würden sein Leben auslöschen, ohne mit der Wimper zu zucken?»

«Sie können Ihren Arsch drauf verwetten, dass ich das täte, wenn das die Optionen wären.»

«Aha.» Glass ließ sich langsam auf seinen Stuhl sinken.

«Na, Sie etwa nicht, Lieutenant?» Malones Tonfall schwankte zwischen Flehen und Verbitterung.

«Vielleicht.» Doch er sagte es leise, als sei für einen Moment alle Kraft aus ihm gewichen. «Ich verurteile Sie nicht, Malone. Ich versuche nur, Ihnen etwas klarzumachen.»

«Dass dieser Kerl nicht so grundlegend anders ist als wir? Dass er dieselben Antriebe hat, dieselben Begierden?»

Glass nickte.

«Aber er gibt ihnen nach, denn er hat nicht ...»

«Ja?» Glass sah Malone mit neugewecktem Interesse an.

«Und um ihn zu fassen, sollten wir aufhören, ständig über ihn zu grübeln – ist es das, was Sie meinen? Aufhören, ergründen zu wollen, wie er denkt, und stattdessen anfangen, einen Blick in unser eigenes Inneres zu werfen. Was wir täten, was wir *fähig wären* zu tun, wenn uns dieser Teil fehlen würde.»

«Und wenn die Umstände entsprechend wären. Das ist genau das, was ich sagen will. Keine Götter mehr, Malone. Und keine Monster.»

«Nur wir selbst?»

«Nur wir selbst.»

Sechs

Das Vorhaben, den kleinen Springer zu befragen, war zum Scheitern verurteilt, das war Malone von vornherein klar. Wie sollte man ein Kind befragen, das nicht redete? Das entweder nicht reden wollte oder so stark traumatisiert war, dass es die Fähigkeit dazu verloren hatte?

Dennoch verstand er, dass Glass selbst einen Versuch unternehmen wollte. Da er erst später in den Fall eingestiegen war, hatte er bisher nur die Berichte über Rodney gelesen.

«Ich will nur für eine Weile bei dem Jungen sitzen, ihn beobachten, zu ihm sprechen», sagte Glass.

Also fuhren sie wie vereinbart hinaus nach Darlington, zu der psychiatrischen Klinik, in der Rodney Springer behandelt wurde. Doch wenn Malone die erste Begegnung mit dem Jungen bereits als schlimm empfunden hatte, so verlief der zweite Besuch verheerend. Sie hörten die Schreie, noch bevor sich die Aufzugtüren geöffnet hatten.

«Lieutenant, das Ganze ist keine gute Idee.»

«Woher wissen Sie, dass das er ist?»

«Ich weiß es, Lieutenant. Glauben Sie mir.»

Als sie aus dem Aufzug traten und den sterilen Klinikflur entlanggingen, wichen die Schreie einem leiseren, erstickten Schluchzen. Es war nicht das Schluchzen eines Kindes, sondern das einer Frau.

Am Ende des Ganges sahen sie eine Gruppe Personen stehen – einen Arzt, eine Ärztin und noch eine weitere Frau. Letztere war klein und auf eine altmodische Weise hübsch. Der Arzt hatte ihr den Arm um die Schultern gelegt und sagte gerade etwas zu ihr. Sie nickte und wischte sich über die Augen.

Malone beugte sich zu Glass hinüber. «Das ist Mrs. Springer», raunte er ihm zu. «Und der Mann ist Dr. Willis.»

Als Glass und Malone näher kamen, blickten die drei ihnen entgegen.

«Hallo, Mrs. Springer, hallo, Dr. Willis. Sie kennen mich sicher noch, Detective Malone. Und das hier ist Lieutenant Glass.»

«Lieutenant», sagte Dr. Willis. «Darf ich Ihnen Dr. Chandler vorstellen, meine Assistentin.»

Glass schüttelte den Ärzten die Hände. «Guten Tag, Mrs. Springer», sagte er dann.

«Ich fürchte, Sie sind nicht zum günstigsten Zeitpunkt gekommen, Lieutenant», erklärte Dr. Willis. «Rodney ist –»

Mrs. Springer fiel ihm ins Wort. Sie blickte zu Glass auf. «Was hat dieser Mann ihm angetan?», fragte sie verzweifelt. «Ich begreife es einfach nicht. Der Vorfall liegt jetzt schon Monate zurück, und Rodneys Zustand hat sich nicht gebessert. Im Gegenteil, es geht ihm immer schlechter! Jedes Mal, wenn ich ihn besuche, braucht er mich nur zur Tür hereinkommen zu sehen und weicht sofort zurück wie ein Tier in der Falle, als hätte er entsetzliche Angst vor mir. Und dann fängt er an zu schreien. Dr. Willis hat gesagt, dass Sie ständig mit solchen ... *Personen* zu tun haben. Wie kann irgendjemand einem anderen Menschen etwas Derartiges antun?»

«Ich weiß es nicht, Mrs. Springer», gestand Glass. «Aber ich habe die Hoffnung, dass ich dem Ganzen vielleicht auf die Spur komme, wenn ich mich für eine Weile zu Rodney setze.»

Sie sah erst ihn an, dann Dr. Willis.

«Wie wäre es, wenn Dr. Chandler Mrs. Springer jetzt hinunter in die Cafeteria begleitet, Lieutenant, und Sie, ich und Mr. Malone sehen inzwischen, was wir bei Rodney erreichen können.»

«Sie werden ihn doch nicht bedrängen, nicht wahr, Lieutenant?», fragte Mrs. Springer. «Ihn nicht noch mehr aus der Fassung bringen?»

«Nein, ich werde ihn nicht bedrängen. Ich möchte nur bei ihm sein, im selben Zimmer, für eine Minute oder zwei.»

«Gut», sagte sie. «Gut.» Dann ging sie mit Dr. Chandler davon.

Die drei betraten das Zimmer, in dem Rodney in einer Ecke kauerte. Sein Blick huschte für einen Moment in ihre Richtung. Als er sah, dass seine Mutter nicht bei ihnen war, fuhr er fort, in monotonem Rhythmus leicht mit dem Kopf gegen die Wand zu schlagen. Dabei murmelte er etwas vor sich hin, wieder und wieder.

Glass wandte sich Dr. Willis zu. Er brauchte die Frage nicht zu stellen.

«Wir wissen es nicht genau. Anfangs dachten wir, es sei ein Wort, das wir nicht kennen», erklärte der Psychiater. «Eine Beschwörung, etwas wie *neimon, neimon, neimon*. Aber inzwischen sind wir ziemlich sicher, dass es *nein Mom* heißt. Er sagt das immer, wenn er seine Mutter sieht. Sie ist der Auslöser. Sobald er sie sieht, weicht er zurück und sagt *nein Mom, nein Mom, nein Mom*. Er fängt leise an und wird immer lauter. Und dann beginnt er plötzlich zu schreien.»

Glass blieb nahe der Tür stehen und beobachtete die kleine Gestalt, die in der Ecke hockte, gefangen in einem furchtbaren Albtraum, der kein Ende nahm.

«Manchmal wacht er nachts spontan auf und schreit. Das Pflegepersonal vom Nachtdienst findet ihn dann zusammengekauert in der Ecke wie jetzt, und er murmelt dasselbe.»

Nachdem Glass den Jungen selbst gesehen hatte, war ihm klar, dass es sinnlos wäre, ihn vernehmen zu wollen.

«Dieses *Nein Mom* ist uns ein echtes Rätsel», fuhr Dr. Willis fort. «Sie haben Mrs. Springer ja gerade selbst gesehen – eine normalere, natürlichere Frau könnte man sich gar nicht vorstellen. Und dennoch – sobald sie sich Rodney bis auf Reichweite nähert, schreit er. So als könnte er in ihr nicht das erkennen, was sie ist, seine Mutter. Als drängte sich irgendeine monströse Gestalt dazwischen, ein schwarzes Miasma, sodass er sie nicht sehen kann.»

Glass blickte mit hochgezogener Augenbraue zu Malone hinüber.

«Die alles verschlingende Mutter», spekulierte Dr. Willis. «So eine Art Kali-Figur. Nun, natürlich nicht im wörtlichen Sinne. Aber etwas hat Rodney die Fähigkeit zum Sprechen geraubt.»

Jetzt war es an Malone, Glass einen Blick zuzuwerfen. Dieser hatte von Monstern, Miasmen und indischen Gottheiten mittlerweile genug und wechselte das Thema.

«Detective Malone hat mir berichtet, dass Rodney zeichnet.»

«Das ist richtig. Etwa vor einem Monat hat er angefangen, Bilder zu malen. Inzwischen tut er es zwanghaft, wir haben Hunderte davon. Alle stellen mehr oder weniger das Gleiche dar.»

Er führte Glass zu einem kleinen Tisch mit einem Papierstapel darauf. «Hier sind die neuesten.» Er hob etwa ein Dutzend Zeichnungen auf. «Manche sind etwas dunkler als andere, aber das Motiv ist dasselbe.»

Er reichte die Blätter Glass, der sie flüchtig durchsah. Die Bilder zeigten eine Frau in einem langen, dunklen Kleid, die frontal zum Betrachter stand, breitbeinig, die Arme verschränkt. Die Pose wirkte einschüchternd, drohend. Auf den meisten Bildern war das Kleid von schaurigen roten Flecken bedeckt. Manche der Zeichnungen waren deutlicher ausgeführt, andere so fieberhaft hingekritzelt, dass man kaum erkennen konnte, ob die Gestalt, die dort stand, ein Mann oder eine Frau war.

«Hätten Sie etwas dagegen, wenn ich eine oder zwei mitnehme?», fragte Glass.

«Nehmen Sie, so viele Sie wollen. Wie ich schon sagte, er hat inzwischen Hunderte gemalt.»

Die drei wandten sich wieder Rodney zu. Er hatte aufgehört, mit dem Kopf zu schlagen, saß nun schräg zur Wand, starrte darauf und murmelte vor sich hin.

«Okay», sagte Glass, «ich denke, wir haben für heute genug gesehen.»

Anschließend gingen sie zu Mrs. Springer in die Cafeteria. Sie saß mit Dr. Chandler an einem Fenster mit Ausblick auf das Klinikgelände.

«Wie ist es gegangen?», fragte sie.

«Ich weiß nicht recht», erwiderte Glass. Dann hielt er die Bilder hoch. «Ich habe die hier mitgenommen. Vielleicht helfen sie mir weiter.»

Er wollte etwas Tröstliches zu ihr sagen, ehe er ging, etwas darüber, dass man Rodney Zeit lassen müsse, und über die wundersamen Selbstheilungskräfte des Geistes. Doch die Worte erschienen ihm leer und hohl. Schließlich ließ er sie allein zurück. Wie Rodney selbst war seine Mutter in einer persönlichen Hölle gestrandet, aus der es kein Entkommen gab.

Als sie wieder in der Dienststelle eintrafen, erwartete sie die nächste unliebsame Überraschung: Glass fand den Flur zu seinem Büro versperrt vor. Von einem aktiven Vulkan.

«Glass!», brach er kurz aus.

«Zur Stelle, Sir.»

Wenn die mittelalterlichen Philosophen recht hatten, dachte Glass, und alle Materie zu unterschiedlichen Anteilen aus den vier Elementen zusammengesetzt war – Feuer, Luft, Erde, Wasser –, dann war Jack Keeves unter Druck die reinste Elementarkraft, der er je begegnet war.

«Wo in drei Teufels Namen haben Sie den ganzen Vormittag gesteckt, Glass?»

Commissioner Keeves war nicht nur der Leiter des Crime Bureau, sondern des gesamten Police Department. Er kam ursprünglich nicht von der Polizei, sondern vom

Militär, und man hatte ihn eingesetzt, um nach den Korruptionsskandalen in den späten 1990ern Ordnung in die Behörde zu bringen – mit neuem Besen zu kehren, Klarschiff zu machen. Es hieß gerüchteweise, er habe Ambitionen auf ein höheres Amt, doch die Chancen dazu hingen angeblich davon ab, was er in seinem gegenwärtigen leistete. Ob es ihm gelang, im Sinne der Behörde ein paar große Coups zu landen und dabei zugleich weitere Skandale – oder Schlimmeres – zu verhindern. Keeves war das Letzte, was Glass im Augenblick gebrauchen konnte.

«Malone und ich sind zu der psychiatrischen Klinik in Darlington rausgefahren», teilte Glass dem Commissioner mit.

«Und die haben Sie wieder laufen lassen?»

«Muss ein Versehen gewesen sein, Sir.»

«Kommen Sie mir nicht mit frechen Sprüchen, verstanden?»

«Ja, Sir.»

Keeves als Exmilitär hatte einen Hang zur Invasion. Persönlicher Raum war ein Konzept, von dem er zwar gehört hatte, an das er jedoch nicht glaubte. Glass konnte nicht genau bestimmen, womit sich der Commissioner an diesem Morgen eingesprüht hatte – zweifellos mit etwas Männlichem, Kriegerischem –, doch jedenfalls stand das Haus Dior nicht unter unmittelbarer Bedrohung.

«Wo ist Ihr Partner?»

«Im Carpool, Sir, er tankt den Wagen auf. Er wird –»

«Wissen Sie, was er zu meiner Assistentin gesagt hat?»

«Vielleicht sollten wir das lieber in meinem Büro besprechen, Commissioner?»

Glass war nicht entgangen, dass es auf dem Gang stetig voller wurde. Zahlreiche Kollegen hatten urplötzlich das Bedürfnis entwickelt, langsam durch diesen Bereich zu schlendern oder stehen zu bleiben und geistesabwesend auf leere Blätter zu starren. Während sie die Ohren spitzen und einander zuzwinkerten.

«Malone hat zu ihr gesagt ...» Keeves folgte Glass so dicht auf den Fersen, dass er das Büro beinahe vor ihm erreichte. «Er hat gesagt, es habe einen Durchbruch in dem Fall gegeben, und als sie fragte, was es denn Neues gibt, hat er herumgedruckst und dann gesagt, er glaube, es werde regnen.»

«Das hat Malone tatsächlich gesagt?»

«Der Mann war bei klarem Verstand, als er hier anfing, Glass. Ich habe persönlich das Einstellungsgespräch geführt.»

«Es muss sich um ein Missverständnis handeln, Sir. Alice hat sich sicher verhört.»

«Kommen Sie mir nicht mit solchem Mist, Glass. Ich merke sehr wohl, wenn mich jemand an der Nase herumführt. Deshalb bin ich hier. Wissen Sie, wo *ich* heute Morgen war, Glass? Während Sie sich in irgendeiner Klapsmühle haben durchchecken lassen?»

«Ich habe Rodney Springer besucht, Sir. Er ist ein Schlüsselzeuge.»

«Ich war beim Bürgermeister», fuhr Keeves unbeeindruckt fort. «Und wissen Sie, wen er die meiste Zeit, die ich in seinem Büro war, am Telefon hatte, Lieutenant? Mr. Boyd Gardner. Ich gehe davon aus, Sie kennen ihn?»

«Wir haben uns gestern Abend getroffen. Bei ihm zu Hause.»

«Sie wissen also, wer er ist? Was er beruflich macht, was er besitzt?»

«Die Hälfte von Mercantile First, soweit ich gehört habe.»

«Und wie nennt man jemanden, der die Hälfte von Mercantile First besitzt?»

«Einen Banker?»

«Man nennt ihn *Sir*, so nennt man ihn. Zwanzig Minuten lang war er am Telefon, während ich dagesessen und zugehört habe. Und alles, was ich vom Bürgermeister hörte, war *Ja, Sir, Nein, Sir, Selbstverständlich, Sir*. Vom *Bürgermeister* dieser Stadt. Und ich sage Ihnen, Glass, Sie wollen gar nicht wissen, was er nach dem Telefonat zu mir über diese Behörde hier gesagt hat. Also: Ich will wissen, was ich ihm sagen kann. Worin dieser Durchbruch besteht, an dem Sie arbeiten. Denn wenn wir in diesem Fall nicht bald etwas vorzuweisen haben, Glass, wird mein Kopf rollen. Und eins kann ich Ihnen versprechen: Ihrer ist dann auch fällig, nur dass Sie vorher noch geteert und gefedert werden. Haben Sie mich verstanden?»

«Ja, Sir.»

«Gut.» Keeves verringerte seine Lautstärke ein wenig. «Ich nehme an, Sie können sich denken, was Gardner dem Bürgermeister gesagt hat? Er hat ihm mitgeteilt, dass er private Ermittler einschalten wird.»

«Das hat er mir auch gesagt.»

«Ach ja? Und hat er Ihnen auch gesagt, wie wir dastehen, wenn wir jetzt, neun Monate nach der ersten Entführung, während alle Zeitungen nach Details schreien, ziemlich genau gar nichts in der Hand haben? Und wie wir dastehen würden – wie *ich* dastehen würde –, wenn irgendein dahergelaufener Privatdetektiv den Fall vor unserer Nase binnen einer Woche knackt?»

«Wenigstens wäre Amy Gardner dann frei. Ich habe Gardner geantwortet, ich hätte nichts dagegen, wenn er private Ermittler einsetzt.»

«Sie haben ihm *was* geantwortet?»

«Ich habe ihm gesagt, ich wäre gern bereit zu kooperieren.»

Keeves holte tief Luft. «Jetzt hören Sie mir mal gut zu, Glass. Wenn Sie mit irgendeinem privaten Ermittler in diesem Fall kooperieren, dann stehen Sie am nächsten Morgen auf der Straße und verteilen Strafzettel. Habe ich mich klar genug ausgedrückt?»

«Ja, Sir.»

«Wenn einer von denen hier anruft oder zu Ihnen ins Büro kommen will, dann sind Sie nicht da, verstanden? Und wenn jemand eine Akte sehen will, haben Sie sie verlegt.» Mit einem Blick auf Glass' Schreibtisch fügte Keeves hinzu: «Da würden Sie ohnehin nur die Wahrheit sagen.»

«Sir.»

«Sie werden lügen, hinhalten und denen bei jeder Gelegenheit Stöcke zwischen die Beine werfen. Ist das klar?»

«Ja, Sir.»

«Gut. Jetzt zu diesem Durchbruch, von dem Malone gesprochen hat. Worum handelt es sich?»

«Nun, wir stecken noch in den Anfängen, Sir – jedenfalls was den Fall Gardner betrifft. Aber wir haben eine neue Informationsquelle. Deshalb waren wir heute Vormittag in dieser Klinik.»

«Was für eine Quelle?»

«Jemand, den wir dort getroffen haben. Er hat uns einige wertvolle Informationen zu dem Springer-Fall geliefert, die uns in Bezug auf Amy weiterbringen könnten.»

«Und?»

«Viel mehr kann ich im Augenblick nicht sagen, Sir. Wir gehen der Sache nach und sind guter Hoffnung, dass wir in ein paar Tagen –»

«*Hoffnung*? Nichts weiter, und das nach neun Monaten? Soll ich das etwa dem Bürgermeister erzählen? O ja, ich kann ihn förmlich hören. Was soll es denn werden, wird er fragen, ein Junge oder ein Mädchen?»

«Es ist schon etwas Handfesteres als bloße Hoffnung, Sir. Dieser Bursche ist ein Experte auf dem Gebiet.»

«Name?»

«Leider kann ich ihn derzeit noch nicht nennen. Wenn der Name durchsickern würde ... Sie wissen doch, wie es im Büro des Bürgermeisters zugeht.»

«Dann den Codenamen.»

«Er lautet, äh ... Kali, Sir.»

«Kali? Gut. Das ist kurz, leicht zu merken. Und dieser Kali – Sie sagen also, er ist eine entscheidende Informationsquelle?»

«Wir überlegen sogar, die gesamte Operation unter diesem Codenamen laufen zu lassen, Sir.»

«Wenn Sie mich an der Nase herumführen, Glass, wenn ich herausfinden sollte, dass dieser Kali wieder nur ein Produkt Ihrer verrückten –»

«O nein, er ist durchaus real, Sir. Er ist sehr bekannt, sehr mächtig. Im Osten.»

«Im Osten? Sie meinen Washington? Er hat Freunde in Washington?»

Glass hob die Schultern.

«Nun, bleiben Sie dran an diesem Kali, Glass.» Keeves wandte sich zum Gehen. «Sie werden an ihm kleben wie eine Klette. Und Sie halten mich auf dem Laufenden, verstanden? Wenn es irgendetwas Neues gibt, will ich der Erste sein, der es erfährt.»

«Ja, Sir.»

«Und fahren Sie nochmal zu Gardner. Erzählen Sie ihm irgendwas, damit er wieder vom Kriegspfad runterkommt. Möglichst ohne dass es vorher Tote gibt.»

«Das habe ich vor, Sir. Allerdings nicht heute Nachmittag. Ich habe einen Termin, ich werde noch einmal mit Rachel McNeill sprechen. Sie erinnern sich – sie war das erste Kind, das entführt wurde.»

«Sind Sie sicher, dass Sie mit diesen Kindern nicht bloß Ihre Zeit vergeuden, Glass?»

«Vielleicht, vielleicht auch nicht, Sir. Aber es wäre ein Fehler, sie zu unterschätzen, nur weil sie Kinder sind.»

«Tja, darüber müssen Sie ja am besten Bescheid wissen, Glass.»

Sie warteten am Straßenrand vor dem schmalen rotbraunen Sandsteinhaus, in dem Rachel McNeill jetzt mit ihrer Tante lebte. Der Himmel war bedeckt, und es war klirrend kalt.

Für Miss Symons, wie die Tante sich beharrlich anreden ließ, war der Tod ihrer Schwester ein furchtbarer Schlag gewesen. Sie machte sich Vorwürfe, weil sie nicht in der Lage gewesen war, ihn zu verhindern, und sah in Rachel eine Möglichkeit zur Wiedergutmachung. Sie widmete sich ganz ihrer Nichte und hatte ihre Arbeitszeiten als Abteilungsleiterin im Wal-Mart in der

Nähe so umgestellt, dass sie bei Rachel sein konnte, wann immer etwas Besonderes anstand, ob es Schulveranstaltungen oder Zahnarztbesuche waren. Oder jetzt das Treffen mit den beiden Detectives, die Rachel für eine Stunde in ein Café mitnehmen und noch einmal mit ihr reden wollten.

Normalerweise hätte Miss Symons darauf bestanden mitzukommen, aber Rachel, die seit dem Tod ihrer Mutter viel selbstsicherer und eigenständiger geworden war, hatte es ihr ausgeredet.

«Es wird nichts passieren, Tante», beteuerte sie. «Und wir treffen uns gleich danach. Mr. Glass hat gesagt, er bringt mich anschließend zum Kasparov's.»

Der verschlossene Ausdruck, den ihr Gesicht bei den letzten Worten annahm, und die Entschiedenheit, mit der sie das Wort *Kasparov's* aussprach, besagten, damit sei das Thema für sie erledigt.

Allerdings hatte Miss Symons es sich nicht nehmen lassen, sich noch ein wenig zu sträuben. Deshalb standen Glass und Malone jetzt also draußen auf dem Gehweg in der kalten Herbstluft, statt drinnen im Warmen zu sitzen oder in ihrem Wagen auf dem Weg zum Mario's. Abgesehen davon, dass Glass allein mit Rachel sprechen wollte, wusste er auch, dass Mädchen in diesem Alter es liebten, wenn man sie in Cafés ausführte, ihnen am Tisch den Stuhl zurechtrückte und mit ihnen redete wie mit Erwachsenen.

Doch all das lag noch auf Eis, denn zuerst wurde eine polizeiliche Überprüfung durchgeführt. Die *sie* betraf. Durch Miss Symons. Gelegentlich konnten sie durch das Gitter der Sicherheitstür hören, wie sie sich telefonisch über die verschlungenen Pfade des Crime Bureau vorarbeitete, auf der Suche nach jemandem, der ihr – wie auch immer, vielleicht anhand irgendeines noch unsichtbaren Zeichens – sagen konnte, ob die beiden Männer, die dort draußen vor ihrem Haus standen, tatsächlich Lieutenant Glass und Detective Malone vom Police Department der Stadt waren. Die Ermittler, die man ihr angekündigt hatte.

«Aber Tante, sie *sind* es», hatte Rachel ihr bereits versichert. Sie stand in Baskenmütze, Mantel und dicken Wollhandschuhen bereit und konnte es nicht erwarten, endlich aufzubrechen. «Ich habe Mr. Malone schon einmal getroffen.»

«Du vielleicht, Liebes, aber ich nicht.»

«Sie haben unsere Dienstausweise gesehen, Miss Symons», protestierte Glass, eine Dampfwolke vor dem Mund. «Mit unseren Fotos.»

«Ja, aber woher soll ich wissen, dass sie *echt* sind?», entgegnete sie. «Erst recht», hatte sie dann hinzugefügt, «wenn Sie mit *so was* daherkommen.»

Das Auto war der Stein des Anstoßes gewesen. Glass' schwarzer Chevy, der, wie Malone zugeben musste, in der Tat aussah, als käme er gerade von einer dramatischen Verfolgungsjagd querfeldein. Miss Symons hatte offenbar einen Streifenwagen erwartet, ein richtiges Polizeiauto. Mit Signalleuchten auf dem Dach, vielleicht sogar mit heulender Sirene. Jedenfalls nicht so ein Gefährt.

Zehn Minuten später öffnete sich endlich die Sicherheitstür des braunen Sandsteinhauses, und Rachel kam in ihrer winterlichen Kleidung heraus. Ihr offenes, frisches Gesicht wirkte in keiner Weise bedrückt. Über der rechten Schulter trug sie eine schicke neue Umhängetasche. Ihre linke Hand war, wie Glass bemerkte, tief in der Manteltasche vergraben.

«Jetzt kann es losgehen», sagte sie.

«Gut», erwiderte Glass. Dann wandte er sich ihrer Tante zu, die sie von der offenen Veranda aus beobachtete. «Sie haben also die beruhigende Auskunft erhalten?»

«Ich habe am Ende mit einem jungen irischen Mädchen gesprochen, das ganz vernünftig klang.»

«Und sie hat uns identifiziert? Genau genug, damit Sie wissen, dass wir es wirklich sind?»

Miss Symons sah erst ihn an, sein Gesicht. Dann wanderte ihr Blick zu Malone, seinem Haar und schließlich zu seinen Füßen. Ihr Gesicht verzog sich zu einem Lächeln.

«Es könnte niemand anderes sein als Sie beide», verkündete sie.

«Hm», machte Glass und führte Rachel zum Wagen.

«Anderthalb Stunden!», rief die Tante ihnen nach. «Beim Kasparov's. Und dass Sie nicht zu spät kommen.»

«Wir werden pünktlich da sein, Miss Symons», versprach Malone. Er stand an der Beifahrertür, während Glass Rachel half, die versuchte, sich einhändig anzuschnallen.

Rachel winkte vom Rücksitz aus noch einmal ihrer Tante zu. Miss Symons beobachtete ihren Aufbruch, ohne zurückzuwinken, und ihre Miene nahm wieder einen angespannten, skeptischen Ausdruck an.

«Warum macht das so ein Geräusch?», fragte Rachel, als sie anfuhren.

«Was für ein Geräusch?», fragte Glass zurück.

«Als ob untendrunter ein großer Lautsprecher wäre.»

«Ich glaube, der Wagen ist einfach so gebaut.»

«Kann er schnell fahren?», fragte sie. «Oder schleicht er immer so?»

«Willst du mal sehen, wie schnell er fährt?»

«Ja», sagte sie, woraufhin Glass das Gaspedal durchtrat. Augenblicklich wurde sie in ihren Sitz zurückgepresst. An der nächsten Kreuzung betätigte Glass Bremse und Gas fast gleichzeitig, woraufhin sich das gewaltige Gefährt mit quietschenden Reifen genau neunzig Grad um die eigene Achse drehte. Eine Rauchwolke stieg auf.

Rachel reagierte nicht. Jedenfalls nicht verbal.

In dreißig Meter Entfernung kam ihnen ein Polizeiauto entgegen. Der Fahrer schaltete die Blinklichter ein und machte Anstalten, ihnen den Weg abzuschneiden. Glass winkte aus dem Fenster und bildete mit Zeige- und Mittelfinger der linken Hand ein V. Der Polizist am Steuer des anderen Wagens setzte sich aufrechter hin, erwiderte das Zeichen und ließ sie passieren.

«War dir das schnell genug?», fragte Glass und betrachtete im Rückspiegel Rachels Gesicht, die geweiteten Augen.

«Klar», sagte sie. «Aber jetzt können Sie ruhig wieder langsamer fahren, wenn Sie wollen.»

«Jawohl, Ma'am», erwiderte Glass und gehorchte.

Das Mario's war gut besucht. Die meisten Gäste saßen an der Fensterseite, um Ausblick auf die Straße zu haben und sich das letzte schwindende Tageslicht nicht entgehen zu lassen. Mario führte die drei Neuankömmlinge in eine stille Nische abseits von den Fenstertischen und der Bar, wo sie ungestört reden konnten.

«Auf welcher Seite möchtest du sitzen?», fragte Glass Rachel, die sich neugierig umsah.

«Auf dieser», entschied sie prompt und zeigte auf die dem Raum zugewandte Seite. So konnte sie zwischen den beiden Männern hindurch beobachten, was in dem Café vor sich ging.

«Gut», sagte Glass. «Komm, ich nehme dir den Mantel ab.» In diesem Moment, gerade als er sich ein wenig bückte, um ihr den Mantel von den schmalen Schultern zu ziehen, erwachte der alte Instinkt, der ihm bereits bei zwei Gelegenheiten das Leben gerettet hatte. Es war, als träfe ihn etwas mitten zwischen den Schulterblättern.

Glass drehte sich nicht um, denn derselbe Instinkt sagte ihm auch, dass diesmal keine körperliche Gefahr drohte. Ruhig hängte er Rachels Mantel über den vierten Stuhl am Tisch. Erst als sie sich setzte, warf er über ihren Kopf hinweg einen Blick in den langen Spiegel – und erkannte sofort, was sein Gefühl ausgelöst hatte.

Ein intensiver Blick aus schwarzen Augen begegnete dem seinen. Er versuchte sich den Schreck des Wiedererkennens nicht anmerken zu lassen – nicht so sehr des Wiedererkennens der Person als des Augenausdrucks an sich. Nachdenklich, forschend, fragend. Ein Ausdruck, an den er sich nur allzu deutlich erinnerte.

So, so, dachte er bei sich und brach den Blickkontakt ab. Er setzte sich Rachel gegenüber, mit dem Rücken zum Gastraum.

«Also, Rachel», begann er, «was möchtest du gern haben? Milchshake? Kaffee? Ich nehme an, mit etwas Stärkerem wäre deine Tante nicht einverstanden, wie?»

Rachel kicherte. «Sie ist sehr streng.»

«Auf der Theke stehen Kuchen», sagte Malone. «Ich kann dir sagen, die sind köstlich.»

Sie plauderten über das Angebot im Lokal, über die Schule, das bevorstehende Wochenende. Rachel hatte eine Reise vor, nach Rochester. Um jemanden zu besuchen?, erkundigte sich Glass. Nein, erwiderte sie, zu einem Turnier. Ihre Tante begleitete sie.

«Was für ein Turnier?», wollte Glass wissen.

«Schach. Ich habe jetzt damit angefangen. Das heißt, ich habe schon länger gespielt, aber jetzt habe ich es sozusagen ernsthaft angefangen, wissen Sie.»

«Nun also Schach statt Musik?», sagte Malone. «Ich dachte, du bist vielleicht ...» Er erkannte, in welches Fettnäpfchen er da trat, doch es war zu spät für einen Rückzieher. «... du bist vielleicht auf ein anderes Instrument umgestiegen oder so.»

Rachel sah ihn mit einem geradezu übernatürlich ruhigen Gesichtsausdruck an, der besagte, dass nichts sie mehr schockieren konnte. Nicht einmal der Anblick erwachsener Männer, die bis zum Hals in verbalem Mist steckten.

«Es gibt keins, das man wirklich gut spielen kann, wenn man nicht alle Finger hat», erklärte sie, um ihm aus der Verlegenheit zu helfen. «Und wenn ich ein Instrument nicht richtig gut spielen kann», fuhr sie fort, als Malone noch immer schwieg, «dann will ich es gar nicht spielen, habe ich beschlossen.»

«Und bist du gut im Schach?», fragte Malone, um seinen Fauxpas wiedergutzumachen.

«Ja», erwiderte Rachel ohne falsche Bescheidenheit. «Außerdem ist es anders als Musik. Das heißt, manches daran ist auch ähnlich. Aber man kann es mit einer Hand spielen.»

«Das stimmt», sagte Malone rasch. «Daran hatte ich gar nicht gedacht.» Er hatte allerdings beobachtet, dass Rachels rechte Hand auf der Mütze, die neben ihr auf dem Tisch lag, eine stumme Melodie tippte. Ihre linke Hand, noch immer im Handschuh, hielt sie auf dem Schoß.

«Vielleicht könnten Sie zur Theke gehen und für uns bestellen, Malone?», schlug Glass vor. «Mir scheint, da herrscht ziemlicher Betrieb.»

«Sicher, Lieutenant.» Malone war so prompt auf den Beinen, als sei es seine eigene Idee gewesen. «Zwei normale Kaffee, einen koffeinfreien für die Dame und einen Teller gemischtes Gebäck, einverstanden, Rachel? Lassen wir Mario für uns aussuchen?»

«Das ist eine gute Idee, Mr. Malone.»

Während Malone sich einen Weg zur Theke bahnte, sah sich Rachel in dem Café um, allerdings – wie es Glass erschien – jetzt mit weniger Interesse als zu Anfang. Er bemühte sich, sie nicht anzustarren, ihr nicht immer wieder forschend ins Gesicht zu blicken, doch ihre Ruhe war einfach faszinierend. Am Ende war es Rachel, die das Schweigen brach.

«Wollen Sie mir denn keine Fragen stellen?»

Was für Fragen?, lag ihm auf den Lippen, doch er hielt sich zurück, denn ihm war klar, wie unaufrichtig und herablassend das geklungen hätte.

«Ich dachte, Sie wollen wissen, ob ich mich inzwischen noch an irgendwas erinnert habe», fuhr sie fort, als er schwieg. «An irgendwas über ...» Für einen Moment drohte sie ihre Ruhe zu verlieren, doch gleich darauf hatte sie sich wieder gefasst. Glass dachte unwillkürlich, dass Schach genau das Richtige für sie war. In Anbetracht der Tatsache, dass man für Poker beide Hände brauchte.

«Über das, was mit mir passiert ist», beendete sie den Satz. «Ob ich mich noch an irgendwas sonst erinnern kann, was Ihnen helfen würde, ihn zu finden.»

«Ja, so etwas hatte ich im Hinterkopf», gestand Glass. «Aber es ist mir auch so ein Vergnügen, mit dir hier zu sitzen.»

«All die vielen Kuchen», scherzte sie.

«Genau.» Er lächelte. «Die vielen Kuchen.»

«Hab ich nicht», sagte sie abrupt, ehe die Stimmung allzu heiter wurde. «Ich meine, ich habe mich an nichts anderes mehr erinnert. Ich weiß nicht, ob es daran liegt, dass es nichts weiter *gibt*, woran ich mich erinnern könnte, oder ob ich mich einfach nicht erinnern *will*.»

«Das kann ich gut verstehen», versicherte Glass, gerade als Malone wieder an den Tisch kam. «Ich frage auch nur – ich muss danach fragen, Rachel –, weil es vielleicht noch jemand anderem helfen könnte. Wenn so etwas zum Beispiel noch einmal passieren würde.»

Etwas in seinem Tonfall hatte ihre Aufmerksamkeit geweckt.

«*Ist* es wieder passiert?», fragte sie und ließ nicht zu, dass er ihrem Blick auswich. «Ist es wieder ein Mädchen wie ich? Hat er ihr was angetan?»

«Ja», bestätigte Glass. Malone starrte ihn verblüfft an. Die Nachricht von der jüngsten Entführung war rasch verbreitet worden, ebenso wie bei den früheren Fällen. Die Einzelheiten über die Verstümmelungen hingegen hatte man bisher vor der Presse zurückgehalten.

Um die Hysterie nicht zu schüren. Und um zu verhindern, dass der Täter, wer immer es sein mochte, sich an der Berichterstattung weidete. Es hatte enorme Anstrengungen erfordert, diese Dinge geheim zu halten. Und jetzt machte der Lieutenant all diese Anstrengung zunichte, mit einem einzigen Wort, einer einzigen Silbe zu einer Neunjährigen.

«Aber wir haben noch niemandem davon erzählt, Rachel. Verstehst du?», fuhr Glass fort.

«Klar.»

«Denn wenn wir es geheim halten, hilft uns das vielleicht, ihn zu finden. Genauso wie alles, woran du dich erinnerst, uns helfen kann –»

«Aber ich erinnere mich an nichts.» Zum zweiten Mal schwang ein Anflug von Verzweiflung in ihrer Stimme mit. «Ich kann nicht ...»

«Natürlich, natürlich», beruhigte Glass sie. «Ich verlange nicht von dir, dass du all das noch einmal durchmachst, die Erinnerungen ... Aber vielleicht könntest du dir etwas vorstellen.»

«Vorstellen?»

«Ein anderes Mädchen.»

«Wie heißt sie?»

«Amy.»

«Ist sie ...?»

«Ja. Und jetzt im Augenblick, Rachel, denke ich an Amy. Sie ist vielleicht irgendwo in einem kleinen Raum eingesperrt und wartet darauf, dass jemand ihr hilft, sie rettet. Jemand, der *spüren* kann, wo sie ist, und helfen kann, sie da herauszuholen.»

«Aber was, wenn der Raum abgeschlossen ist? Wenn es da immer dunkel ist und man nichts sehen kann?»

«Ich weiß es nicht, Rachel.»

«Und wenn man ihn nie sehen kann, den Mann. Wenn man nie ...» Ihre Stimme wurde höher. Glass streckte über den Tisch hinweg seine große braune Hand aus und legte sie über ihre feinknochigen weißen Finger. «... wenn man ihn nie sieht, weil man immer die Augen verbunden hat? Und man kann *überhaupt nie* was sehen.»

«Dann vielleicht riechen?»

Sie sah ihn verständnislos an.

«Kennst du jemanden, der raucht, Rachel?»

«Mein Onkel Toby. Und der Vater von meiner Freundin – sein Auto riecht danach und sein Mantel.»

«Wenn der Mann da bei Amy ist, im Dunkeln, könnte sie etwas riechen? Zigaretten, Rauch, zum Beispiel an seiner Kleidung oder an seinen Händen?»

Rachel schloss die Augen. Beschwor die Vorstellung herauf. Atmete ein und aus.

«Nein», sagte sie dann. «Nein, er hat nicht geraucht.»

«Kannst du sonst irgendetwas riechen?», fragte Glass weiter.

Rachel schloss erneut die Augen. «Ja, da ist was», sagte sie. «Aber ich weiß nicht, was.»

«Ein muffiger Geruch?», beharrte Glass. «Wie alter Rauch?»

Sie schüttelte den Kopf.

«Etwas Süßes?»

«Ja. Aber ...»

«Es ist gut, Rachel, alles in Ordnung.» Er tätschelte noch einmal ihre Hand. Sie riss mit einem Ruck die Augen auf.

«Ich hatte es beinahe», sagte sie. «Aber dann musste ich an diesen anderen Geruch denken. Den, von dem mir schlecht geworden ist. Diesen ekligen Krankenhausgeruch.»

«Das war wahrscheinlich Chloroform, Rachel.»

«Ja, das haben die anderen auch gesagt. Davon schläft man ein. So hat er ...»

Glass hob eine Hand. Gerade brachte Mario den Kaffee. Persönlich.

«Entschuldigen Sie, Mr. Glass. Donna ist krank, und wir wissen nicht, wo uns der Kopf steht.»

«Sie kommen genau zum richtigen Zeitpunkt, Mario.»

Während der nächsten Minuten beschäftigten sie sich mit den Ritualen des Kaffeetrinkens. Zucker, Sahne, Kuchen. Ließen ihre Blicke durch das Café schweifen. Einmal lachte Rachel laut über einen albernen Witz, den Malone ihr gerade erzählt hatte. Im nächsten Moment wandte er sich Glass zu und sagte unvermittelt: «Sie werden nie erraten, wer hier ist, Lieutenant.»

«Dann brauche ich es wohl gar nicht erst zu versuchen», erwiderte Glass.

«Sophie Corner.»

«Corner?», wiederholte Glass in einem Ton, als hätte er den Namen schon einmal irgendwo gehört.

«Sie müssen sich an sie erinnern, Lieutenant. Sophie Corner von der Staatsanwaltschaft. Ihr Name ist bestimmt gefallen, als diese Untersuchung über Sie ...» Er fing Glass' Blick auf und verstummte.

Für wie blöd halten Sie mich eigentlich, Malone?, sagte sein Gesichtsausdruck. Bilden Sie sich ernsthaft ein, ich wüsste nicht, wer sie ist? Und wo sie gearbeitet hat? Und mit wem?

«Entschuldigung, Lieutenant.» Malone machte ein betretenes Gesicht. «Vielleicht sollte ich besser mein großes Mundwerk halten. Ich dachte nur, es würde Sie interessieren, dass sie gerade auf uns zukommt.»

Glass gestattete sich nicht, einen Blick in den Spiegel zu werfen. Er hörte das kaum wahrnehmbare Rascheln von Nylon, als sie sich bückte, um seine heruntergefallene Serviette aufzuheben, und sich dann wieder aufrichtete. Genau wie an dem Tag in Tuesday Reeds Büro, als sie ein Blatt Papier aus ihrer Akte aufgehoben hatte.

«Na so was, Lieutenant Glass», sagte sie. «Sie sind ja doch noch hier. Ich hatte mich schon gefragt ... Es kam mir vor, als hätte man Sie lange nicht mehr im Büro gesehen.»

«Miss ... Corner, nicht wahr?», fragte Glass. Doch er erkannte an ihrem Lächeln, dass ihm das Timing misslungen war. Dass die Pause gekünstelt gewirkt hatte.

«Nun sagen Sie nicht, Sie haben mich vergessen», erwiderte sie.

«Nein, selbstverständlich nicht», versicherte Glass hastig. Er war jetzt aus dem Konzept. «Die Begegnung kommt nur so überraschend.»

«Ach?» Sie warf demonstrativ einen Blick zum Spiegel.

Glass verfluchte sich innerlich für seine Plumpheit.

«Sie kennen Detective Malone bereits?», erkundigte er sich. Malone erhob sich halb von seinem Stuhl, und die beiden nickten einander zu. «Aber ich glaube, Rachel sind Sie noch nicht begegnet.»

Sophie Corner lächelte das Mädchen an, ließ das

Aktenbündel sinken, das sie bis dahin gegen die Brust gedrückt hatte, und streckte die Hand aus. «Rachel», sagte sie, «du bist ein beneidenswertes Mädchen! Gleich von *zwei* gutaussehenden Männern ausgeführt zu werden ...»

«Rachel *McNeill*», warf Glass ein.

Anschließend beobachtete er Sophies Gesicht, sah die Rädchen hinter den klugen schwarzen Augen rotieren, als sie versuchte, den Namen einzuordnen. Ah, stellte er fest, jetzt hatte sie es. Ihm entging auch nicht, dass ihr Blick unwillkürlich zu dem anderen Arm, der anderen Hand huschte. Die unsichtbar unter dem Tisch ruhte. Sophie Corner stieg ein wenig Farbe in die Wangen, als ihr klar wurde, dass Glass all das verfolgt hatte, und nun war es an ihr, sich insgeheim zu verfluchen.

Noch vor einem Jahr wäre sie womöglich in jugendlicher Verwirrung geflüchtet. Jetzt richtete sie sich lediglich ein wenig gerader auf, lehnte sich mit der Hüfte gegen den freien Stuhl und sprach weiter, nicht an Glass, sondern an Rachel gerichtet.

«Ich weiß ja nicht, was du an dir hast, Rachel», sagte Sophie, «aber du musst wissen, keiner dieser beiden Gentlemen hat *mich* jemals zu einem Kaffee eingeladen.»

Rachel, der die Aufmerksamkeit schmeichelte, schaute lächelnd zu ihr auf. Glass machte eine Geste in Richtung des vierten Stuhls.

«Möchten Sie sich nicht zu uns setzen, Miss Corner?»

«So förmlich, Lieutenant?»

«Es gibt Kuchen», sagte Rachel. «Sehen Sie, es ist noch ganz viel da.»

«Danke, aber ich muss wieder gehen. Meine Freundinnen warten.» Sie deutete zur Theke, von wo aus drei junge Frauen in schicken schwarzen Kostümen und mit ebensolchen Aktenmappen, wie sie eine trug, zum Tisch herüberschauten. «Ich wollte nur rasch Lieutenant Glass begrüßen. Und ihn wieder willkommen heißen.»

Es hätte mit diesem leichten Misston enden können, dieser kleinen Spitze, mit der Sophie wieder die Oberhand gewann. Doch zu seiner größten Verblüffung sagte sie in einem Tonfall, der frei von Ironie und Sarkasmus war: «Es muss schwer für Sie gewesen sein, Lieutenant. Ich bin froh, dass Sie das überstanden haben.»

«Danke» war alles, was ihm darauf einfiel. Und dann, derart aus dem Konzept gebracht, sagte er seinerseits etwas, das zu ihren Worten keinerlei Bezug zu haben schien. «Das ist es», sagte er.

Woraufhin sie nur nickte, als habe sie verstanden. Oder, dachte Malone, als spiele das Verständnis von Worten in diesem Augenblick keine Rolle.

«Also dann, ciao, Rachel», sagte sie heiter. «Lieutenant, Mr. Malone.» Sie nickte den beiden zu, dann wandte sie sich ab und ging.

Glass schwor sich, ihr nicht nachzuschauen. Er ertappte sich dennoch dabei, dass er beobachtete, wie sie gemächlich mit geschmeidigen Bewegungen zurück zu ihren Freundinnen ging. Erst nach einer Weile wurde ihm bewusst, dass deren Augen nicht auf ihr ruhten, sondern auf dem Tisch, von dem sie gerade kam. Auf ihnen. Auf ihm. Himmel, fluchte er im Stillen und wandte den Blick ab. Zu spät. Sie hatten es gesehen. Hatte sie ihnen aufgetragen, auf seine Reaktion zu achten? Damit sie ihr anschließend berichten konnten?

Er wandte seine Aufmerksamkeit wieder dem Tisch zu – und musste feststellen, dass er von dieser Seite ebenfalls prüfend gemustert wurde. Diesmal von einer Person, die er dafür noch für zu jung gehalten hätte.

«Was ist?», fragte er Rachel.

«Nichts.»

Ausnahmsweise einmal war er froh, dass Malone drauflosplauderte. «Donnerwetter, *die* hat sich aber verändert», begann er. «Mir gefällt die neue Haarfarbe. Wie nennt man das noch gleich?»

Glass zuckte die Achseln – eine Geste, die besagen konnte, dass er nicht darauf geachtet hatte, oder aber dass er die Bezeichnung auch nicht kannte.

«Henna», sagte Rachel, ohne den Blick abzuwenden.

«Wahrscheinlich hat sie sich die Haare umgefärbt, als sie diesen Typen, diesen Steroidbolzen, losgeworden ist», bemerkte Malone.

«Was ist ein Steroidbolzen?», wollte Rachel wissen.

«Ich meine ihren Freund. Ihren Exfreund», erklärte Malone.

«Warum nennen Sie ihn …?»

Doch Glass war innerlich meilenweit entfernt. Er stand an einem verregneten Frühlingsmorgen vor einer Kirche, aus der über die steinerne Vortreppe ein mit weißen Kamelien bedeckter Sarg zu einem Leichenwagen getragen wurde. Eine junge Frau in Schwarz war ebenfalls da, und als der Sarg an ihr vorbeikam, blickte sie darüber hinweg zu ihm, Glass. Ist es wirklich so geschehen, Lieutenant?, fragten ihn Sophies forschende Augen. Hat sich wirklich alles so abgespielt, wie die anderen sagen? Oder gibt es noch eine andere Geschichte, über Sie beide? Und wenn ja, werde ich sie je erfahren?

Das war natürlich ausgeschlossen. Nicht nur, weil Glass Tuesday versprochen hatte, dass die Wahrheit mit ihr begraben würde, sondern auch, weil für die Morde, für die sie die Verantwortung auf sich genommen hatte, sonst möglicherweise die wahren Täter zur Rechenschaft gezogen wurden – eine kleine Gruppe von Leuten, die sie mit ihrem Leben geschützt hatte. Männer und Frauen, die furchtbaren Verbrechen zum Opfer gefallen waren und nie von der Justiz Gerechtigkeit erfahren hatten. «Sag, dass ich es war, Solly», hatte Tuesday ihn angefleht, als sie sterbend in dem Park lag, die Kugel aus seiner Pistole in der Brust. «Niemand braucht es je zu erfahren. Nur du und ich.»

Als die Geschichte an die Öffentlichkeit drang und in der ganzen Stadt für Aufruhr sorgte – die Stellvertretende Staatsanwältin, die sich zu einer Orgie von Rachemorden, einem Rausch der Selbstjustiz hatte hinreißen lassen –, gab es eine Person, die nie wirklich an die offizielle Version glaubte. Die wusste, dass es eine andere Geschichte geben musste. Eine, die nur die wahren Täter und Solomon Glass vom Crime Bureau kannten.

Und so, dachte Glass, während er schwerfällig aufstand, sollte es auch bleiben.

«Komm, Rachel», sagte er, «es ist Zeit zu gehen. Deine Tante reißt uns den Kopf ab, wenn wir zu spät kommen.»

Während er ihr in den Mantel half, fielen ihm die Gestalten ins Auge, die wie ein Schwarm schwarzer Vögel draußen vor dem Fenster des Cafés vorbeieilten. Wie hatte Tuesday Sophie immer genannt – ihren Schutzengel? Und Sophie hatte natürlich in allem – im Aussehen, der Kleidung, der Sprechweise – Tuesday Reed, ihrer Mentorin, nachgeeifert, als wolle sie eine Zweitausgabe von ihr werden. Nur die Farben waren unterschiedlich. Der strenge schwarze Pagenkopf aus seiner Erinnerung wurde vor Glass' geistigem Auge allmählich heller, während Sophie aus dem Blickfeld des Fensters verschwand.

«Hier», sagte Glass zu Rachel, als sie wieder im Wagen saßen, «siehst du, das ist meine Nummer.» Er drehte sich nach hinten um und deutete auf die Karte, die er ihr gegeben hatte. «Und das da ist meine Handynummer. Ich lasse das Handy von jetzt an immer eingeschaltet, okay? Damit du mich jederzeit anrufen kannst, Tag und Nacht.»

«Sie meinen, wenn es doch noch was gibt, woran ... was ich mir vorstelle?»

«Genau.»

Sie nickte. Glass sah sie an und wartete darauf, dass sie die Karte in ihre Schultertasche steckte, doch sie tat es nicht. Sie saß da, die Karte in der Hand, und ihr Gesicht verriet, dass sie wartete, bis er sich abwandte. Er sollte nicht sehen, wie sie sich mit der Schnalle abmühte.

Glass richtete den Blick nach vorn und fragte sich, wie er mit seinen sechsundvierzig Jahren immer noch so begriffsstutzig sein konnte.

«Also dann», sagte er und ließ den Motor an. Über das dumpfe Grollen hinweg hörte er das Klicken einer Metallschnalle. «Nächster Halt: Kasparov's.»

«Was ist dieses Kasparov's eigentlich?», erkundigte

sich Malone und drehte sich halb auf seinem Sitz herum, während Glass auf eine Gelegenheit wartete, sich in den Verkehr einzufädeln. «Doch nicht etwa auch ein Café? Du willst deine Tante wohl nicht zu noch mehr Cappuccino überreden?»

«Nein.» Rachel lachte. «Ich würde sowieso keinen mehr schaffen.»

«Was ist es dann?»

«Wissen Sie das denn nicht? Das *Kasparov's*», sagte sie, als sei allein durch die Betonung alles erklärt. «Manche Leute nennen es auch das Schachhaus.»

«Und was gibt es da?», fragte Malone. «Es ist ein Geschäft, oder?»

Glass entdeckte eine Lücke im Strom der vorbeifahrenden Wagen und trat aufs Gas. Gerade setzte die Rushhour ein.

«Nicht bloß ein Geschäft», erklärte Rachel, als sie dreißig Meter weiter in einer Schlange vor einer roten Ampel zum Stehen kamen. «Man kann da Sets und Bücher kaufen, aber im Obergeschoss gibt es auch Räume mit Computerspielen.»

«Aber alles zum Thema Schach, nicht wahr?»

«Ja, und ein großer Saal für Turniere.»

«Du musst mir sagen, wo wir abbiegen sollen, Rachel», unterbrach Glass. «Wo war es noch gleich, an der Baker?»

«Ja, ziemlich in der Mitte, zwischen hier und der 21st Street. Bei der übernächsten Ampel müssen Sie rechts abbiegen, dann noch einen halben Block weiterfahren, und dann sind wir da.»

Glass und Malone wechselten einen Blick, beeindruckt von diesem menschlichen Navigationssystem.

«Du scheinst dich hier in der Gegend ziemlich gut auszukennen, Rachel.»

«Ja, Lieutenant. Ich war früher oft hier, mit ... meiner Mom.» Hastig fuhr sie fort: «Wegen meiner Musik.»

Glass beschleunigte, um noch bei Gelb über die nächste Ampel zu kommen. «Verstehe.» Sie hatten schon fast die nächste Ampel erreicht – die bei der Baker, wo sie abbiegen mussten –, ehe er wieder das Wort ergriff. Ruhig, mit neugewecktem Interesse erkundigte er sich: «Aber ich dachte, du hattest in der Nähe von deinem Zuhause Unterricht? Bei einer älteren Dame?»

«Ja, Miss McMillan war meine Lehrerin.»

Sie bogen in die Baker ein. «Und was hast du dann hier gemacht? In der Nähe vom Kasparov's?»

Malone hörte nur mit halbem Ohr zu, während er nach einem Schild mit der Aufschrift *Kasparov's* Ausschau hielt.

«Ich habe hier keine Musik gemacht, Lieutenant. Ich habe Noten gekauft, bei Colettes. Es ist da drüben, sehen Sie?» Sie zeigte mit dem ausgestreckten Finger der rechten Hand auf eine Reihe beleuchteter Schaufenster hundert Meter weiter. «Da», sagte sie noch einmal. «Nur drei Häuser hinter dem Kasparov's.»

Glass setzte in eine Parklücke achtzig Meter von der Stelle entfernt, die sie ihm gezeigt hatte, und schaltete den Motor ab. Er wandte sich Malone zu. «Ich kann mich nicht erinnern», sagte er langsam, «dass in den Berichten irgendetwas über einen Laden namens Colettes gestanden hat?»

«Nun», erwiderte Malone, «wir wussten nichts davon, bis ...»

Der Blick, den die beiden jetzt wechselten, war erheblich bedeutungsschwerer als der ein paar Minuten zuvor.

«Später», sagte Glass nur.

Sie blieben noch einen Moment lang sitzen und blickten zu dem Schaufenster hinüber, kaum eine Minute Fußweg die Straße entlang. Beide dachten dasselbe: Möglicherweise fand sich hier ein fehlendes Puzzleteil.

Es war Glass, der das Schweigen brach. «Ach, Rachel, meinst du wohl, du könntest mir einen Gefallen tun?»

«Klar.»

«Denkst du, dass du von hier aus allein die Straße entlanggehen könntest, ohne dich noch einmal nach uns oder nach dem Auto umzusehen?»

«Natürlich», sagte sie und kicherte. «Kein Problem.» Sie streckte die Hand nach dem Türgriff aus.

«Warte», sagte Glass und beugte sich hinüber. «Ich mache das für dich. Also, denk dran, dreh dich auf keinen Fall um, okay? Auch nicht, wenn du beim Kasparov's angekommen bist. Geh einfach rein, ohne zurückzuschauen oder zu winken. Wir warten hier, nur um sicherzugehen, dass deine Tante auch da ist.»

«Und ich komme nicht wieder raus, außer wenn sie noch nicht da ist?»

«Ganz genau.»

«Danke, Mr. Glass», sagte Rachel und stieg aus. «Danke, Mr. Malone. Es hat mir sehr gefallen.»

«Uns auch, Rachel», erwiderte Glass. «Würdest du gern irgendwann noch einmal so einen Ausflug machen?»

«O ja!»

«Und denk dran, wenn irgendetwas ist, kannst du mich jederzeit anrufen, okay?»

Sie nickte lächelnd, während Glass die Tür schloss. Dann ging sie davon, die Straße entlang, ohne einen einzigen Blick zurückzuwerfen.

«Couragiertes kleines Fräulein», bemerkte Malone, während sie ihr nachsahen.

«Couragiert, allerdings», stimmte Glass zu. «Die wird ihren Weg im Leben schon machen.»

Rachel hatte jetzt den Eingang zum Kasparov's erreicht. Aber Glass war von ihrer Beherrschung so überzeugt, dass er nicht einmal darauf achtete, ob sie sich umdrehte oder irgendein Zeichen gab. Stattdessen ruhte sein Blick auf einem anderen Geschäft, zwanzig Meter weiter, wo auf einem Schild in großer roter Neonschrift stand: COLETTES. NOTEN AUS ALLER WELT.

«Sie ist reingegangen», stellte Malone fest. Die beiden warteten noch ein paar Minuten schweigend für den Fall, dass sie wieder herauskam.

«Okay», sagte Glass schließlich. «Ich mache mich jetzt auf den Weg zu den Gardners. Sie nehmen die U-Bahn.»

«Die U-Bahn? Und wohin?»

«Zum Riverside Con. Finden Sie heraus, wo Mei Ling ihre Noten gekauft hat.»

Malone öffnete die Wagentür.

«Sobald Sie etwas erfahren haben, rufen Sie mich auf dem Handy an», befahl Glass.

«In Ordnung, Lieutenant.» Malone stieg aus.

Glass beobachtete ihn im Rückspiegel, bis er um die nächste Ecke bog. Anschließend blieb er noch ein wenig sitzen und behielt die Geschäfte gegenüber dem Musikladen im Auge. Dann ließ er den Motor an, wendete den Wagen und fuhr in die Richtung davon, aus der sie gekommen waren.

Sieben

Ganz anders als bei seinem vorigen Besuch sah Glass, als er sich über die Zufahrt näherte, im Haus der Gardners diesmal nur ein oder zwei Lichter brennen. Die Parkbuchten neben der Garage und vor dem Haus waren leer. Über dem ganzen Anwesen lag eine Trauerstimmung – jene Leere und Stille, die sich über ein Haus senkt, wenn nach einer Beerdigung die letzten Gäste gegangen sind.

Eine Hausangestellte führte den Lieutenant ins Wohnzimmer. Boyd Gardner hatte eine Zeitung auf dem Schoß, schien jedoch nicht darin gelesen zu haben, denn die Seiten lagen so ordentlich aufeinander, als habe er sie nur einmal aufgeschlagen. Am anderen Ende des riesigen Raumes saß seine Frau mit dem Rücken zu ihm vor einem laufenden Fernseher mit heruntergedrehtem Ton. Es war eine Kindersendung, irgendein Zeichentrickfilm. Wegen der gedämpften Beleuchtung dauerte es einen Moment, ehe Glass Cyrus erkannte, der zusammengerollt auf einem Kissen neben dem Sessel seiner Mutter lag.

Es war weder das Geräusch der Tür, noch hatte Glass irgendetwas gesagt, um Mrs. Gardner auf sich aufmerksam zu machen. Doch obwohl sie eben noch völlig in die Fernsehsendung versunken schien, war sie im nächsten Moment plötzlich auf den Beinen, wie von einem inneren Sensor getrieben, und kam auf ihn zu, um ihn zu begrüßen.

Der Junge stieß ein leises Jammern aus und rappelte sich hoch, um ihr nachzulaufen. Dabei murmelte er Protestlaute vor sich hin – nicht wirklich verständliche Worte –, aber im Augenblick schien seine Mutter ihn nicht wahrzunehmen.

«Lieutenant?» Ihre Frage bedurfte keiner Worte.

«Es tut mir leid, Mrs. Gardner. Bislang noch nichts.»

Cyrus hatte sie inzwischen eingeholt, doch statt sich hinter ihrem Rock zu verstecken oder sich an ihre Hand zu klammern wie beim letzten Mal, ging er auf Glass zu und stellte sich neben ihn. Er sah ihn nicht an, sondern wartete nur schweigend.

Glass griff in die Seitentasche seines Jacketts und gab ihm das Computerspiel.

«Wie sagt man, Cyrus?» Boyd Gardner erhob sich von der Couch. Die Bräune der asiatischen Sonne auf seiner Haut schien nach nur anderthalb Tagen bereits zu verblassen, und er wirkte seit ihrer letzten Begegnung um fünf Jahre gealtert. «Wie sagt man zu Lieutenant Glass?», wiederholte er.

«Lassen Sie nur, Mr. Gardner», wehrte Glass ab und erntete einen fast dankbaren Blick dafür, dass er auf das demütigende Ritual verzichtete. Glass erkannte: Die Gardners waren mit ihren Kräften am Ende.

«Möchten Sie vielleicht einen Kaffee, Lieutenant?» Erschöpft wie sie war, vergaß Mrs. Gardner dennoch nicht ihre Pflichten als Gastgeberin.

«Danke, Mrs. Gardner, aber es kommt mir vor, als hätte ich heute den ganzen Tag Kaffee getrunken. Bei diversen Befragungen», setzte er hastig hinzu, als er den wohlbekannten zornigen Ausdruck auf Mr. Gardners Gesicht treten sah. «Ich habe einen Teil des Tages mit zwei der früheren Opfer verbracht. Kinder, die, wie wir annehmen, von demselben Täter ... festgehalten wurden.»

«Und geht es ihnen gut, diesen Kindern? Haben sie sich inzwischen wieder erholt? Können sie ...?»

«Es geht ihnen gut, Mrs. Gardner. Der Junge, Rodney Springer, ist noch immer ...» Glass widerstand dem Impuls, einen Blick auf Cyrus zu werfen, während er krampfhaft nach einem Wort suchte, das keine klare Lüge wäre. «... etwas angespannt, verständlicherweise, aber Rachel McNeill –»

«Das ist das Mädchen, das Klavier gespielt hat? Diejenige, die einen Finger verloren hat?»

«Ja, genau. Aber Sie würden staunen, wie gut sie damit zurechtkommt. Sie ist von Musik auf Schach umgestiegen und spielt mit Begeisterung. Sie ist bereits Juniorenmeisterin ihrer Schule.»

«Das freut mich zu hören», sagte Mrs. Gardner. «Das freut mich wirklich sehr.» Doch das kurze Feuer dieses Augenblicks schien ihre gesamte restliche Energie aufzubrauchen. Sie fiel erschöpft wieder in sich zusammen und sank auf die Couch, auf der zuvor ihr Mann gesessen hatte. Der Junge rutschte, ohne sich von dem Computerspiel loszureißen, auf den Knien zu ihr hinüber und lehnte sich an ihre Beine. Dann spielte er weiter.

«Nun, Lieutenant», sagte Gardner, als eröffnete er eine Vorstandssitzung. Doch er hielt den Blick dabei auf seinen Sohn gerichtet, und sein Tonfall schien auszudrücken: Nun, wenn Sie keine Neuigkeiten für uns haben, Lieutenant, was zum Teufel wollen Sie dann schon wieder hier?

«Ich bin vorbeigekommen», beantwortete Glass die

unausgesprochene Frage, «um zu sehen, wie es Ihnen und Ihrer Frau geht. Und um mich zu erkundigen, ob es inzwischen eine Kontaktaufnahme gegeben hat. Einen Anruf, eine schriftliche Botschaft, was auch immer.»

«Ich bin überzeugt, Lieutenant, wenn es so wäre, dann hätten Sie es ebenso bald erfahren wie wir. Wenn nicht noch eher.» Gardner brachte trotz aller Erschöpfung noch genügend von seiner gewohnten Schärfe auf. «Sie wollen mir doch nicht etwa weismachen, dass unsere Telefone nicht abgehört werden?»

«Das gehört zum Standardprozedere, Mr. Gardner.»

«Das ist mir klar, Lieutenant. Also ...?»

Seine Frage blieb für eine Weile im Raum stehen.

«Um die Wahrheit zu sagen, Mr. Gardner», sagte Glass schließlich, «ich bin hier, weil mein Chef, Commissioner Keeves, es so wünscht. Er hatte ein Gespräch mit dem Bürgermeister.»

«Ich verstehe.»

«Und er wollte, dass ich Ihnen versichere, dass wir jeden erdenklichen Hinweis verfolgen.»

«Das wissen wir, Lieutenant», mischte sich Mrs. Gardner ein. Ihre Stimme klang jetzt fester. «Nicht wahr, Boyd?», fügte sie mit Betonung hinzu.

«Ja, ja», erwiderte Gardner unwirsch, wobei Glass nicht ganz durchschaute, weshalb er so gereizt war. Ging es noch immer um den Jungen? Um seine Tochter? Oder war es die Tatsache, dass Mrs. Gardner ihn wieder einmal an seine Manieren erinnerte?

«Hören Sie, Glass.» Gardner unternahm einen Anlauf zur Versöhnung. «Als Sie gestern herkamen, war ich gerade erst von einer langen Reise zurück. Ich war aufgewühlt und gereizt, das werden Sie verstehen.»

«Natürlich, Mr. Gardner.»

«Und ja, es stimmt, ich habe mit dem Bürgermeister gesprochen.»

Sie meinen, Sie haben ihm die Hölle heiß gemacht, dachte Glass. Ihn bei den Eiern gepackt, wo sie am empfindlichsten sind – bei der Aussicht auf Wiederwahl. «Das ist Ihr Recht, Sir», sagte er.

«Der Bürgermeister hat mir geraten ...» Mit einem Blick zu seiner Frau korrigierte er sich: «... hat *uns* geraten, Sie und Ihre Kollegen Ihren Job machen zu lassen, wie Sie es für richtig halten.»

So, der Bürgermeister hatte Gardner also letztendlich doch dazu gebracht, einen Rückzieher zu machen. Aber anschließend, sobald das Gespräch beendet war, hatte er seine Wut an Keeves ausgelassen. Was hatte Keeves wohl versprechen müssen, um seinen Hals zu retten – Ergebnisse, die er nicht nachweisen konnte? Eine bestimmte Frist, bis wann die Sache aufgeklärt sein würde? Und wenn ja, wie lang? Eine Woche? Zehn Tage? Oder war der Gegenstand des Handels etwas Anrüchigeres? Beispielsweise der Kopf eines jüdischen Lieutenant vom Morddezernat?

«Das heißt, vorerst», fügte Gardner hinzu und bestätigte damit Glass' Verdacht.

«Wie ich bereits gestern sagte, Mr. Gardner, wenn Sie der Meinung sind, ein privater Ermittler –»

«Nun, das werden wir noch sehen.» Gardner tat das Thema mit einer Handbewegung ab. «Ich wollte nur sagen, Lieutenant, ich habe möglicherweise bei Ihnen – und bei Ihrem Commissioner Keeves – einen falschen Eindruck hinterlassen.»

«Ach?»

«Als ich diese Sachen sagte über ... Sie wissen schon.»

Glass schwieg abwartend. Wieder warf Gardner einen Blick zu seiner Frau, deren schiere Ruhe, wie Glass erkannte, eine Kraft in sich selbst gewonnen hatte.

«Nun, Lieutenant, Sie erinnern sich doch sicher. Ich meine, was ich über Ihre Behörde gesagt habe und darüber, dass Sie sämtliche Ermittlungen durch Außenstehende behindern würden. Lügen. Dinge verbergen.»

«Machen Sie sich deswegen keine Gedanken, Mr. Gardner. Uns wurde schon weitaus Schlimmeres nachgesagt. Aber ich werde es an Commissioner Keeves weitergeben.»

«Dafür wäre ich Ihnen dankbar, Lieutenant. Ich möchte nicht, dass er denkt ...»

«Seien Sie unbesorgt. Sollte es zu einer Kooperation mit privaten Ermittlern kommen, wird Commissioner Keeves persönlich darüber entscheiden, wie diese Kooperation aussieht.»

Gardner fixierte Glass aus schmalen Augen. Doch alles, was er sah, war das Gesicht eines Polizisten. Ausdruckslos, ohne eine Spur von Ironie oder Bosheit, und wahrscheinlich etwas beschränkt.

«Ich hätte noch eine Bitte», sagte Glass, nachdem sie eine Weile geschwiegen hatten.

«Ach?» Gardner hatte bereits Anstalten gemacht, ihn hinauszugeleiten.

«Ob ich mir vielleicht Amys Zimmer noch einmal ansehen könnte? Es wird nicht lange dauern.»

Der Lieutenant bemerkte den scharfen Blick, den Gardner seiner Frau zuwarf, konnte sich jedoch nicht erklären, was er zu bedeuten hatte. Einen Moment lang rechnete er damit, dass Gardner sein Gesuch ablehnen würde.

Aber Mrs. Gardner in ihrer gewohnt zuvorkommenden Art war bereits aufgestanden.

«Ich führe Sie hin, Lieutenant», bot sie an.

«Danke, Mrs. Gardner.»

Er nickte Gardner zu und ging mit ihr. Der Junge folgte ihnen hinaus. Seine nackten Füße ertasteten den Weg über den Teppich, während Augen und Daumen noch immer mit dem Spiel beschäftigt waren.

Etwas machte Glass stutzig. Er stand in der Mitte des Zimmers und versuchte dahinterzukommen, was es war. Was sich verändert hatte, seit er zuletzt hier gewesen war. Die Poster an der Wand waren noch da – Britney Spears, Kirsten Dunst, Doctor Shaq, der gerade aus einem unmöglichen Winkel blind einen Korb warf. Das Bett war gemacht, ebenso wie beim letzten Mal. Die Puppen und der Teddybär saßen auf dem Kissen. Die Reihe Bücher im Regal sah gleich aus, wobei ihm allerdings auffiel, dass eines, ein Harry-Potter-Band, jetzt auf dem Bett lag, und als er genauer hinsah, erkannte er auf der Tagesdecke den Abdruck eines Körpers. Anscheinend hatte kürzlich jemand dort gelegen und gelesen.

Doch nichts davon war wirklich unstimmig. Keins dieser Details erklärte das seltsame Gefühl, das an seiner unbewussten Erinnerung rührte, an dem Bild, das sich ihm bei seinem vorigen Besuch dieses Zimmers eingeprägt hatte.

Endlich kam er darauf. Es war gar kein kleines Detail, das ihn verunsicherte, sondern im Gegenteil etwas ziemlich Großes. Ein Kinderbettchen, das jetzt in einer Ecke stand, zusammengeklappt hochkant an die Wand gelehnt. Er war sicher, dass es bei seinem vorigen Besuch noch nicht im Zimmer gewesen war.

Was konnte das zu bedeuten haben? Schlief Cyrus neuerdings hier? Aber warum? Vermisste er seine Schwester so sehr, dass es ihn tröstete, ihre Sachen um sich zu haben? Glass hätte eher gedacht, es würde dem Jungen Angst machen, hier in Amys Zimmer zu schlafen. Allein.

Glass wandte sich um und sah, dass Mrs. Gardner ihn beobachtete. Sie schien zu ahnen, was er gedacht hatte, während er das Zimmer in Augenschein nahm. Die Puppen, die Spielzeuge, Amys Schmuck auf der Kommode, das Buch, das auf dem Bett lag. Das zusammengeklappte Kinderbettchen. Vielleicht hatte sie sogar erraten, wie seltsam es ihm erschien, wenn Cyrus hier schliefe.

Sie errötete ein wenig, während sie zu einer Erklärung ansetzte. «Ich schlafe jetzt in diesem Zimmer, Lieutenant. Und Cyrus macht manchmal seinen Mittagsschlaf hier. Mit mir zusammen.»

«Ich verstehe.» Also war Mr. Gardner derjenige, der allein schlief. Glass nahm jetzt noch weitere Details im Zimmer wahr. Die Schachtel mit Antidepressiva, eine leuchtend grüne Packung Zoloft-Tabletten, die zwischen den Büchern auf der anderen Seite des Bettes steckte.

«Offen gesagt halte ich mich die meiste Zeit hier auf. Ich liege auf dem Bett und denke an Amy. Sehe mir ihre Sachen an. Erscheint Ihnen das sonderbar?»

«Nein, das erscheint mir vollkommen normal», versicherte Glass.

«Sofern hier jemals wieder von Normalität die Rede sein kann.» Sie ging zum Bett hinüber und setzte sich darauf. Ihre Finger strichen über die Kanten des Buchdeckels. «Wissen Sie, Lieutenant, wir sind hier heraus, damit die Kinder in Sicherheit aufwachsen. Damit sie sich sicher fühlen können.» Sie sprach jetzt mehr zu sich selbst. «Genau wie ich selbst früher. Umgeben von Farmen, Tieren, Nachbarn, die man kannte. Menschen, denen man vertrauen konnte.»

«Ja», sagte Glass, weil es nicht viel anderes zu sagen gab. Doch er war nicht sicher, ob sie ihn überhaupt hörte.

«Aber es ist unmöglich, nicht wahr?»

«Was ist unmöglich, Mrs. Gardner?»

«Dem Bösen zu entkommen», bemerkte sie in einem Ton, als glaubte sie, das bereits gesagt zu haben. «Es findet einen immer, wo man auch ist, wohin man auch flüchtet.»

Sie zog sich wieder in sich selbst zurück.

Er ging zu der Regalwand an einer Seite des Zimmers und sah sich Amys Blockflöten an, den schwarzen Flötenkasten. Daneben lagen Notenblätter – Fingerübungen, Übungsstücke und ein paar fortgeschrittenere Arrangements: Bach, Poulenc. Glass drehte sie nacheinander um und betrachtete die Stempel des Notenhändlers auf der Rückseite. Er war noch damit beschäftigt, als sein Handy klingelte. Das Geräusch ließ Mrs. Gardner aufschrecken, und als er das Handy aus der Tasche zog, stand sie auf, um hinauszugehen.

«Schon gut, Mrs. Gardner.» Er bedeutete ihr, wieder Platz zu nehmen. Cyrus, der neben ihr saß, hatte gar nicht auf den Klingelton reagiert. Er spielte einfach weiter. «Das ist sicher nur mein Partner. Sie erinnern sich doch an Detective Malone?»

Sie nickte und setzte sich wieder.

«Ja?», sagte Glass leise in das Handy.

«Colettes!» war zunächst alles, was Malone in seiner Aufregung herausbrachte.

«Sind Sie sicher? Geigennoten?»

«Nicht nur für Geige, Lieutenant. Das Riverside Con hat eine Vereinbarung –»

«Ganz ruhig, Malone. Sie brauchen nicht zu schreien. Dafür wurde das Telefon erfunden, wissen Sie, damit sich Menschen über weite Entfernungen verständigen können, ohne zu schreien.»

Malone atmete tief durch. «Sie haben eine Vereinbarung mit dem Laden. Allen Schülern wird empfohlen, dort einzukaufen. Wenn sie ihren Schülerausweis vorzeigen, bekommen sie Rabatt. Zehn Prozent auf alle Noten.»

«Und dafür gehen wiederum Prozente an Riverside.»

«Woher wissen Sie das?»

«Wo kaufen Sie Ihre Reifen, Malone? Auf dem freien Markt oder über die Police Union?»

«Okay, Lieutenant, habe verstanden.»

«Haben Sie sich auch noch einmal ausdrücklich bei der Lehrerin vergewissert?»

«Mei Ling hat ihre Noten bei Colettes gekauft wie alle anderen. Sie hätten mal das Kollegium sehen sollen, Lieutenant. Ich habe die so mit meinen Fragen aufgemischt, dass sie wahrscheinlich dachten, ich bin vom Betrugsdezernat und versuche illegale Geschäfte aufzudecken. Am Ende ist sogar der Direktor eigens zu mir gekommen und hat mir erklärt, dass das völlig legal ist und dass bei ihnen alles mit rechten Dingen zugeht. Womöglich hielt er mich für einen Steuerfahnder.»

«Mit *Ihrer* Schuhgröße?»

«Und wie sieht's bei Ihnen aus, Lieutenant? Hat Amy auch dort eingekauft?»

«Ja, sie *kauft* dort ein», erwiderte er und betonte dabei die Gegenwartsform. Das Signal war nicht nur an Malone gerichtet – Glass hatte bemerkt, dass Mrs. Gardner inzwischen in die Gegenwart zurückgekehrt war und zuhörte. Er drehte sich etwas zur Seite, damit sie nichts von dem verstehen konnte, was Malone sagte.

«Und wie geht es nun weiter, Lieutenant? Sollen wir eine Razzia in dem Laden durchführen, oder was?»

«Wie stellen Sie sich das vor? Wollen Sie da mit den Marines anrücken?»

«Aber wir müssen etwas tun, Lieutenant. Jetzt, wo wir es wissen.»

«Wir tun auch was», versicherte Glass. «Wir lassen uns die Sache bis morgen durch den Kopf gehen, versuchen, uns darüber klarzuwerden, *was* wir überhaupt wissen, und dann entscheiden wir, was zu tun ist. Morgen früh.»

Während er sprach, gab er Mrs. Gardner ein Zeichen und schüttelte den Kopf. Es ist nichts, sagte sein Gesichtsausdruck. Nichts, woran wir große Hoffnungen knüpfen können. Jedenfalls noch nicht.

Nachdem er das Gespräch beendet hatte, fragte er sie, ob er eins von Amys Notenheften mitnehmen dürfe.

«Selbstverständlich. Aber warum denn?»

«Wir möchten einfach alles doppelt und dreifach überprüfen», erwiderte er vage, und sie fragte nicht weiter nach, sei es aus Höflichkeit oder einfach weil sie nicht mehr die Energie dazu aufbrachte.

«Colettes», sagte Glass wie beiläufig und drehte das Notenheft um. «Kaufen Sie da immer die Noten für Amy?»

«Ja. Ich fahre alle paar Wochen in die Stadt, um Besorgungen zu machen. Und wenn Amy mich begleitet, gehen wir oft auch bei Colettes vorbei.»

«Begleiten Sie sie immer dorthin?»

«Ja. Warum?», fragte sie wieder.

Glass zuckte die Schultern. «Nur so.»

«Ich würde sie nie allein gehen lassen. Auch wenn ich eigentlich nicht denke, dass ihr dort etwas zustoßen könnte. In dem Laden sind immer viele Eltern mit ihren Kindern.»

«Mütter?»

«Hauptsächlich. Tagsüber sieht man dort nur selten mal einen Vater. Meist Mütter mit Kindern.»

«Die Noten kaufen?»

«Ja, oder auch in einem anderen Geschäft einkaufen. Das Kasparov's ist ganz in der Nähe.»

«Das Schachhaus?»

«Es liegt auch an der Baker Street. Aber warum wollen Sie das alles wissen, Lieutenant? Hat es etwas mit …?»

Er warf einen Blick auf den Jungen, der nicht aufsah, und setzte sich auf einen Stuhl gegenüber dem Bett. «Wir haben einen ganz kleinen Anhaltspunkt, Mrs. Gardner», erklärte er. Eigentlich hatte er nicht darüber sprechen wollen, doch die schiere Verzweiflung in ihrem Gesicht trieb ihn dazu. «Es ist nicht viel, und vielleicht führt es zu nichts. Aber es ist der erste schwache Lichtstrahl in dieser ganzen finsteren Angelegenheit.»

«Ach, aber das ist ja wunderbar, Lieutenant», erwiderte sie. Als er sah, dass ein Muskel in ihrer linken Wange zu zucken begann, fragte er sich, ob es nicht doch ein Fehler gewesen war, ihr etwas zu sagen.

«Mrs. Gardner, möglicherweise bedeutet es gar nichts.»

«Aber Sie haben wenigstens etwas, dem Sie nachgehen können?»

«Das schon. Nur können wir momentan noch überhaupt nicht abschätzen, wie bedeutsam es ist.»

«Aber es gibt ein *wenig* Grund zur Hoffnung?»

«Ich kann nicht einmal so weit gehen, das zu bestätigen, Mrs. Gardner. Ich würde Ihnen etwas vormachen, wenn ich –»

«Was kann er *wollen*, Lieutenant?», fragte sie ihn nicht zum ersten Mal. «Worauf hat er es abgesehen? Auf *wen* hat er es abgesehen? Ist es Amy? Oder ich? Und warum?»

«Ich fürchte, darauf kann ich Ihnen keine Antwort geben. Wenn ich es wüsste, wäre es sehr viel leichter für mich, ihn zu fassen.»

«Es kann doch keine bloße Willkür sein. Reine, grundlose Bosheit. Oder?»

Sie blickten einander sekundenlang schweigend ins Gesicht, dann stand Glass auf.

«Ich muss jetzt gehen.»

«Natürlich, Lieutenant, natürlich.» Sie erhob sich

ebenfalls. «Entschuldigen Sie, dass ich Sie aufgehalten habe. Aber ich bin froh, dass Sie gekommen sind. Wir alle sind froh darüber.»

«Ich werde alles tun, was in meiner Macht steht, damit Amy freikommt.»

«Ich auch, Lieutenant», sagte sie und ließ sich wieder auf das Bett sinken. «Ich auch.»

An der Haustür richtete Gardner eine Art unterschwelligen Appell an Glass. Es war der erste deutliche Riss in der starren Fassade aus Autorität und Zorn.

«Man sollte meinen», sagte er, «dass so etwas Menschen, eine Familie, enger zusammenführt.»

«Eigentlich schon, Mr. Gardner.» Das war alles, was Glass – inzwischen von Mrs. Gardners Niedergeschlagenheit angesteckt – noch zu erwidern wusste. «Ich vermute, es kommt darauf an, wie die Situation vorher war.»

Für einen Moment schien es, als wolle Gardner etwas erwidern. Glass sah, wie er das Kinn hob, sah, dass er es sich anders überlegte. Stattdessen sagte Gardner nur: «Also dann, gute Nacht, Lieutenant. Ich will Sie nicht länger aufhalten.»

«Danke, Sir.»

«Und halten Sie uns auf dem Laufenden. Geben Sie uns Bescheid, sobald Sie etwas erfahren. Ganz gleich, was.»

«Das habe ich Mrs. Gardner bereits versprochen», sagte Glass und ging zu seinem Auto.

Doch das Bild, das ihm vor Augen stand, als er davonfuhr, war nicht das von Boyd Gardner und seiner Erschütterung angesichts dieses unfassbaren Grauens, gegen das weder Zorn noch Einschüchterung, noch Geld etwas vermochten. Es war auch nicht das Bild von Mrs. Gardner, die tiefer und tiefer in ihre eigene Welt aus Erinnerungen und vorweggenommener Trauer versank. Auch nicht Cyrus, verschlossen, unnahbar und – der Himmel mochte wissen, warum – in sich zufriedener als sonst irgendjemand von ihnen. Eher war es ein kollektives, sich verdüsterndes Bild von allen dreien. In diesem riesigen Haus. Abgeschnitten. Allein. Und ganz und gar haltlos.

Acht

Nora schlug Malone das Buch aus der Hand, gerade fest genug, dass er die Seite verblätterte.

«Hey, spinnst du?», protestierte er.

«Rede mit mir.»

Er seufzte und drehte sich zu ihr um. Sie war nackt, hatte jedoch die Bettdecke straff über die Brust gezogen und auf beiden Seiten unter den Armen festgesteckt. Sie wollte also *wirklich* reden. Malone hoffte, dass es nicht um «Beziehungen» ging – so ein Gespräch konnte Stunden dauern, und sein Buch wurde gerade richtig interessant. Andererseits hatte Nora eine so sahnig helle Haut ...

«Nicht», sagte sie und zog die Bettdecke noch straffer.

«Was?»

«Schau mich nicht so an.»

«Wie denn?»

«Wie eine riesige Katze, die jeden Moment ...»

«Ich dachte, du wolltest reden?»

«Will ich ja auch.»

«Na, und zum Reden muss ich dich doch anschauen.»

«Anschauen und anschauen sind zweierlei», erwiderte sie.

Malones Hand wanderte wieder zu seinem Buch, doch sie war schneller.

«*Der Mutter-Archetyp*?», las sie ungläubig. «Von C. G. Jung? Was in aller Welt …?»

«Ach, das ist mir nur so in die Hände gefallen.» Malone errötete und wandte den Blick ab, auf seine Füße. Die ragten kläglich wie zwei riesige Flossen am Bettende auf. «In der Bibliothek, weißt du.»

«In der Polizeibibliothek?»

«Es gibt eine Psychologie-Abteilung. Da stehen lauter –»

«Hat Solly gesagt, dass du das lesen sollst?»

«Nein, natürlich nicht. Und du wirst ihm nicht verraten, dass ich das lese, okay? Nora?»

«Okay», sagte sie gedehnt und musterte ihn forschend. Dann drehte sie sich auf den Rücken und starrte sekundenlang an die Decke. Malone lag neben ihr, auf einen Ellenbogen gestützt, und sah sie an.

«Denkst du, er hat eine Freundin?», fragte er.

«Nein.» Doch sie war verblüfft, fast erschrocken darüber, dass ihre Gedanken anscheinend in ganz ähnlichen Bahnen verliefen.

«Woher weißt du das?»

«Ich weiß es eben.»

Er fragte sich, wie sich Nora so sicher sein konnte. Angesichts von Glass' Verschlossenheit … «Solly könnte jede Frau haben, die er will», hatte sie zu ihm gesagt, als sie früher schon einmal über dieses Thema sprachen. Malone hatte damals nicht recht gewusst, ob er darüber näher nachdenken wollte.

«Wahrscheinlich will er keine Beziehung mehr», fuhr Nora fort. «Vor allem gerade jetzt nicht.»

«Aber es liegt fast ein Jahr zurück.»

Sie drehte langsam den Kopf. «Du findest wohl, dass das eine lange Zeit ist, wie?»

Malone war klar, dass er darauf besser nicht einging. Aber er wollte sich auch nicht als emotionalen Barbaren hinstellen lassen. «Früher oder später», sagte er in dem Bewusstsein, dass dies ein heikler Moment war, «muss er sie loslassen.»

Diesmal konnte er Noras Gesichtsausdruck überhaupt nicht deuten. Aber wenigstens wandte sie sich nicht von ihm ab.

Sie legte ihm eine Hand auf den Arm. «Aber noch nicht. Es ist noch zu früh.»

«Nach einem Jahr?»

«Danny, Liebling, *er* hat sie *erschossen*, vergiss das nicht. Wir reden hier von einer Person, die er eigenhändig getötet hat.»

«Schon, aber –»

«Sie war die Frau seines Lebens. Diejenige, mit der es hätte klappen können.»

«Aber er wusste in jener Nacht nicht, dass sie es war. Er hat es unmöglich wissen können.»

«Glaubst du im Ernst, das macht für seine Gefühle auch nur den geringsten Unterschied?» Nora stützte sich auf einen Ellenbogen, wobei ihr die Decke von den Brüsten glitt. «Glaubst du das?»

«Nein. Du hast recht.»

Nora ließ sich wieder zurücksinken. Als sich Malone über sie beugte, um sie zu küssen, wehrte sie ihn nicht ab. Doch dann kam etwas, worauf er absolut nicht gefasst war.

«Danny?»

«Hm?»

«Denkst du manchmal darüber nach», fragte sie mit verträumter Stimme, «wie es wäre, Kinder zu haben?»

Malones Kehle war plötzlich wie zugeschnürt. Nora schien es zu merken.

«Ach, doch nicht jetzt, Dummkopf», sagte sie in weitaus neutralerem Tonfall. «Und ich dachte dabei auch nicht an uns beide.»

Malone erriet, was ihr durch den Kopf ging. Es war allerdings sonderbar – er hatte selbst schon daran gedacht, wenn er Glass mit Rachel erlebte, mit dem kleinen Springer, mit Cyrus und seinem Computerspiel – wie natürlich, wie ungemein geschickt Glass mit Kindern umging. Er schien sie zu verstehen, konnte mit ihnen auf einer Ebene reden, ohne affektiert oder herablassend zu sein. Es war das Letzte, was man von dem härtesten, unnachsichtigsten Cop einer harten Abteilung gedacht hätte. Das Einzige, was er normalerweise einem anderen Menschen zu geben bereit gewesen wäre, war ein Strick, um sich aufzuhängen, und manchmal selbst das nicht.

«Diese beiden Mädchen ...», sagte Nora.

«Rachel und Mei Ling?»

«Nein, nein.» Sie schauderte ein wenig, und er legte den Arm um sie. «Die auf dem Bild in seiner Brieftasche.»

«Ich habe ihn nie danach gefragt.»

«Feigling.» Sie küsste ihn trotzdem. Einen leicht hingehauchten Kuss auf den Hals.

«Ach? Na, wenn du so mutig bist ...»

«Ich habe keinen Anlass. Ich bin nicht diejenige, die in seiner Brieftasche herumgestöbert hat.»

«Ich hab nicht darin herumgestöbert. Er hat sie fallen lassen. Ich habe sie aufgehoben. Und dabei ist sie aufgeklappt.»

«Und du hast hineingeschaut.»

Womit sie wieder beim Thema Schauen waren. Malone strich mit einer Fingerspitze unter Noras Brust entlang. Ließ die Hand leicht auf ihrer Seite ruhen. Sie duldete es einen Moment lang, dann fasste sie ihn am Handgelenk, schob seine Hand fort und stützte sich wieder auf einen Ellenbogen. Im gedämpften Licht des Schlafzimmers schien ihre Haut beinahe zu leuchten. Malone musste sich zwingen, sich auf das Gespräch zu konzentrieren und sie nicht anzustarren.

Er erzählte ihr von der Begegnung mit Sophie Corner im Mario's und davon, wie Glass sie angesehen hatte. Wie er sie im Spiegel beobachtet hatte, als sie hinausging.

«Einen Moment lang dachte ich, du weißt schon, dass da ein Hauch von Interesse ist.»

«Unsinn», erwiderte Nora. «Sie ist bloß ein junges Ding – ich habe sie bei der Beerdigung gesehen.»

«Sie *war* ein junges Ding. Jetzt nicht mehr. Junge, die hat sich verändert, sie ist wirklich erwachsen geworden.»

«Ach? Wieso hast *du* sie denn überhaupt so genau angeschaut?», fragte Nora mit ihrem gewohnten Scharfsinn, der einen in den Wahnsinn treiben konnte.

Das, dachte Malone, war typisch Nora. Aber sie hatte nicht erkannt, was der eigentliche Punkt war: dass Glass derjenige war, der sie angeschaut hatte, nicht er.

«Nein, du verstehst nicht», sagte er.

Doch sie hatte ihm bereits den Rücken zugekehrt und die Bettdecke über die Schulter hochgezogen.

«Nora?»

Sie antwortete nicht. Nur das Beben der Decke verriet ihm, dass sie lachte.

«Du Miststück», schimpfte er und zog ihr die Decke weg. Was er sah, verschlug ihm beinahe den Atem. «Mein Gott, Nora», murmelte er, «du bist *so* schön!»

Sie drehte sich wieder zu ihm um, und als sie sich küssten, öffnete sie ihre Lippen. Ihre Zunge fand die seine, und ihr Körper begann sich unter seiner Hand zu regen. Dann war er über ihr, und Augenblicke später fanden sie sich an einen anderen Ort versetzt, wo keine Außenwelt existierte, keine andere Person – keine Sophie Corner, kein Solomon Glass, kein wahnsinniger Psychopath, der an den Rändern ihres Bewusstseins lauerte. Ein Ort, wo die zerbrechliche Illusion der Zärtlichkeit noch Bestand hatte, wenn auch nur für Augenblicke, bis unbarmherzig ein neuer Tag anbrach.

Glass ertappte sie im Bett. Wenn auch nur telefonisch. «Können Sie heute früher ins Büro kommen?», fragte er Nora, die augenblicklich hellwach war.

«Um welche Uhrzeit?»

«Halb acht. Und ziehen Sie Zivilkleidung an. Schick, aber nicht zu auffällig. Ein Business-Outfit, wie man es als Verkäuferin im gehobenen Marktsektor tragen könnte.»

«Aber was ist mit –»

«Alles in Ordnung, ich habe es mit Keeves abgesprochen. Sie sind für ein paar Tage von der IT freigestellt und arbeiten für mich.»

«Sie haben schon mit ihm gesprochen?» Nora warf einen Blick auf den Wecker auf ihrem Nachttisch. Es war Viertel vor sechs. «So früh?»

«Vergessen Sie nicht, er ist vom Militär. Er war schon auf den Beinen und hat seine Hähne gefüttert.»

«Seine Hähne?»

«Ach, da fällt mir ein, wenn Sie Malone erreichen könnten ...»

«Ich werde es versuchen.» Sie streckte die Hand aus und zog Malone die Bettdecke vom Gesicht. Er hatte sich darunter verkrochen, sobald das Telefon zu klingeln begann.

«Sagen Sie ihm, er soll sein Handy einschalten. Und er soll auch um halb acht hier sein.»

«Sie hören sich gut an, Solly. Fast als wären Sie wieder der Alte.»

«Na ja, wenigstens haben wir jetzt etwas zu tun.»

«Okay, wir machen uns gleich auf den Weg.» Sie fluchte innerlich. «Ich meine, *ich* mache mich auf den Weg.»

«Gut», sagte Glass in unverändertem Tonfall. «Und wenn Sie Malone auftreiben, lassen Sie unter keinen Umständen zu, dass er erst anfängt zu frühstücken. Ich habe hier Kaffee und Donuts für Sie bereitstehen.»

«Halb acht», wiederholte sie und legte auf.

«Also, du hast es gehört.» Sie versetzte Malone einen sanften Tritt. «Steh auf. Los, mach schon.» Sie stemmte beide Füße gegen seinen Rücken. «Du gehst duschen, während ich passende Kleidung aussuche.»

Malone stöhnte und fiel polternd zu Boden. Er war kein Frühaufsteher. Und schließlich war es erst sechs Uhr, zum Teufel.

Unter der Dusche kam er allmählich zu sich, und seine Ohren begannen zu funktionieren.

«Brauch nicht das ganze heiße Wasser auf. Ich will mir die Haare waschen!», rief sie.

«Ja, ja.»

Es war erstaunlich, welche Verwandlungen mit Nora vor sich gingen, wenn er wochentags bei ihr übernachtete. Abends im Bett war er immer noch verblüfft, manchmal sogar schockiert über ihre ungehemmte Sinnlichkeit. Ihre fordernde Art. Morgens jedoch, beispielsweise an diesem Morgen, war er ebenso schockiert. Über ihre Häuslichkeit, ihre Sittsamkeit, ihre praktische Art, mit der sie sich auf den bevorstehenden Arbeitstag konzentrierte.

Als er wieder ins Schlafzimmer kam, war das Bett bereits gemacht, die Laken von der vergangenen Nacht lagen im Wäschekorb, die Fenster waren zum Lüften geöffnet. Ein schwarzer Hosenanzug und eine weiße Bluse waren säuberlich auf dem Bett ausgebreitet, auf dem Teppich davor standen flache Schuhe. Nora klappte gerade das Bügelbrett zusammen.

Sie verschwand im Bad, schloss energisch die Tür hinter sich und kam fünf Minuten später wieder zum Vorschein, gerade damit beschäftigt, ihren BH zu schließen.

«Fahren wir zusammen?», fragte Malone und rückte seine Krawatte gerade.

«Was *denkst* du dir?»

Während Malone allein zur Dienststelle fuhr, ging ihm durch den Kopf, dass es etwas gab, worüber weder er noch Nora am vergangenen Abend hatte sprechen wollen. Er wusste, dass sie ebenso wie er darüber nachgedacht hatte. Doch sie hatten das Thema gemieden.

«Vielleicht», hatte er gesagt, «vielleicht hätten wir hartnäckiger dranbleiben sollen.»

«Möglich», erwiderte sie. «Er hätte wohl zugelassen, dass wir der Sache weiter nachgehen.»

«Wir haben uns zu sehr daran gewöhnt, uns auf sein Urteil zu verlassen, auf seinen Instinkt. Und der ist im Moment abgeschaltet. Er ist einfach nicht da.»

«Solly ist immer noch weitaus scharfsinniger als irgendjemand sonst», widersprach sie.

«Aber ihm entgehen Dinge, die ihm früher niemals entgangen wären. Er ist nicht mehr unfehlbar.»

«Das hat er nie von sich behauptet.»

Malone war er früher so erschienen. Doch seit Glass zurückgekehrt war, hatte er, obwohl er ebenso unnachgiebig und scheinbar ebenso zielstrebig war wie früher, die Gabe eingebüßt, die ihn befähigte, Fälle zu lösen, an denen andere Ermittler verzweifelten.

«Solly ist einfach niedergeschlagen», sagte Nora irgendwann, «das ist alles. Wenn es einem nicht gutgeht, hat man eben nicht den richtigen Blick. Man übersieht Dinge, die man normalerweise nicht übersehen würde. Es gibt schwarze Räume, in die man nicht schaut. In die man nicht schauen will.»

«Es sind seine Schuldgefühle darüber, dass er Tuesday getötet hat.»

«Es sind seine Depressionen. Er vermisst sie.»

«Er gibt sich selbst die Schuld.»

Und das war das Thema, dem sie beide ausgewichen waren. Schuld. Die unausgesprochene Schuld, die sie selbst empfanden, weil sie in den letzten Monaten nicht darauf bestanden hatten, den Aspekt der Musik weiterzuverfolgen. Es war Rodney Springer, der sie irritiert hatte. Er hatte nicht musiziert. Aber als Mei Ling entführt wurde, hätten sie das Ganze neu aufrollen sollen. Wenn sie es getan hätten, wenn sie ihre Energien die ganze Zeit über darauf konzentriert hätten, wären sie womöglich bereits vor Monaten an den Punkt gekommen, an dem sie jetzt standen: zu der Erkenntnis, dass die Verbindung bei Colettes lag. Und Amy Gardner wäre womöglich noch zu Hause und würde in ihrem Zimmer spielen, statt Gott weiß wo gefangen gehalten zu werden.

Glass musste dieselben Gedanken hegen, das war Malone klar. Kein Wunder, dass es schwarze Räume gab, in die er nicht schaute.

«Ich muss mich bei Ihnen beiden entschuldigen», sagte der Lieutenant, sobald sie alle drei in seinem Büro versammelt waren. Die Akten auf seinem Schreibtisch waren an einer Seite aufgestapelt. Ein schwankender Turm aus Plastiktabletts und Pappbechern drohte bei jeder seiner Bewegungen umzukippen. Den Rest des Schreibtisches nahmen eine Thermoskanne mit frischgebrühtem Kaffee, Becher, Teelöffel, eine Tüte Würfelzucker und ein Teller mit gemischten Donuts ein – mehrere einfache, ein paar mit Zimt und zwei mit Zuckerguss mit Passionsfrucht.

«Warum das, Lieutenant?»

«Wenn ich auf Sie und Nora gehört hätte, wenn wir

der Sache mit der Musik intensiver nachgegangen wären ...»

Himmel, dachte Malone, kann er jetzt schon meine Gedanken lesen? Er riskierte einen Seitenblick zu Nora, die die Augenbrauen hochgezogen hatte. Glass bemerkte es, fuhr jedoch fort, ohne darauf einzugehen.

«Und Amy Gardner wäre sehr wahrscheinlich nicht dort, wo sie jetzt ist.»

«Ich bitte Sie, Lieutenant.» Malone tat zwar die Entschuldigung gut, aber Selbstzerfleischung wollte er nun doch nicht sehen. «Das wissen wir doch gar nicht. Selbst wenn wir die Verbindung zu Colettes erkannt hätten, wären wir womöglich trotzdem noch nicht weiter.»

«Er hat recht, Solly», pflichtete Nora ihm bei. «Diese Sache betrifft uns alle gleichermaßen. Wir alle hätten etwas besser machen können.»

«Mag sein», erwiderte er. «Der Punkt ist, wir *haben* es nicht besser gemacht. Das muss sich ab sofort ändern.»

Dann musterte Glass Nora, ihr schwarzes Kostüm, die weiße, bis zum Hals zugeknöpfte Bluse. Er drehte sich zu seinem Schreibtisch um, reichte ihr einen Becher und Malone ebenfalls einen, dazu die Tüte mit dem Würfelzucker. «Das Outfit ist gut», sagte er zu Nora, während er ihr Kaffee einschenkte. «Elegant, aber nicht übertrieben.»

«Ich soll zu Colettes gehen, stimmt's?»

«Sie sind auf Stellensuche. Sie haben bereits allgemeine Erfahrungen im Bereich von Verkauf und Vertrieb – Mode, Kleidung, Schmuck. Jetzt klappern Sie Geschäfte ab und legen Ihren Lebenslauf vor. Sie waren an der Westküste bei Pellegrini's angestellt. Sie haben ein Empfehlungsschreiben. Man kann dort anrufen und sich nach Ihnen erkundigen.»

«Und wonach suche ich tatsächlich?»

«Nicht von denen», sagte Glass zu Malone, der sich gerade einen Donut mit Passionsfrucht-Zuckerguss nehmen wollte. «Sie können die einfachen oder die mit Zimt haben.»

«Das ist Diskriminierung.»

Glass ignorierte ihn und sagte zu Nora: «Sie halten die Augen offen nach irgendetwas Auffälligem. Etwas, das nicht ganz zu einem Musikgeschäft passt. Nutzen Sie Ihren Instinkt. Ihre –»

«Weibliche Intuition?», scherzte sie, um ihm über den heiklen Punkt hinwegzuhelfen.

«Sagen wir, Ihre weiblichen Gaben. Ihren Grips. Möglicherweise müssen Sie etwas eindringlicher werden, aber Sie dürfen sich dabei auf keinen Fall verraten. Es würde seltsam wirken, wenn Sie sagen, Sie sind daran interessiert, in der Branche zu arbeiten, und sich dann nicht erst mal ein bisschen vorn im Geschäft umsehen. Aber Colettes ist ein ziemlich großer Betrieb. Die haben bestimmt irgendwo in den hinteren Räumen ein Lager, ein Archiv, jemanden, der Material in den Laden holt und vielleicht schriftliche Bestellungen bearbeitet.»

«Das ist richtig, Lieutenant», warf Malone ein. «Riverside lässt sich beliefern. Die Ware wird ihnen per Kurier zugestellt.»

«Gut. Aber es könnte schwierig werden, in diese hinteren Räume zu gelangen», fuhr Glass, an Nora gewandt, fort. «Ohne allzu sehr darauf zu drängen. Im Zweifelsfall ziehen Sie sich zurück, und wir versuchen es auf andere Weise. Wir dürfen in dieser Angelegenheit nicht zu früh Verdacht wecken.»

«Ich werde mein Bestes tun, Solly.»

«Okay. Wie lange brauchen Sie, um einen Lebenslauf zu fälschen?»

«Etwa eine bis anderthalb Stunden.»

«Gut. Ich will, dass Sie um halb zehn bei dem Geschäft sind, eine halbe Stunde nach Ladenöffnung. Dann sind wahrscheinlich schon ein paar Kunden dort, sodass Sie sich unter die Leute mischen und sich umsehen können, ohne aufzufallen. Ich postiere draußen auf der Straße zwei Frauen in Zivil. Sie werden ein- bis zweimal an dem Geschäft vorbeigehen und dann verschwinden.»

«Aber sie werden nicht reinkommen?»

«Nein. Wir haben keine Garantie dafür, dass der Kerl dort arbeitet. Er könnte sich auch irgendwo draußen auf der Straße aufhalten – an einer Bushaltestelle, in einem geparkten Fahrzeug in der Nähe –, warten, bis er ein geeignetes Opfer sieht, und ihm dann folgen.»

«Aber ist das wahrscheinlich?», fragte Nora. «Ich meine, gerade jetzt?»

«Nein. Wir starten dieses Unternehmen zum denkbar ungünstigsten Zeitpunkt. Sofern er nicht in dem Geschäft arbeitet, ist es unwahrscheinlich, dass er sich dort aufhält.»

«Weil er sein Opfer bereits hat.»

«Genau», sagte Glass. «Im Augenblick ist er wahrscheinlich zu sehr mit dem Fisch beschäftigt, den er bereits gefangen hat, um den Fluss genau zu beobachten. Wenn er nicht dort arbeitet, wird er wohl erst wieder in Erscheinung treten, nachdem er mit Amy … fertig ist.»

Sie saßen eine Weile schweigend da und hingen diesem Gedanken nach.

«Und was ist mit mir, Lieutenant?», fragte Malone schließlich.

«Sie lassen sich bitte nicht zu irgendwelchen überstürzten Heldentaten hinreißen. Ich bin sicher, dass nichts passieren wird, während Nora in dem Geschäft ist. Wenn sie lange bleibt, ist das Grund zur Zuversicht, nicht zur Besorgnis, okay?»

«Und wo bin ich währenddessen?»

«Auf der anderen Straßenseite gibt es ein Café, gegenüber dem Kasparov's. Ich möchte, dass Sie dort warten und aufpassen, was geschieht, nachdem Nora hineingegangen ist. Den Hinterausgang lasse ich von jemand anderem in Zivil beobachten.»

«Wie tarne ich mich? Nora sucht nach einem Job, aber was ist mit mir?»

«Wenn irgendjemand Sie fragt, was ich für unwahrscheinlich halte, dann sagen Sie, Ihr Büro wird gerade renoviert und Sie können bei dem Lärm nicht denken. Es fällt Ihnen leichter, im Café zu arbeiten. Nehmen Sie einen Stapel Papierkram mit.»

«Was denn zum Beispiel?»

«Himmel, Malone, ich weiß es nicht. Nehmen Sie ein paar Berichte mit. Planen Sie Ihre Hochzeitsfeier. Ich bin sicher, Ihnen wird irgendwas einfallen.»

«O-kay», sagte Nora mit einem Seitenblick zu Malone. «Ich setze mich dann mal an den Lebenslauf.»

Nachdem die beiden das Büro verlassen hatten, blieb Glass lange am Fenster stehen und blickte auf die morgendlichen Straßen der Stadt hinunter. Vor den Geschäften gegenüber wurden gerade die letzten Lieferungen des Tages ausgeladen – Bagels, Kuchen und Sandwiches für die Cafés, die von Hunderten von Polizisten, Verwaltungsangestellten und anderem Personal aus diesem und den umliegenden Bürogebäuden besucht wurden. Bündelweise frische Blumen für den Floristikladen direkt gegenüber dem Haupteingang der Dienststelle, dessen Rosen und Nelken eine unerschöpfliche Hoffnungsquelle für überarbeitete Officers waren, die gebrochene Versprechen, vergessene Geburtstage, Seitensprünge und andere, kleinere Treulosigkeiten wettzumachen hatten. Die Reinigung hatte bereits geöffnet. Vor dem Fotogeschäft ein Stück die Straße entlang stand ein Lastwagen, und ein Mann lud Kartons auf einen Rollwagen. Das bonbonrosafarbene Neonschild NAILS BY DAWN blinkte.

Wenn Glass den Blick von der Straße hob, konnte er in der Morgenluft, die noch nicht bleiern und gelb vom Smog war, den weißen Dunst über dem East River sehen, und in der anderen Richtung, draußen beim Hafen, glänzten im zinngrauen Licht, das vom Wasser reflektiert wurde, die Kräne. Glass liebte diese Stadt, ihre Energie, ihr rasantes Tempo. Selbst die düstere Gewalt, die reichlich vertreten war, besaß ihren Reiz. Meist war es keine abgründige Bosheit, keine tiefverwurzelte Perversion, sondern ein Auswuchs gescheiterten Strebens, vereitelter oder vergeblicher Hoffnung. Meist. Aber nicht immer.

Fälle wie dieser, Fälle reiner Grausamkeit, hatten nichts mit dem üblichen Verbrechensspektrum zu tun – Rache oder Leidenschaft oder Lust oder Gelegenheit. Oder Gier. Nichts mit der kühlen Etikette der White-

Collar-Kriminalität oder des Mobs. Nein, wo Grausamkeit die Absicht an sich war, da war der Hauptantrieb ein Wille zur Macht. Der Macht, Gott zu spielen. Der Macht, zu manipulieren, Schmerz zu erzeugen. Nicht aus sadistischen Motiven, nicht aus der verderbten Lust heraus, Leid zuzufügen und sich an diesem Leid zu weiden, sondern einfach um der Befriedigung willen – zu wissen, dass man es konnte. Dass man diese gottähnliche Macht besaß. Und nicht nur die Macht, Schmerz direkt zuzufügen, sondern auch die, mit Menschen und ihrem Leben indirekt zu spielen. Die ultimative Lust war diejenige, jemanden zu zwingen, sich selbst Schmerz zuzufügen. Oder anderen. Denen, die die betreffende Person am meisten auf der Welt liebte. Das zu vermögen – welche Macht, welches gottgleiche Vergnügen musste das sein.

Glass' Jahre beim Morddezernat hatten ihn viel über die Komplexität menschlichen Verhaltens gelehrt – mehr, als er in einem Jahrzehnt theoretischer Studien auch nur zu erahnen begonnen hatte. Er hatte aufgehört, in den Kategorien Gut und Böse zu denken, nicht weil es in einem moralischen Sinn falsch gewesen wäre, sondern weil es ihm den Blick auf die Tatsache trübte, dass Personen wie dieser Kidnapper sich in menschlicher Erscheinung unter die anderen mischten – aussahen wie sie, redeten wie sie, sich verhielten wie sie. All das, was er Malone begreiflich zu machen versucht hatte. Glass wusste: Wenn er das vergaß, lief er Gefahr, den Täter nicht zu erkennen, wenn er sich zeigte.

Und er würde sich zeigen, daran zweifelte Glass nicht. Außerdem spürte er in den Knochen, dass hier ein größeres, existenzielles Spiel im Gange war, dass es um mehr ging als um eine einzelne Person, die willkürlich über das Leben anderer verfügte. Es stand noch etwas anderes dahinter. Es gab Zeiten, da saß Glass allein in seinem dunklen Apartment und dachte über diesen Mann nach, suchte in den Schatten seines eigenen Geistes nach ihm – Momente, die er beinahe genoss. Es gab einen Schatten, düsterer als die übrigen, der direkt vor ihm zu schweben schien und zu dem er sich mehr als zu allen anderen hingezogen fühlte. Ein- oder zweimal hatte er sogar geglaubt, Gelächter zu hören. Ein Gelächter, das ihm galt. Doch obwohl er im Geiste aus dem Augenwinkel hinsah, obwohl er sich umwandte, suchte, lauschte, gelang es ihm nicht, sich ihm anzunähern. Nicht etwa weil seine Füße nicht von der Stelle kamen, wie in einem Albtraum, sondern weil ihn eine grauenhafte Angst überfiel: Wenn er zu dicht herankäme, würde das Gesicht, das sich ihm zuwandte, womöglich eines sein, das er so gut kannte wie sein eigenes.

Und warum auch nicht?, fragte eine Stimme, die er ebenfalls kannte wie seine eigene. *Er* hatte sie schließlich erschossen, oder nicht?

Ja, aber das war ein Versehen gewesen. Trotz allem Schuldgefühl und aller Sehnsucht war er noch nicht so verrückt zu denken, dass er es auch getan hätte, wenn er es gewusst hätte. Aber er *hatte* es getan. Er hatte sie getötet.

Neun Nora betrat Colettes um Punkt halb zehn. Die Straße draußen war recht belebt, doch sie erkannte eine der Frauen in Zivil, die Solly zur Beobachtung auf dem Gehweg postiert hatte. Ihre Blicke trafen sich und wichen einander sofort wieder aus.

Merkwürdig, dachte sie, während sie durch die Glastür ging, auf der in goldenen Buchstaben der Name des Geschäfts stand, dass Colettes ohne Apostroph geschrieben wurde. Vielleicht gab es mehr als einen Colette. Oder vielleicht fand der Inhaber einen Apostroph einfach zu verwirrend. Zu umständlich heutzutage, wo ohnehin keiner mehr wusste, wohin sie gehörten. In Sollys Berichten fand sich nie auch nur ein einziger fehlender oder falsch gesetzter Apostroph. Er schrieb die Berichte immer in letzter Minute, meist wenn Commissioner Keeves bereits damit drohte, ihm die Tankkarte zu sperren oder Schlimmeres, oder der Untersuchungsrichter Zwangsmaßnahmen in Aussicht stellte. Aber *wenn* er sie schrieb, dann mit akribischer Korrektheit.

Nora wusste, dass Solly bis in die Zehenspitzen von diesem Fall frustriert war. Erst recht jetzt, da es endlich etwas Praktisches zu tun gab und er nur aus den Kulissen zuschauen konnte. Es wäre zu riskant gewesen, wenn er sie begleitet oder mit Danny in dem Café gegenüber gesessen hätte. Nachdem die Tuesday-Reed-Affäre an die Öffentlichkeit gedrungen war, hatten die meisten Zeitungen im Staat Sollys Bild tagelang auf den Titelseiten gedruckt. *Lieutenant Glass besucht Beerdigung der Staatsanwältin. Mordermittler erschießt Staatsanwältin.* Und dann: *Officer suspendiert, interne Ermittlungen im Crime Bureau.*

Nora schloss die Tür hinter sich. Im Laden spielte Musik. Sie versuchte auszumachen, was es war. Violine, ja, aber war es Bach? Vivaldi? Händel? Sie hatte keine Ahnung.

Das war der Punkt, an dem ihr erste Zweifel kamen. Was, wenn hier tatsächlich eine Stelle frei war und man sie zu einem Gespräch einlud? Hier und jetzt? Glücklicherweise warteten gerade drei oder vier Kunden an der Theke, und die beiden Frauen dahinter waren damit beschäftigt, sie zu bedienen. Dadurch blieb Nora ein wenig Zeit, zwischen den langen Regalen mit Noten im vorderen Bereich des Ladens hindurchzuschlendern und sich zu sammeln. Bleiben Sie ganz ruhig, hatte Solly zu ihr gesagt, und verlassen Sie sich auf Ihren Verstand. Ihnen wird dort nichts geschehen.

Doch was ihr Sorgen machte, war keine körperliche Gefahr, sondern dass sie den Einsatz verderben könnte, dass man ihre Finte von Anfang an durchschaute, obwohl die Operation noch kaum begonnen hatte.

Sie atmete tief durch und ging durch den mit Teppich ausgelegten Eingangsbereich des Geschäftes zur anderen Seite hinüber. Im Vorbeigehen warf sie einen Blick zur Verkaufstheke. Eine ältere Frau in den Sechzigern mit weißgrauem Haar sah sie über ihre Schmetterlingsbrille hinweg an und lächelte, während sie kassierte. Ich bin gleich für Sie da, sagte ihr Lächeln, und Nora entspannte sich. Dieser Teil versprach unproblematisch zu werden. Die Frau erinnerte sie vage an ihre Mutter.

Sie schlenderte weiter, um sich davon zu überzeugen, dass sie sich hier nicht fremd oder fehl am Platz fühlte. Dabei betrachtete sie die langen Reihen von Noten, manche in einzelnen Bögen oder losen Heften, andere zu Büchern gebunden, die Rücken an Rücken in den hohen Stahlregalen standen. Es war wie in einer Bibliothek – ein Vergleich, der Nora ganz passend erschien. Das meiste war sicher gar nicht ausgestellt. Die Kunden wussten, was sie wollten, und das Verkaufspersonal holte es auf Wunsch.

«Nun, meine Liebe, was kann ich für Sie tun?» Die Frau hatte das Versprechen ihres Lächelns gehalten und war ihr zwischen die Regale gefolgt. «Suchen Sie etwas Bestimmtes?»

«Ehrlich gesagt bin ich unter einem Vorwand hier.» Nora erwiderte das Lächeln. Im selben Moment errötete sie – Himmel, was redete sie denn da? Doch die andere Frau lächelte unbeirrt, und Nora sprach hastig weiter. «Ich meine, ich suche nicht nach Noten. Jedenfalls nach nichts Speziellem, im Augenblick.»

«Das ist schon recht, meine Liebe.» Die Frau wandte sich halb zum Gehen. «Schauen Sie sich nur in aller Ruhe um.»

«Nein, ich meine eigentlich ...» Nora klopfte auf die schmale Ledermappe unter ihrem Arm. «Ich möchte gern wissen, ob Sie möglicherweise gerade eine neue Mitarbeiterin brauchen. Ich suche nämlich eine Stelle.»

«Ach», sagte die Frau. «Verzeihen Sie.»

Sie war sehr nett. Nora sah ihr an, dass sie ihr Erröten als Zeichen von Verlegenheit deutete, nicht von Falschheit.

«Ich glaube nicht, dass wir momentan eine Stelle zu besetzen haben. Nicht, dass das meine Entscheidung wäre. Mr. Spaulding kümmert sich um all das, die Neueinstellungen und die übrigen Personalangelegenheiten», fügte sie hinzu, wie um Nora davon zu überzeugen, dass sie ihr nicht eine Chance verweigern wollte.

«Könnte ich dann vielleicht Mr. Spaulding sprechen?»

«Das könnten Sie.» Die Frau lachte kurz auf. «Wenn Sie bereit wären, nach Florida zu fliegen.»

«Er ist also verreist? Wann kommt er denn zurück?»

«Nicht so bald, meine Liebe. Sicher nicht vor März. Er verträgt die Kälte nicht mehr, wissen Sie. Und seit Colette gestorben ist, seine Frau – sie war jahrelang bettlägerig, und er konnte ihretwegen nicht fort –, nun, seitdem gibt es nichts mehr, was ihn in der kalten Jahreszeit hier hält. Deshalb fährt er seit drei Jahren immer schon Ende August nach Florida und kommt erst zurück, wenn das Thermometer wieder deutlich über zwanzig Grad steigt.»

«Ich verstehe.» Während des Gesprächs bewegten sie sich in wortlosem Einverständnis auf die Kassentheke zu. Die Frau warf immer wieder angespannte Blicke in diese Richtung, als zöge ein unsichtbares Gummiband sie dorthin zurück.

«Demnach ist er also schon seit ein paar Wochen verreist?», vergewisserte sich Nora.

«Es müssen jetzt fünf oder sechs Wochen sein. Maxine», sagte sie zu ihrer jüngeren Kollegin, einer messingblonden Frau mit tiefausgeschnittenem orangefarbenem Oberteil, «wann ist Mr. Spaulding abgereist?»

«Ich weiß nicht, Mrs. Triblick.» Maxine zuckte die Achseln. «Vor sechs Wochen vielleicht. Können auch acht sein. Ich erinnere mich nicht genau.»

Und es interessiert mich auch nicht, ergänzte Nora in

Gedanken. Wenn ich wirklich einen Job wollte, könnte ich ihren bekommen.

Maxine verschwand mit einem Armvoll Briefe, Päckchen und Pappröhren, die, wie Nora vermutete, zusammengerollte Partituren enthielten, durch eine Tür hinter der Theke. Nora spähte über Mrs. Triblicks Schulter, konnte jedoch nur flüchtig eine Reihe kleiner Fächer entlang einer Wand erkennen, aus denen Papiere ragten, und ein paar Ablageflächen, die ebenfalls mit Papieren beladen waren. Außer Maxine war niemand zu sehen.

«Und wer trifft die Personalentscheidungen, wenn Mr. Spaulding nicht hier ist?», erkundigte sich Nora. «Gibt es vielleicht sonst jemanden, mit dem ich sprechen könnte?»

«Tja, ich weiß nicht recht. Wir hatten schon seit längerem keinen Anlass mehr, darüber nachzudenken», erklärte Mrs. Triblick. «Der junge Mr. Spaulding ist zwar hier, aber er ist nicht ...»

«Er ist nicht ...?», half Nora nach, doch Mrs. Triblick ging nicht darauf ein.

«Außer ihm», fuhr sie fort, «bin da wohl nur noch ich. Wissen Sie, ich arbeite schon seit dreißig Jahren hier. Ich habe damals mit Colette und Mr. Spaulding angefangen. Zu Beginn waren wir nur zu dritt. Aber schon bald gehörte uns auch das Gebäude nebenan und das daneben. Und als dann vor fünfzehn Jahren Colette, Mrs. Spaulding, krank wurde – Parkinson, wissen Sie –, da hat Mr. Spaulding diesen Diplom-Betriebswirt aus Harvard eingestellt, und es war die Rede davon, das Geschäft landesweit auszudehnen, sich am überregionalen Markt zu behaupten, Kataloge zu drucken und einen Versandhandel einzurichten. Sie wissen schon, wie Amazon-

Dotcom, nur dass damals natürlich von Geschäften übers Internet noch keine Rede war. Und jetzt haben wir also draußen in New Jersey ein Lagerhaus, so groß wie das Yankee-Stadion – achtzig Angestellte, über eine Million vorrätige Artikel und was weiß ich nicht alles. Aber hier, hier stehen wir im Grunde wieder da, wo wir angefangen haben – Stammkundschaft aus der Stadt, Schulen, das Con.»

«Aber warum kauft das Con überhaupt noch hier ein?»

«Tradition. Sie mögen uns. Und wir liefern am selben Tag, garantiert.» Sie lachte ein nervöses kleines Lachen.

«Wenn draußen im Lager achtzig Leute beschäftigt sind, dann brauchen Sie dort bestimmt keine neuen Mitarbeiter?»

«Machen Sie Witze? Die sitzen alle nur am Telefon oder am Computer und tippen rund um die Uhr Artikelnummern ein. Was verstehen die schon von Musik? Wenn wir irgendetwas brauchen, nimmt Maria – sie ist hinten – es auf der Durchfahrt im Lieferwagen mit. Im Übrigen überlässt Mr. Spaulding das Geschäft jetzt mehr oder weniger mir. Er hat das Interesse verloren, wissen Sie. Wenn etwas Besonderes anliegt, kann ich ihn telefonisch erreichen, aber das kommt selten vor. Der Laden läuft im Grunde von selbst.»

«Hier arbeiten also nur Sie und Maxine und noch jemand hinten? Was ist mit dem jungen Mr. Spaulding?»

«Er ist der Neffe vom Senior, und wenn er nicht wäre, hätte Mr. Spaulding das Geschäft schon längst verkauft.»

Nora schaute sich um. Eine Frau und ihre Tochter stöberten in den Regalen vorn am Schaufenster, sonst war niemand zu sehen.

Mrs. Triblick senkte die Stimme zu einem Flüstern. «Nun ja, seit er zurückgekommen ist und so ... so gar nicht mehr er selbst ist ...»

«Bitte?»

«Nun, ich meine, er ist sonderbar geworden. Nach allem, was er durchgemacht hat. Aber ich sollte wohl nicht so von ihm sprechen.»

«Machen Sie sich deswegen keine Gedanken», sagte Nora, deren Nackenhaare sich unwillkürlich gesträubt hatten. «Ich wollte mich nicht in Dinge einmischen, die mich nichts angehen.» Doch dann fuhr sie fort, genau das zu tun. «Was ist mit Maria?», fragte sie ein wenig zu abrupt. «Arbeitet sie dahinten? Wo Maxine hingegangen ist?»

Mrs. Triblick stutzte über die Frage. Sie musterte Nora scharf. Diese begriff, dass sie zu weit gegangen war.

«Ich wüsste nur gern, worauf ich mich gegebenenfalls einlassen würde. Es ist doch schließlich immer am besten, wenn man von vornherein Bescheid weiß, nicht wahr?» Sie zuckte die Schultern und bemühte sich, mädchenhaft-naiv zu wirken. Den verlorenen Boden zurückzugewinnen, die Plauderstimmung wiederherzustellen. Doch Mrs. Triblick war wachsamer, als es auf den ersten Blick den Anschein gehabt hatte.

«Ja, also», sagte sie und bewegte ihre Hände auf der Theke, als wolle sie etwas ordnen. «Ich muss mich jetzt wieder an die Arbeit machen. Es tut mir leid, dass wir momentan keine Verwendung für Sie haben.» Damit hätte sie Nora stehenlassen können, doch eine derart abrupte Abfuhr schien ihr aus Höflichkeit zu widerstreben. «Sie werden verstehen», fuhr sie fort, «wir befinden uns hier gewissermaßen in einem ...» – sie machte eine vage Handbewegung – «... einem Übergangszustand, wie Mr. Spaulding es auszudrücken pflegt.»

«Jedenfalls vielen Dank», sagte Nora. «Sie waren sehr freundlich.» Dann, als sie sich schon halb zum Gehen gewandt hatte, hielt sie noch einmal inne. «Das heißt ...» Sie legte ihre Mappe auf die Theke. «Ob ich Ihnen vielleicht trotzdem meinen Lebenslauf hierlassen dürfte? Nur für alle Fälle. Wenn sich doch noch etwas ergeben sollte, könnten vielleicht Sie oder der junge Mr. Spaulding es mich wissen lassen.»

«Mit ihm können Sie jederzeit selbst sprechen», erwiderte Mrs. Triblick völlig überraschend und warf einen Blick über Noras Schulter.

Nora fuhr herum, sah jedoch nur den leeren Eingangsbereich vor sich. Das einzige Geräusch waren die leisen Töne von Vivaldi oder was immer es war. Und ein schwaches elektrisches Summen, das von irgendwo hinter den Regalen zu kommen schien.

«Da ist er», sagte Mrs. Triblick.

Zwischen zwei Regalreihen kam das glänzende Stahlgestänge eines Rollstuhls zum Vorschein. Die Person in dem Rollstuhl hatte keine Beine, nur Stümpfe. Der Kopf wurde von einem Metallband an der Kopfstütze gehalten.

«Mr. Spaulding!», rief Mrs. Triblick. «Hier ist eine junge Dame ...» Sie sah Nora an. «Ich weiß Ihren Namen gar nicht.»

«Sarah. Sarah Wilson.»

«Sarah Wilson», wiederholte Mrs. Triblick, an den

jungen Mr. Spaulding gerichtet. Nora fragte sich, wie er wohl den Rollstuhl steuerte, denn seine Arme schienen nahezu gelähmt zu sein.

«Sie hat sich erkundigt, ob bei uns eine Stelle frei ist. Ob sie uns ihren Lebenslauf dalassen könnte.»

Mr. Spauldings Kopf bewegte sich kaum merklich, was ebenso gut ja wie nein bedeuten konnte. Nora fiel auf, dass er die ganze Zeit weder ihr noch Mrs. Triblick auch nur ein einziges Mal das Gesicht vollständig zuwandte. Sein Haar war stellenweise so dünn, dass die Narben auf seinem Schädel durchschimmerten. Nora fragte sich, wie die andere Seite seines Gesichts aussehen mochte. Doch sie erfuhr es nicht, denn der Rollstuhl setzte sich erneut in Bewegung und verschwand zwischen den nächsten Regalreihen.

«Ich glaube, er meint ja, meine Liebe.» Mrs. Triblick seufzte. Offensichtlich hatte sie selbst keine Ahnung. «Geben Sie mir die Unterlagen ruhig.»

«Ist er ...?», fragte Nora, während sie ihre Mappe wieder verschloss.

«Er war im Irak», flüsterte Mrs. Triblick. «Erst vor vier Monaten ist er zurückgekommen, davor war er ein Jahr lang in Deutschland in einem Krankenhaus. Der Arme – wie Mr. Spaulding senior auf den Gedanken kommt, er könnte jemals ein Geschäft wie dieses leiten, ist mir ein Rätsel.»

«Und, was wissen wir Neues?»

Es war Nachmittag, und sie waren wieder in Glass' und Malones Büro zusammengekommen. Von der erwartungsvollen Stimmung am Morgen war in den Gesichtern von Nora und Malone keine Spur mehr zu sehen.

«Gar nichts», teilte sie Glass mit. «Völlige Fehlanzeige. Da arbeitet niemand, der auch nur im Entferntesten in Frage kommt.» Ihre Stimme verriet, wie enttäuscht sie war.

«Was hatten Sie erwartet?», fragte Glass. «Dachten Sie, da läuft jemand rum, dem ein großes K für Kidnapper auf der Stirn geschrieben steht?»

«Nein, aber –»

«Also, berichten Sie.»

Nora ging ihre Liste durch, während Glass aufmerksam zuhörte und hin und wieder etwas in seinen eigenen Notizen abhakte. Malone saß lässig auf seinem Stuhl, spielte mit den Schnüren der Jalousien und hörte nur mit halbem Ohr zu. Er kannte Noras Bericht bereits. Nachdem sie Colettes verlassen hatte, war sie zu ihm in das Café gegenüber dem Kasparov's gekommen und hatte ihm flüsternd erzählt, wie ihr Besuch verlaufen war. Drei Stunden lang hatten sie dort gesessen und auf die Straße hinausgestarrt, während der Geschmack des Kaffees immer metallischer wurde, doch sie hatten nichts Auffälliges bemerkt. Schließlich hatte Glass, aus welchem Grund auch immer, Gnade gehabt und sie abberufen.

«Von welchem Spaulding reden Sie gerade?», unterbrach der Lieutenant jetzt Noras Bericht. «Senior oder junior?» Nora schüttelte verwirrt den Kopf. Was zu viel Kaffee doch anrichten konnte – ihr war gar nicht bewusst gewesen, bereits erwähnt zu haben, dass es zwei Mr. Spauldings gab. Sie warf Malone einen raschen Seitenblick zu, doch er – das Riesenbaby – war völlig in sein Spiel mit der Nabelschnur versunken.

«Senior», sagte sie. «Er verbringt den Winter immer in Florida. Das heißt, mehr als nur den Winter – er hält sich ganze sieben Monate im Jahr dort auf. Eine Mrs. Triblick leitet währenddessen das Geschäft.» Sie sah, dass Glass wieder etwas auf seinem Block abhakte. «Außer ihr gibt es noch eine jüngere Frau, Maxine, die aussieht, als ob sie auf Autopilot läuft.»

«Drogen?»

«Den Eindruck hatte ich nicht. Ich denke eher, sie ist ziemlich desinteressiert. Sie steht viel hinter der Theke und verkauft, das ist hauptsächlich Routinearbeit. Wahrscheinlich langweilt sie sich einfach. Mrs. Triblick ist diejenige, die wirklich etwas von Musik zu verstehen scheint und der auch etwas daran liegt.»

«Und Mr. Spaulding junior?»

Nora erzählte es ihm, erklärte, weshalb sie sich für ihn nicht näher zu interessieren brauchten. Glass nickte und setzte ein Häkchen.

«Sonst gibt es nur noch eine weitere fest Angestellte, eine Frau namens Maria, die ich aber nicht zu Gesicht bekommen habe.»

«Gomez», warf Glass ein.

«Wie bitte?», fragte Nora, und selbst Malone ließ die Schnur los und erwachte zum Leben.

«Maria Gomez», sagte Glass. «Mexikanerin. Illegal eingewandert, vor fünf Jahren. Ihr Englisch ist nicht überragend, aber es reicht, um Bestellungen zu bearbeiten und Lieferungen anzunehmen.»

Nora und Malone starrten ihn ungläubig an.

«Was sollte ich denn tun?», fragte Glass. «Hier rumsitzen und die Zeit totschlagen, während Sie beide sich in Cafés amüsieren?»

«Aber wenn Sie das schon die ganze Zeit gewusst haben –»

«Ich habe es nicht *die ganze Zeit* gewusst, Nora. Ich habe, nachdem Sie aufgebrochen sind, ein paar Freunde angerufen. Bei der Arbeits-, der Einwanderungs- und der Steuerbehörde. Im Übrigen *kenne* ich diese Leute nicht.» Er hielt seine Liste hoch. «Das hier sind nur Namen und Nummern. Bis jemand wie Sie hingeht, sich diese Leute persönlich ansieht und sich ein Urteil bildet.»

Nora war versöhnt und kam wieder zur Sache. «Sie denken nicht, dass diese Gomez …? Ich meine, wenn die Einwanderungsbehörde und das Arbeitsamt wissen, dass sie illegal hier ist …»

«Das kümmert niemanden. Jedenfalls so lange nicht, bis mal wieder jemand die Arbeitslosenstatistik drücken will. Außerdem ist sie Mexikanerin – es ist ja nicht so, als käme sie verschleiert zur Arbeit.»

«Aber – verdammt!» Endlich gab auch Malone einmal etwas von sich. «Dann bleibt ja niemand mehr übrig.»

«Sie sagten», fuhr Glass an Nora gewandt fort, ohne ihn zu beachten, «das sind die einzigen fest Angestellten?»

«Ja. Freitags und samstags oder vor den Ferien und in der Weihnachtszeit, wenn besonders viel Betrieb herrscht, sind noch Aushilfen da. Aber anscheinend nur junge Leute, Vierzehn-, Fünfzehnjährige, die gegen geringe Bezahlung arbeiten. Sie nehmen nur Schüler von Riverside. Ich habe angeboten, das probeweise zu machen, aber Mrs. Triblick sagte, von dem, was sie den Aushilfen bezahlen, könnte ich nicht leben. Die tun es für ein Taschengeld und um Erfahrungen zu sammeln. Außerdem könnte es böses Blut bei dem Con oder den Kids selbst geben, wenn sie jemanden wie mich einstellen würden.» Sie verstummte für einen Moment. «Solly, ich kann mir nicht vorstellen, dass *irgendjemand* von diesen Leuten –»

«Dann muss es also jemand in der Umgebung sein», mischte sich Malone ein. «Jemand, der von der Straße aus beobachtet, wie sie kommen und gehen, und sich dann dranhängt.»

«Nein, nicht zwangsläufig», widersprach Glass. «Es gibt durchaus noch andere Möglichkeiten.»

«Aber welche?»

«Unser Gesuchter braucht ja nicht einer von den Angestellten selbst zu sein. Möglicherweise ist es jemand, den sie kennen und der hin und wieder mit ihnen plaudert. Der Interesse an ihrer Arbeit zeigt.»

«Und sie wissen gar nicht, dass sie benutzt werden?» Nora begriff sofort, worauf er hinauswollte. «Sie sind nur unschuldige Informationsvermittler?»

«Es könnte sogar Ihre nette, gesprächige Mrs. Triblick sein», sagte Glass.

Sie starrte ihn an.

«Nun, wenn man bedenkt, was Sie alles aus ihr herausbekommen haben, über das Geschäft, sie selbst, die beiden Mr. Spauldings, ihre Familiengeschichte – und das alles in ungefähr zwanzig Minuten. Und jetzt stellen Sie sich vor, was erst jemand aus ihr herausbekommen könnte, der wirklich manipulativ ist und sich darauf versteht, sich Menschen anzunähern und sie auszuhorchen.»

«Das heißt, wir müssen nicht nur die Leute in dem Geschäft überprüfen», folgerte Nora, der das Ausmaß der Aufgabe dämmerte, «sondern auch ihre Freunde, Verwandten und sonstigen Kontakte?»

«Wir haben keine andere Wahl», bestätigte Glass.

«Und die Kollegen auf der Straße?» Malone klammerte sich an diesen Strohhalm, weil er schon fürchtete, stundenlang am Telefon, am Computer oder vor Aktenbergen sitzen zu müssen. «Haben die nichts Interessantes beobachtet?»

«Nichts. Ein paar Betrunkene von letzter Nacht, der eine und andere Straßenmusikant oder Bettler. Aber die sind alle hinlänglich bekannt. Die Kollegen haben sie mitgenommen und werden sie überprüfen, aber davon erhoffe ich mir nicht viel.»

Malone hatte eine Idee. «Kommt es Ihnen nicht seltsam vor, Lieutenant, dass die Leute in dem Geschäft die Verbindung nicht schon selbst hergestellt haben?»

«Sie meinen, dieselbe wie wir?»

«Ja. Schließlich sind diese Kinder ihre Kunden. Man sollte doch meinen, dass der eine oder andere Name ihnen etwas sagt.»

«Das stimmt allerdings.» Glass warf Nora einen fragenden Blick zu.

«Ich weiß nicht, Solly. Dieser Laden ist ziemlich desorganisiert. Wie ich schon sagte, der alte Mr. Spaulding ist das halbe Jahr verreist, der junge ist erst seit vier Monaten hier. Was Maxine betrifft – ihr traue ich zu, dass sie es nicht einmal wahrnehmen würde, wenn die Kinder vor ihren Augen gekidnappt würden.»

«Aber Mrs. Triblick?»

«Sie ist die Einzige, von der ich erwarten würde, dass ihr etwas auffällt. Aber vielleicht kennt sie die Namen der Kinder gar nicht – da gehen Hunderte ein und aus, und sie wechseln jedes Jahr. Manche bleiben weg, dafür kommen neue.»

«Ich wette, sie könnte aber den Unterschied zwischen Bach Vater und Sohn erkennen.»

«Sicher», erwiderte Nora. Was Malone immerhin davon abhielt zu fragen, wer diese beiden Bachs waren. «Also, wo fange ich an?», fuhr sie fort. «Soll ich zuerst meinen Bericht schreiben oder erst das Personal überprüfen?»

«Beides», sagte Glass. «Fangen Sie mit den Spauldings an. Der jüngere wird leichter zu überprüfen sein. Wenden Sie sich als Erstes ans Militär. Medizinische Unterlagen. Wie lange er außer Landes war. Wo. Wann er nach Hause überführt wurde.»

«Und der ältere?»

«Flugtickets, Adresse in Florida, Motels, was auch immer. Wo er am Zweiundzwanzigsten war. Wenn es sein muss, fliegen Sie selbst runter.»

«Aber wenn ich all das tun soll –»

«Das sind nur Tastendrucke, okay? Mit der rechten Hand. Mit der linken tippen Sie inzwischen ein paar Notizen über Ihren Besuch bei Colettes heute Morgen. Allmählich kommt Bewegung in diesen Fall, und wenn sich die Entwicklung beschleunigt und Keeves einen aktuellen Bericht will, müssen wir diesmal einen vorlegen können.»

«Wie meinen Sie das, es kommt Bewegung in den Fall?», fragte Malone. «Ich dachte, wir wären uns gerade darüber einig geworden, dass wir keinen Schritt weiter sind?»

«Ich hatte vor einer Stunde Gardner am Telefon. Deshalb habe ich Sie beide abberufen.»

«Was ist passiert?», fragte Nora. Sie wollte es wissen und gleichzeitig auch wieder nicht.

«Sie haben einen Brief erhalten.»

«Verdammt.» Zur Abwechslung war einmal Nora diejenige, die fluchte.

«Es ist sicher die gleiche Sorte wie bei den anderen», sagte Glass. «Aber wir müssen trotzdem hinfahren.»

«Und die Spurensicherung?», fragte Malone.

«Ich habe schon ein Team vorausgeschickt. Also, los geht's.»

Nora, die bereits auf dem Weg zur Tür war, blieb noch einmal stehen. «Das heißt, Mrs. Gardner soll …?», begann sie, konnte sich jedoch nicht überwinden, die Frage vollständig zu formulieren.

Zehn

Der Brief war, ebenso wie die anderen, von brutaler Kürze:

Die selbe Wah l Mrs. G ard ner
Ihr L eben – od er ih res
Sie habe n fünf Tag e.

In gewisser Weise, dachte Glass, während er den Brief zum wiederholten Mal las, war das Grausigste daran nicht so sehr die Präzision, die kühle Berechnung dieser entsetzlichen Forderung, sondern die Tatsache, dass der Verfasser anscheinend von seiner eigenen Großzügigkeit überzeugt war. Beinahe als handele es sich um ein vernünftiges, anständiges Angebot. Es war Mrs. Gardners *Wahl*. Sie konnte *wählen*. Und die Wahl war jemandes Leben: Die Vorstellung des Todes wurde gar nicht angesprochen. Gott, so schien es zumindest in der Denkweise des Briefschreibers, stand immer auf der Seite des Lebens.

«Meine Frau hat mir erzählt, Sie hätten einen Anhaltspunkt», sagte Boyd Gardner. «Was ist daraus geworden?»

Sie standen in der Küche, wohin Mrs. Gardner die Post mitgenommen hatte, um sie zu öffnen, während sie Kaffee machte.

«Wir gehen ihm mit allen Mitteln nach», erwiderte Glass.

«Was bedeutet das, Lieutenant?» Gardner lief hektisch hantierend auf und ab, als könnten Bewegung und Lärm eine Lösung bringen. «Wem oder was genau gehen Sie mit allen Mitteln nach?»

«Ich bedaure, Sir. Es gibt mehrere Anhaltspunkte, die wir verfolgen, aber Sie werden sicher verstehen, dass ich über die Einzelheiten nicht sprechen darf.»

Und das konnte er in der Tat nicht. Nicht nur, weil es vertrauliche Informationen waren, sondern auch, weil er wusste, Gardner würde verlangen, dass sie sofort alle zur Dienststelle brachten, die gesamte Belegschaft von Colettes, und sie verhörten, bis sie etwas preisgaben. Und wenn Glass es nicht tat, nun, dann würde er verdammt nochmal ein paar Leute anheuern und es selbst tun.

«Und was schlagen Sie jetzt vor?» Als Gardner einsah, dass er mit dem einen Extrem nicht weiterkam, sprang er zum anderen über. «Sollen wir etwa weiter untätig abwarten?»

«Nein, Sir. Sobald die Spurensicherung hier fertig ist –»

«Fertig? Die haben doch nichts weiter getan als Fotos zu machen und hier eine Menge Plastik auszulegen ...»

«Was schlagen Sie denn alternativ vor, Sir?»

«Nach Hinweisen suchen. Diese Wörter in dem Brief, die sind aus einer Zeitung ausgeschnitten, das erkenne ja selbst ich.»

«Aus *The Tribune*, Sir.»

«Wenn Sie es sagen.» Gardner war für einen Moment der Wind aus den Segeln genommen. «Woher wissen Sie das?»

«Typographie, Schriftart, Stil. Alles genau wie bei den anderen Briefen. *The Tribune* hat anderthalb Millionen Leser –»

«Was ist mit dem Klebstoff, Glass? Haben Sie den untersucht?»

«Selbstverständlich, Sir. Polyvinylacetat. Handelsüblicher Holzleim, in jedem Heimwerkerladen im Land erhältlich. Und ja, wir werden das Papier überprüfen, die Poststempel, die Briefmarke, den Umschlag –»

«Und auch, was darunter ist?» Gardner hatte eine plötzliche Eingebung.

Seine Stimme war so laut geworden, dass sich Mrs. Gardner genötigt sah einzuschreiten. «Boyd, es besteht kein Grund zu schreien.» Sie sprach deutlich leiser als alle anderen. Während Gardner keine Sekunde stillhielt, wirkte sie resigniert, beinahe gelassen. Als sei sie bereits einen Schritt weiter, während sich alle anderen noch bemühten, das Geschehene zu verarbeiten. «Lieutenant Glass ist nicht schwerhörig», fügte sie hinzu.

«Was *unter* den Briefmarken und der Lasche vom Briefumschlag ist», wiederholte Gardner nicht weniger lautstark. «Oder benutzt er etwa selbstklebende Marken und Umschläge?», fauchte er seiner Frau ins Gesicht. Sie sah ihn verständnislos an.

«Ich glaube, Ihr Mann meint mögliche DNS-Spuren, Mrs. Gardner.»

«Verdammt richtig, genau das meine ich. Wessen DNS an dem Umschlag da ist, der ist es», verkündete er, wobei er einen Zeigefinger in Glass' Richtung stieß. «Das ist Ihr Täter.»

«Ich fürchte nein, Mr. Gardner.»

«Sie wissen es also bereits, wie? Sie sind gerade erst hergekommen und wissen schon, wessen Speichel daran ist? Noch vor all diesen Experten?» Gardner wies auf die Forensiker. «Bevor die auch nur einen ihrer Tests durchgeführt haben?»

«Ich fürchte ja, Sir.»

«Tatsächlich?» Gardner umrundete langsam den Tisch und blieb vor Glass stehen, sein Gesicht nur eine Handbreit von dem des Lieutenant entfernt. Malone hätte ihn am liebsten zurückgehalten. «Und, von wem stammt der Speichel, Lieutenant Einstein?»

Doch es war seine Frau, die die Frage beantwortete. «Von Amy», sagte sie leise. «Das wollen Sie doch sagen, nicht wahr, Lieutenant? Die Untersuchungen werden ergeben, dass es Amys ist.»

Glass erwiderte nichts.

Gardner wandte sich seiner Frau zu. Er sah aus, als stünde er kurz davor, zu explodieren und sie ebenfalls für verrückt zu erklären. Doch der Ausdruck ihres Gesichts, die Stille im Raum schienen allen Atem und alles Leben aus seinem Körper zu saugen. Er ließ die Schultern hängen und stützte sich mit einer Hand auf die Arbeitsplatte. Mrs. Gardner machte keine Anstalten, ihm zu Hilfe zu kommen.

«Wollen Sie mir erzählen», sagte Gardner mit erstickter Stimme, «dass er die Kinder dazu benutzt ... Er zwingt sie, selbst die Briefe an ihre ...» Er brach ab.

«Ja», bestätigte Glass. «Genau so hat er es bei den vorherigen Entführungen gemacht.»

Der letzte Forensiker ließ die Verschlüsse an seinem Laborkoffer zuschnappen, nickte Glass zu und verschwand durch die Hintertür, wo der Kastenwagen bereitstand.

In dem Schweigen, das noch andauerte, nachdem sich die Tür geschlossen hatte, schien Mrs. Gardner eine Bestätigung zu finden.

«Ich glaube, ich lege mich ein wenig hin», sagte sie. «Jetzt, wo sie den Brief mitgenommen haben.»

Die *Verbindung* weggenommen haben, glaubte Glass stattdessen zu hören. Die einzige Verbindung zu Amy.

Cyrus, an den bis jetzt niemand gedacht hatte, kam auf Glass zu und gab ihm das Spielzeug. Er hatte es ausgeschaltet wie beim vorigen Mal. Dann fasste er seine Mutter an der Hand und ging mit ihr hinaus. Anders als sonst folgte er ihr nicht, in ihrem Rock versteckt, sondern übernahm selbst die Führung, als verstünde er, dass sie jetzt diejenige war, die Fürsorge brauchte.

«Schlaf ist im Augenblick das Beste für sie», sagte Gardner und sah ihr nach. «Wenigstens kann sie abschalten.»

«Steht sie unter Medikamenten?», fragte Glass.

«Der Arzt hat ihr jede Menge Zeug gegeben. Antidepressiva, Schlafmittel ...»

«Ist irgendjemand da, der auf sie aufpasst, Mr. Gardner? Ihre Frau wird in der nächsten Zeit unter enormem Druck stehen.»

«Wenn irgendwer versucht –»

«Ich meine nicht so sehr von außen.»

«Mein Gott, Lieutenant! Was soll ich denn tun? Was würden *Sie* tun?»

«Ich habe keine Ahnung, Mr. Gardner. Ich denke nur, dass jemand bei Ihrer Frau sein muss. Ständig, rund um die Uhr. Haben Sie schon einmal daran gedacht, sie in eine Klinik einweisen zu lassen?»

«Das würde sie niemals zulassen. Sie will hier nicht weg. Sie denkt, sobald sie dieses Haus verlässt ... Sie sieht in all dem eine Art Unausweichlichkeit, eine Unaufhaltsamkeit. Heute Morgen hat sie seltsame Dinge gesagt – sie glaubt, darin die Hand Gottes zu erkennen.»

«Sie braucht Betreuung, Mr. Gardner», wiederholte Glass.

«Sie könnten doch jemanden ins Haus holen, Sir», warf Malone ein. «Wenn sie nicht bereit ist, in eine Klinik zu gehen – vielleicht wäre sie mit einer privaten Pflegerin einverstanden.»

«Ja, warum eigentlich nicht?» Gardner sah Malone an wie einen Retter, der aus dem Nichts erschienen war. «Es gibt doch sicher Pflegedienste für solche Fälle, nicht wahr? Leute, die man vollzeit engagieren kann?»

«Outsourcing in der Pflege ist heutzutage sehr verbreitet», bemerkte Glass.

«Wissen Sie, Lieutenant, manchmal gefällt mir Ihr Ton nicht.»

«Ich weiß nicht, wozu ich überhaupt mitgekommen bin», sagte Malone, als sie zum Wagen zurückgingen.

«Ich hätte auf der Dienststelle bleiben und Nora helfen können. Etwas Sinnvolles tun.»

«Ich wollte Sie für den Fall dabeihaben, dass mir etwas entgehen sollte.»

Während der Rückfahrt zum Büro dachten sie beide schweigend darüber nach.

Als sie ankamen, saß Nora vor einem Monitor in der IT-Zentrale, führte in einem Fenster Suchläufe durch und schrieb parallel dazu in einem zweiten ihren Bericht.

«Keeves hat vorhin reingeschaut», teilte sie Glass mit. «Er wollte wissen, wie der neueste Stand ist. Jetzt ist er unten in der Forensik und nervt die Kollegen wegen des Briefs.»

«Um Himmels willen», stöhnte Glass. «Wenn er jetzt auch noch anfängt, sich in Verfahrensfragen einzumischen ...»

«Er sagte, er wolle sich nur einen Überblick verschaffen.»

«Was haben Sie ihm erzählt?»

«Keine Details. Ich habe ihm gesagt, wenn er Einzelheiten wissen will, soll er sich an Sie wenden. Dann wollte er wissen, was mit dem Bericht ist. Ich hab ihm gesagt, dass ich ihn gerade tippe. Er fragte, weshalb das so lange dauert. Ich sagte, ich ergänze gerade noch Daten zu dem Brief. Damit der Bericht dann auch auf die Minute aktuell ist. Daraufhin schien er zufrieden.»

«Gut. Sagen Sie ihm das von jetzt an immer, wenn er fragt. Dass Sie gerade die neuesten Entwicklungen nachtragen, damit er, wenn er den Bericht liest, auf dem gleichen Stand ist wie wir.»

«Aber Solly, mit dem Schreiben hinkt man immer hinter dem Geschehen her.»

«Eben. Wollte er sonst noch was?»

«Er sorgt sich insbesondere um Mrs. Gardner. Um ihre psychische Verfassung. Wie sie sich wohl verhalten wird, welche Vorsichtsmaßnahmen getroffen werden. Er wollte, dass in dem Bericht erwähnt wird, was wir zu ihrem Schutz unternehmen.»

«Okay.» Glass erhob sich von der Ecke von Noras Schreibtisch. «Malone kann Ihnen dazu ein paar Punkte diktieren.»

«Ich?»

«Er ist ja neuerdings unser Hausexperte zum Thema Mütter. Und zum Thema Pflegerinnen.» Damit ließ er die beiden allein.

Am nächsten Morgen, viereinhalb Tage vor der Deadline und nach neun frustrierenden Monaten vergeblicher Ermittlungsarbeit, begannen sich die Ereignisse zu überschlagen, und zwar in so rasantem Tempo, dass es nahezu aussichtslos erschien, eingreifen und den Verlauf steuern zu wollen.

Mrs. Gardner erhielt einen zweiten Brief.

Sie Glückliche, begann er. Genau wie es in Mrs. Springers zweitem Brief gestanden hatte. Doch was dann folgte, machte allmählich deutlich, welches Spiel hier tatsächlich gespielt wurde.

Sie Glückliche

Ich habe es mir anders überlegt

Sie sind frei

Es ist jemand anderes den ich will

Noch vier Tage

Glass und Malone waren wieder einmal zu den Gardners hinausgefahren. Die Kollegen von der Spurensicherung waren inzwischen so oft dort gewesen, dass sie die Anfahrt allmählich leid wurden und einen Hubschrauber verlangten. Glass hingegen war froh über die weite Fahrt. Sie zögerte den Moment der Ankunft hinaus, den Anblick von Mrs. Gardners Gesicht, Boyd Gardners zunehmend unberechenbare Reaktionen.

«Bestimmt ist *er* gemeint», sagte Malone, als sie wieder im Büro waren. Es war fast Zeit zum Mittagessen, aber Alice, die Assistentin von Commissioner Keeves, hatte die Nachricht hinterlassen, sie hätten sich im Büro einzufinden und dort zu bleiben, bis er herunterkam. Wenn sie vorher das Gebäude verließen, so hatte sie ausgerichtet, könnten sie gleich beim Rausgehen ihre Dienstmarken abgeben. «Er hat gesagt», hatte Alice in die Voicemail geflüstert, «Sie können pinkeln gehen, wenn Sie müssen, aber wenn Sie sich auch nur einen Schritt weiter entfernen, dann spült er Sie durchs Klo aus der Dienststelle.»

Anderthalb Stunden später warteten sie noch immer. Mit knurrendem Magen.

«Nicht wahr, Lieutenant?», sagte Malone wieder einmal. «Bestimmt ist Gardner gemeint.»

«Damit würde Ihre Theorie in Rauch aufgehen.»

«Welche?», frage Malone und biss sich gleich darauf auf die Zunge.

«Die böse Hexe. Die Rabenmutter. Kali, die alles Vernichtende. Wenn er jetzt plötzlich bereit ist, Amy stattdessen gegen das Leben ihres Vaters einzutauschen.»

«Vielleicht ist es ein Ödipuskomplex?»

Glass warf Malone einen Blick zu, woraufhin dieser

sich wieder dem Bericht zuwandte, an dem er gerade schrieb. Aber nur für einen Moment, dann schaute er auf die Uhr. «Wenn es Gardner ist, denken Sie, er wird es tun?»

Das war eine gute Frage. Glass strengte sich an, seine eigenen tiefen Vorurteile zu unterdrücken. «Ich zweifle nicht daran, dass er Amy liebt», erwiderte er. «Aber ob er sein Leben für ihres geben würde ...»

Frauen bekommen die Kinder, hatte Mrs. Gardner bei einem früheren Besuch gesagt. Männer zeugen sie, aber Frauen bringen sie zur Welt.

«Wenn er es als eine Art Mutprobe sehen würde», fuhr Glass fort, «könnte er es tatsächlich tun. Aber wenn es einzig und allein um Liebe geht ...» Er verstummte gedankenverloren.

Schließlich gewann Malones Hunger die Oberhand. «Wie lange, denken Sie, wird es noch dauern, bis Keeves kommt?»

«Keine Ahnung.»

«Womöglich ewig. Meinen Sie nicht ...?»

«Sie haben recht. Scheiß drauf. Er hat gesagt, wir sollen hierbleiben, aber er hat nicht gesagt, dass wir *beide* die ganze Zeit anwesend sein müssen. Bringen Sie mir was Scharfes mit. Was Fettiges, Ungesundes. Mit Reinheit kommen wir in diesem Fall nicht weiter.»

«Das lässt sich hören, Lieutenant. Einen doppelten Burger? Pommes?» Malone war bereits auf den Beinen und griff nach seiner Jacke. Dann fiel ihm etwas ein. «Ähm ... Das Gehalt kommt erst morgen.»

Glass seufzte und griff nach seiner Brieftasche. «Ich weiß wirklich nicht, was Sie immer mit dem Geld anstellen, Malone.» Er klappte die Brieftasche auf und nahm einen Fünfziger heraus. Malone sah interessiert hin.

«Würde es Ihnen etwas ausmachen, wenn ich Sie was frage, Lieutenant?»

«Wahrscheinlich.»

«Diese beiden Mädchen ...»

Glass schwieg abwartend.

«In Ihrer Brieftasche.»

Glass klappte sie heftig zu. Überlegte. Dann öffnete er sie wieder. Die Gesichter, gefangen im Bernstein aus transparentem Plastik und vergilbendem Zeitungsdruck, lächelten ihm bleich entgegen. Ohne ihr Geheimnis preiszugeben.

«Sind die beiden vielleicht Ihre Nichten oder so?», wagte sich Malone vor.

«Nein.»

«Nun, ich habe mich gefragt ...»

«Haben Sie sich das jetzt erst gefragt? Oder schon früher?»

«Aber ich habe sie doch gerade zum ersten Mal gesehen, Lieutenant.»

«Wirklich?» Glass klang interessiert. «Dann waren Sie ziemlich schnell mit Ihrer Frage.»

«Okay, ich habe sie schon einmal gesehen. An dem Tag, als Ihnen die Brieftasche runtergefallen war.»

«Maria und Francesca Milosz», sagte Glass, um Malones Ehrlichkeit zu honorieren.

«Aber warum tragen Sie das Bild bei sich? Wenn es doch keine Verwandten von Ihnen sind?»

«Ich habe versagt», erklärte Glass scheinbar gelassen. «Das war ziemlich zu Beginn meiner Karriere. Ich lag mit meiner Einschätzung falsch, und das hat die beiden Mädchen das Leben gekostet. Ihre Mutter ist mit ihnen gestorben.»

«Teufel, Lieutenant, wir alle versagen irgendwann mal.»

«Deshalb habe ich sie hier.» Glass tippte auf seine Brieftasche. «Um mich daran zu erinnern, dass wir alle mal versagen. Und dass dieses Versagen Menschenleben kosten kann. Das Leben von Kindern wie diesen.»

Darauf wusste Malone nichts zu erwidern.

Das scharfe, fettige Essen war an diesem trostlosen Tag absolut passend. Malone stopfte sich eine Handvoll Pommes frites in den Mund. «Warum, denken Sie, hat Gardner noch keinen Brief bekommen? Vielleicht geht es doch nicht um ihn.»

«Genau dasselbe habe ich auch schon überlegt.»

«Damit sind wir wieder mal so klug wie am Anfang.»

Als der Commissioner schließlich kam, sah er so besorgt und verwirrt aus, wie Glass ihn nie zuvor erlebt hatte. Und das wollte etwas heißen. Nachdem er sie geschlagene drei Stunden lang in ihrem Büro hatte warten lassen, waren seine ersten Worte, Malone solle für eine halbe Stunde verschwinden. Das ließ dieser sich nicht zweimal sagen. Er zog hinter Keeves' Rücken eine Augenbraue hoch und sagte zu Glass, er werde schnell mal hinuntergehen, um zu sehen, wie Nora mit ihrem Bericht vorankomme.

«Das wäre nicht nötig gewesen», protestierte Glass, nachdem sich die Tür hinter Malone geschlossen hatte. «Er mag nicht Eliot Ness sein, aber er kann den Mund halten.»

«Je weniger Personen hiervon erfahren, Glass, desto

besser. Die Einzigen, die es bisher wissen, sind der Bürgermeister, Boyd Gardner und ich. Wenn die Nachricht durchsickert ...»

«Welche Nachricht denn?»

«Mrs. Gardner ... Dieser Brief hat ihr den Rest gegeben. Gardner hat sie nach Darlington einweisen lassen. Er sagt, sie denkt, dass der Brief nur darauf abzielt, sie noch mehr zu quälen.»

«Wann war das?»

«Vor zwei Stunden.»

«Die Gardners wollten doch jemanden ins Haus holen, der sich um sie kümmert.»

«Vielleicht war das der Auslöser. Wer zum Teufel kann wissen, was in der Psyche einer Frau vor sich geht?»

Glass ließ das unkommentiert.

«Das Entscheidende ist jetzt», fuhr Keeves fort, «die Sache strikt unter Verschluss zu halten. Der Bürgermeister hat mir den ganzen Vormittag in den Ohren gelegen und Gardner ihm. Er hat drüben im Osten gerade einen großen Deal laufen – dabei könnte für den Staat einiges rausspringen.» Plötzlich fuhr er Glass wütend an. «Und wenn ich Osten sage, meine ich Asien, Glass! Ich meine nicht Washington, verstanden?»

«Ja, Sir.»

«Kali», höhnte Keeves.

«Wie Sie selbst sagten, Sir, es ist kurz. Leicht zu merken.»

«Wie auch immer, Gardner sagt, wenn die Leute auf den Märkten Wind davon bekommen – dass zu allem Unglück nun auch noch seine Frau in eine psychiatrische Anstalt eingewiesen wurde –, ist nicht abzusehen, welche Auswirkungen das auf die Aktienkurse von Mercantile First hätte. Und wenn die anfangen zu fallen, geht womöglich auch der Asien-Deal den Bach runter. Das könnte nicht nur für Gardner und Mercantile verheerende Auswirkungen haben, sondern für die gesamte Stadt.»

Keeves machte eine Pause, um seine Worte wirken zu lassen. «Verstehen Sie, Glass?»

«Gewiss, Sir.»

«Gut. Und merken Sie sich: Dieses Gespräch hat niemals stattgefunden.» An der Tür wandte sich der Commissioner noch einmal um. «Ach ja, wenn ich in einer Stunde nicht diesen Bericht auf meinem Schreibtisch habe, hole ich mir stattdessen Ihren Kopf.»

Die Tür war kaum ins Schloss gefallen, als das Telefon klingelte.

«Hi, Lieutenant», sagte Malone, und Glass erkannte an seinem Tonfall, dass er sich sehr anstrengen musste, ruhig und langsam zu sprechen und nicht kopflos herauszuplatzen. «Ich bin gerade in der Poststelle.»

In der Poststelle. Glass spürte plötzlich einen Eisblock in der Magengrube. «Ich dachte, Sie sind unten bei Nora», erwiderte er.

«Da war ich auch, aber auf dem Rückweg bin ich bei der Poststelle vorbeigegangen, und da hat Collins mich angesprochen. Ich glaube, Sie sollten mal herkommen.»

Malone stand bei einer Gruppe Techniker und starrte gespannt auf den blassblauen Monitor eines Röntgenscanners.

«Sehen Sie», sagte einer der Männer gerade, «da ist nichts drin. Warum sollte jemand ein leeres Päckchen schicken?»

Malone trat zur Seite, um Glass Platz zu machen. Der Lieutenant beobachtete, wie das Päckchen, das gerade untersucht wurde – kastenförmig, transparent, blau – langsam über den Monitor wanderte wie ein durchscheinendes Tiefseewesen. Als es schließlich auf dem Förderband zum Vorschein kam, war es beinahe ein Schock. So fest, so real. Und ganz und gar nicht blau, sondern in leuchtend rotem Papier verpackt.

Da lag es nun und wartete darauf, dass Glass es aufhob. Es forderte ihn geradezu heraus.

«Wissen Sie was, Lieutenant», sagte einer der Männer und grinste seinen Kameraden zu, «bei Ihrem Glück müssen Sie in einem vorigen Leben wohl ein Kind umgebracht haben.»

Die darauffolgende Stille wurde nur vom leisen Geräusch der Walzen des Förderbandes durchbrochen.

«Was haben Sie gesagt?» Als Glass sprach, klang seine Stimme, als käme sie aus weiter Ferne. Frostig, mit arktischer Kälte.

«Ach, kommen Sie schon, Lieutenant.» Der Techniker fuhr sich mit der Zunge über die Lippen. «Das ist doch nur so eine Redensart. Wenn etwas rot verpackt ist, so wie das hier, bedeutet das normalerweise Glück. Es ist ein gutes Omen.»

Glass ließ seinen Blick noch für eine Weile auf dem Mann ruhen, ehe er sich abwandte. Malone sagte: «Es ist an Sie adressiert, Lieutenant.»

Auf der Vorderseite des Päckchens stand in ordentlichen, handgeschriebenen Buchstaben: Lieutenant Solomon Glass, Homicide Squad, City Police Department.

Es war kein Absender angegeben. Glass hob das Päckchen auf und drehte es um. Auf der Rückseite stand auch etwas, in roter Schrift, die auf dem roten Papier kaum erkennbar war.

Malone beobachtete ihn. «Was steht da?»

«Es ist schwer zu entziffern.» Glass hielt das Päckchen schräg zum Licht und drehte es ein wenig hin und her. «Da steht: *Erst unmittelbar vor Gebrauch öffnen.*» Der Knoten in seinem Magen zog sich zusammen. Ein totes Kind. Rot auf Rot. Wo hatte er das schon einmal gesehen?

«Lieutenant? Hallo?»

Glass hatte sich in jene Welt der Schatten und trüben Lichter zurückgezogen, die neuerdings einen so großen Anteil seiner Tage ausmachte. Doch während dort früher nichts als Dunkelheit und Verwirrung gewesen waren, durchdrangen jetzt Blitze die Finsternis wie bei einem Sommergewitter, und im Licht eines dieser Blitze sah er ein Gesicht, das er erkannte.

«Lieutenant?» Malone klang besorgt. «Ist alles in Ordnung?»

Himmel, wie hatte er so blind sein können für das, was er doch tagtäglich vor Augen hatte?

Warum hatte er es nicht erkannt, obwohl doch der Hinweis jedes Mal da war, wenn er in ein Geschäft ging? In ein Restaurant, ein Lokal, eine Tankstelle. Jedes Mal, wenn er seine Brieftasche aufklappte.

Und jene verschwommenen jungen Gesichter sah.

Auf dem Weg zurück nach oben zog Glass sein Handy aus der Tasche. Malone folgte ihm auf den Fersen, das Päckchen in der Hand. «Nora, ich will, dass Sie alles stehen- und liegenlassen. Unterbrechen Sie, was auch immer Sie gerade tun –»

Sie protestierte kurz.

«Dann geben Sie Keeves, was Sie bisher haben, und wenn ihm das nicht genügt oder wenn er fragt, warum Sie nicht daran weiterschreiben, verweisen Sie ihn an mich. Ich nenne Ihnen jetzt einen Namen, okay?», fuhr er fort, als ihr Tonfall Einverständnis signalisierte. «Milosz. Ich buchstabiere: M-i-l-o-s-z. Ja, ‹s› wie Sierra. Vorname Josef, mit ‹f›. Ich will, dass Sie sämtliche Kriminaldatenbanken nach ihm durchsuchen. Anklagen, Gerichtsverfahren, Haftstrafen. Fangen Sie in diesem Staat an und weiten Sie die Suche dann bundesweit aus. Wenn es mehrere gibt, grenzen Sie über die folgenden Suchbegriffe ein: Verbrechen gegen die Person, Körperverletzung, Vergewaltigung, Entführung, Freiheitsberaubung, Folter –»

Nora stellte am anderen Ende der Leitung weitere Fragen.

«Ein Bruder, Tomas. Zu ihm werden Sie jede Menge Einträge finden, aber uns interessiert jetzt Josef, nicht Tomas. Wer weiß, vielleicht haben wir Glück.»

Als er das Gespräch beendete, hatte er gerade seine Bürotür erreicht. Er sah Malone an. «Ich hätte ihr sagen sollen, wenn sie unter Verbrechen gegen die Person keine Treffer hat, soll sie es mit Tieren versuchen.»

Nach nicht einmal fünfminütiger Suche brach Nora ab. Etwas war ihr eingefallen, sobald sie den Telefonhörer wieder aufgelegt hatte, eine Frage, die ihr keine Ruhe ließ und es ihr unmöglich machte, sich zu konzentrieren. Es war etwas, worauf sie die Antwort persönlich erfahren wollte, unter vier Augen, geschützt vor den neugierigen Ohren der Kollegen von der Data Control. Die, wie jeder im Dezernat, die Geschichte kannten. Wenn auch nur in Form von Legenden.

«Solly», platzte sie noch in der Tür zu seinem Büro heraus, «dieser Milosz ist doch nicht etwa derselbe …?»

«Nicht ganz. Aber es ist der Bruder.»

«Mein Gott», stieß sie hervor und starrte erst Glass, dann Malone an.

Glass erkannte die Verzweiflung in ihren Augen. «Ich weiß», sagte er. «Ich weiß.»

Elf

Der Grund dafür, dass Glass Malone die Versuchung, Gott zu spielen, hatte erklären können – diese rauschhafte Anmaßung, das Schicksal anderer zu bestimmen, darüber zu entscheiden, wer lebt, wer stirbt, wer leidet und wer nicht –, bestand darin, dass er sich bereits selbst einmal in der Lage befunden hatte.

Er hatte über das Leben anderer Menschen Gott gespielt und kannte die Faszination. Auch wenn er damals überzeugt gewesen war, der Gott, den er spielte, sei ein gütiger – der gnädige Gott des Neuen Testaments, nicht der rächende des Alten.

Im Alter von dreiunddreißig Jahren hatte Solomon Glass, promovierter wissenschaftlicher Mitarbeiter im Bereich Abnorme Psychologie an einer der führenden Eliteuniversitäten des Landes, es satt zu zählen, wie viele Engel auf scholastischen Stecknadelköpfen tanzen konnten. Nein, dazu war er sich zu schade. Er wollte etwas *tun*, in der Welt etwas bewirken. Das, was er im Universum großer Theorien gelernt hatte, in die Praxis umsetzen. Und so warf er zum Erstaunen seiner Mutter, seiner Frau und seines Bruders die akademische Karriere hin und fing bei der Polizei an.

Dort hatte er einen guten Einstieg. Er ritt auf der Welle des neuen Zeitalters forensischer Wissenschaft, auf dem Rücken von Fortschritten in Pathologie, Psychologie und DNS-Analysen, und in seinen ersten Jahren gab es keine Fehlschläge. Ihm gelangen ein paar spektakuläre Erfolge, die in der Öffentlichkeit beträchtliche Wellen schlugen. Er zog auf Anhieb einen Serienvergewaltiger und später zwei soziopathische Mörder aus seinem schwarzen psychoanalytischen Zaubererhut und errang den widerwilligen Respekt selbst der erbittertsten Skeptiker beim Dezernat für Mord und schwere Gewaltverbrechen. Er wurde hinzugezogen, um Profile von Mördern zu erstellen, und als Vermittler, um in häuslichen Auseinandersetzungen oder Geiseldramen beschwichtigend auf Menschen einzuwirken. Er erstellte klinische Gutachten für Gerichtsverhandlungen, für Entscheidungen über Untersuchungshaft und Bewährungsverfahren. Die Beförderungen ließen nicht auf sich warten. Vom Assistenten zum Psychologen zum leitenden forensischen Psychologen binnen vier berauschender Jahre.

Für eine Weile war sogar seine Mutter besänftigt. Sie stellte ihn ihren Freundinnen noch immer als *Doktor* Glass vor, ließ den Eindruck entstehen, er arbeite irgendwo in den obskursten Bereichen medizinischer Forschung, und beklagte sich nur, dass er sie vernachlässige und auch seine Frau Miriam, die sich inzwischen doch so sehr nach einem Kind sehnen müsse. Miriam war Fotomodell. Und in dem Jahr, in dem sie den ultimativen Coup landete – einen Fernsehvertrag, die

Scheidung von ihrem Mann, dem Polizisten, der sich zusehends zu einer gesellschaftlichen Peinlichkeit entwickelte, und eine Abtreibung –, kam Glass' eigener kometenhafter Aufstieg zu einem plötzlichen implosiven Stillstand.

Er versagte.

Und zwar schwer. Beruflich. Ob es eine Folge seines gescheiterten Privatlebens war oder einfach der gnadenlose Hang des Schicksals, genau dort, wo es ohnehin gerade knüppeldick kam, noch einen draufzusetzen, wusste er nicht. Alles, was ihm im Rückblick dazu einfiel, war, dass er ein hervorragendes Beispiel für das Tschernobyl-Prinzip abgab: Wenn man schon Scheiße baute, konnte man auch gleich den ganzen verdammten Planeten mit ins Verderben reißen.

Am 17. Juni 1995 wurde Glass hinzugezogen, um den Geisteszustand eines Untersuchungshäftlings zu begutachten. Es handelte sich um einen gewissen Tomas Milosz.

Vier Tage später kam Tomas Milosz auf freien Fuß – aufgrund der professionellen Einschätzung des leitenden forensischen Psychologen Solomon Glass. Vierundzwanzig Stunden später waren Milosz' Frau und beide Töchter, die achtjährige Maria und die fünfjährige Francesca, tot.

Annaliese Milosz erlangte im Krankenhaus noch einmal für kurze Zeit das Bewusstsein wieder. Wie später berichtet wurde, fragte sie nicht nach ihren Töchtern – sie hatte mit angesehen, wie sie vor ihren Augen ermordet wurden.

«Man kann nicht immer richtig liegen», hatte der damalige Commissioner gesagt und Glass die Hand auf die Schulter gelegt. «Hier gibt es niemanden, der nicht schon mal versagt hat.»

Und Glass war nicht etwa nachlässig gewesen. Sicher, er hatte zum betreffenden Zeitpunkt unter Druck gestanden. Seine Ehe war am Ende, ein einziger schwarzer Sumpf, der ihm alle Energie aussaugte. Beruflich hatte er parallel dazu ein Dutzend ähnlicher Fälle zu bearbeiten, und das ohne Verstärkung. Die Forensik mochte hoch im Kurs stehen, aber sie erhielt nur minimale Ressourcen, und hinzu kam die übliche Personalknappheit, die dadurch entstand, dass es für ein neuentdecktes Spezialgebiet noch keine qualifizierten Leute gab. Der Fall Milosz war ziemlich eindeutig erschienen. Häusliche Gewalt, die Mutter traf gerade Vorbereitungen dazu, mit den Kindern auszuziehen. Es gab wüste Drohungen seitens ihres Mannes für den Fall, dass sie ihr Vorhaben in die Tat umsetzte. Morddrohungen gegen sie und die beiden Mädchen. Und so war Tomas Milosz in Gewahrsam genommen und für ein paar Tage festgehalten worden, bis ein Gutachten vorlag.

Bei all dem hatte Glass trotz des Drucks, unter dem er stand, alles Erforderliche getan. Er hatte Milosz den Standardtests unterzogen – Wechsler Adult Intelligence, Rorschach, dem Thematischen Auffassungstest, MMPI, DSM-III zur Feststellung von Persönlichkeitsstörungen. Das volle Programm. Er hatte die klinischen Interviews geführt. Die Ergebnisse, die er erhielt, lagen größtenteils im normalen Bereich, und doch gab es Anzeichen – unregelmäßige Abweichungen in einem Teil dieses klinischen Materials, ein Hintergrundrauschen, das er nicht ganz identifizieren konnte –, die ihn, rückblickend betrachtet, hätten stutzig machen und veranlassen müssen, die Sache noch einmal zu überdenken. Und unter normalen Umständen hätte er das auch getan.

Bei den Tests und den klinischen Interviews waren keine Fehler unterlaufen. Glass' Technik, seine Verwahrensweisen waren untadelig. Es war sein Urteil, das getrübt war. Bei seinem letzten Interview hatte er direkt in die Augen des ersten absoluten Psychopathen geblickt, dem er je begegnet war, und es nicht erkannt. Er hatte die Ausdruckslosigkeit des Mannes als eine Rückkehr in die Rationalität gedeutet, als Anzeichen von Akzeptanz und nicht als die tödliche Warnung, die sie tatsächlich war.

Tomas Milosz war nie zuvor durch Körperverletzung auffällig geworden. Seine Morddrohungen hatten ausgereicht, um ihn festzunehmen und in Vorsorgegewahrsam zu halten. Doch sein Anwalt drängte auf Freilassung. Sollte Anklage erhoben werden oder nicht?

Schließlich wurde Milosz aufgrund von Glass' Gutachten auf freien Fuß gesetzt.

Anschließend, nachdem Milosz getan hatte, was er die ganze Zeit angedroht hatte, begab sich Glass nicht an den Schauplatz der Morde. Es gab dort für ihn nichts zu tun – niemanden zu beschwichtigen oder von irgendetwas abzubringen, niemanden zu retten. Milosz hatte sich nicht ergeben. Als das Spezialeinsatzkommando eintraf, hatte er sich in einem psychotischen Zustand befunden und, das blutige Küchenmesser in der einen, die Axt in der anderen Hand, verkündet, er sei gewillt, das ganze verdammte Universum mit in den Untergang zu reißen. Doch es war kein kosmischer Wind, der am Ende ein Loch von der Größe einer Grapefruit in seine Brust riss, sondern ein einziger gezielter Tötungsschuss vom besten Scharfschützen des Spezialeinsatzkommandos.

Glass befand sich auf der Dienststelle, in der Funkzentrale, und hörte mit, während nach und nach die Schreckensmeldungen hereinkamen. Zuerst die zwei Mädchen, beide tot am Tatort aufgefunden. Dann die Mutter, lebensgefährlich verletzt. Schließlich Milosz selbst, im Vorgarten seines eigenen Hauses erschossen. Auf dem Kopf dieser speziellen Stecknadel drängten sich nicht nur Engel.

Später stand Glass in einem dunklen Anzug, in vorweggenommener Trauer, am Bett von Annaliese, die noch in derselben Nacht starb. In der Nacht des Zweiundzwanzigsten. Noch später stand er vor zwei Bahren im Leichenschauhaus. Es sei schon in Ordnung, sagte er zu den Mitarbeitern der Nachtschicht, nachdem er sich ausgewiesen hatte, sie bräuchten nicht zu warten. Er wolle allein gelassen werden. Es könne einige Zeit dauern.

Francescas Augen standen noch offen. Sie waren klar und schwarz und frei von Grauen. Doch Glass bekam noch andere Einblicke: in die tiefe klaffende Wunde in ihrer Brust, wo der größte Teil der rechten Schulter abgeschlagen worden war. Mit einem einzigen Axthieb. Um ihren Hals lag eine dünne goldene Kette mit einem Kreuz daran. Das Einzige, was unversehrt geblieben war.

Bei der anschließenden gerichtlichen Untersuchung wurde Solomon Glass – ehemals leitender forensischer

Psychologe, jetzt mit anderen Aufgaben betraut und auf dem Weg dazu, sich als Ermittler für das Morddezernat zu qualifizieren – von aller Schuld freigesprochen. Glass sei eine Fehleinschätzung unterlaufen, stellte der Untersuchungsrichter fest. Er habe sich zu sehr auf seine eigene Interpretation des klinischen Materials verlassen, statt eine zweite Meinung einzuholen. Doch es lag nichts vor, was den Vorwurf der Nachlässigkeit oder Inkompetenz gestützt hätte.

Wenigstens nach der Ansicht dieses Richters.

«Na also», sagte der Commissioner später zu ihm, «ich habe doch gleich gesagt, dass man Ihnen nichts anlasten wird.»

Doch es hatte eine letzte Überraschung in dem Fall gegeben, eine völlig unerwartete Tatsache, die bei der Untersuchung aufgedeckt wurde: Zwar hatten beide Mädchen dieselben biologischen Eltern, die RFLP-Analyse ihrer Blutproben ergab jedoch, dass Tomas Milosz nicht ihr Vater sein konnte. Seine DNS war zwar ähnlich, aber nicht ähnlich genug. Was die interessante Frage aufwarf, wer denn der Vater war. Und wo er steckte.

Nachdem sich niemand gemeldet hatte, blieb dem Untersuchungsrichter nichts anderes übrig, als die Angelegenheit ruhen zu lassen.

Doch die Frage trieb Glass weiterhin um. Er konnte von dem Fall nicht ablassen.

Nachbarn erzählten ihm von einem anderen Mann, der häufig im Haus der Milosz' zu Gast war. Und wo er auftauchte, da gab es Unruhe, Streit, wenn auch keine tätliche Gewalt. Wer war diese Person? fragte sich Glass wieder und wieder, dieser Bursche, der kam und ging? Der den Strafverfolgungsbehörden nicht bekannt zu sein schien und auf dessen Besuche im Haus nichts hindeutete?

Und dann, eines Tages, in einem Lebensmittel- und Feinkostladen im Viertel, bekam Glass den entscheidenden Hinweis. Der Ladeninhaber, ein Pole, erinnerte sich an den Nachnamen. Und zwar in Verbindung mit *zwei* Vornamen: Tomas und Josef.

«Josef?», fragte Glass. «Wer ist das?»

«Sein Bruder. War ein paarmal hier. Schräger Typ. Eiskalt. Der hatte einen Blick, der glatt durch einen durchging.»

Und so erfuhr Glass von der Existenz eines Josef Milosz, der zwei Jahre älter war als Tomas.

Am ersten Tag, als Glass die Adresse aufsuchte, unter der Josef Milosz gemeldet war, traf er niemanden an. Und auch in der Nacht, als er draußen in seinem Auto wartete, kam niemand nach Hause. Doch Milosz wohnte offensichtlich hier. Seine Post wurde zugestellt, seine Zeitungen stapelten sich vor der Tür. War er verreist? Falls ja, warum hatte er die Zeitungen nicht abbestellt?

Bei seinem dritten Besuch brach Glass Milosz' Briefkasten auf. Zwischen stapelweise Kontoauszügen, Werbung und Rechnungen entdeckte er einen Brief von Gentex Biotech. Gentex, so fand er heraus, betrieb einen großen Labor- und Fabrikkomplex in dem Industriegebiet, das an den Hafen grenzte. Und dort fand Glass ihn. Indem er einfach hineinspazierte, an der Pforte seine Dienstmarke vorzeigte – wobei er Namen und Nummer mit gespreizten Fingern verdeckte – und Josef Milosz zu sprechen verlangte.

Dieser erwies sich als äußerlich unauffälliger Mann. Sein Alter war unmöglich zu schätzen. Er war weder groß noch klein, weder dick noch dünn, außer im Gesicht, das ziemlich breit und flach war. Er hatte einen seltsam desinteressierten, trägen Blick, doch abgesehen davon war Josef Milosz die Sorte Mann, der man hundertmal am Tag auf der Straße begegnen konnte. Und wenn man Sekunden später aufgefordert würde, ihn zu beschreiben, wäre man kaum in der Lage, auch nur ein einziges hervorstechendes Merkmal zu nennen.

Milosz war Labortechniker. Außerdem war er, wie Glass erfuhr, ein Naturtalent im Umgang mit Elektronik aller Art, von einfachen Versuchsapparaturen bis hin zu modernster Computertechnik. Wenn er nicht gerade mit technischen Arbeiten beschäftigt war, bestand seine Aufgabe darin, bei der Versorgung der Labortiere zu helfen – der Affen, der Schafe, der Legionen weißer Mäuse –, die für die medizinische Forschung bei Gentex benötigt wurden.

Und er war nicht beliebt. Das erkannte Glass bereits an der Art, wie der Wachmann an der Pforte seinen Namen ausgesprochen hatte, wie er Glass schnurstracks zu ihm geführt hatte und dann an der Tür abwartend stehen geblieben war, in der Hoffnung, dass es etwas zu sehen gäbe. Womöglich sogar eine Festnahme.

Doch der Wachmann wurde enttäuscht. Ebenso wie Glass selbst, der sich daraufhin fragte, warum er seinen Job, seine Karriere aufs Spiel gesetzt hatte, indem er hierherkam. Was hatte er sich erhofft? Endlich zu begreifen? Mit den Vorfällen abschließen zu können? Indem er jemand anderem die Schuld gab?

«Waren die beiden von Ihnen?», fragte Glass ohne Umschweife.

«Wer?»

«Maria und Francesca.»

Milosz stand an der Arbeitsplatte und fuhr fort, Mäuse zu töten. Von irgendwoher ertönte Musik. Vivaldis *Die vier Jahreszeiten* – das dritte Konzert, *Der Herbst*. Es war makaber, das zu hören und gleichzeitig mit anzusehen, was Milosz da tat.

Der zuckte nur die Schultern, als er die Namen der Mädchen hörte. Er leugnete seine Vaterschaft nicht, bekannte sich auch nicht dazu. War er der Mann, um dessentwillen Annaliese Milosz ihren Ehemann verlassen wollte? Wenn ja, was musste sie durchgemacht haben, um auch nur daran zu denken?

Milosz brach ein weiteres Genick, diesmal ohne hinzusehen. Er schwang die weiße Maus am Schwanz herum und schlug sie auf die Kante der Arbeitsplatte, sodass in einer einzigen Bewegung Schädel und Genick mit einem scharfen Knacken zertrümmert wurden. Milosz hatte das offenbar schon so oft getan, so viele tausend Male, dass er es blind beherrschte. Dabei ließ er den Blick umherschweifen. Ließ ihn über Glass' Gesicht wandern und quittierte dessen deutlich sichtbaren Abscheu mit einem halben Grinsen.

«Ich muss es so machen, haben die gesagt.»

«Wer sind ‹die›?»

«Die Laborleiter. Das ist die humanste Art, finden sie.»

«Aber Sie finden das nicht?»

Milosz zuckte erneut die Schultern, genau wie zuvor, als er die Namen der beiden Mädchen hörte. Es war, als habe Glass' Frage für ihn keine wirkliche Bedeutung.

«Wäre es nicht besser, sie mit einer Spritze zu töten?», fragte Glass wider besseres Wissen.

Milosz bedachte ihn mit einem kalten Blick, der zu besagen schien, dass er ihn für einen Einfaltspinsel hielt. «Die brauchen das Gewebe für ihre Experimente so frisch und unbelastet wie möglich. Wenn man irgendwas spritzt, würde das die Ergebnisse verfälschen. Nicht, dass auch nur eine von denen wirklich frisch da ankommt.» Er zeigte auf die Reihe toter Mäuse auf der Arbeitsplatte, dann griff er in den Käfig, um die nächste herauszuholen, die vor seinen tastenden Fingern flüchtete und so weitere vier oder fünf Sekunden Lebenszeit gewann.

Glass wandte den Blick ab, als sei er gelangweilt, aber innerlich zählte er die Millisekunden bis zum unvermeidlichen *Knack*.

Der kam jedoch nicht. Als Glass wieder hinschaute, sah er die Maus verkrampft und zitternd auf Milosz' Handfläche sitzen. Der streichelte und kraulte sie am Hals, bis sie allmählich aufhörte zu zittern und ruhig dalag.

«Wissen Sie», sagte Milosz plötzlich, hielt die Maus vor sein Gesicht und streichelte ihr den Kopf, «wir sind anders, nicht wahr, mein kleiner Freund? Wir können Dinge, die die meisten Menschen nicht können. Wollen Sie es sehen, Lieutenant?»

Milosz, die Maus noch immer in der Hand, führte Glass zu einem anderen Käfig und nahm aus einer Schublade fünf rote Karten, die er ihm vor die Nase hielt.

«Identisch, nicht wahr?», sagte er.

Soweit Glass es erkennen konnte, waren sie es tatsächlich. Milosz drehte sie um und zeigte ihm, dass eine der Karten ein schwarzes Dreieck auf der Rückseite hatte. Dann schob er die Karten in vier Schlitze an der

Schmalseite des Käfigs, die gleich aussehenden roten Seiten nach innen. Er setzte die Maus in den Käfig, und sie lief sofort auf eine der Karten zu und stupste sie mit der Nase an. Milosz zog die Karte aus dem Schlitz und zeigte das schwarze Dreieck auf der Rückseite. Er ließ ein Futterpellet in den Käfig fallen.

Dann nahm er die Karten aus den Schlitzen, mischte sie und hielt sie Glass hin. «Jetzt suchen Sie die richtige aus.»

Wieder erkannte Glass keinen Unterschied. «Nein, lieber nicht.»

«Was ist, Lieutenant? Haben Sie etwa Angst, gegen eine Maus zu verlieren?» Milosz zuckte die Schultern. «Na, was soll's», sagte er.

Er steckte die Karten wieder in die Schlitze, und die Maus kam sofort angelaufen und stieß eine an. Milosz zog sie heraus, drehte sie um. Ein schwarzes Dreieck auf der Rückseite.

Dann lachte er auf eine Art, dass es Glass kalt überlief. Nicht dämonisch, nicht hysterisch. Aber auf eine Art, die auszudrücken schien, er kenne eine fundamentale Wahrheit, die Glass verborgen war.

«Sehen Sie», sagte er und hielt die Karte mit dem Dreieck in das Neonlicht. «Wenn Sie ganz genau hinschauen, können Sie ganz schwach erkennen, was die Maus so deutlich sieht. Da, erkennen Sie es?»

Glass nahm die Karte, hielt sie hoch, drehte sie langsam, um den richtigen Winkel zu finden. Bis er etwas ausmachen konnte, eine Form, ein Dreieck, Rot auf Rot.

«Wollen Sie sehen, was *sie* sieht?» Milosz nahm Glass die Karte aus der Hand und legte sie unter eine Lampe auf der Arbeitsplatte. Er knipste den Schalter an, und augenblicklich erschien die deutlich abgegrenzte Form eines Dreiecks, leuchtend vor einem dunklen Hintergrund.

«Mäuse sind anders als wir», erklärte Milosz. «Ihre Augen sehen einen anderen Bereich des Spektrums, einen, der für uns unsichtbar ist. Sie sehen nicht einmal dieselben Farben. Können Sie sich vorstellen, wie anders die Welt für sie aussehen muss?»

Er griff in den Käfig und nahm die Maus wieder heraus. «Ja, mein kleiner Kerl», sagte er, während er mit dem Finger über ihre Brust strich. «Und ich sehe die Welt auch anders, nicht wahr?»

Damit wandte er sich Glass zu und grinste ihn an. Und der Blick, den Glass in diesem Moment in Milosz' Augen sah, war unheimlicher, boshafter, leerer als alles, was er jemals in den Augen eines menschlichen Wesens gesehen hatte. Selbst in seinen schlimmsten Albträumen. Im Vergleich zu Josef Milosz erschien ihm dessen Bruder Tomas nahezu harmlos.

Glass verließ das Gentex-Gebäude absolut deprimiert. Er fragte sich, wie das kam und warum er nicht vielmehr vor Wut kochte. Warum er wegen Milosz nichts unternommen hatte. Aber was? Als er in das Herz dieser Finsternis blickte, hatte er eine Ahnung von etwas bekommen, was sein eigenes Herz frieren ließ. Nicht nur die blutigen Tode einer Mutter und ihrer Kinder, sondern die wahrscheinliche Misshandlung von allen dreien. Durch beide Brüder: durch Josef, den Cleveren, den grenzenlos Manipulativen, und durch Tomas, den Schwächeren, Jüngeren, der selbst sein Leben lang Misshandlungen ausgesetzt war und deshalb unfähig, jene zu schützen, die schwächer waren als er. Selbst wenn er es gewollt hätte.

Glass fühlte sich geschlagen. Vor allem durch das Grinsen auf Milosz' Gesicht, das verriet, dass ihm Glass' Niederlage nicht entgangen war. Er hatte sie beobachtet, ohne dass er selbst einen Finger rühren musste, um sie herbeizuführen. Glass hatte sich all den Schmerz selbst zugefügt, während Milosz lediglich zusah.

Zwei Monate später, als Glass die Vorfälle zumindest ansatzweise verarbeitet hatte, fiel ihm etwas ein, was er tun konnte, doch es war zu spät. Milosz war ihm zuvorgekommen und untergetaucht. Er hatte seine Wohnung und seinen Job gekündigt und war verschwunden.

«Dem trauern wir nicht nach», hatte der Personalchef gesagt, als Glass noch einmal dort nach Milosz fragte. «Er war wirklich clever, aber wir konnten ihn nirgendwo ohne Aufsicht einsetzen.»

«Warum nicht?»

«Schlechte Arbeitsmoral.» Das hätte, nach dem Gesichtsausdruck des Mannes zu urteilen, alles bedeuten können, von Aufsässigkeit bis hin zu Unzucht mit den Schimpansen.

Also blieb Glass nichts anderes übrig, als die ganze Angelegenheit ruhen zu lassen. Wenigstens was die Suche nach Antworten betraf. Das Leben und der Tod der beiden Schwestern jedoch hatten ihn nie mehr losgelassen.

Bis heute.

Zwölf «Teufel auch, Lieutenant.» Malone verlagerte sein Gewicht auf dem Stuhl. «Dieser Milosz – denken Sie, er wusste, dass Sie darauf kommen würden? Dass Ihnen sein Name einfallen würde, wenn Sie das Päckchen bekommen?»

«Rot auf Rot – definitiv. Ihm musste klar sein, dass ich von diesem Punkt aus in die richtige Richtung denken würde. Früher oder später.»

«Aber warum in aller Welt hat er es dann getan? Wenn er doch längst auf und davon ist – weshalb sollte er derart den Kopf in die Schlinge stecken? Es sei denn, er langweilt sich.»

«Er ist zu beschäftigt, um sich zu langweilen.» Glass schob die Unterlippe vor. «Ich denke, er hat das hier die ganze Zeit geplant.»

«Wozu?», fragte Nora.

Glass verzog auf vieldeutige Weise das Gesicht.

«Mir gefällt das nicht, Lieutenant», sagte Malone. «All diese Rätselspiele ... Mir scheint, jedes Mal, wenn wir einen Hinweis finden, einen kleinen Durchbruch erzielen, ist er uns schon wieder zwei Schritte voraus. Als könnten wir überhaupt nur vorankommen, wenn er uns den Weg zeigt.»

«Genau.»

«Aber warum?»

«Und, Solly, was wissen wir über diesen Burschen? Zuerst mal: Wie sieht er überhaupt aus?»

Glass versuchte es ihnen zu beschreiben, doch er fand sich selbst nicht besonders überzeugend. Er vermochte keine wirklich konkreten Details zu nennen und bemerkte den wachsenden Zweifel in den Gesichtern von Malone und Nora.

«Wenn wir nur ein Foto hätten», beschwerte sich Malone. «Dieser Kerl muss doch irgendwo stecken. Irgendwer muss ihn kennen.»

Glass war zu abgelenkt, um etwas darauf zu erwidern. Er starrte wieder einmal das Päckchen auf seinem Schreibtisch an, das leuchtend rote Einpackpapier. Er griff danach, drehte es in den Händen. Betrachtete erneut die Schrift auf der Unterseite. *Erst unmittelbar vor Gebrauch öffnen.*

«Will er, dass ich es öffne?», fragte er, mehr an sich selbst als an Malone und Nora gerichtet. Er nahm ein Messer aus der Schreibtischschublade, schob es an einer Ecke unter das Einpackpapier und begann zu schneiden.

«Solly», warnte Nora mit scharfer Stimme. «Das ist Beweismaterial.»

Er hielt einen Moment lang inne und sah sie an. «Das ist eine Privatsache – es ist an mich adressiert. Wir stellen hier lediglich Vermutungen an.» Er fuhr fort, das Päckchen aufzuschneiden. Die beiden anderen sahen mit angehaltenem Atem zu, unfähig, den Blick von dem Messer loszureißen, mit dem sich Glass mit chirurgischer Präzision vorarbeitete.

Schließlich legte er das Messer beiseite, zog die oberste Schicht Papier fort, und da war sie: die mittlerweile vertraute Zigarrenkiste mit dem roten Aufdruck HABANOS NOCTURNOS. Na also – er hatte richtiggelegen. Er hob den Deckel an.

Nora reckte den Hals. Malone erhob sich, stellte sich neben Glass und spähte in das Kästchen. Anders als die anderen, bei denen es sich – abgesehen von dem grausigen Inhalt – um schlichte Zigarrenkisten handelte, war diese mit rotem Satin ausgeschlagen. Das Material war akribisch an den Seiten, am Boden und am Deckel befestigt. Das Satinfutter des Deckels war zudem mit einem feinen dunklen Faden bestickt.

«Es sieht aus wie ein Miniatursarg», platzte Malone heraus. «Ich meine ...»

Glass hielt das Kästchen ins Licht. Er drehte es langsam auf den Fingerspitzen, nahm das Gewebe genauestens in Augenschein. «So», sagte er schließlich, fast zu sich selbst. «Jetzt wissen wir also Bescheid.» Er ließ das Kästchen sinken und strich mit dem Finger über eine der Kanten. «Dieser Bursche ist gut. Wirklich gut.»

«Darf ich mal sehen?» Nora streckte die Hand aus.

Glass nahm ein Blatt Blankopapier, legte es unter die Schachtel, zeichnete die Umrisse nach und schnitt das Papier dann auf die passende Größe zu. Anschließend legte er es auf den Boden des Kästchens und drückte es an.

«Hier», sagte er. «So können Sie es besser erkennen.» Er reichte Nora das Kästchen. «Halten Sie es hoch. Sehen Sie sich die Stickerei an.»

Nora tat es. Drehte das Kästchen, wie er es gerade getan hatte. Malone beugte sich zu ihr hinunter.

«Haben Sie Erfahrung im Nähen, Nora?», fragte Glass.

«Ich bin Irin», erwiderte sie. «Als junges Mädchen habe ich alle meine Kleider selbst geschneidert.»

«Fällt Ihnen etwas auf?»

Doch abgesehen davon, dass die Arbeit sehr kunstvoll ausgeführt war, sagte die Stickerei ihr nichts. «Eigentlich nicht», antwortete sie.

«Was ist mit dem Stich?»

«Nun, der ist ungewöhnlich. Eine Art Rückstich, nicht so, wie man normalerweise nähen würde. Man benutzt diesen Stich eher, um zwei Schichten Material zus–» Sie brach ab. «O mein Gott, jetzt verstehe ich, was Sie meinen.»

«Was denn?», fragte Malone.

Nora wandte sich Glass zu. «Habe ich recht?», fragte sie.

Er nickte.

«Mein Gott», sagte sie noch einmal.

«Nun *komm* schon.» Malone griff nach dem Kästchen, doch Nora hielt es außerhalb seiner Reichweite.

«So würde man normalerweise keinen Stoff zusammennähen, so würde man Fleisch zusammennähen. Es ist eine chirurgische Naht», sagte sie. «Und der Faden ... ich nehme an, der Faden ist –»

«Chirurgisches Nahtmaterial.» Glass kam ihr zuvor.

«Himmel», stieß Malone hervor.

Die drei betrachteten das Kästchen geraume Zeit schweigend. Schließlich war es Glass, der den Bann brach.

«Also, Nora, Sie haben bisher absolut nichts über einen Josef Milosz gefunden? Das erscheint doch seltsam, nicht wahr?»

«Ich habe zwei gefunden, aber beide Male Joseph mit ‹ph›, nicht mit ‹f›. Der eine ist ein langjähriger Landstreicher, zweiundsechzig –»

«Zu alt.»

«Und der andere ist siebenundzwanzig –»

«Zu jung. Wo haben Sie die beiden gefunden? Über die Bundessteuerbehörde? Gerichtsakten? Haftanstalten?»

«Den einen über das Familiengericht, den anderen über Haftanstalten. Keine Spur von einem Josef irgendwo. Bisher jedenfalls.»

«Bleiben Sie trotzdem dran. Alles sagt mir, dass er irgendwo im System steckt. Aber wir müssen auch an allen anderen Ansatzpunkten weiterarbeiten. Die Zigarrenkisten, die Überwachung bei Colettes, die Gardners. Sie können einen Teil davon übernehmen, Nora, wenn Ihnen das ewige Auf-den-Bildschirm-Starren das Gehirn wegbrät.»

«Mein Problem ist nicht der Bildschirm», erwiderte sie, «sondern was darauf erscheint. Die Daten sind einfach schlecht.»

«Was stimmt damit nicht?»

«Sie sind so bruchstückhaft! Wenn man weiter als fünf Jahre zurückgeht, redet keins der Datensilos mehr mit dem anderen. Nichts ist integriert. Ein Teil ist chronologisch geordnet, ein Teil alphabetisch, manches auch nach dem Falltypus. Dazu kommen die Barrieren gegen Datenkontamination. Es ist ein Albtraum. Und zu allem Übel», fuhr sie fort, «wissen wir nicht einmal, in welcher Jurisdiktion er sich aufhält, in welchem Bundesstaat – sofern er überhaupt noch im Land ist. Und wenn man Grenzen überschreitet, muss man sehr vorsichtig sein.»

«Wie meinen Sie das, vorsichtig? Reden Sie von SPIDER?»

«Nicht nur. Es gibt so viele unterschiedliche Protokolle … Ich kann die Datenbanken mancher Staaten anzapfen, die von anderen aber nicht. Jedenfalls nicht ohne Genehmigung – und die zu bekommen kann Tage dauern. Was die nationalen Datenbanken betrifft …»

«Können Sie die nicht umgehen? Diese Grenzwächter?»

«Technisch gesehen sicher.»

«Aber professionell gesehen nicht?»

«Nicht, wenn ich nächste Woche noch einen Job haben will. Sie wissen ja, wie das heutzutage ist – Datenschutz, Ethik, Zuständigkeitsgrenzen, Zugriffskriterien ...»

«Die können doch nicht die ganze Zeit aufpassen, oder?»

«Solly, drängen Sie mich zu nichts.»

«Ich dränge nicht.» Er machte eine Handbewegung in Richtung des Kästchens. «*Er* drängt.»

«Sie haben ja keine Ahnung, wie das ist! Im System wimmelt es von Agenten.»

«Wessen Agenten? Unsere eigenen? Dann umgehen wir sie.»

«Ich meine nicht menschliche Agenten, Solly.»

«Sie meinen Programme, Maschinen – so etwas in der Art?»

«An jedem Grenzübergang gibt es elektronische Wachtürme, Spione, Matrixpatrouillen, Datenflusskontrollen und so weiter. Die Chancen, da durchzuschlüpfen, ohne irgendwelche Fußabdrücke zu hinterlassen, werden laufend geringer. Und das betrifft allein die Daten auf unserer Seite – Polizeiberichte, Haftbefehle, Gefängnisunterlagen. An die Gerichtsunterlagen herankommen zu wollen ist, als würde man einen völlig neuen Krieg anzetteln. Und wenn man einmal dran ist, hat man es mit Juristen zu tun.»

«Aber wir brauchen Informationen», beharrte Glass. «Vielleicht wurde er mal angeklagt, vor Gericht gestellt und dann nicht verurteilt. Dieser Bursche ist wirklich clever, und wenn er außerdem einen cleveren Anwalt hatte ...»

«Das würde bedeuten, man müsste auf die Datenbank der Staatsanwaltschaft zugreifen – und das ist völlig ausgeschlossen. Keine Chance, da kommen nicht mal Sie ran.»

«Wann arbeitet dieses System jemals in unserem und nicht in deren Interesse?», beklagte sich Glass mit einer verzweifelten Geste.

«Wie wäre es, wenn wir uns die Informationen über einen Insider beschaffen?», schlug Malone vor.

«Jemanden im Strafvollzug?», fragte Nora nach.

«Nein, ich meine bei der Staatsanwaltschaft. Vielleicht jemanden, der uns gewogen ist. Oder der es aus Gründen ... persönlicher Anziehung täte.» Malone wandte sich an Glass.

«Wovon sprichst du?», fragte Nora.

«Glauben Sie, Malone, meine *Anziehung* könnte sie bewegen, das zu tun?» Glass und Malone sahen einander an.

«Ah, jetzt verstehe ich», sagte Nora. «Die Rede ist von Sophie Corner.» Der Name schien eine Weile im Raum zu stehen, während alle drei darüber nachdachten.

«Tja», sagte Nora schließlich, «Sie kennen sie immerhin, Solly.»

«In gewisser Weise.» Glass wirkte plötzlich sehr zurückhaltend, nachdem er noch Augenblicke zuvor dringend darauf aus gewesen war, die Sache voranzubringen, selbst um den Preis, dass sich Nora dafür auf illegales Gebiet vorwagen musste. «Sagen wir, ich weiß, wer sie ist.»

«Tja, dann», sagte Nora.

«Na gut, na gut. Ich will sehen, was ich tun kann.»

«Schließlich gehen wir hier alle Risiken ein, Solly», betonte Nora. «Und uns läuft die Zeit davon.»

«Ich sagte doch, na gut», versetzte Glass scharf. «Aber Sie haben recht. Uns bleiben noch vier Tage, um ihn zu finden – und Amy.» Er sah auf die Uhr. «Inzwischen sogar nur noch weniger.»

Glass nahm das Kästchen vom Schreibtisch und ging zum Safe. Er drehte das Zahlenschloss, öffnete die Tür, gab die PIN zu seinem persönlichen Schließfach ein und legte das Kästchen hinein.

«Aber die Botschaft ...» Malone begriff nicht, weshalb Glass so stur war. Warum er den ohnehin schon immensen Druck, unter dem sie standen, noch steigerte, mehr, als streng genommen nötig war. «Er hat gesagt, vier Tage, okay, aber das gilt doch sicher von dem Zeitpunkt an, zu dem Gardner es erfahren hat.»

Glass sah ihn völlig verständnislos an. Er hatte gedacht, es sei für sie alle offensichtlich, was das an ihn adressierte Päckchen zu bedeuten hatte.

«Um Himmels willen, Malone, begreifen Sie denn immer noch nicht, worum es hier geht? Es ist nicht Gardner, auf den er es abgesehen hat.»

«Wer ist es dann?»

«Ich bin es», sagte Glass. «Ich.»

Teil II

The past is

never dead.

It's not

even past.

William Faulkner

Dreizehn

Auf dem Weg zum Mario's, wo er mit Izzy reden wollte, rief Glass beim Leiter der Personalabteilung von Gentex Biotech an. Allerdings war das nicht mehr die offizielle Positionsbezeichnung – heute hieß die Abteilung Human Resource Management und hatte keinen Leiter mehr, sondern eine Direktorin.

Glass sagte ihr, wer er war und worum es ging. Das sei ein recht ungewöhnliches Anliegen, erwiderte sie, und ob er noch nichts von Datenschutzbestimmungen gehört habe. Glass erklärte, es sei dringend, er werde die nötigen Papiere beschaffen, wenn sie darauf bestünde, aber das wäre große Zeitverschwendung. Für sie beide. Ob sie das nicht außerhalb des Protokolls regeln könnten? Es als inoffizielle Anfrage behandeln? Auf diese Weise könne sie sich selbst eine Menge Umstände ersparen.

«Vielleicht», sagte sie nach kurzem Nachdenken. «Wenn Sie einfach einen Namen erwähnen würden. Aber wohlgemerkt, ich verspreche nichts.»

«Milosz.» Er buchstabierte es.

«Wir haben keinen Mitarbeiter dieses Namens.»

«Ich meine nicht aktuell. Es ist schon eine Weile her, dass er bei Ihnen beschäftigt war.»

«Wie lange?»

«Elf Jahre ungefähr», sagte er.

«Dann liegen bestimmt keine Unterlagen mehr darüber vor. Das kann ich Ihnen sagen, ohne nachzusehen.»

«Müssten Sie nicht noch seine Personalakte haben? Vielleicht ein Foto?», fragte er hoffnungsvoll.

«Nichts», erwiderte die Frau am anderen Ende der Leitung. «Keine Akten, keine Fotos, allenfalls den Namen in der Mitarbeiterliste. Aber ganz sicher nichts zur Person.»

«Warum nicht?»

«Wir löschen die Daten, sieben Jahre nachdem ein Mitarbeiter das Unternehmen verlassen hat. Jedenfalls bei den normalen Angestellten. In den Führungspositionen könnte es anders aussehen.»

«Er hatte keine Führungsposition inne.»

«Wir sind gegenüber der Steuerbehörde verpflichtet, die Unterlagen über Gehaltszahlungen sieben Jahre lang aufzubewahren, länger nicht. Und wir haben mit unserem Betriebsrat die Vereinbarung getroffen, dass wir alle Daten vernichten, die wir nicht aufgrund gesetzlicher Verpflichtungen archivieren müssen.»

«Wollen Sie damit sagen, Sie haben tatsächlich überhaupt nichts über ihn vorliegen?»

«Ich will sagen», entgegnete sie mit geradezu juristischer Präzision, «dass es gemäß der Unternehmenspolitik bezüglich nicht mehr benötigter Personaldaten höchst unwahrscheinlich ist, dass wir etwas aufbewahrt haben. Aber wenn Ihnen so viel daran liegt –»

«Sehr viel.»

Glass gab ihr seine Handynummer, betonte noch einmal die Dringlichkeit und beendete das Gespräch.

Bei den Parkanlagen südlich der Calgary-Gebäude fuhr er einen Umweg, vorbei an den alten Apartmentblocks, wo Milosz damals gewohnt hatte. Ganze Reihen von Apartmenthäusern, darunter auch das von Milosz, waren inzwischen abgerissen worden, und an ihrer Stelle waren Neubauten entstanden. Alte Brownstone-Häuser und Art déco waren durch Gebäude in gnadenlos modernem Stil ersetzt worden. Nackter Beton, Glas und Stahl. Nicht nur Milosz selbst hatte seine Erscheinung ausgelöscht, als habe er nie existiert, dachte Glass. Es war eine Verschwörung im Gange, die von Personalchefs bis hin zu Stadtplanern und Architekten reichte, und das kurze Gedächtnis der Polizisten dieser Stadt kam ihnen dabei zu Hilfe.

Er machte einen weiteren Anruf. «Lieutenant Glass», meldete er sich, als die Verbindung zustande kam. «Bitte sagen Sie ihr, es ist dringend.» Er wartete.

«Lieutenant, welch eine Überraschung!» Er hörte die Mischung aus Verwirrung und Neugier in ihrer Stimme. «Was kann ich an diesem prächtigen Nachmittag für Sie tun?»

Ein neckischer Unterton lag auch darin.

«Ich brauche Hilfe.»

«Das klingt so gar nicht nach Ihnen.»

«Das Mädchen, das Sie neulich in dem Café kennengelernt haben ...»

«Rachel McNeill? Ein reizendes Kind.»

«Nun, sie ist in Wahrheit diejenige, die Hilfe braucht. Und Amy Gardner. Sie wissen doch, wer Amy Gardner ist?»

«Selbstverständlich. Aber Lieutenant, ehe wir weitersprechen –»

«Das hier ist inoffiziell. Ich habe keine Zeit, den Dienstweg zu gehen und ewige Papierkriege zu führen. Ich arbeite auf eine Deadline hin. Mir bleiben noch vier Tage. Nicht einmal mehr ganz vier.»

«Ihnen?»

Wusste sie es? Nein, ausgeschlossen. Das war nur Wortgeplänkel. Es machte ihn trotzdem nervös.

«Amy bleiben noch vier Tage, und es gibt jemanden, den ich ausfindig machen muss.»

Es folgte ein kurzes Schweigen. «Und was genau möchten Sie, das ich für Sie tue?»

«Helfen Sie mir, die Sache abzukürzen. Ich habe Leute darangesetzt, unsere Akten, Datenbanken und so weiter zu durchforsten, aber das Ergebnis ist nutzlos, es reicht nicht weit genug zurück. Und auf die meisten Gerichtsunterlagen, die Aufzeichnungen über Anklageerhebungen und Verurteilungen haben wir offiziell keinen Zugriff.»

«Sie wollen also, dass ich …?»

«Sie sollen nur nach einem Namen suchen und nach möglichen Hinweisen, die mir helfen könnten herauszufinden, was aus der betreffenden Person geworden ist.»

«Das ist aber nicht –»

«Ich weiß.» Er hatte den Anruf aus allen möglichen Gründen vor sich hergeschoben. Doch jetzt gestaltete sich das Gespräch mit ihr erstaunlich einfach. Jeder von ihnen schien sofort zu begreifen, worauf der andere hinauswollte.

«Dieser Name …», begann sie.

Er nannte ihr die Einzelheiten. «Sie werden jede Menge über Tomas finden. Vergessen Sie ihn. Sie brauchen nichts weiterzuverfolgen, was mit ihm zu tun hat.»

«Ach?», sagte sie mit leichtem Unterton. «*Brauche* ich das nicht zu tun, oder *wollen* Sie nicht, dass ich es tue?»

«Ich möchte nicht Ihre Zeit verschwenden.»

«Ich kann mir nicht vorstellen, dass Sie das jemals täten.»

Machte sie sich über ihn lustig? War dies ihr persönlicher Stil, oder hielt sie ihn speziell für Leute wie ihn in petto? Um sie hinzuhalten, während sie sich ein Bild von ihnen zu machen versuchte? Neue Schmetterlinge unter den Nadeln der Insektenkundlerin?

«Sie werden möglicherweise tief in der Vergangenheit forschen müssen. Die Vorgeschichte dieses Kerls reicht weit zurück.»

«Wie weit?»

«Elf Jahre, vielleicht noch länger. Damals hatte ich jedenfalls das letzte Mal Kontakt mit ihm.»

«Aber Lieutenant, das war im vorigen Jahrhundert! Ich wusste ja, dass Sie älter sind als ich, aber ...»

Sie machte sich also tatsächlich einen Spaß mit ihm. Aber er hatte jetzt keine Zeit für Spielchen.

«Werden Sie nachsehen?»

«Ja.» Sie war sofort wieder ernst. «Ihnen zuliebe.»

Wen meinte sie? Ihn, Glass, oder die in Not geratenen Kinder? Er war wütend auf sich selbst dafür, dass er auch nur in diese Richtung dachte.

«Ich brauche es spätestens vorgestern», sagte er. Es klang schroffer als beabsichtigt.

«Sagen wir, heute Nachmittag um drei? Hier in der Staatsanwaltschaft?»

«Ginge es auch um halb vier?» Glass bemühte sich jetzt um einen versöhnlicheren Ton. «Ich muss vorher noch mit jemandem sprechen.»

«Halb vier passt mir gut, Lieutenant.»

«Ich bin Ihnen sehr dankbar», sagte er. Und schwieg. Nachdem er erreicht hatte, was er wollte, wusste er nicht, wie er das Gespräch beenden sollte. Schließlich nahm Sophie Corner es ihm ab.

«Aber diese Angelegenheit bleibt streng unter uns. Nicht wahr, Lieutenant?»

Nachdem er sein Handy zugeklappt hatte, wunderte er sich kurz darüber, wie sich die Dinge querzustellen pflegten, statt sich zusammenzufügen. Dass Leidenschaft und die äußeren Umstände nie zusammenpassen wollten.

«Izzy, ich bin darauf angewiesen, dass du mir einen Gefallen tust.» Himmel, er klang schon wie das Rote Kreuz. Aber wenigstens würde diese Eröffnung seinen Bruder davon abhalten, wieder von seinen Frauengeschichten anzufangen.

«Was immer du brauchst, Sol.» Izzy nahm seine Kaffeetasse. «Muss ja eine große Sache sein, wenn du mich dafür eigens aus dem Lager holst. Wenn du es nicht wärst, wäre ich gar nicht gekommen. Wir haben Hochsaison. Alle wollen ihre Wohnungen auf Vordermann gebracht haben, bevor die Kälte einsetzt.»

«Ich brauche Kontakt zu einem Arzt.»

«Ist das alles? Du hast mich hierherzitiert, um mich danach zu fragen?» Er sah Glass forschend an. «Ist es etwas Ernstes?»

«Nein, nein. Aber es handelt sich um eine ungewöhnliche Angelegenheit. Ich brauche einen Chirurgen, der weiß, was er tut, dabei aber nicht allzu sehr an seinen Vorschriften klebt. Kennst du so jemanden?»

«Natürlich. Ich versorge die Hälfte aller Arztfrauen diesseits des Flusses.»

«Womit? Nein, sag es nicht. Ich brauche morgen einen Termin.»

«Sol, du bist zynisch geworden, weißt du das eigentlich?»

«Also, kannst du mir einen Termin besorgen?»

«Ich kann es versuchen. Ich kenne genau den richtigen Mann. Rubenstein. Michael Rubenstein. Der Bursche ist ein Künstler. Augenkorrekturen, Kinnstraffung, Faltenlifting, Nasenoperationen. Und er schiebt die Brüste von Frauen herum.»

«Wie Picasso? Und bist du auch sicher, dass er den Mund halten kann?»

«Der redet nicht einmal mit seinem Hund. Er und ich, wir kennen uns schon ewig. Hör zu, ich werde ihn gleich anrufen, aber nicht von hier aus, wo die halbe Bar zuhört. Um welche Zeit morgen brauchst du den Termin?»

Glass überlegte. Rechnete. «Um elf.»

«Ich werd's ihm sagen.»

«Aber Punkt elf. Ich will nicht erst noch in irgendeinem Wartezimmer rumsitzen.»

«Entspann dich, Sol. Ich regele das schon.»

Während Izzy draußen telefonierte, tätigte Glass seinerseits einen Anruf. «Wie steht's, Malone?»

«Ich habe das kurze Hölzchen gezogen», erwiderte der. «Ich bin gerade bei Mrs. Neumann zum Lunch.»

«Bei wem?»

«Das ist die Dame, die hier dafür bezahlt wird, den Kaffee anbrennen zu lassen. In dem Café gegenüber von Colettes. Die müssen ein Dutzend Maschinen im Jahr verschleißen.»

«Hier ist der Kaffee ausgezeichnet. Im Mario's.»

«Ach ja?»

«Immer gleichbleibende Qualität. Selbst der schwarze geht richtig cremig über die Zunge.»

«Vielen Dank, Lieutenant. Ich werd's mir merken. Vielleicht sage ich dieser Frau, sie soll da mal hingehen und ein bisschen Nachhilfe nehmen.»

Glass sah, dass sich Izzy wieder dem Tisch näherte. «Haben Sie irgendwas zu berichten, Malone?»

«Absolut nichts.»

Glass beendete das Gespräch, klappte sein Handy zu und steckte es wieder in die Tasche.

«Erledigt», verkündete Izzy und setzte sich. «Um 10.59 Uhr rollt seine Helferin den roten Teppich aus, damit du direkt aus dem Wagen in seine Praxis spazieren kannst, ohne einen Fuß auf den Gehweg setzen zu müssen.»

«Gut. Ich bin dir was schuldig.»

«Du bist Mama was schuldig, und du bist Nathan was schuldig. Der Junge hat den ganzen Sonntag gewartet.»

«Ach, Mist, Izzy, das habe ich völlig vergessen. Sag ihm, dass es mir leidtut. Ich arbeite rund um die Uhr an diesen Fällen, und darüber ist es mir einfach entfallen.»

«Den ganzen Nachmittag hat er dagesessen.»

«Ich sagte doch, es tut mir leid. Richte ihm aus, ich mache es wieder gut.»

«Er hatte die Angelrute neben der Tür bereitstehen. Er hat die Schnur überprüft, die Spule, er hat eine

Stunde lang im Wohnzimmer auswerfen geübt, bis seine Mutter es keinen Moment länger aushalten konnte, weil sich der Haken immer im Sofa oder im Fell der Katze verfing. Alles, was ihm zu seinem Glück fehlte, war, dass sein Onkel Sol vorbeikommt und ihn zu einem Nachmittag am See mitnimmt. Wie er es versprochen hatte.»

Doch Glass war bereits auf den Beinen. «Ich kann im Augenblick nicht mehr tun als mich entschuldigen. Richte ihm aus, wir holen das nach. Ich weiß nur noch nicht, wann.»

Um 15.25 Uhr stieg Glass die Stufen zum Justizgebäude hinauf, um seine Verabredung mit Sophie Corner wahrzunehmen. Er betrat die Flure der Staatsanwaltschaft kurz vor 15.28 Uhr. Da er derjenige war, der um einen Gefallen gebeten hatte, war ihm daran gelegen, sich nicht zu verspäten. Punkt 15.30 Uhr stand er am Empfang der Staatsanwaltschaft, und gleich darauf saß er in dem separaten Wartezimmer gegenüber von Sophies Büro.

Es war seltsam, dachte er – sie hatte sich seiner Meinung nach in allem Tuesday zum Vorbild genommen, hatte ihre Stimme imitiert, ihren Gang, die Art, wie sie sich kleidete, ihre Laufbahn, ihr Image in der Öffentlichkeit. Doch nachdem sie ihre Position geerbt hatte, schien sie eine Grenze gezogen zu haben. Sie war in ihrem eigenen, kleineren Büro geblieben und hatte das von Tuesday jemand anderem überlassen. Vielleicht musste er ein paar seiner Ansichten noch einmal überdenken.

Sophie ertappte ihn mitten in diesen Überlegungen. Plötzlich stand sie im Türrahmen, souverän, professionell. «Lieutenant.» Sie führte ihn in ihr Büro, wobei sie unentwegt redete. «Ich fände es schrecklich», sagte sie, «der Gegenstand solch intensiver Grübeleien zu sein, Lieutenant. Ich meine, wenn ich ein Verbrecher wäre und Sie Jagd auf mich machen würden.»

«Ich bewunderte nur gerade ...», setzte er an und sah sich in dem schlichten Büro um. Er ließ den Blick über die schwarzen Ledersessel schweifen, über die kleinen minimalistischen Gemälde an der Wand, auf der Suche nach etwas, das er hätte bewundern können. «... Ihren, ähm, Ihren neuen Status», brachte er schließlich heraus und wies mit einer Kopfbewegung auf den Titel an ihrer Bürotür.

«Ach», wehrte sie ab, «das klingt viel großartiger, als es ist.»

«Trotzdem – Stellvertretende Generalstaatsanwältin, das ist schon etwas, erst recht wenn man es in so jungen Jahren erreicht wie Sie.» Er erinnerte sich an ihr Telefonat von vorhin. «Ich hätte eher damit gerechnet, dass der Posten an jemanden in meinem Alter vergeben würde. Jemanden aus dem vorigen Jahrhundert.»

Ihr Lachen war echt. «Ich stamme doch auch aus dem vorigen Jahrhundert. Ich habe nur ein bisschen später angefangen. Außerdem würde ich das nicht allzu ernst nehmen», fügte sie hinzu, während sie die Tür zu einem angrenzenden Raum öffnete.

«Das ist Chloe, meine Assistentin, und Chloe wird Ihnen bestätigen, dass meine Befugnisse äußerst eingeschränkt sind. Ich habe eine ganze Reihe Direktoren über mir, die jede meiner Entscheidungen prüfen. Nur für den Fall», fügte sie mit offensichtlicher Zuneigung zu der jüngeren Frau hinzu, «dass Chloe einmal einen meiner zahlreichen Fehler übersehen sollte.» Chloe errötete und richtete den Blick wieder auf ihren Monitor.

«Chloes zweite große Tugend», fuhr Sophie fort, «ist, dass sie den besten Kaffee in der ganzen Behörde macht. Und gerade jetzt lechze ich nach einem.»

«Für mich nicht, danke.» Glass hob abwehrend die Hand. «Ich hab gerade erst einen getrunken.»

«Doch nicht im Mario's?» Sophie tat entsetzt.

Sie führte ihn weiter in ihr Büro. Er bemerkte den Blick, den die beiden Frauen miteinander wechselten, die leicht hochgezogenen Augenbrauen, als Sophie sich umdrehte, um die Tür zu schließen. Ob das allerdings einen unterschwelligen Kommentar über irgendetwas darstellte, womöglich über ihn selbst, oder nur eine Erinnerung an den Kaffee, konnte er nicht erraten.

«Jetzt zum Geschäftlichen», sagte sie und wandte sich ihm zu.

Ihr Outfit war tatsächlich passend für geschäftliche Anlässe. Ein adretter schwarzer Hosenanzug, ein teuerschlichtes nelkenrosa Oberteil, das ihre zierlich geformten Schlüsselbeine unter der weißen Haut betonte. *Nelken für die Trauer*, kam ihm eine Kindheitserinnerung in den Sinn, denn nach der strengen Eleganz ihrer Aufmachung zu urteilen, hätte sie sowohl von einer vormittäglichen Beerdigung kommen können als auch von einem Lunch mit Juristenkollegen. Ihr kurzes glänzendes Haar war tadellos frisiert.

«Ich habe eine halbe Stunde Zeit für Sie», sagte Sophie. «Es tut mir leid, dass es nicht mehr ist, aber …» Sie breitete die Hände aus.

Es gefiel ihm, dass sie keine Entschuldigungen vorbrachte, nicht davon faselte, dass sie bis zum Hals in Arbeit steckte. «Ich habe selbst rasch nachgesehen», fuhr sie fort, wie um den Eindruck zu vermeiden, dass sie seine Anfrage auf die leichte Schulter nahm. «Aber ich habe keinen einzigen Eintrag über einen Josef Milosz gefunden. In unseren Akten ist er nicht erwähnt – er wurde definitiv in den letzten elf Jahren nicht von dieser Behörde strafrechtlich verfolgt.»

«Und die gerichtliche Untersuchung? Der Bericht des Untersuchungsrichters? Die vorbereitenden Unterlagen?»

«Ich habe sie überflogen, aber nichts darin gefunden. Natürlich war das alles ... vor meiner Zeit.»

Beide verzogen darüber ironisch das Gesicht, und Glass schöpfte trotz der düsteren, skeptischen Stimmung, in der er hergekommen war, unwillkürlich ein wenig Mut aus der Tatsache, dass ihre Gedanken in den gleichen Bahnen zu verlaufen schienen, dass sie beide im Gespräch dieselben Untertöne hörten.

«Sie wissen ja, wie das ist», fuhr sie fort, «wenn man in großer Eile detaillierte Unterlagen durchgeht, die man nie zuvor gesehen hat. Man kennt die zugrunde liegenden Strukturen, die Konventionen der Juristensprache, die Art und Weise, wie die Berichte aufgebaut sind – aber wenn es um Details geht, weiß man trotzdem nicht genau, wo man danach suchen soll. Beispielsweise nach einem Namen.»

Glass nickte. «Ich weiß es zu schätzen, dass Sie sich dennoch die Zeit genommen haben nachzusehen. Wenn ich vielleicht ...?»

Sie führte ihn zu einem Tisch, der mit Akten beladen

war. Ein Rand war frei geräumt, um Platz für zwei dicke Stapel Unterlagen zu schaffen. Bei dem einen handelte es sich, wie Glass mit einem flüchtigen Blick feststellte, um den Bericht des Untersuchungsrichters, die offiziellen Aufzeichnungen über die gerichtliche Untersuchung, bei dem anderen um den Antrag der Staatsanwaltschaft mit vorbereitenden Notizen und einer Aufstellung der Details vom Tatort, die er bereits aus den Polizeiunterlagen kannte.

«Nun», sagte Sophie, «ich mache mich mal auf die Suche nach Chloe und frage nach, wo mein Kaffee bleibt. Würde es Ihnen etwas ausmachen, eine Minute hier zu warten?»

Wie diskret. Sie würde nie erfahren, was er tat, während sie nicht im Raum war. Offiziell nicht.

«Danke», sagte er, zog sein Jackett aus und hängte es über eine Stuhllehne. Sie war bereits auf dem Weg zur Tür.

Glass wandte sich zuerst den Unterlagen der Staatsanwaltschaft zu. Die Details darin waren selbst jetzt, rund ein Jahrzehnt nach der Niederschrift, noch so frisch, so blutig in sein Bewusstsein eingeprägt, dass es ihm beinahe vorkam, als sehe er vor seinem inneren Auge einen Film ablaufen.

Er überflog schnell das Material, das er bereits kannte. Die Polizeiberichte, die Aufstellung der Fakten, die Zeugenaussagen, die Befunde aus der Gerichtsmedizin. Er blieb nur kurz an der Stelle hängen, an der der Leichenbeschauer aufgrund der DNS-Analysen feststellte, dass Tomas Milosz nicht der leibliche Vater der beiden Mädchen war. Glass' Blick glitt zügig von Seite zu Seite auf der Suche nach irgendeinem Hinweis auf die Existenz von Josef Milosz. Doch falls die Staatsanwaltschaft von ihm gewusst hatte, so hatte man es nicht für nötig befunden, diese Tatsache schriftlich festzuhalten.

Als Nächstes nahm er sich den Bericht des Untersuchungsrichters vor, der nur in einer Zusammenfassung öffentlich zugänglich gemacht worden war. Die psychiatrischen Befunde beschrieben Tomas Milosz als hochintelligent, jedoch emotional unterentwickelt. Vielleicht durch Erlebnisse in der frühen Kindheit geschädigt – jedenfalls war er mehrmals in Obhut genommen worden. In Kinderheimen. Unter amtlicher Fürsorge. Glass suchte beim Lesen nach den Worten «zusammen mit seinem älteren Bruder Josef» – aber da stand nichts dergleichen.

Dennoch machte er sich eine Notiz, dass Nora in Richtung Kinderheime, Pflegefamilien und dergleichen nachforschen sollte. Während er sich die relevanten Zeiträume notierte, konnte er bereits Noras Klagen hören. «Lieber Himmel, Solly, hast du gesehen, in welchem Zustand diese Daten sind?»

Er machte sich wieder ans Lesen, doch nach kurzer Zeit hob er den Kopf und seufzte frustriert. Nicht nur weil er in den Berichten nicht fand, was er suchte, sondern vor allem wegen etwas gänzlich anderem, einer winzigen Irritation, die mit seinen Sinnen spielte, schon seit dem Moment, als Sophie gekommen war, um ihn zu begrüßen. Etwas, das sie beide in ihr Büro begleitet hatte und auch jetzt hier war. Es kratzte an der Tür zu seiner Erinnerung. Die er jedoch nicht zu öffnen vermochte, und wenn es sein Leben gegolten hätte.

Das Aroma von frischgebrühtem Kaffee zog zu ihm

herein. Glass warf einen Blick auf die Uhr – Himmel, es war schon fast vier. Er konzentrierte sich wieder, überflog die spärlichen Details über die Familie. Beruf des Vaters: Metzger. Beruf der Mutter: unbekannt. Ursprünglich als Waisen, Flüchtlinge, im Nachkriegsamerika gestrandet. Inzwischen beide verstorben. Mutter aus Gradowice, einem kleinen Ort im industriellen Ödland des westlichen Polen. Herkunft des Vaters unbekannt. Ein paar Vermerke über den Alkoholismus des Vaters. Seine regelmäßigen brutalen Ausbrüche. Glass wusste über all das bereits Bescheid, und nirgendwo gab es auch nur eine Spur von Josef Milosz. Dann war Sophie zurück. Mit ihrem Kaffee.

«Tut mir leid, dass ich Sie habe warten lassen, Lieutenant. Ich hoffe, Sie haben etwas gefunden, womit Sie sich beschäftigen konnten?»

«Ich weiß nicht», erwiderte er. «Falls ja, muss ich wohl noch etwas darüber nachdenken.» Er sah den Bericht des Untersuchungsrichters auf dem Tisch an. «Ein Jammer, dass ich das nicht mitnehmen kann.»

Sie deutete ein Kopfschütteln an und warf einen Blick zur Tür. Die Botschaft war eindeutig: Das konnte er vergessen.

«Nun, erzählen Sie, wie geht es Rachel?», erkundigte sie sich.

«Sie macht sich gut, sogar erstaunlich gut. Sie ist ein tapferes, zähes Kind.»

«Mir ist ihr Handschuh aufgefallen.»

«Ja.» Glass nahm sein Jackett von der Stuhllehne. «Sie trägt ihn sicher, weil es zurzeit so kalt ist.» Er schlüpfte in die Ärmel. «Amy Gardner ist es jetzt bestimmt auch sehr kalt.»

Sophie Corner biss sich auf die Lippe. Es war das erste Mal, dass er sie bei einer unwillkürlichen Reaktion ertappte.

«Das ist nicht fair, Lieutenant.»

Er zog das Jackett zurecht. «Natürlich nicht. Aber schließlich bekommt man keinen Gutschein, wenn man geboren wird, oder? Mit Fairnessgarantie. Bei Unzufriedenheit Geld zurück.»

Es klopfte an der Tür.

«Einen Moment!», rief Sophie und warf einen raschen Blick auf die Uhr. «Verdammt», sagte sie. «Das ist sicher der Direktor.» Sie wandte sich wieder Glass zu, sah ihm forschend ins Gesicht. «Hören Sie, Sie können keine Akte von hier mitnehmen.» Ihre Stimme war jetzt leiser, jedoch nicht weniger entschieden. «Aber ich kann es. Weiß der Himmel, warum ich das tue, aber ich werde meine Karriere riskieren und Ihnen eine weitere halbe Stunde gewähren, Lieutenant. Allerdings nicht hier. Irgendwo, wo uns niemand kennt. Kennen Sie das Winterset? An der Barclay?»

Ob er das Winterset an der Barclacy kannte? Er brachte nicht viel mehr als ein Nicken zustande.

«Um sieben», sagte sie. «Kurz nach sieben – ich muss auf dem Weg noch zu Hause vorbeischauen.»

Er nickte wieder, noch immer unfähig zu sprechen. Bis auf ein einziges Wort, das in seiner Erinnerung aufblitzte wie ein sterbender Stern. «Spikenard.» Das war es, was die ganze Zeit an seinen Erinnerungen gerührt hatte. Ihr Parfüm.

Sophies Augen weiteten sich. Sie errötete sogar ein wenig. «Ja», sagte sie beinahe flüsternd. «Es war ihr Markenzeichen, nicht wahr?» Dann klopfte es erneut, und sie rief mit munterer, selbstbewusster Stimme: «Ich komme!»

«Das war sehr aufschlussreich, Lieutenant», sagte sie, während sie ihm die Tür aufhielt.

Im Vorzimmer wartete ein Mann, plauderte mit Chloe und klopfte dabei ungeduldig mit der Spitze seines polierten Schuhs auf den Boden. Er trug eine Krawatte mit Rosenmuster, und aus jeder einzelnen Blüte sprach Autorität.

«Danke, Miss Corner», sagte Glass. «Wiedersehen, Chloe.» Er nickte ihr im Hinausgehen zu. «Der Kaffee war ausgezeichnet.»

Chloes Lächeln war kühl, professionell und vollkommen undeutbar, genau wie beabsichtigt.

Vierzehn

Wie schnell sich die Dinge verändern konnten.

Noch vor weniger als vierundzwanzig Stunden hatte sich Glass darüber beklagt, dass sich nichts zusammenfügen wollte. Dass alles aus dem Gleichgewicht war. Dass sich Schicksale gegenläufig entwickelten. Nun jedoch saß er hier im Winterset und war sich nur allzu schmerzlich bewusst, dass auch das Gegenteil zutreffen konnte: Mit genügend Zeit konnten sich die Ereignisse durchaus in sich wiederholende Muster fügen. Es konnten sich Verknüpfungen ergeben, die einem buchstäblich das Herz brachen.

Er ging an die Bar und bestellte einen Drink, ohne nachzudenken. Und weil er nicht nachdachte, trug er unwillkürlich selbst zu seiner inneren Abwärtsspirale bei: Ihm wurde bewusst, dass er das Gleiche wie damals bestellt hatte, den gleichen Bourbon. Und wer weiß, womöglich war es sogar derselbe Stuhl, derselbe Tisch, zu dem er seinen Drink anschließend trug. Zwölf Monate zuvor hatte er hier auf Tuesday gewartet. Er hatte so lange gewartet, dass er schließlich zu glauben begann, sie habe ihn versetzt. Ihn hierhergelockt, um ihn von der Fährte abzubringen, und ihn zum Narren gehalten. Er war kurz davor gewesen zu gehen, als der Barkeeper ihn ans Telefon winkte.

«Zimmer 369» war alles, was sie sagte. Und trotz des gewohnten autoritären Tons nahm er in ihrer Stimme ein winziges Zögern wahr. Beinahe ein Flehen. Dass er eine Entscheidung treffen möge, bevor sie den nächsten Schritt taten, denn danach würde es zu spät sein, um umzukehren. Wissen wir wirklich, was wir da tun?, hatte dieses kleine Stocken in ihrer Kehle bedeutet. Was wir einander antun?

Doch die bloße Tatsache, dass er es wahrgenommen hatte – diesen Anflug einer Verwundbarkeit, die sie sich vor der Welt niemals anmerken ließ –, machte deutlich, dass es bereits zu spät war. Er hatte seinen Drink stehenlassen und war zu ihr gegangen. Und sein Leben hatte sich für immer verändert.

Und jetzt war er wieder hier, an einem frühen Abend im Winterset, einen Bourbon in der Hand. Und wartete auf eine andere Frau.

Wie viel von unserem Leben verläuft wohl nach solchen Mustern?, fragte er sich. Mit scheinbar unterschiedlichen Inhalten, die doch auf einem dieser fundamentalen, wiederkehrenden, schmerzlichen oder erotischen Palimpseste angeordnet sind?

Sie kam mit angemessener Verspätung.

Aber sie hatte ja bereits angekündigt, dass sie unterwegs noch zu Hause vorbeischauen musste. Warum eigentlich?, hatte er sich gefragt. Schließlich war das Winterset nur fünfzehn Straßenblocks von ihrem Büro entfernt, und sie kam auf dem Heimweg ziemlich sicher hier vorbei. Musste sie dort noch etwas holen? Gab es jemanden, der auf sie wartete? Eine Frau wie sie blieb sicher nicht lange allein, auch wenn sie sich, wie er von Malone wusste, von ihrem vorigen Freund getrennt hatte.

Und dann war sie da. Sobald sie die Bar betrat, fiel ihm auf, was sie unter anderem zu Hause getan hatte: Sie hatte sich umgezogen. Verschwunden war der Hosenanzug, das Business-Outfit und alles, wofür es stand. Stattdessen trug sie jetzt betont schlichte Kleidung, die auf dezente Weise raffiniert wirkte. Es war nichts Arrogantes an ihr, kein zurückgeworfener Kopf, keine kühle Beherrschung, kein großer Auftritt. Sie wirkte frisch, offen, entwaffnend. Selbst das leichte Wippen ihrer Brüste unter der Bluse erschien unschuldig und sexy zugleich. Nicht berechnend.

Er war so sehr damit beschäftigt, über diese Veränderung nachzudenken, dass er die schwarze Mappe unter ihrem Arm erst bemerkte, als er aufstand, um sie zu begrüßen. Die Mappe war halb unter ihrer Jacke verborgen, doch das war im Grunde unnötig. Auch sie wirkte modern, schick, so, als könne sie alles Mögliche enthalten.

«Der Verkehr!» Sie verzog ein wenig den Mund, wie um anzudeuten, dass er ihre Worte wahlweise als Entschuldigung für ihre Verspätung auffassen oder es bleibenlassen konnte. Im Kontrast zu ihrem blassen Teint und dem dunklen Ton von Augenbrauen und Haar waren ihre Lippen sehr rot. «Diese Stadt ist einfach unmöglich.»

«Ich bin selbst gerade erst gekommen», log er und wollte ihr aus der Jacke helfen, doch nachdem sie sich kurz umgesehen hatte, wies sie mit einer Kopfbewegung zu einem noch schwächer beleuchteten Bereich der Bar hinter ihm.

«Da drüben sind Sitznischen», sagte sie, «dort sind wir ungestört. Wenn Sie nichts dagegen haben?»

Er zuckte mit den Schultern und folgte ihr durch den Gastraum. Sie schien sich ziemlich gut auszukennen und gab sich keine Mühe, das zu verbergen.

«Ich war schon seit einer Weile nicht mehr hier», sagte sie, während sie einander gegenüber in der Nische Platz nahmen, die am weitesten von der Bar entfernt war. «Wir sind früher allerdings oft hergekommen», fuhr sie fort, und er wartete darauf, dass sie auf das *Wir* näher einging. «Hier konnte man sich immer gut für eine halbe Stunde entspannen, ein bisschen Abstand zwischen Arbeit und Zuhause bringen» war jedoch alles, was sie zur Erklärung hinzufügte. «Tun Sie das eigentlich auch, Lieutenant? Oder ist Ihre Arbeit Ihr Leben?»

Und plötzlich, in diesem Moment, überwältigten ihn die widersprüchlichsten Gefühle. Vielleicht trog der Schein tatsächlich. Vielleicht spielte sie unter dem Deckmäntelchen unschuldiger Mädchenhaftigkeit ein sadistisches Spiel mit Emotionen, auf seine Kosten. Schroff, bevor er sich auch nur erkundigt hatte, was sie trinken wollte, stellte er die Frage, die ihn nicht losließ, seit sie dieses Lokal als Treffpunkt vorgeschlagen hatte.

«Warum hier?», fragte er. Und beobachtete ihr Gesicht. Das anfängliche Unverständnis, während sie sich darüber klarzuwerden versuchte, worauf sich seine Frage bezog. *Hier. Im Winterset.* Und dann das Nachdenken darüber, wie die Frage gemeint war. Warum *dieses* Lokal? Warum von allen möglichen Bars in der Stadt ausgerechnet diese? Schließlich sah er, dass sie begriff.

«O Gott», sagte sie. «Es tut mir leid, Lieutenant. Wie konnte ich nur *so* dumm sein?» Sie schlug für einen Moment die Augen nieder, dann schaute sie sich im Raum um, als ob sie ihm eine völlig neue Bedeutung beimaß.

«O Gott», sagte sie noch einmal. «Das war ein Fettnäpfchen, nicht wahr? Ich hatte wirklich keine Ahnung. Tuesday war oft so verschlossen. Ich wusste die halbe Zeit nicht, was sie eigentlich dachte. Oder was sie vorhatte.»

Dasselbe galt, wie sich letztendlich herausgestellt hatte, auch für Glass. Er sah Sophie an und erkannte, dass sie die Wahrheit sprach.

«Ehrlich, ich hatte keine Ahnung, dass Sie beide sich hier getroffen haben.»

«Es war nur einmal.»

«Sie glauben mir doch?»

«Ja», sagte er und erinnerte sich endlich wieder an seine Manieren. «Darf ich Ihnen etwas zu trinken bestellen?»

Sie brauchte einen Moment, um sich wieder zu sammeln. «Danke. Einen Weißwein. Vielleicht einen Verdelho. Gekühlt.»

Er winkte den Kellner herbei. Nachdem die Bestellung aufgenommen worden war, sah er, dass Sophie inzwischen auf dem Tisch etwas umgeräumt hatte: Die Aschenbecher standen an der Seite, und vor ihm lag, mit der Rückseite nach oben, der Bericht des Untersuchungsrichters. Gleich darauf kam der Kellner mit ihrem Getränk.

«Danke», sagte sie, als er das Glas vor sie hinstellte. Sie trank einen kleinen Schluck, die Lippen behutsam an den Rand des Glases gelegt. «Mmm, der ist gut.»

«Er ist zu kalt», widersprach Glass. «Das macht das Aroma zunichte.»

«Nicht wenn man ihn mit den Händen anwärmt und langsam nippt. So wird dieser Wein getrunken.»

«Touché», sagte er, jedoch ohne Häme. «Mir scheint, man lernt eine ganze Menge an diesen Privatschulen für junge Damen. Wo waren Sie? Lassen Sie mich raten – Spence? Brearley?»

«Brearley. Aber ich habe es nicht dort gelernt, sondern von meinem Vater, und der ist nicht, was Sie jetzt vielleicht denken.»

Das erinnerte Glass an die andere Veränderung, die seit dem Nachmittag mit Sophie vor sich gegangen war. Er überwand sich und sprach sie darauf an. «Ihr Parfüm?»

«Es heißt Eternity», sagte sie und begegnete seinem Blick. «Ich weiß, es klingt kitschig, aber ich mag es. Und außerdem dachte ich mir, dass ich besser ein anderes benutzen sollte. Weil doch ...»

Er nickte. «Es gefällt mir», sagte er, und sie neigte den Kopf, um einen Dank anzudeuten. Auch wenn keiner von beiden näher darauf einging, ob der Kommentar ihrem Parfümgeschmack oder ihrem Taktgefühl gegolten hatte.

Stattdessen sagte sie: «Ich brauche genau dreißig Minuten, um ein Glas Wein zu trinken.»

«Das sollte genügen», erwiderte er.

Als er sich dem Bericht zuwandte, fragte er sich allerdings kurz, was sie wohl später am Abend noch vorhatte. Eine Dinnerparty? Eine Verabredung mit einem Freund? Zum Kino oder vielleicht zu einer Theatervorstellung? Oder ging sie in die Oper? Er schob diese Gedanken beiseite, verärgert über seine eigene Unkonzentriertheit, und zwang sich, im schummrigen Licht der Bar zu lesen. Es kam ihm vor, als würde der Raum um ihn herum immer düsterer, immer hoffnungsloser, mit jeder Minute, die er sich wieder einmal mit den menschlichen Überresten des Milosz-Massakers beschäftigte.

Er hatte sich eingebildet, jedes Detail dieses Falles zu kennen, doch jetzt stieß er auf Dinge, die ihn mit der ganzen schockierenden Kraft des Neuen überraschten. Dabei musste er all das schon einmal gewusst haben. Dinge wie die Beschreibungen der Narben an Annaliese Milosz' Brüsten und Schenkeln, die aussahen wie rituelle Zeichen – buchstäblich Hunderte von Schnitten, manche ziemlich tief, wenn auch nicht im Vergleich zu dem klaffenden Schnitt am Hals, durch den schließlich so viel von ihrem Lebenssaft entwichen war, dass jede Hilfe zu spät kam. Narben alter Wunden, die laut dem Bericht des Leichenbeschauers mit einem scharfen Instrument unbekannter Art beigebracht worden waren, wobei die mikroskopische Analyse der Wundränder allerdings darauf schließen ließ, dass es sich nicht um ein Messer gehandelt hatte. Nicht einmal um einen metallischen Gegenstand.

Vielleicht hatte er in diesem Moment unwillkürlich nach Luft geschnappt, als die Erinnerung wieder über ihn hereinbrach, denn als er aufblickte, kurz aus seiner Konzentration gerissen, stellte er fest, dass Sophie ihn beobachtete. Sie wandte den Blick nicht ab, tat nicht, als habe sic nur zufällig im selben Moment aufgeschaut. Stattdessen studierte sie ruhig weiter sein Gesicht. Das, wie er vermutete, momentan ungewöhnlich offen war.

Und so war schließlich er es, der den Blick abwandte. Zwischenzeitlich hätte ein Betrachter den Eindruck haben können, sie wolle etwas sagen, doch stattdessen biss sie sich auf die Lippe und widmete sich wieder ihren eigenen Papieren.

Ihr Glas war inzwischen halb leer, wie er feststellte.

Als er zum zweiten Mal den Blick hob – inzwischen überzeugt, dass in diesen Unterlagen nichts zu finden sei, was ihm weiterhelfen konnte –, stellte er fest, dass sie ihn abermals beobachtete.

«Eine glückliche Familie, was?», bemerkte sie.

«Allerdings.»

«Denken Sie wirklich, dieser Josef Milosz …?»

«Ja. Aber ich bin der Einzige. Ich glaube, Malone ist nicht einmal überzeugt davon, dass der Mann überhaupt existiert. Selbst Nora hat ihre Zweifel.»

«Nora?»

«Nora Bloom. Sie arbeitet mit mir zusammen an diesem Fall.»

Sophie Corner verarbeitete die Information. Nickte, dachte nach, sortierte ein. Doch sie stellte keine Fragen.

«Sie ist ungefähr in Ihrem Alter», sagte Glass, ohne selbst zu wissen, warum.

«Aber Sie schon?», fragte sie, und für einen Moment hatte er den Anschluss verloren.

«Was denn?»

«Sie sind davon überzeugt, dass dieser Josef Milosz existiert. Und dass er für all das verantwortlich ist.»

«Ja. Es sei denn, ich bin selbst verrückt.»

«Man kann Ihnen einiges nachsagen, Lieutenant», erwiderte Sophie, ohne näher darauf einzugehen, was das sein könnte, «aber verrückt sind Sie nicht.»

Er hob sein Glas und trank ihr schweigend zu.

«Haben Sie irgendwelche Theorien darüber, warum er so etwas tun sollte?», erkundigte sie sich.

«Wir ersticken in Theorien», antwortete Glass. «Malone denkt, dass er es gar nicht auf die Kinder abgesehen hat. Er setzt auf den Mutter-Archetyp.»

«Ein Rachefeldzug gegen Mütter?»

Glass zuckte mit den Schultern. «Das ist *eine* Theorie. Womöglich trifft sie sogar zu. Oder zumindest teilweise. Andererseits kann es auch sein, dass die Mütter selbst lediglich Kollateralschäden sind. Versuchstiere, denen er beiläufig Schmerz zufügt, während er seinen Plan weiterverfolgt.»

«Weiterverfolgt? Wohin beziehungsweise zu wem?»

Glass wagte nicht aufzublicken. Er konnte nicht sicher sein, dass es ihm nicht bereits im Gesicht geschrieben stand, irgendwo tief in seinen Augen. Und wenn ja, würde es ihr mit Sicherheit nicht entgehen.

«Das weiß der Himmel», sagte er in dem Versuch, ahnungslos zu klingen, und blätterte weiter in dem Bericht.

Er hatte inzwischen den Eindruck, dass sie immer kleinere Schlucke von ihrem Wein trank, als wollte sie die Zeit ausdehnen. Dabei hätte sie mit einem Schluck die Situation beenden können, diesem skurrilen, finsteren Drama den Rücken kehren und irgendwo heitere Gesellschaft genießen. Sie hätte beim Abendessen mit Freunden lachen oder ein anderes Drama verfolgen können – eines, aus dem man zwei Stunden später in der Gewissheit wieder herauskam, dass man sicher nach Hause gehen und ohne Albträume schlafen konnte.

«Aber könnten nicht beide Theorien zutreffen?», fragte sie. Glass erkannte, dass sie es noch nicht erraten, nichts aus seiner Stimme herausgehört hatte. Und dass sie versuchte zu helfen. «Könnte er nicht ein letztes, eigentliches Ziel haben, dabei aber zugleich, wie Detective Malone sagte ...»

«Die Mütter bestrafen? Den Mutter-Archetyp?»

«Oder etwas Einfacheres, weniger Abstraktes.»

«Zum Beispiel?»

«Zum Beispiel wäre interessant, was über seine eigene Mutter bekannt ist. Wie wurde sie selbst behandelt? Wie hat sie ihn behandelt?»

Glass blätterte in der Akte zurück zu den Angaben über die Familie, die nur skizzenhaft waren. «Flüchtling, nach dem Krieg aus Polen rübergekommen. Zwei Kinder. Zerrüttete Ehe. Früher Tod. Augenblick mal, hier steht, Tomas wurde am 19. Mai 1955 geboren. Und am 10. Februar 1955 hatte sie Jerzy Milosz geheiratet. Aber Josef ist *älter* ...»

Glass tippte mit seinem Stift auf die Seite. Sophie schien seine Gedanken bereits erraten zu haben.

«Und ihr Mädchenname?»

«Nun, der lautet jedenfalls nicht Milosz.» Und noch

während er danach suchte, wusste er in seinem Inneren, dass es da etwas gab. Etwas, das er vielleicht ein dutzendmal überlesen und nicht wahrgenommen hatte. «Sie hieß Mankiewicz. Johanna Mankiewicz.»

Er saß einen Moment lang wie hypnotisiert da.

«Verdammt», flüsterte er dann, griff in seine Jackentasche und schaltete das Handy ein. Er ignorierte die Liste der Anrufe und SMS, die während der vergangenen Stunde eingegangen waren, und rief eine Nummer aus dem Speicher auf.

Während das Rufzeichen ertönte, saßen sie da und sahen einander stumm an.

«Nora?», sagte er.

Sophies Haltung und ihr Blick blieben unbewegt. Sie gab sich keine Mühe, so zu tun, als hörte sie nicht zu.

«Nein, nein, das ist schon in Ordnung», sagte Glass zu Nora. «Machen Sie sich deswegen keine Gedanken. Ich möchte sowieso, dass Sie das vorerst ruhen lassen. Könnten Sie für mich nach einem anderen Namen suchen? Hmm. Jetzt sofort. Einen Schnelldurchlauf, okay? Ja, ja, ich weiß», sagte er nach einer Pause. «Okay, der Name lautet Josef Mankiewicz.» Er wartete. «... w-i-c-z, genau. Ja, wieder mit ‹f›. Können Sie mich gleich zurückrufen?»

Er legte das Handy zwischen sich und Sophie auf den Tisch und starrte es an, als erwartete er jede Sekunde, dass es klingelte. Es dauerte einen Moment, bis ihm klar wurde, dass Sophie mit ihm sprach.

«Das war's dann also», sagte sie gerade. Sie hatte bereits begonnen, die Papiere auf dem Tisch zusammenzuschieben.

«Ja», sagte er geistesabwesend.

«Dann brauchen Sie mich wohl nicht mehr.»

Sie verstaute die Papiere in ihrer Mappe.

«Nein», sagte er. «Ich meine –»

«Schon in Ordnung, Lieutenant», sagte sie. «Ich verstehe.»

In diesem Moment klingelte sein Handy, und er griff hastig danach. «Ja?», meldete er sich. Noras Bericht fiel ebenso kurz und knapp aus.

«Jackpot», sagte sie nur.

«Zu Mankiewicz gibt es also Treffer?»

«Massenhaft.»

«Okay», sagte er atemlos. «Warten Sie auf mich. Ich bin in einer Viertelstunde da.»

Er stand rasch auf und steckte das Handy wieder in die Tasche. «Es tut mir leid, Miss Corner.»

«Sophie.»

«Sophie. Wir werden unsere Bekanntschaft ein anderes Mal fortsetzen müssen», sagte er. «Jedenfalls vielen Dank für alles, was Sie für mich getan haben.»

«Es freut mich, dass ich helfen konnte.» Sie war ebenfalls aufgestanden und hielt die Mappe mit dem Bericht des Untersuchungsrichters hoch, wie um zu betonen, dass sie sich ausschließlich darauf bezog.

«Sie waren sogar eine große Hilfe», versicherte Glass. «Dies ist unser erster richtiger Durchbruch. Und ohne Sie wäre ich wahrscheinlich nie darauf gekommen. Ich bin Ihnen wirklich dankbar.»

Einen Moment lang standen sie einander gegenüber.

Und dann ging sie. Mit nicht mehr als einem höflichen Händedruck, einem kleinen Lächeln. So, wie sie sich auch von jedem anderen Mitarbeiter der Strafverfolgungsbehörden verabschiedet hätte, mit dem sie sich nach der Arbeit zu einem Drink und einer netten Plauderei getroffen hatte.

Malone warf die Listen hin, die er in den letzten vier Stunden durchgearbeitet hatte, und stand auf, um seinen verspannten Rücken zu strecken. Himmel, es war bereits halb acht, und Glass war immer noch nicht zurück. Malone knurrte der Magen.

Warum gab es eigentlich so wenig Licht in diesem Büro? Warum wollte Glass den Raum so dunkel haben? Kein Wunder, wenn man da Depressionen bekam. Er trat mit der Stiefelspitze gegen die Seitenwand seines Schreibtisches, und das befriedigende hohle Poltern von Leder gegen Holz machte beinahe den Schmerz wett, der daraufhin seinen großen Zeh durchfuhr.

«Es ist verdammt nochmal so düster, dass man sich in seinem eigenen Büro nicht zurechtfindet», murmelte er. Und außerdem – wie sollte man sich denn konzentrieren können nach dem, was Glass heute Morgen gesagt hatte? *Um Himmels willen, Malone, es ist nicht Gardner, auf den er es abgesehen hat. Ich bin es.*

Er ging zu Glass' Arbeitsplatz hinüber, um dort die Lampe anzuknipsen. Die beiden Lichtkreise auf ihren Schreibtischen berührten sich beinahe. Glass hatte die Leuchtstoffbirnen an der Decke entfernen lassen, als er dieses Büro bezog. Es sei ein Arbeitsplatz, hatte er gesagt, keine Zelle oder Folterkammer. Nun, für Malone war es jetzt genau das. Er wartete und wartete. Und wartete. Wo zum Teufel steckte der Lieutenant?

Malone warf einen kurzen Blick auf die Papierstapel auf Glass' Schreibtisch, drehte beiläufig das eine und andere Blatt um, doch da er nichts Interessantes fand, ließ er sich auf Glass' Bürostuhl fallen. Er blickte hinüber zu seinem eigenen Schreibtisch, seiner Lampe, seinem Stuhl.

«Was starren Sie mich so an, Malone?», sagte er. «Haben Sie noch nie einen Gorilla im Anzug gesehen?»

Er fühlte sich augenblicklich besser.

«Wissen Sie, was Ihr Problem ist, Malone? Sie sind verdammt nochmal cleverer, als gut für Sie ist. Wenn *Sie* der Zoowärter in diesem Saftladen wären und nicht dieser Schimpanse, den wir derzeit zum Chef haben –»

Die Tür wurde heftig aufgestoßen, und plötzlich war jemand mit ihm im Raum. Der echte Zoowärter. Malone sprang auf.

«Sir», sagte er.

«Mit wem sprechen Sie da, Malone?» Commissioner Keeves sah den zweiten Schreibtisch an. Den leeren Stuhl. «Wo ist Glass?», fragte er argwöhnisch.

«Ich weiß es nicht, Sir. Das heißt, momentan nicht so genau.»

«Also, mit wem haben Sie gesprochen?»

«Sir?»

«Als ich hereinkam, habe ich Sie reden hören.»

«Ich habe telefoniert, Sir.»

Ihrer beider Blicke wanderten langsam über die Aktenstapel auf Glass' Schreibtisch. Das Telefon musste irgendwo darunter vergraben sein.

«Wenn Sie noch viel mehr Zeit mit Glass verbringen», sagte Keeves, «werden Sie am Ende so verrückt wie er.»

«Ja, Sir.»

«Ich sollte mal darüber nachdenken, Sie zu versetzen, Malone. Wahnsinn ist ansteckend, wissen Sie.»

«Nein, das wusste ich nicht, Sir.»

«Dieser Josef Milosz ...», setzte Keeves an.

Der Commissioner wusste also bereits von Milosz. Und was war mit dem Päckchen? Hatte er davon auch schon erfahren?

«Wenn ich es recht sehe, ist Glass wohl gerade unterwegs, um seine Spur zu verfolgen?»

«Ich denke schon, Sir.»

«Und Sie, was tun Sie gerade, Malone?»

«Nun, ich arbeite an dieser Kundenliste, Sir. Die für Nordamerika. Von dem kubanischen Großhändler der Zigarrenkisten. Sämtliche Abnehmer sind Kanadier – jemand muss die Kisten über die Grenze bringen. Ich versuche gerade, denjenigen aufzuspüren.»

«Mittels Telepathie?»

«Nein, Sir, mit dem Computer.» Malone hatte Glück – der Commissioner konnte von dort, wo er stand, nicht sehen, dass der Bildschirm von Glass' Computer dunkel war.

Doch Keeves war bereits gegangen, so plötzlich, wie er gekommen war. Malone setzte sich hastig wieder an seinen eigenen Schreibtisch, griff zum Telefon und wählte eine Nummer.

«Keeves», sagte er warnend, sobald sich Nora meldete. «Er war gerade hier. Vielleicht ist er jetzt auf dem Weg runter zu dir. Er will wissen, wo Lieutenant Glass steckt und was da im Gange ist.»

«Er taucht stündlich hier auf», beklagte sich Nora. «Verlangt, über den Fall auf dem Laufenden gehalten zu werden, und will ständig die neuesten Berichte sehen.»

«Auf diesem Wege hat er also von Milosz erfahren?»

«Ja, einen Durchbruch wie diesen kann ich unmöglich vor ihm verheimlichen, er würde mir den Kopf abreißen. Solly wird allerdings toben.»

«Warum?»

«Keeves hat die Neuigkeit bereits weitergegeben. An den Bürgermeister, weil der ihm im Nacken saß. Und er hat auch Gardner davon erzählt.»

«Himmel, das wird Glass wirklich nicht gefallen. Als Nächstes plaudert Gardner noch gegenüber der Presse etwas aus.»

«Ich weiß. Aber Keeves sagt, Gardner hat ein Recht darauf, es zu erfahren. Amy ist schließlich seine Tochter. Und er ist nicht irgendein normaler Bürger. Er könnte sogar der nächste Bürgermeister werden.»

«Wie lange machst du noch?», fragte Malone. «Ich fange bald an, die Möbel zu fressen.»

«Dann brauchst du nachher wenigstens keinen Zahnstocher.»

«Wenn du um acht noch nicht Feierabend gemacht hast, komme ich runter und zerre dich von der Arbeit weg. Selbst wenn es nur für eine Stunde ist, okay?»

Malone legte auf und wandte sich wieder seiner Liste zu. Trembath. Immerhin war er inzwischen bei T angekommen. Der einzige umfangreiche Buchstabe, der noch bevorstand, war das W. ... Trembath, Craig Anthony. Klang beinahe englisch.

Er tippte den Namen in die Suchmaschine ein, um die Querverweise zu prüfen. Kanada-Amerikaner. Die schnellste Methode, jemanden als Verdächtigen auszuschließen, bestand darin, mit dem allgemeinen Register anzufangen, dem Who's who der Stadt. Achtundneunzig Prozent der Personen auf der Liste waren Männer, und viele waren in Berufsvereinen und Verbänden. Ärzte, Juristen, Ingenieure, Börsenmakler, Banker, Vermögensverwalter. Wer sonst konnte sich um Himmels willen leisten, kubanische Zigarren zu rauchen?

Er fand Trembath, Craig Anthony, auf Anhieb. Ein Immobilienmakler im oberen Marktsektor. Miami, Dallas, New York. Vornehme Adressen in jeder dieser Städte. Kubanische Zigarren waren genau das Richtige, wenn es daranging, einen Deal einzufädeln. Malone wechselte zur Kriminaldatenbank, und auch dort tauchte der Name auf, diesmal allerdings als Trembath, Anthony Craig. Vielleicht war das die Art, wie man seinen Namen sauberhielt: Indem man die einzelnen Bestandteile je nach Kontext umstellte. Verbales Reinwaschen. Dieser Bursche war bei einer ganzen Reihe von Ermittlungsverfahren ungeschoren davongekommen – Insiderdeals, Geschäfte während einer Insolvenz, Handel mit Kapitalbeteiligungen nach Bankrotterklärung, Verdacht auf Unterschlagung.

Malone brach die Suche ab, hakte den Namen auf seiner Liste ab und wandte sich dem nächsten zu. Tsoulias, Dimitri. Er startete die Suche. Versicherungsmakler. Himmel. Malone warf seinen Stift hin und schaute wieder einmal auf die Uhr. Es waren gerade mal zwei Minuten vergangen.

Von der Wand hinter Glass' Schreibtisch glänzte ihm das grüne Metallgesicht des Bürosafes entgegen, der Messinggriff darin wie ein breites Maul. Was schaust du?, schien es zu fragen. Malone verschränkte die Hände hinter dem Kopf und starrte gedankenverloren darauf. Er brütete über einer Idee, die ihm nicht mehr aus dem Kopf ging.

Schließlich rückte er seinen Stuhl wieder zurecht und begann die nächste Suche, diesmal jedoch ohne vorher einen Blick auf seine Liste zu werfen. Er beobachtete gespannt, wie sich der Bildschirm füllte. Ihr Name war überall. Gerichte, Prozesse, Untersuchungen, Zeitungen, elektronische Medien. Er klickte zielstrebig die archivierten Kolumnen von *The Tribune* an. Überflog den Text auf dem Monitor, ignorierte die Schlagzeilen, den Hype, die Interviews, die Namen – Glass' Name sprang ihn immer wieder an –, auf der Suche nach etwas Bestimmtem: dem Datum. Da war es: der 12. Oktober des vergangenen Jahres. Fast auf den Tag genau vor einem Jahr. An jenem Abend war sie in den Park gegangen, wo sie erwartete, Vandenburg vorzufinden, um ihn auszuschalten. Doch stattdessen hatte sie Glass angetroffen. Oder besser, er hatte sie getroffen.

Malone stand auf, ging zum Safe hinüber und blieb davor stehen. Als er das Rad des Zahlenschlosses drehte, ging sein Atem schneller. Er legte die Finger um den Messinggriff – jetzt musste er nur noch ziehen, um die Tür zu öffnen. Doch er ließ die Hand sinken und machte einen Schritt zurück.

Was zum Teufel tat er da?

Er trat ans Fenster und blickte hinunter auf die Straße. Unter ihm bewegten sich geräuschlos Fahrzeuge vorbei. Malone ergriff sein Telefon und wählte zum wiederholten Mal Glass' Nummer. *Der Gesprächspartner,* sagte die aufgezeichnete Stimme, *ist zurzeit persönlich nicht erreichbar* ... Wo zum Teufel steckte er? Malone ging zur Tür und sah sich draußen auf dem Flur um. Er war leer und schummrig – die Deckenbeleuchtung war um diese Uhrzeit heruntergedimmt, um Energie zu sparen.

Im Grunde, sagte sich Malone, war es gar nicht so, dass er Angst vor Glass hatte. Er empfand ein gewisses Grauen vor dem Lieutenant, aber direkte Angst hatte er nicht.

Mit raschen Schritten durchquerte er wieder das Zimmer und öffnete entschlossen die Tür zum Safe. Die persönlichen Schließfächer, seines und das von Glass, waren mit einer vierstelligen PIN gesichert. Malone war immer gut in Mathe gewesen. Wie viele mögliche Kombinationen gab es für einen Code, der auf den Ziffern von 0 bis 9 basierte? Zehntausend. Seine Chance, bei den ersten drei Versuchen richtig zu raten, lag also ungefähr bei 1 zu 3300.

Er lauschte, zögerte noch einen Moment und tippte dann vier Ziffern ein: 1012. Er wartete auf das Klicken der Zuhaltung. Nichts. Malone probierte die Panzertür des Faches – sie war fest verschlossen. Gott sei Dank. Sein ganzer Körper entspannte sich vor Erleichterung. Er schloss den Safe mit einer heftigen Bewegung und ging zur Tür.

Fast hatte er sie erreicht.

Die Suchergebnisse auf dem Monitor leuchteten ihm noch immer teilnahmslos entgegen. Er überflog die Überschriften und wählte eine aus, die lautete: *Menschenmassen strömen zum Begräbnis der Stellvertretenden Generalstaatsanwältin.*

Wieder suchte er nach dem Datum. 16. Oktober. Er ging noch einmal zum Safe, riss die Tür wieder auf, tippte die Ziffern 1016 ein. *Klick.*

Intuition, erinnerte er sich mit einem Anflug von Befriedigung, war den Engeln vorbehalten.

Er beugte sich vor. Da war die Zigarrenkiste. Malone wusste selbst nicht recht, was er tat, aber schon hielt er sie in den Händen. Er klappte sie hastig auf, griff hinein und zog das Papier heraus, mit dem der Boden des Kästchens bedeckt war. Dabei riss es an einer Ecke ein wenig ein. Er fluchte leise. Jetzt war ihm klar: Glass hatte das Papier nicht hineingelegt, um etwas leichter erkennbar zu machen, sondern um etwas zu verbergen. Wie hatte er das Kästchen gehalten? Irgendwie schräg zum Licht.

Malone legte es direkt unter die Lampe auf Glass' Schreibtisch. Er kniete sich davor und hielt es so, dass das Licht schräg den Stoff streifte. Er drehte das Kästchen langsam. Es dauerte einen Moment, bis er es sah, und es war schwer zu entziffern, aber es gelang ihm doch. Eine Botschaft. Mit rotem Filzstift auf rotem Satin.

Hut ab, Glass
Gratuliere
Aber ich brauche etwas
Ein Pfand.

Lieber Gott, der Kerl hatte es also *tatsächlich* auf Glass abgesehen. Aber warum? Und was meinte er mit einem Pfand? Was immer es sein mochte – Malone begann jetzt zu ahnen, weshalb Glass ihnen etwas vorenthielt, ihm und Nora. Nicht um ihre Anstrengungen zu untergraben, wie sie angenommen hatten, sondern um sie beide zu schützen.

Er untersuchte die Schachtel flüchtig auf weitere Zeichen. Er las die Botschaft noch einmal, wiederholte flüsternd Wort für Wort. Dann legte er das Papier wieder in das Kästchen, drückte die eingerissenen Ränder zusammen und stellte es zurück in das Schließfach. Er verschloss das Fach, wischte das Tastenfeld sorgfältig mit seinem Taschentuch ab und schob die Tür des Safes zu.

Anschließend ging er zurück an seinen Schreibtisch und griff zum Telefon, das gerade angefangen hatte zu klingeln.

«Volltreffer», verkündete Nora. «Wir haben ihn gefunden. Milosz. Solly ist auf dem Weg hierher. Du solltest auch runterkommen.»

Das ließ sich Malone nicht zweimal sagen. Er hatte noch eine andere Idee, die er von Nora überprüfen lassen wollte.

«Sieben Anklagen», sagte Nora, «auf drei Bundesstaaten verteilt.»

Die drei drängten sich vor ihrem Monitor. Zwei weitere Mitarbeiter saßen an anderen Konsolen, überwachten laufende Operationen und recherchierten Daten für die Funkzentrale eine Etage tiefer.

«Die meisten Anklagen kommen von niederen Gerichten.» Nora zeigte mit dem Finger auf den Bildschirm. «Eine wegen Körperverletzung – schuldig gesprochen, aber auf Bewährung freigekommen. Eine wegen Stalking – Freispruch aus Mangel an Beweisen. In zwei weiteren Fällen ist er mit Geldstrafen davongekommen.»

«Er hatte Glück», stellte Malone fest.

«Er war clever», widersprach Glass. «Wofür waren die beiden Geldstrafen?»

«Tierquälerei. An Hunden. Hier, Sie können es selbst

lesen. Seine Verteidigung war, er habe unvollendete Forschungen aus dem medizinischen Labor fortgesetzt, in dem er mal gearbeitet hat.»

«Einen solchen Job hat er tatsächlich mal gemacht», sagte Glass, «aber warum nur eine Geldstrafe?»

«Ich weiß es nicht. In den Kriminaldatenbanken sind nur die wichtigsten Eckdaten aus den Gerichtsunterlagen aufgenommen, insbesondere bei den Vorinstanzen und niederen Gerichten, sodass die Begründung oft unklar bleibt. Aber es scheint, als ob die Geldstrafe dafür war, dass er die Forschungen ohne Genehmigung durchgeführt hat. Ohne Anstellung oder sonstigen Status bei einem anerkannten Forschungsprogramm oder -labor.»

«Wo Folter rechtmäßig ist», ergänzte Glass.

«Genau.»

«Und danach? Das waren nur die ersten vier Anklagen.»

Nora scrollte weiter nach unten.

«Bingo», sagte Malone. «Da haben wir es ja. Entführung, sexuelle Nötigung, Verstümmelung.»

«Aber keine Kinder», wandte Nora ein. «Bisher noch nicht. Das waren erwachsene Frauen. Der letzte sexuelle Übergriff war besonders abscheulich. Da, seht euch das an.»

«Himmel», sagte Malone und starrte auf den Bildschirm. «Dieser Kerl ist eine Bestie. Warum bringt er sie nicht einfach um und Schluss? Warum tut er Menschen so etwas an?»

«Weil er will, dass sie sich daran erinnern», erwiderte Glass. «Er will, dass sie mit dem leben müssen, was er ihnen angetan hat.»

«Weil er selbst mit dem leben muss, was sie in seiner Vorstellung *ihm* angetan haben?», fügte Nora hinzu.

«Ganz genau.»

«Was hat er dafür gekriegt?», wollte Malone wissen.

«Zehn Jahre. Davon acht ohne Bewährung.»

«Und das war wann?»

Nora zeigte auf das Datum. Glass rechnete.

«Das heißt, wenn er ein braver Junge war, ist er seit ... achtzehn Monaten auf freiem Fuß.»

«Siebzehn», korrigierte Malone.

«Auch gut», sagte Glass. «Wie steht es mit einem Foto?»

«Das ist das Seltsame», erwiderte Nora. «Es gibt keins. Hier ist die Stelle, wo es sein müsste, sehen Sie.» Sie zeigte auf ein leeres weißes Rechteck in dem Dokument auf dem Bildschirm. «Da erscheint es normalerweise, aber entweder hat derjenige, der die Daten eingibt, vergessen, es zu scannen, oder die Datei ist korrumpiert – das kann vorkommen, manchmal geht ein Teil der Daten einfach verloren.»

«Aber im Strafvollzugsregister muss es sein», sagte Glass.

«Tja, so ungern ich es Ihnen sage, Solly, aber das ist noch merkwürdiger: In der Strafvollzugsdatenbank ist er gar nicht erfasst.»

«Wie meinen Sie das, er ist nicht erfasst? Sie haben doch gerade selbst gesagt –»

«Ich weiß, aber ich habe zweimal nachgesehen und kann ihn nicht finden. Es ist, als sei er vor Gericht gestellt und verurteilt worden und anschließend von der Bildfläche verschwunden. Ich weiß nicht, ob seine Daten nie eingegeben wurden, ob sie verloren gegangen sind oder ob mein Zugriff irgendwie gesperrt ist, in einer Weise, die ich nicht feststellen kann. Die Sache ist mir ein Rätsel.»

«Aber er muss bei der Verurteilung erfasst worden sein! Es muss Unterlagen darüber geben, in welche Haftanstalt er überstellt wurde.»

«Die gibt es, hier, zuunterst bei den Prozessdaten. Dem Strafvollzug des Bundesstaats überstellt und in die Haftanstalt St. Helens eingewiesen. So weit, so gut. Nur wenn man die eigentlichen Strafvollzugsdaten aufruft, ist es, als sei er nie im System erfasst gewesen.»

«Aber da steht St. Helens? Dort hat er eingesessen?»

«Ja.» Nora zeigte auf die betreffende Stelle. «Sehen Sie, hier. Die müssten wissen, was aus ihm geworden ist. Sie müssen ein Foto von ihm haben und all die anderen Daten, die ich nicht finden kann.»

«Daten sind wohl nicht das Einzige, was Sie nicht finden können», ertönte eine schroffe Stimme hinter ihnen.

Wann war Keeves hereingekommen? Wie lange hatte er schon dort gestanden und ihnen über die Schulter geschaut?

«Nett, dass Sie sich auch mal wieder blicken lassen, Glass», fuhr er fort.

«Die Freude ist ganz meinerseits, Sir.»

Noch bevor Keeves wieder zu Wort kam, fragte Glass: «Kennen Sie den Leiter vom St. Helens?»

«Sie meinen das Gefängnis? Natürlich kenne ich ihn. Ed Nicholson. Ex-Navy, aber trotzdem ein tüchtiger Mann. Der hält Klarschiff.»

«Ich muss Sie bitten, mir den Weg zu ebnen, Sir, damit er mich empfängt. Noch heute Abend. Und ich brauche einen Hubschrauber, der mich hinbringt.»

«Es geht um Milosz, nicht wahr?»

«Mankiewicz, um genau zu sein. Er benutzt den Mädchennamen seiner Mutter. Deshalb konnten wir ihn zunächst nicht finden.»

Keeves musterte ihn. «Ich hoffe für Sie, dass Sie auf der richtigen Spur sind, Glass. Also gut, kommen Sie in einer Viertelstunde in mein Büro.»

«Ich danke Ihnen, Sir.»

Der Commissioner wandte sich zum Gehen. «Abgesehen davon, dass ich das Treffen arrangieren soll – was brauchen Sie sonst noch?»

«Zugang zu sämtlichen Dokumenten über Mankiewicz, die in der Haftanstalt aufbewahrt sind. Die Freigabe, alles einzusehen, und die Erlaubnis, Kopien davon mitzunehmen. Und, Sir» – er machte eine Pause, ehe er fortfuhr –, «es ist sehr wichtig, dass diese neue Information unter uns bleibt. Niemand außer uns vieren darf davon erfahren.»

«Selbstverständlich.» Keeves war bereits auf dem Weg zur Tür. «Strikt nach Wissenserfordernis», sagte er – eine seiner Lieblingsphrasen.

Glass folgte ihm auf den Flur hinaus und zog die Tür hinter sich zu.

«Sie meinen», sagte Keeves mit einer Geste zu der geschlossenen Tür, «dass Sie den beiden da drin nicht vertrauen können?»

«Ich meinte keineswegs die beiden, Sir.»

«Nun, damit bleiben nur noch wir zwei und der Leiter der Haftanstalt. Und Ed Nicholson ist eine ebenso integre Person wie ich, Glass. Navy hin oder her. Darauf haben Sie mein Wort.»

«Daran zweifle ich keine Sekunde, Sir», versicherte Glass. Er wollte noch etwas sagen, doch der Commissioner ging bereits weiter zum Aufzug.

«Gut für Sie!», rief Keeves über die Schulter zurück. «Das ist die richtige Einstellung. Behalten Sie die.»

«Himmel», murmelte Glass vor sich hin, während er die Tür wieder öffnete. «Wenn gewalttätige Soziopathen mal die Einzigen wären, mit denen wir uns rumschlagen müssen. Ihm ist zuzutrauen, dass er sich gleich ans Telefon hängt und den Bürgermeister informiert.»

«Und wahrscheinlich auch Gardner», ergänzte Nora.

Malone druckste herum. «Äh, Lieutenant, ich glaube, es gibt noch etwas, das Sie sich ansehen sollten. Die Botschaften, die Milosz an die Mütter schickt, mit den ausgeschnittenen Buchstaben in den seltsamen Kombinationen ... Hier, in der ersten Botschaft an Mrs. Gardner, die Zeile *Ihr Leben – oder ihres.*» Er zog eine Fotokopie hervor. «Sehen Sie, es sind fünf Buchstabengruppen:

Ihr L | eben – | od | er ih | res

Und die Zeile *Sie sind frei* aus der nächsten Botschaft hat vier Gruppen:

Sie | sind | f | rei

Das hat mir keine Ruhe gelassen – warum gerade diese Kombinationen?»

Nora rief ein Fenster mit einer Seite aus *The Tribune*

auf. Es handelte sich um einen Artikel über die Beerdigung. Dazu war ein Foto von Glass abgedruckt, mit der Überschrift *Der lange Abschied*, und darunter *Lieutenant Solomon Glass bei der Beisetzung der Stellvertretenden Generalstaatsanwältin Tuesday Reed.*

Nora zoomte einen Textausschnitt aus dem begleitenden Artikel heran. Einzelne Buchstabenkombinationen, teils auch ganze Wörter waren markiert. Glass' Blick fiel auf den Satz *Glass behauptet* **je***doch, er habe unter den gegebenen Umständen sein Möglichstes getan, um Gewissheit über die Identität des Opfers zu erlangen, ehe er den tödlichen Schuss* ... Er spürte, wie sein Herz stolperte und er in einen tiefen, entsetzlichen Abgrund zu stürzen drohte, als er las, was Nora in einem parallelen Fenster geschrieben hatte. Es war ein Teil des Textes aus der letzten Botschaft an Mrs. Gardner: *Es is***t je***mand anderes, den ich will.*

Und es *war* jemand anderes gewesen, sowohl damals als auch jetzt. Er konnte beinahe Milosz' Lachen hören.

«Sehen Sie?» Nora fuhr mit dem Mauszeiger über den markierten Text. «Milosz' sämtliche Botschaften, jede einzelne davon, stammen aus diesem einen Artikel.»

«Brillant», sagte Glass schließlich und nickte. «Brillant.» Ob er sich auf Milosz bezog oder auf die ermittlerische Leistung seiner Kollegen, war weder Malone noch Nora klar.

Im nächsten Moment richtete sich der Lieutenant energisch auf. «Also dann, es hat keinen Sinn, hier noch länger rumzusitzen. Los geht's.»

«Möchten Sie, dass wir Sie begleiten, Lieutenant?»

«Nein, Sie und Nora besorgen sich jetzt erst mal was zu essen. Anschließend gehen Sie nach Hause und ruhen sich aus. Ich brauche Sie morgen früh frisch und einsatzbereit.»

Fünfzehn

Bei Tag konnte die Stadt trostlos und grau sein. Selbst die Konturen ihrer Glastürme schienen von Verzweiflung umrahmt. Bei Nacht hingegen und insbesondere aus der Luft betrachtet, schimmerte sie vor Hoffnung. Flüsse aus Licht erstreckten sich von ihrem juwelengeschmückten Herzen aus nach Norden und Süden, und die endlose Folge von Autos und Verkehrsampeln verschwamm zu einem einzigen unablässigen Strom aus Rot, Gelb und Grün.

Nach Norden hin, in der Richtung, in die der Hubschrauber flog und wo die dunklen, bewaldeten Klippen der Palisades die Stadt vor den schlimmsten Winterstürmen und Frösten schützten, funkelten kleine Ortschaften wie galaktische Nebel und Farmen wie einzelne Sterne.

«Tolle Nacht», sagte der Pilot über die Wechselsprechanlage. «Sehen Sie den Dunst da hinten? Könnte Eis geben, in zwei Wochen auch Schnee, schätze ich.»

«Ja», antwortete Glass, der sich noch an das gedämpfte Knattern des Rotors über seinem Kopf gewöhnen musste.

«Wie ist der Hühnchenburger?»

«Das Vieh war schon etwas länger kein Hühnchen mehr», erwiderte Glass. «Ich nehme an, deshalb ist es als Fleischeinlage geendet und nicht als Ei.»

Der Pilot lachte. Dann hörte Glass zu, wie er die Funkzentrale des St. Helens rief, um sich zu vergewissern, dass der Hubschrauberlandeplatz beleuchtet wurde, ehe sie den St.-Gabriel-Kamm überflogen.

Vierzig Minuten später kam der Landeplatz in Sicht. Sie näherten sich in steilem Sinkflug dem winzigen Kreis in Orange, umgeben von Weiß. Dahinter lag die Haftanstalt selbst – schwarze Mauern und Wachtürme, gleißend vom Flutlicht, entlang der gesamten Längsseite des Gipfelplateaus. Die Scheinwerfer am Boden rings um das Gefängnisgelände waren heruntergedimmt worden, um die Nachtsicht des Piloten nicht zu behindern. Als sie sich dem Boden näherten, fühlte sich Glass an die ersten Einstellungen von *Ein Tag im Leben des Iwan Denissowitsch* erinnert: die Annäherung an den Gulag im sibirischen Schnee.

«Haben die keine Angst», fragte Glass in sein Mikrophon, «dass jemand einfach mit dem Hubschrauber reinkommt wie wir und Leuten zur Flucht verhilft?»

«Machen Sie Witze? Aus St. Helens ist noch nie einer entkommen. Jedenfalls nicht dass ich wüsste. Außerdem gibt es hier im Umkreis von fünfzig Meilen absolut nichts, und wenn Sie in die Berge gehen, finden Sie nur Gefängnisfarmen. Nach dem, was man hört, soll es dort noch härter zugehen als im St. Helens selbst.»

Der Pilot landete den Hubschrauber. «Was glauben Sie, wie lange Sie brauchen werden, Lieutenant?»

«Eine Stunde, vielleicht anderthalb», rief Glass über den Lärm der sich langsamer drehenden Rotorblätter hinweg. «Ich werde mich bemühen, Sie nicht die ganze Nacht aufzuhalten.»

«Mich schert das nicht», erwiderte der Pilot. «Für

mich ist so ein Trip sowieso mindestens 'ne Doppelschicht. Da kommt ein Wagen, um Sie abzuholen.»

Glass sprang aus dem Helikopter. «Okay, dann werde ich mich bemühen, so lange wie möglich zu bleiben.»

Im Eingangsbereich des Gefängnisses wurde Glass mit Commander Nicholson bekannt gemacht, dem Leiter von St. Helens. Der Lieutenant stutzte beim Anblick des Mannes. Nicholson hätte Jack Keeves' Bruder sein können: aufrecht, schroff, streng. Aber auch clever – das erkannte Glass auf den ersten Blick. Hinzu kam eine Zurückhaltung, eine Wachsamkeit in seinem Gesicht, die an Argwohn grenzte. Als habe er seine Zweifel, was Glass' wahre Motive für diesen Besuch betraf.

«Ich bin Ihnen sehr dankbar, Sir», sagte Glass, als sie einander die Hände schüttelten. «Ich weiß, es kommt Ihnen ungelegen, um diese Uhrzeit noch einmal ins Büro zu müssen.»

Nicholson winkte ihn mit ausgestrecktem Arm herein und durch das leere Büro seiner Assistentin in sein eigenes. Das Zimmer war mit Teppich ausgelegt, und an den Wänden standen Bücherregale.

«*Solomon* Glass, sagten Sie, Lieutenant?»

«Ja, Sir.» Was wurde hier gespielt? Es war schon das zweite Mal, dass der Mann diese Frage stellte. «Wenn Sie meinen Ausweis sehen möchten –»

«Das wird nicht nötig sein, Lieutenant. Es ist nur – das ist ein sehr merkwürdiger Zufall, weiter nichts.»

«Weshalb, Sir?»

«Dazu kommen wir gleich, Lieutenant.»

Nicholson deutete auf einen Sessel vor seinem Schreibtisch, ehe er selbst dahinter auf einem harten

Stuhl mit hoher Lehne Platz nahm. «Zunächst einmal sollten wir Klarheit darüber schaffen, was genau Sie von uns wollen.»

Glass begann zu erklären, doch seine Stimme klang seltsam abwesend, hohl. Grund dafür war der Gegenstand, den er auf einer Ecke des Schreibtisches entdeckt hatte. Dort lehnte ein weißer Briefumschlag, auf dem nur zwei Wörter standen. *Solomon Glass.*

«Sie wollen also die Aufzeichnungen sehen?», fragte Nicholson nach. «Haftantritt, Entlassung, medizinische Unterlagen, Berichte über sein Verhalten? Bewährungsverfahren? Was sonst noch?»

«Fotos. Ein scharfes, nicht zu veraltetes Foto.»

«Das alles sollte kein Problem darstellen, Lieutenant.» Nicholson wandte sich dem PC auf seinem Schreibtisch zu und tippte etwas ein. An der ungeschickten, schwerfälligen Art, wie er die Tastatur betätigte, erkannte Glass, dass der Gefängnisleiter die Computerarbeit normalerweise seiner Assistentin überließ.

Glass wandte den Blick von dem Monitor ab und stellte fest, dass er wieder einmal forschend gemustert wurde. Derweil wartete der Direktor darauf, dass der Prozess, den er gestartet hatte – was immer es sein mochte –, zum Abschluss kam.

«Stimmt etwas nicht, Sir?» Glass war müde. Er war nicht den weiten Weg hierhergekommen, um Scharaden zu spielen.

«So würde ich es nicht ausdrücken. Es ist eher merkwürdig, Lieutenant.»

«Was denn, Sir?»

«Vor anderthalb Stunden erhielt ich einen Anruf von Commissioner Keeves, der mich um den Gefallen bat, Sie hier zu empfangen und Ihnen Zugang zu Daten über einen unserer Insassen zu gewähren.»

«Mankiewicz war doch hier, oder etwa nicht, Sir?»

«O doch. Er hat acht Jahre bei uns verbüßt. Warten Sie, wann wurde er entlassen? Nun, in einer Minute werden wir es genau wissen.» Er deutete auf den Bildschirm, auf dem zu sehen war, dass sich der Computer noch immer durch verschiedene Portale arbeitete. «Es muss jedenfalls um die Mitte des vergangenen Jahres gewesen sein.»

«Das ist richtig, Sir.»

«Nun, wie auch immer – vor einer halben Stunde bekam der Wachmann von der Nachtschicht einen Anruf. Der Anrufer nannte seinen Namen nicht, sondern wollte nur eine Nachricht hinterlassen. Für Sie, Lieutenant.»

«Aber die einzigen Personen, die wussten, dass ich herkommen würde, waren Commissioner Keeves, zwei meiner eigenen Detectives und Sie.»

«Das wurde mir auch so mitgeteilt.»

«Und wenn einer von ihnen mich hätte erreichen wollen, hätte er mich auf dem Handy angerufen.»

«Es war nicht einer von ihnen, Lieutenant.» Der Gefängnisdirektor beobachtete ihn jetzt aufmerksam, um sich keine Reaktion auf die Informationen, die er ihm häppchenweise gab, entgehen zu lassen.

«Wer war es dann?», fragte Glass, und sein Blick wanderte erneut zu dem Umschlag.

«Jeder Anruf wird selbstverständlich aufgezeichnet. Nachdem der Anrufer aufgelegt hatte, ließ der diensthabende Officer die Aufnahme noch ein paarmal ablaufen. Er sagte, die Stimme komme ihm bekannt vor, er konnte sie aber nicht identifizieren. Da er wusste, dass Sie kommen würden, hat er die Nachricht vom Band abgetippt.» Nicholson beugte sich vor und reichte Glass den Umschlag.

Glass unterdrückte den Impuls, ihn aufzureißen, unter anderem, weil er sich nicht zur Marionette in Nicholsons Spiel machen lassen wollte. Außerdem weckte in diesem Moment etwas anderes seine Aufmerksamkeit: das Kästchen auf Nicholsons Schreibtisch, an dem der Briefumschlag gelehnt hatte und das Glass dadurch bisher nicht hatte sehen können.

Der Gefängnisdirektor, der seinem Blick gefolgt war, gestattete sich ein verkrampftes Lächeln. «Wir alle haben unsere Laster, Lieutenant.»

«Es überrascht mich, dass Sie diese Sorte beschaffen können.»

«Ich war bei der Navy, Lieutenant. Ein paar Freunde von mir fahren noch zur See.»

«Darf ich Sie fragen, was Sie mit den leeren Kisten machen?»

Nicholson sah ihn ein wenig erstaunt an. «Nun, an einem Ort wie diesem wird nichts weggeworfen, Lieutenant. Sie würden staunen, woran Menschen interessiert sind. Kleine Privilegien», sagte er und klopfte auf den Deckel der Kiste, «für Leute, die sich durch besonders gute Führung auszeichnen. Und die sich nützlich machen.»

«Ich verstehe», sagte Glass. «Sagen Sie, haben Sie sich die Aufzeichnung des Telefonanrufs selbst auch angehört?»

«Ja, ich habe kurz in der Wachstube vorbeigeschaut, ehe ich hierherkam.»

«Und haben Sie die Stimme erkannt, Sir?» Wenigstens war jetzt Glass derjenige, der die Fragen stellte.

«Allerdings. Ich wusste sofort, wer es war.»

Damit war auch für Glass der letzte Zweifel beseitigt.

Die Lasche des Briefumschlags war nur eingesteckt, nicht zugeklebt. Er zog das einzelne Blatt heraus, auf das die Nachricht getippt war.

Das Pfand, Glass. Morgen um 13 Uhr. Bei Colettes.
Legen Sie es vor dem Klavierkonzert von Ravel ins Regal.
Dann gehen Sie zur Theke, sodass Mrs. Triblick Sie sieht.
Damit ich weiß, dass es von Ihnen ist.

Er las den Text zweimal durch, dann blickte er auf und stellte fest, dass Commander Nicholson ihm noch immer forschend ins Gesicht sah.

«Erzählen Sie mir von Mankiewicz, Sir», forderte Glass ihn ruhig auf, obwohl seine Gedanken bereits fieberhaft um eine andere Frage kreisten.

«Ein merkwürdiger Typ», begann der Gefängnisdirektor und legte die Fingerspitzen unter dem Kinn zusammen. «Kalt, als ob ein Teil von ihm fehlte. Aber wir hatten hier keine Scherereien mit ihm, und er hat sich als äußerst nützlich erwiesen. Für mich.»

Während Glass zuhörte, grübelte er gleichzeitig darüber, wie Milosz es hatte wissen können. Unmöglich konnte er in so kurzer Zeit von selbst darauf gekommen sein. Er mochte sich zwar gedacht haben, dass Glass früher oder später den Weg nach St. Helens finden würde – aber jetzt, zu dieser unwahrscheinlichen Uhrzeit, und binnen einer halben Stunde vor seiner Ankunft? Wo doch Glass noch vier Stunden zuvor selbst keine Ahnung gehabt hatte. Nein, unmöglich. So weit ging Glass' Glaube an die Macht des Zufalls nicht.

Jemand musste es ihm verraten, ihm einen Tipp gegeben haben. «Er ist uns immer einen Schritt voraus, Lieutenant», hatte Malone mehr als einmal gesagt. «Es ist, als wüsste er alles vorher, als könnte er unsere Gedanken lesen.» Aber wenn Glass nicht bereit war, an Zufall zu glauben, dann erst recht nicht an Telepathie.

«Hier ganz besonders.» Nicholson machte mit offenen Händen eine Geste, die das ganze Büro einschloss. «Zeitweise war er geradezu unentbehrlich. Wann immer ein elektronisches Gerät defekt war, konnte dieser Bursche es reparieren. Computer, Drucker, Fax, alles. Durch ihn haben wir eine Menge Kosten gespart.»

Glass' Gedanken kehrten mit einem Schlag zu der gegenwärtigen Unterredung zurück. Natürlich, Computer und Elektronik – damit hatte Milosz auch in seinem Job bei Gentex zu tun gehabt. «O Scheiße», murmelte er. «Scheiße, Scheiße, Scheiße.»

«Wie bitte, Lieutenant?»

«Sir, entschuldigen Sie. Mir ist nur gerade klargeworden, wie dumm wir die ganze Zeit waren – wie dumm *ich* die ganze Zeit war.»

Milosz war kein Telepath. Kein psychologisches Genie. Er konnte die Gedanken anderer Menschen nicht besonders zuverlässig erraten und erst recht nicht deren Gefühle. Deshalb war er ja gerade ein so hoffnungsloser, emotional verkrüppelter Soziopath. Und deshalb war er auf Maschinen angewiesen, wenn er erfahren wollte, was andere Leute dachten oder empfanden.

Maschinen wie das Telefon der Gardners.

Was hatte Keeves über Wissenserfordernisse gesagt? Glass sah im Geiste vor sich, wie sich der Commissioner Minuten nach ihrem Gespräch ans Telefon gehängt hatte, um den Bürgermeister und Gardner zu verständigen.

Sic warcn *so* dumm gewesen. Sie hatten selbst das Telefon der Gardners angezapft, waren aber nicht auf den Gedanken gekommen zu überprüfen, ob das bereits jemand vor ihnen getan hatte.

«Sie sagten gerade, Sir», setzte Glass wieder an, dem es auf die Nerven ging, dass Nicholson ihn noch immer anstarrte, «Mankiewicz hat Ihre Geräte repariert. Ich nehme an, er konnte auch Telefone reparieren?»

«Alles Elektronische, wirklich alles. Er hatte ein Händchen dafür, er war geradezu ein Genie. Er mochte das Herz eines Reptils haben, Lieutenant, aber elektrischer Strom floss nur so durch seine Finger, sobald er eine Maschine anfasste. Und hier draußen, wo wir manchmal tagelang auf IT-Fachleute warten müssen, war er geradezu ein Gottesgeschenk.»

«Haben Sie sich mal Ihre Akte über ihn angesehen, Sir?», fragte Glass. «Ich meine, in letzter Zeit?»

«Nein. Warum sollte ich? Wie ich bereits sagte – es ist weit über ein Jahr her, dass er entlassen wurde. Zwei Jahre vorzeitig.»

«Wegen guter Führung?»

«Ja. Ich mochte den Mann nicht, niemand mochte ihn, aber er hat uns nie Probleme bereitet.»

«Würden Sie jetzt bitte einmal versuchen, Mankiewicz' Akte aufzurufen, Sir?»

Nicholson rückte seinen Stuhl wieder vor den Monitor und tippte etwas in eine Suchmaske ein. Er wartete, dann runzelte er die Stirn, beugte sich vor und starrte auf den Bildschirm.

«Das ist seltsam.»

«Gibt es ein Problem, Sir?»

Nicholson murmelte etwas vor sich hin und gab die Suchdaten erneut ein. «Das ist doch absurd.»

«Die Akte ist nicht da?»

Das Gesicht des Gefängnisleiters bestätigte Glass' Verdacht. «Was zum Teufel geht hier vor, Glass? Wurde diese Akte gelöscht?»

«Das frage ich Sie, Sir.»

«Nun, sie ist jedenfalls nicht da! Alles andere scheint normal zu funktionieren, aber ich kann nichts über Mankiewicz finden. Keinerlei Eintrag über ihn, keinen Hinweis darauf, dass er überhaupt jemals hier war.» Nicholson sah Glass scharf an. «Wussten Sie davon?»

«In der allgemeinen Strafvollzugsdatenbank ist er auch nicht zu finden, Sir. Deshalb bin ich hergekommen. Die einzigen Daten, die unsere IT-Leute aufrufen konnten, bezogen sich auf die gegen ihn erhobenen Anklagen, seine Verurteilung und die Inhaftierung in St. Helens. Allerdings fehlte das Foto.»

Nicholson wandte sich erneut seinem Computer zu. Auf dem Bildschirm blinkte die Anzeige *Keine Treffer*. «Denken Sie ...?»

«Sie sagten selbst, Sir, er genoss besonderes Vertrauen. Er hat Ihre elektronischen Geräte in Ordnung gebracht. Ich nehme an, er hat auch Ihre Daten in Ordnung gebracht – auf seine Weise.»

«Aber er war nie unbeaufsichtigt! So naiv sind wir nicht, Lieutenant. Er war nie auch nur eine Minute lang ohne Wachmann in diesem Raum.»

«Ein Wachmann, der sich genauso gut mit elektronischen Geräten auskannte wie Mankiewicz?»

«Nein, selbstverständlich nicht. Wir hätten ihn ja nicht gebraucht, wen jemand anderes so viel von –»

Jetzt war der Gefängnisdirektor an der Reihe, es zumindest zu denken. *O Scheiße. Scheiße, Scheiße, Scheiße.*

«Und Sie haben keine weiteren Unterlagen?», bohrte Glass nach. «Außer denen im Computer? Nichts auf Papier? Eine Akte, Berichte, Beurteilungen oder dergleichen?»

«Ich weiß es nicht. Er wurde inhaftiert, bevor ich mein Amt hier antrat. Aber wenn es Unterlagen gibt, müssen sie archiviert sein.»

«Wo?»

«Im Keller, wo alle unsere alten Dokumente unter Verschluss gehalten werden. Dort unten liegt ein Tresorraum neben dem anderen, ganze Flure entlang.»

«Und hätte er ... Könnte Mankiewicz ...» Glass wagte kaum, die Frage auszusprechen. «Könnte er Zugang zu diesen Tresorräumen gehabt haben?»

«Definitiv nicht. Häftlinge haben dort unten keinesfalls Zutritt, Lieutenant. Auch nicht solche, die besonderes Vertrauen genießen.»

«Anderthalb Stunden. Auf die Minute», sagte der Pilot, als Glass zurückkam. «Wir hatten doch keine Wette abgeschlossen, oder?»

«Nein.»

Glass blieb an der Tür des Helikopters stehen, zog sein Handy hervor und begann eine Nummer zu wählen. Doch dann hielt er inne – wenn die Polizei mühelos das Handynetz abhören konnte, dann konnte Milosz es auch. Und hatte es wahrscheinlich bereits getan. Glass überlegte kurz, was das bedeutete. *Scheiße.*

«Hier unten haben Sie bestimmt keinen Empfang, Sir», sagte der Pilot. «Warten Sie lieber, bis wir in der Luft sind. Oder wenn es wirklich dringend ist, kann ich Sie über Funk verbinden.»

«Das würde auch hier funktionieren? Am Boden?»

«Das würde auch in der Hölle funktionieren.»

Glass kletterte in den Helikopter. «So dringend ist es nicht. Eine halbe Stunde mehr oder weniger macht jetzt keinen Unterschied.»

«Okay, dann entspannen Sie sich.» Der Pilot führte vor dem Start einen letzten Instrumentencheck durch. «Ich bin froh, dass Sie nicht länger gebraucht haben. Noch eine Stunde, dann hätten wir morgen früh auch Hafergrütze löffeln müssen.»

«Wieso?»

«Das Wetter», erklärte der Pilot und startete mit einem Knopfdruck die Rotoren, sodass das Cockpit um sie herum zu vibrieren begann.

«Sieht aber doch ziemlich klar aus.» Während sie abhoben, spähte Glass durch die Scheibe nach draußen.

«Ja, *hier* schon», erwiderte der Pilot. «Aber über der Stadt zieht es sich rapide zu. Ich habe das Wetter über den Radar verfolgt. Ich sag's Ihnen lieber gleich: Wenn es an die Landung geht, werden wir Schwierigkeiten haben, mit trockener Hose runterzukommen.»

«Ein Glück, dass meine bügelfrei ist», bemerkte Glass.

Als sich der Hubschrauber in die Dunkelheit erhob und der Boden unter ihnen wegzugleiten schien, flammte das Flutlicht auf dem Gefängnisgelände wieder auf. Das düstere, gedrungene Gebäude schien plötzlich aus dem Boden zu wachsen, wie ein U-Boot, das unerwartet aus der Schwärze des Wassers auftauchte.

«Haben Sie bekommen, was Sie wollten?» Der Pilot wies mit einer Kopfbewegung auf die Aktenmappe, die Glass auf dem Schoß hielt.

«Proust hat mal gesagt, man bekommt nie, was man will. Bis zu dem Moment, wo man aufhört, es zu wollen. Und dann bekommt man die Schlüssel zum Königreich.»

«Proust? Ist das der Chef da unten? Der das hat, was Sie brauchen?»

«Sie haben es erfasst», erwiderte Glass.

Wenigstens besaß er jetzt ein Foto. Im Übrigen enthielt die Akte nur dasselbe Material, das er bereits kannte. Kriminelle Vorgeschichte, Anklagen, Schuldsprüche, Verurteilungen – die Fakten, die Nora ihnen beschafft hatte. Dazu die medizinischen und psychiatrischen Gutachten, die man stundenlang studieren konnte, ohne irgendeine Erkenntnis daraus zu gewinnen. Aber simple Details und biographische Eckdaten – das Wie, Wo, Wann und Warum – schienen sich der Aufmerksamkeit der Gutachter gänzlich entzogen zu haben. Es war, als besäße Milosz die Fähigkeit, sich selbst unter genauester Beobachtung noch unsichtbar zu machen.

Glass schlug die Mappe auf seinem Schoß auf, und Milosz starrte ihm entgegen. Ganz gleich, aus welchem Winkel man die Fotografie betrachtete, seine Augen schienen an einem vorbeizublicken. Man war ständig versucht, den Kopf zu drehen, um zu sehen, was sich hinter einem anpirschte. Es handelte sich um ein körniges Schwarzweißfoto, stellenweise so körnig, dass es pixelig wirkte und den seltsamen Eindruck hervorrief, man betrachte eine virtuelle Person.

Immerhin lieferte dieses Bild den Beweis für Milosz' Existenz, und wenn sie ihn erst einmal gefasst hätten, würden sie ihn mit Sicherheit identifizieren können. Glass wünschte nur, sicher sein zu können, *dass* sie ihn fassen würden.

Sie würden natürlich über alle verfügbaren abhörsicheren Kanäle nach ihm fahnden. Sie würden sämtliche Verkehrspolizisten auf ihn ansetzen, sämtliche Streifen, die auf den Straßen unterwegs waren. Doch jede weitere Verbreitung, jeder Appell an die Öffentlichkeit, in Zeitungen oder im Fernsehen, war ausgeschlossen – Amy wäre binnen Minuten tot, davon war Glass überzeugt. Und die Chance, dass ein Streifenpolizist Milosz auf der Straße erkannte – den cleveren, gerissenen und überaus vorsichtigen Milosz, dessen Bild selbst Glass nicht für zwei Minuten klar im Kopf behalten konnte –, war nahe null.

«Sieht aus wie ein Allerweltstyp», bemerkte der Pilot mit einem Seitenblick in die Aktenmappe.

«Er sieht so aus», bestätigte Glass. «Aber er ist es ganz und gar nicht.»

Sein Kopf schwirrte von Fragen. Was, wenn Milosz nicht nur das Telefon der Gardners abhörte? Dieses Schwein konnte das ganze Haus verwanzt haben. Das Wohnzimmer. Den Flur. Die Küche, wo sie das Päckchen geöffnet hatten. Wo Mrs. Gardner so ruhig und doch so bestimmt signalisiert hatte, dass sie bereit war zu tun, was immer erforderlich war. Das hatte Milosz bestimmt einen Kick verschafft. Er hatte wahrscheinlich in einem geparkten Auto oder Lieferwagen irgendwo im Umkreis von einer Meile gesessen und genau verfolgt, wie sich die Situation entwickelte.

Und dann an jenem Tag in Amys Zimmer, als er zu Mrs. Gardner gesagt hatte, es gebe einen Hinweis, einen kleinen Anhaltspunkt – da hatte Milosz sicher auch mitgehört. Als Glass nach Amys Noten fragte. Nach Colettes. Er musste gewusst haben, dass sie Colettes unter die Lupe nehmen würden. Zweifellos hatte er die ganze Operation dort beobachtet, sei es als unauffälliger Passant auf der Straße, von einem Auto aus oder hinter dem Vorhang eines Fensters im ersten oder zweiten Stock verborgen, von wo aus er beobachtete, wie Nora hineinging.

Er, Glass, sollte das Pfand zu Colettes bringen. Warum? Weshalb lenkte der Täter Aufmerksamkeit auf das Geschäft, wo er selbst seine Opfer ausgesucht hatte? Bestand nicht die Gefahr, dass es dort einen Hinweis gab, irgendeine bislang unbemerkt gebliebene Information, die ihm zum Verhängnis werden könnte?

Doch noch während sich Glass diese Frage stellte, erkannte er den Grund. Es war gerade, *weil* Milosz dort seine Opfer ausgewählt hatte: Er gab ihnen zu verstehen, dass er wusste, dass sie es inzwischen herausgefunden hatten. Er machte sich über sie lustig. Glass hatte den Köder geschluckt, doch Milosz war ihm noch immer Lichtjahre voraus. Er war sich seines Vorsprungs so sicher, dass er ihnen weitere drei Tage Zeit gab, ihn zu finden. Amy zu finden. Weil er absolut überzeugt davon war, dass keines von beidem geschehen würde. Er würde sich drei Tage lang köstlich amüsieren und es in vollen Zügen genießen, Glass zum Äußersten zu treiben.

Wie Milosz heute Abend gelacht haben musste, als Keeves im Telefonat mit Gardner alles ausplauderte! «Eine wichtige neue Spur ... Glass mit dem Hubschrauber rauf zum St. Helens geschickt ...»

Glass musste wohl einen Laut von sich gegeben haben – wahrscheinlich einen angewiderten –, denn der Pilot warf ihm einen Blick zu. Oder vielleicht wollte er Glass nur auf sich aufmerksam machen. Jetzt deutete er mit dem Finger auf den Radarschirm, wo die Wetterkarte angezeigt wurde. Wirbelnde Massen aus Schwarz und Grün verdeckten die Küstenlinie und schienen sich geradewegs auf die Stadt zuzubewegen.

«Das sieht nach einem Wettlauf mit der Zeit aus, Lieutenant», sagte er zu Glass. «Schnallen Sie sich lieber etwas fester an, es könnte turbulent werden.»

Glass zuckte mit den Schultern und signalisierte mit hochgestreckten Daumen, dass er zu allem bereit war. Verglichen mit dem, was vor ihm lag, konnte ihn die Aussicht auf Wetterturbulenzen nicht erschüttern.

«Wollen Sie vielleicht jetzt probieren, ob Ihr Handy funktioniert?»

«Wie bitte?»

«Das Handy», wiederholte der Pilot. «Wollten Sie nicht jemanden anrufen?»

«Später», sagte Glass. «Wenn wir gelandet sind.» Seine Gedanken kreisten noch immer um das Telefon der Gardners. Wessen Anschluss wurde wohl noch abgehört?

In diesem Moment konnte Glass zwischen Wolkenfetzen hindurch zum ersten Mal die Lichter der Stadt sehen. Sie funkelten am Horizont wie ein gewaltiger, kosmischer Kronleuchter, der vor Äonen auf die Erde gestürzt war. Sein Puls beschleunigte sich.

Sie gingen in den Sinkflug über, gerade als das Unwetter die Stadt erreichte. Ganz plötzlich waren die Lichter ausgelöscht, und die turbulente Luft entlang dem East River, in die sie sanken, war finster wie das dunkle Wasser der Bucht. Glass spürte, wie sich der Helikopter neigte und dann in einer Bö ins Trudeln geriet. Für einen Moment hatte er das Gefühl, auf der Seite zu liegen, mit dem Gesicht an der Tür, den Piloten über sich. Der Rotor schien sich beinahe senkrecht zu drehen. Noch ein Windstoß, dachte Glass, und sie würden haltlos in die Tiefe taumeln.

«Jetzt reagier schon, verdammt!», schrie der Pilot.

Und etwas reagierte. Der Hubschrauber sackte plötzlich ein ganzes Stück durch die turbulenten Luftströmungen ab, dann fing er sich und hüpfte auf und ab wie ein Korken auf den Wellen.

Im nächsten Augenblick waren sie unter den Wolken, hingen für einen Moment über der Stadt wie in einer Wiege zarten, diffusen Lichtes, ehe sie auf dem Boden aufsetzten. Im peitschenden Regen schien das Licht sie an sich zu ziehen, sie einzuhüllen mit dem illusorischen Versprechen von Träumen, Hoffnungen und Begehren. Von Leben, das entstand und wieder ausgelöscht wurde. Glass' eigenes eingeschlossen.

Sechzehn

Malone hatte den Abend mit Lesen verbracht und zwischendurch eine Sportübertragung im Fernsehen angesehen. Als Glass schließlich von einer Telefonzelle am Hubschrauberlandeplatz aus anrief, war es halb zwei. Das Klingeln des Telefons riss Malone aus dem Tiefschlaf.

«Ich will Boyd Gardner morgen Vormittag für wenigstens eine Stunde aus dem Haus haben. Das Dienstmädchen kommt um zehn, also muss es vorher sein. Rufen Sie ihn früh an. Sagen Sie ihm, dass Sie ihm etwas zeigen wollen, es aber zeitlich nicht schaffen, zu ihm rauszufahren. Laden Sie ihn irgendwohin zum Kaffee ein. Ins Patrick's auf der McDougall Street. Das wird ihm gefallen, von da aus hat er es nicht weit zu seinem Büro.»

«Aber Sie wissen doch, er geht zurzeit nicht ins Büro! Nicht solange diese Angelegenheit nicht ausgestanden ist.»

«Eine Stunde.»

«Warum, Lieutenant?»

«Sobald er weg ist, schicke ich einen Trupp Techniker rein, die das Haus von oben bis unten durchsuchen sollen.»

«Wonach?»

«Wanzen.»

«Ist doch klar, dass dort welche sind! Wir haben sie selbst angebracht.»

«Nicht unsere.»

Einen Moment lang blieb es still in der Leitung. Dann sagte Malone: «Oh.» Und nach einer weiteren Pause: «Scheiße.»

«Genau.»

«Sie meinen, er hat alles mitgehört? Er hat das Haus die ganze Zeit abgehört?»

«Ich nehme es an.» Glass brachte seinen Assistenten auf den neuesten Stand.

Malones Verstand war noch zur Hälfte mit dem Ausgangsproblem beschäftigt. «Aber was, wenn Gardner nicht bereit ist, sich mit mir zu treffen? Und *wenn* er zu dem Treffen kommt, was zum Teufel soll ich ihm dann zeigen?»

«Lassen Sie sich was einfallen.» Glass war kurz davor aufzulegen. «Eins noch, Malone. Diese Zigarrenkisten – Sie überprüfen doch die Namensliste. Ihnen ist nicht zufällig der Name Ed Nicholson untergekommen?»

«Nicholson? Ich kann mich nicht erinnern. Wollen Sie, dass ich das noch einmal überprüfe?», fragte Malone, doch die Leitung war bereits tot.

Für den Rest der Nacht war an Schlaf nicht mehr zu denken. Doch als der Morgen dämmerte, war ihm in Bezug auf das Treffen mit Gardner immer noch nichts eingefallen. Er hatte daran gedacht, Gardner den Artikel aus *The Tribune* zu zeigen, aus dem die Buchstaben für die Botschaften ausgeschnitten waren. Das konnte den Eindruck erwecken, sie machten Fortschritte, hätten etwas Konkretes in der Hand. Aber dann stellte er sich Gardners Reaktion vor, malte sich aus, wie er den Text ansah und dann Malone mit einem vernichtenden Blick bedachte. «Und?»

Verdammt, Glass hatte leicht reden. *Ich will ihn für wenigstens eine Stunde aus dem Haus haben*. Klar.

Letztendlich verließ sich Malone auf sein irisches Glück.

Er rief Gardner um halb acht an, sobald es hell war.

«Ich kann nicht», sagte Gardner, als Malone sein Anliegen erklärte. «Ich fahre heute Morgen nach Darlington. Mrs. Gardner wird entlassen. Sie möchte wieder nach Hause kommen, um hier zu warten.»

Halleluja!, hätte Malone am liebsten gerufen. «Dann bestellen Sie ihr doch bitte meine besten Grüße.»

Gardner legte auf, ohne etwas zu erwidern, doch das kümmerte Malone nicht im Mindesten. Während er pfeifend unter der Dusche stand, legte er sich zurecht, was er zu Glass sagen würde. Boyd Gardner? Kein Problem, Lieutenant. Ich habe ihm einfach gesagt, es täte ihm gut, mal für eine Weile aus dem Haus zu gehen, damit ihm nicht die Decke auf den Kopf fällt. Das hat er eingesehen.

Nach der Hälfte des Vormittags schien das Glück noch immer auf seiner Seite zu sein. Gut, er hatte wieder einmal zwei Stunden in dem Café gegenüber Colettes vergeudet und sich mit dem Kaffee dieser Frau vergiftet, aber bei der Rückkehr zur Dienststelle hatte er das perfekte Timing. Gerade als er in die Tiefgarage einbiegen wollte, näherte sich von hinten ein neutral aussehender weißer Lieferwagen. Malone fuhr rechts ran und wartete, bis der Lieferwagen neben ihm hielt.

Er warf einen prüfenden Blick in den Rückspiegel, dann lehnte er sich aus dem Fenster. «Und, Nico, wie ist es gelaufen?»

«Das da draußen ist ein wahres Paradies für Insektenkundler. Wanzen, wohin man schaut.»

«Nicht nur in den Telefonen?»

«Von wegen. Alle wichtigen Räume sind verwanzt – Wohnzimmer, Esszimmer, Schlafzimmer.»

«Auch das des Mädchens? Das mit den Puppen auf dem Bett?»

«Jep. Und das ist noch nicht alles. In der Küche ist sogar eine Kamera installiert. Dieser Bursche ist gründlich, das muss man ihm lassen. Und er versteht sein Handwerk.»

«Verdammt.» Malone dachte einen Moment lang nach. «Na, immer noch besser spät als nie. Glaubt ihr, dass ihr alle entfernen konntet?»

«Wir haben gar keine entfernt.»

«Wie bitte?»

«Lieutenant Glass hat klare Anweisung gegeben. Sucht alles nach Wanzen ab, hat er gesagt, nach Abhörvorrichtungen jeglicher Art. Notiert, wo sie sind, und dann verschwindet wieder.»

«Ohne sie zu entfernen?»

«Genau. Ihr bekommt in Kürze einen umfassenden Bericht.» Nico tippte seinem Nebenmann auf den Arm. «Los, Maxie, fahren wir.» Und der Lieferwagen entfernte sich.

Malone grübelte noch über die Wanzen und wollte gerade auf die angestammte Parklücke zusteuern, als er Glass aus dem Treppenhaus am anderen Ende des Parkdecks kommen sah. Der Lieutenant blieb einen Moment lang auf der untersten Stufe stehen, sah sich um und wartete darauf, dass sich seine Augen an das schwache Licht in der Tiefgarage gewöhnten. Er warf einen Blick zu der Stelle, wo Malone normalerweise parkte, dann stieg er die letzte Stufe hinunter und ging auf seinen eigenen Wagen zu.

Etwas an Glass' Verhalten, die ungewohnte Intensität seiner Körpersprache hinderte Malone daran, ihm etwas zuzurufen. Stattdessen blieb er reglos sitzen. In der Armbeuge hielt Glass das Kästchen, das jetzt wieder in das rote Papier eingeschlagen war. Sein Gang war merkwürdig steif, als litte er an einer Verletzung oder würde gegen seinen Willen zu etwas hingezogen.

Bei seinem Wagen angekommen, öffnete Glass die Tür und legte die Schachtel auf den Fahrersitz. Er richtete sich wieder auf und ließ die Schultern unter der Jacke kreisen, als ob er sich für etwas wappnete. Anschließend machte er sich an der Tür zu schaffen. Malone konnte es im schwachen Schein der vergitterten Deckenlampen nicht richtig erkennen, er sah nur, dass der Lieutenant mit äußerster Konzentration bei der Sache war. Sorgfältig legte der seine linke Hand auf eine bestimmte Weise an den inneren Holm der Tür.

Dann schlug er die Tür mit der rechten Hand zu.

Es kam Malone vor, als hätte jemand aufgeschrien, doch er hätte nicht sagen können, ob er selbst es gewesen war oder Glass.

Glass stand jetzt mit zurückgelegtem Kopf da, den ganzen Körper versteift, auf die Zehen aufgerichtet, aber im Übrigen reglos. In Zeitlupe, wie es Malone erschien, öffnete er die Tür wieder und betrachtete seine Hand eingehend. Malone brach der Schweiß aus – die schiere Anstrengung, reglos zu verharren, war beinahe zu viel für ihn. Glass sah sich wieder prüfend um, dann brachte er seine Hand erneut in Position und schlug die Tür noch einmal zu.

Malone kniff die Augen zu. Er wäre am liebsten ausgestiegen und hingelaufen, um herauszufinden, was zum Teufel da vor sich ging. Doch er wusste, wie wütend Glass auf ihn sein würde, wenn er ihm nachspionierte. Also beobachtete Malone aus der Ferne, wie der Lieutenant ein weißes Tuch aus der Tasche zog und es um seine linke Hand wickelte. Er schloss den Wagen wieder und ging davon, nicht zurück zum Treppenhaus, sondern in Richtung Straße, auf Malone zu.

Doch plötzlich hielt er inne und kehrte um.

Nein, beschwor Malone ihn im Stillen, versuchen Sie nicht, mit dieser Hand zu fahren.

Doch Glass war nur noch einmal zu seinem Wagen gegangen, um das Kästchen zu holen. Er hantierte einhändig mit der Schachtel, den Schlüsseln und der Autotür. Im schwachen Lampenschein erkannte Malone sein Gesicht – nicht nur grau vor Schmerz, sondern auch von einer verbissenen Entschlossenheit erfüllt, die beängstigend war. Malone dachte an die Botschaft, die zusammen mit dem Kästchen gekommen war. *Erst unmittelbar vor Gebrauch öffnen.*

Jetzt ging Glass wieder auf die Rampe zu.

Malone duckte sich quer über den Beifahrersitz und hielt für einige Sekunden den Atem an. Er lauschte den schweren Schritten, die auf dem Betonboden der Tiefgarage widerhallten.

Es war fast elf, als Malone, noch immer völlig verstört, oben in seinem Büro ankam. Er konnte es nicht erwarten, zu Nora zu gehen und ihr alles zu erzählen.

Doch er hatte diese andere Operation zu leiten, deren Sinn er nur zur Hälfte verstand. Er musste zwölf Kollegen organisieren, die noch vor Mittag auf ihren Positionen sein sollten. Zwölf Polizisten in Zivil für einen Einsatz, der praktisch keinerlei Chance auf Erfolg hatte. Es war wohl kaum anzunehmen, dass Milosz nach allem, was geschehen war, einfach bei Colettes hineinspazieren und sich stellen würde.

Malone sah die Pläne durch, die Glass für ihn hinterlassen hatte. Es war auf einen Blick zu erkennen, wo die Officers Position beziehen sollten: auf der Baker Street, der 21st, in der Hintergasse, zwei auf den Dächern anderer Geschäfte auf der gegenüberliegenden Straßenseite. Die übrigen würden zu Fuß durch die Straßen gehen. Alle bewaffnet. Malone selbst würde dreißig Meter vom Eingang zu Colettes entfernt in einem Wagen sitzen.

Er schlug die Aktenmappe auf, die unter den Umgebungsplänen lag, und sah die Fotos durch. Genau dreizehn, eins für ihn und eins für jeden der Officers. Jedes Foto war nummeriert und einem bestimmten Officer namentlich zugeordnet.

Malone saß da und starrte mit leerem Blick das Gesicht auf den Fotos an. Das starrte ebenso leer zurück. Es wurde Zeit, dass er die Operation in Gang setzte. Doch die Szene mit Glass in der Tiefgarage, wie er seine eigene Hand verstümmelt hatte, lief wieder und wieder in Malones Kopf ab und ließ sich nicht verdrängen.

Reiß dich zusammen, Danny, flüsterte er. Du darfst jetzt nicht die Nerven verlieren.

Doch während er dasaß und beinahe um Glass trauerte, überkam ihn für einen Moment eine unwirkliche Empfindung. Er hatte das seltsame Gefühl, das Gesicht, das ihm von der Fotografie in seiner Hand ausdruckslos entgegensah, zu kennen.

Siebzehn

Für Stan Zagorski, der für City Cabs die Schicht von frühmorgens bis mittags fuhr, war es zum Abschluss dieses Arbeitstages eine Traumtour. Vierzig Dollar allein dafür, dass er eine Viertelstunde lang draußen vor dem Police Department in seinem Taxi saß und *Fishing News* las, und weitere vierzig dafür, dass er Lieutenant Glass zu einer Klinik am anderen Ende der Stadt fuhr. Dort wartete er noch einmal eine Stunde lang – Zeit genug, seine Zeitschrift zu Ende zu lesen –, um seinen Kunden dann wieder zurückzufahren, mit einem Abstecher zu Colettes, dem Musikgeschäft.

Alles in allem glatte hundertfünfzig, und dabei hatte er sich die meiste Zeit entspannt und von der Angelrute geträumt, die er in der vergangenen Woche bei Pro-Fish im Schaufenster gesehen hatte. Karbonfaser, Titanspule, und eine extrastarke Ersatzschnur gab es gratis dazu. Er hatte seitdem nicht gewagt, noch einmal dort vorbeizugehen und sie sich anzusehen oder sie gar gegenüber seiner Frau zu erwähnen. Aber diese hundertfünfzig hatte er in Gedanken bereits beiseitegelegt, als Anzahlung.

Er kannte die Klinik. Sie lag im Osten der Stadt und wurde von einem jüdischen Arzt geleitet. Über die Jahre hatte Zagorski schon mindestens ein Dutzend Frauen dorthin gefahren, reiche, stinkvornehme Frauen von der Upper East Side, deren Hintern wabbelte und hing, wenn sie hineingingen, und noch weitaus schlimmer wabbelte und hing, wenn sie wieder herauskamen. Entweder das, oder sie hatten blau unterlaufene Augen und Verbände über Nase und Mund. Manche von Stans Kollegen rissen Witze in der Art, man müsse sie dem Heimatschutzministerium melden.

Dieser Glass war allerdings ein Fall für sich. Als er die Rampe aus der Tiefgarage hochkam, sah er aus, als hätten sie schon an ihm herumgeschnippelt – seine Hand war in ein weißes Tuch gewickelt, und er hielt sie vor sich wie ein Kellner. Nur dass Blut durch den Stoff sickerte – offenbar war das Steak nicht lange genug gebraten. Den ganzen Morgen über hatten andere Fahrgäste Stan die Ohren vollgejammert über das Unwetter. Ihre Autos stünden unter Wasser und wollten nicht anspringen. Oder die Wagen waren von Hagelschauern getroffen worden und mussten von Versicherungsgutachtern auf die Blechpocken untersucht werden. Dieser Bursche hingegen – grau im Gesicht, die Kiefer verkrampft wie ein Löwe, dem ein Knochen in der Kehle stecken geblieben war – sagte kaum ein Wort.

Zagorski erkundigte sich, ob er auch in das Unwetter geraten sei, und beobachtete im Rückspiegel, wie Glass den Kopf wandte und etwas davon sagte, er sei in der letzten Nacht zu abgehoben gewesen, um etwas davon mitzubekommen. Wenn man seine Augen ansah, konnte man sich allerdings fragen, was er wohl genommen hatte – halb verschleiert und schwarz wie ein Abgrund. Der Mann sah aus, als käme er gerade von einem Massaker zurück. Zagorski beschloss, lieber den Mund zu halten und sich aufs Fahren zu konzentrieren. Er konnte nur hoffen, dass es am Ende der Tour keine Scherereien geben würde.

Der Weg zu der Klinik bereitete keine Probleme. Der Regen hatte inzwischen aufgehört, die Rinnsteine waren vom Laub befreit worden, und der Verkehr floss jetzt, nachdem er für ein paar Stunden praktisch zum Erliegen gekommen war, reger denn je. Als das Taxi an der gewünschen Adresse hielt, war es kurz vor elf. Glass zerrte mit seiner gesunden Hand am Türgriff und stieg aus, fast ehe der Wagen zum Stehen gekommen war. Und kein Wort zu Zagorski, nicht einmal ein «Danke» oder «Warten Sie hier» oder «Lecken Sie mich am Arsch».

Rubenstein war bereit, genau wie Izzy versprochen hatte, und Glass wurde direkt zu ihm hineingeführt. Der Schmerz in seiner Hand, der für eine Weile durch die körpereigenen Betäubungsmittel gedämpft worden war, tobte jetzt schlimmer denn je. Er beherrschte jeden Nerv, jede Zelle seines Körpers, sodass Glass den Arzt nur wie durch einen Nebel wahrnahm. Anfangs sah er nichts als weiße Zähne und eine Fliege, die rosa oder nelkenrot war. Beides leuchtete ihm entgegen.

«Mr. Glass», begrüßte Rubenstein ihn. «Kommen Sie gleich durch. Izzy hat mir gesagt, es sei dringend, aber Sie scheinen gar nicht in so schlechter Verfassung zu sein.»

Glass hob seine Hand.

«Oy, oy, oy. Was haben Sie denn gemacht? Kommen Sie, lassen Sie mich mal sehen.» Er wickelte das Tuch ab und nahm das zerquetschte Stück Fleisch und den bloßen Knochen in Augenschein – alles, was vom kleinen Finger an Glass' linker Hand übrig war. Die Blutung hatte inzwischen fast aufgehört. «Allmächtiger», sagte Rubenstein, «wie ist das passiert?»

Er führte Glass am Ärmel quer durch den Raum. «Das muss ich genauer untersuchen. Schwester!», rief er durch eine offene Tür, hinter der Glass einen kleinen, mit zahlreichen Geräten ausgestatteten Operationssaal sah. Hier wurden wohl die Faceliftings und sonstigen

Schönheitsoperationen durchgeführt. Er dachte an Izzy. An Picassos Titten.

«Lieber Himmel, das sieht wirklich übel aus», stellte Rubenstein fest. «Ich muss Ihnen gleich sagen, ich sehe wenig Chancen, das zu retten. Schwester, helfen Sie Mr. Glass …»

Irgendwie gelang es, ihm die Jacke auszuziehen und den Ärmel hochzukrempeln. Rubenstein zog eine Spritze auf. «Ich gebe Ihnen erst einmal etwas gegen die Schmerzen», sagte er zu Glass.

«Nur eine örtliche Betäubung.» Glass hatte endlich seine Sprache wiedergefunden. «Ich muss einen klaren Kopf behalten.»

Rubenstein ließ die Spritze sinken. «Sie verstehen nicht. Ich muss die Wunde untersuchen, feststellen, inwieweit der Knochen in Mitleidenschaft gezogen ist. Ich muss operieren, jetzt gleich.»

«Sie haben eine Stunde», sagte Glass. Daraufhin schaute selbst die Krankenschwester ihn an, als habe er den Verstand verloren.

«Ich werde schneiden müssen.» Dr. Rubenstein, der Schönheitschirurg für reiche Leute, stand jetzt selbst ein wenig unter Schock. «Ich kann das, was da noch übrig ist, nicht retten.»

«Ich brauche es aber», sagte Glass. Er sah den Blick, den Rubenstein und die Schwester wechselten. Doch der war nichts im Vergleich zu dem Blick, der folgte, als Glass auf das Kästchen zeigte, das auf einer Ablage neben ihm lag, und sagte: «Und zwar da drin.»

«Ist das eine Art Scherz?» Rubenstein verstand überhaupt nichts mehr.

«Ich wünschte, es wäre einer.»

Das Gesicht der Krankenschwester verriet, dass sie daran dachte, auf der Stelle die Polizei zu rufen.

«Ich bin Cop. Ich stecke mitten in einer wichtigen Ermittlung.» Glass strengte sich an, mit ruhiger Stimme zu sprechen, um die beiden davon zu überzeugen, dass er nicht verrückt war. «Mehrere Menschenleben stehen auf dem Spiel, unter anderem das eines Kindes, deshalb muss ich in den nächsten Stunden unbedingt bei klarem Verstand bleiben. Und ich brauche *das*» – er deutete auf die zerfleischten Überreste seines Fingers oberhalb vom Gelenk, «*da* drin.» Er zeigte auf das Kästchen. «Also, bringen wir es hinter uns, okay?»

«Mr. Glass, ich kann nicht einfach von Leuten, die hier in meine Klinik spaziert kommen, irgendwelche Stücke abschneiden.»

«Sie schneiden doch auch bei anderen Patienten etwas weg? All die überflüssigen Hautlappen?»

Rubensteins Gesichtsausdruck besagte, was er von dieser Logik hielt. «Ich bin gesetzlich verpflichtet, mein Möglichstes zu tun, um zu retten –»

«Wenn das Ihre einzige Sorge ist – Sie haben doch sicher ein Formular, das Sie von Ihrer gesetzlichen Verantwortung entbindet. Wenn ein Patient besonders exzentrische Forderungen stellt.»

«In Fällen, die nicht lebensbedrohlich sind», räumte Rubenstein ein. «Und sofern der Patient nicht ...»

«Nicht was?»

«Nicht nachweislich in geistig zerrütteter Verfassung ist.»

«Und machen Sie sich deswegen Sorgen? In meinem Fall?»

«Es ist nur – normalerweise vereinbaren Patienten

einen Termin, *nachdem* sie sich verletzt haben. Nicht am Tag davor.»

Glass warf einen raschen Blick auf die Uhr. «Sie haben noch fünfzig Minuten, Doktor. Wird das genügen? Um zu schneiden, zu nähen, zu kauterisieren und was immer Sie zu tun haben?»

Rubenstein betrachtete wieder die Überreste von Glass' kleinem Finger, das Fleisch, das lose um den Knochen hing. «Warum sind Sie nicht früher gekommen?» Er hob den Blick, schaute Glass ins Gesicht. «Nein, sagen Sie es mir nicht. Ich glaube, ich will es gar nicht wissen.» Er nahm einen kleinen Metallspatel. «Dieses Gewebe hier, und hier, stirbt bereits ab. Sie müssen den Finger auf dem Weg hierher abgeknickt haben. Die Blutzufuhr wurde unterbrochen. Ich werde nicht darum herumkommen, ein Stück Haut von einer anderen Körperstelle zu transplantieren, um den Stumpf abzudecken.» Er schien zu überlegen, welche Stelle geeignet sein könnte. «Ein Jammer, dass Sie Jude sind, Mr. Glass.»

«Sehr witzig.»

«Und natürlich wird eine Nachbehandlung erforderlich sein. Möglicherweise sogar eine weitere Operation.»

«Schön, was immer Sie wollen», sagte Glass. «In vernünftigem Rahmen», fügte er hinzu. «Aber jetzt fangen Sie endlich an.»

Zagorski, der in Sachen Pünktlichkeit äußerst pingelig war, fiel auf, dass Glass tatsächlich um Punkt zwölf wieder aus der Klinik kam. Er sah auch, dass sich sein Fahrgast jetzt weniger steif bewegte, doch er hatte noch immer dieses gottverdammte rote Päckchen bei sich, das er krampfhaft in der rechten Hand hielt. Zagorski hätte für sein Leben gern gewusst, was es enthielt. Trug dieser Bursche es überall mit sich herum? Wie einen Talisman? Seine andere Hand war jetzt ebenfalls sichtbar, und Zagorski stellte fest, dass ein Finger daran fehlte. Oder jedenfalls der größte Teil davon. Der Stumpf war mit chirurgischem Klebeband abgedeckt, aber der Verband war klein, und es war kein Blut zu sehen.

«Teufel auch, Kumpel», sagte Zagorski, während sich Glass mit seiner verstümmelten Hand quälend langsam mit dem Kästchen, der Tür und seinem Sicherheitsgurt abmühte, «was in aller Welt ist denn mit Ihrem Finger passiert?»

Glass gab keine Antwort. Das Gurtschloss rastete klickend ein, gerade als Zagorski kurz davor war, sich nach hinten über die Lehne zu beugen und seine Hilfe anzubieten. Glass sah ihn an. «Sie wissen noch? Colettes», sagte er. Und die Flut von Fragen, die Zagorski noch auf der Zunge lagen, versiegte augenblicklich.

Fünf Minuten nach Beginn der Fahrt klingelte Glass' Handy, das neue. Eins mit verschlüsselter Übertragung. Der Name des Anrufers wurde nicht angezeigt, und er erkannte die Nummer nicht, aber er nahm den Anruf dennoch an.

«Glass», meldete er sich.

«Lieutenant, ich bin's, Rachel. Wie geht es Ihnen?»

«Rachel? Ich ...» Er warf einen Blick auf seine Hand. «Gut. Und dir?»

«Sie haben gesagt, wenn mir noch irgendwas einfällt, soll ich Sie anrufen. Also, jetzt ist mir was eingefallen.»

«Das ist toll. Was denn?»

«Dieser Geruch, wissen Sie noch? An den ich mich nicht richtig erinnern konnte?»

«Ja, ich weiß. Es war ein süßer Geruch, nicht wahr?»

«Ja, aber ich konnte mich nicht ...» Er hörte die Veränderung in ihrer Stimme.

«Hey, Rachel, atme erst mal tief durch. Es ist alles in Ordnung, okay?» Im Rückspiegel sah er, dass der Taxifahrer seinerseits den Atem anhielt. Offenbar versuchte er sich einen Reim darauf zu machen, was er da hörte. «Geht es jetzt besser?», fragte Glass.

«Ja, Lieutenant. Also, es war ein Parfüm.»

«Ein Parfüm? Du meinst, ein Duftwasser?»

«Was ist denn der Unterschied?»

«Parfüm benutzen hauptsächlich Frauen. Duftwasser gibt es für beide, für Männer und für Frauen. Du weißt schon, Eau de Toilette, Deo, Rasierwasser und so weiter.»

«Aha», sagte Rachel. «Na jedenfalls, es roch süß, wie Sie gesagt haben, und gestern in der Schule hat eine unserer Lehrerinnen danach gerochen.»

«Deine Lehrerin?»

«Ja. Mrs. Harrison. Ich habe sie gefragt, was das ist, und sie hat gesagt, es heißt *Eternity*.»

«Eternity?»

«Ja.»

«Bist du sicher?»

«Hmm. Ich glaube, daran werde ich mich von jetzt an ewig erinnern. Das passt ja irgendwie, nicht wahr?»

«Wie meinst du das?»

«Na ja, wegen Eternity – das heißt doch Ewigkeit», erklärte sie.

Man darf niemals ein Kind unterschätzen, das hatte er Malone wieder und wieder eingeschärft. Und – so sagte er sich selbst immer, doch in diesem Fall schien er es vergessen zu haben – man darf niemals die Macht des Zufalls unterschätzen.

Eternity, Ewigkeit. Es sah Milosz ähnlich, gerade diesen Duft zu wählen. Glass hätte wetten mögen, dass die Produkte der Serie ein Verkaufsschlager waren. Er würde später bei Macy's anrufen, um herauszufinden, wie viel davon tatsächlich verkauft wurde und ob es auch ein Aftershave gab. Eternity für Männer.

Doch noch während er sich das vornahm, wanderten seine Gedanken in eine andere Richtung. Zum Winterset. Er hatte an dem Abend sofort die Veränderung von Sophies Geruch wahrgenommen und festgestellt, dass sie ein anderes Parfüm trug als am Nachmittag …

«Lieutenant?» Die Kleinmädchenstimme holte ihn in die Gegenwart zurück. «Sind Sie noch dran?»

«Ja, entschuldige, Rachel. Ich bin dir sehr dankbar. Dafür, dass du dich daran erinnert hast, und auch, dass du so mutig warst, mich anzurufen.»

«Wirklich?», fragte sie, und er konnte den Stolz in ihrer Stimme hören.

«Und vergiss nicht», fügte er hinzu, während das Taxi in die Baker Street einbog, «du, ich und Mr. Malone haben irgendwann noch eine Verabredung. Wieder im Mario's, nicht wahr?»

Fünfzig Meter vor Colettes fuhren sie an Malone in seinem Wagen vorbei. Glass gab ihm kein Zeichen, doch er stellte fest, dass Malone seine Sache gut gemacht hatte. Nur einer der Polizisten in Zivil, die auf der Straße patrouillierten, sah aus wie ein Polizist in Zivil, der auf der Straße patrouillierte. Und von den beiden Jungs auf den Dächern war nichts zu sehen. Nicht, dass Glass ernsthaft damit rechnete, einer von ihnen würde etwas von Milosz zu sehen bekommen.

Der Himmel mochte wissen, was Keeves sagen würde, wenn er dahinterkam, dass diese ganze Operation nur eine Scharade war. Eine Inszenierung für Milosz, damit er sie weiterhin für dumm hielt und sich in Sicherheit wiegte. Nur für den Fall, dass er irgendwo in der Nähe war und das Ganze beobachtete, ohne sich selbst blicken zu lassen.

Der Taxifahrer hielt direkt vor dem Vordereingang zu Colettes.

«Ich bin in fünf Minuten wieder da», sagte Glass beim Aussteigen.

Drinnen ignorierte er das Personal hinter der Theke und sah sich auf eigene Faust um. Im Laden herrschte jetzt, um die Mittagszeit, reger Betrieb, hauptsächlich waren es Frauen und Kinder. Aus Noras Bericht wusste Glass ungefähr, wie die Noten angeordnet waren. Langsam ging er durch die Reihen. Und dann sah er es plötzlich, mit dem Deckblatt nach vorn auf dem Regal, als ob es auf ihn wartete. Ravels *Klavierkonzert für die linke Hand*. Für die linke Hand, ausgerechnet. Das verschlug einem doch den Atem. Wie lange war es her, seit Milosz hier gewesen war, in den Noten geblättert, dieses Konzert herausgezogen und ganz nach vorn gestellt hatte? Hatte er dabei gelächelt? Er musste genau an derselben Stelle gestanden haben wie Glass jetzt. Und jede Wette, wenn sie den Ravel auf Fingerabdrücke untersuchten, würden sie keine finden.

Glass legte das Kästchen ins Regal, genau nach der

Anweisung, die er erhalten hatte, und nahm das Notenheft. Dabei behielt er zwischen den Regalen hindurch die ältere Dame an der Verkaufstheke im Auge. Die Frau, die Nora für ihn als Mrs. Triblick identifiziert hatte. Er beobachtete, wie sie einen Artikel scannte, lächelte, mit der Kundin sprach, die ihr ihre Karte hinhielt. Als er an die Theke kam, hörte er sie gerade noch sagen: «Danke, und einen schönen Tag noch.» Dann wandte sie den Blick zu Glass.

«Oh», sagte sie. Im nächsten Moment bemerkte sie die Noten in seiner Hand, den verbundenen Fingerstumpf. «Da haben Sie eine außergewöhnliche Wahl getroffen», sagte sie. «Heute fragt kaum noch jemand danach.»

«Na ja, so als Landsmann», begann Glass und fluchte innerlich. Was zum Henker war der Kerl gewesen? Franzose? Hatte er nicht seinen Namen geändert? War er nicht ursprünglich Tscheche oder Pole? «Ich meine, als Franzose», riet er, doch der wachsame Ausdruck in Mrs. Triblicks Gesicht verriet ihm nicht, ob er richtiggelegen hatte. Was zum Teufel dachte sich Nora dabei, Mrs. Triblick für eine naive alte Dame zu halten, die in jedem Menschen ein Schätzchen sah? Das Haar mochte bläulich getönt sein und die mit Glitzersteinchen besetzte Brille der Traum eines Schmetterlingsliebhabers, doch die blauen Augen, die durch die Gläser blickten, waren klar und messerscharf.

«Ihnen ist bewusst, dass dies ein Stück für die *linke* Hand ist?», vergewisserte sie sich.

«Sicher», erwiderte Glass. «Es ist nicht für mich, sondern für meinen Bruder. Er ist der Pianist in der Familie.»

«Tatsächlich?»

Verdammt, kannte sie Izzy etwa? Nein, ausgeschlossen. Sie war viel zu alt. Glass wurde bewusst, dass die örtliche Betäubung inzwischen nachgelassen hatte. Seine Hand begann zu pochen.

Er blickte der Frau ins Gesicht. *Ich glaube Ihnen kein Wort*, sagte es.

Er zahlte mit einem Zwanziger, den er vorher griffbereit in die Jackentasche gesteckt hatte, schob das Wechselgeld in dieselbe Tasche und verließ das Geschäft, so schnell er konnte.

«Verdammt», sagte er vor sich hin, während er wieder in das Taxi stieg.

«Hatten sie nicht das, was Sie wollten?»

Mrs. Triblick stand jetzt hinter dem Schaufenster und sah ihm nach.

Verdammt, verdammt, verdammt. «Geben Sie Gas», sagte er.

«Zurück zur Wache?», fragte Zagorski. Und dann, als sie an einem der Kollegen in Zivil vorbeikamen: «Das ist doch bestimmt auch einer von Ihren Leuten.»

Glass kochte innerlich, erwiderte jedoch nichts. Erst als Zagorski ihn vor der Tiefgarage absetzte, an derselben Stelle, an der er ihn fast zwei Stunden zuvor abgeholt hatte, wurde Glass plötzlich gesprächig. Er deutete auf die Zeitschrift *Fishing News*, die auf dem Armaturenbrett lag.

«Angeln Sie viel hier in der Gegend?»

«*Hier* in der Gegend?», wiederholte Zagorski und blickte hinaus auf düstere, fünfzehn Stockwerke hohe Hauswände.

«Wenn Sie keine Zeit hätten, woandershin zu fahren»,

beharrte Glass, «und Sie wollten mal kurz die Angel auswerfen, hier in der Stadt, wo würden Sie das tun?»

«Ich würde es gar nicht tun», erwiderte Zagorski, doch ein Blick auf Glass' Gesicht im Rückspiegel verriet ihm, dass das die falsche Antwort war. «Wenn ich nur ein bisschen auswerfen üben wollte», fügte er hinzu, «zum Beispiel, um mich an eine neue Angel zu gewöhnen, dann würde ich an den Fluss gehen. Drüben bei der Jaspers Bridge.»

«Gibt es dort Angler?»

«Ein paar Koreaner werfen da ihre Angeln aus. Sitzen den ganzen Tag in ihren Autos.»

«Was angeln sie?»

«Karpfen, aber den kann niemand außer ihnen essen. Sie wissen, wie man ihn zubereiten muss. Wie man den Schlamm rauskriegt.»

«Trotzdem», sagte Glass. «Fische sind Fische.»

«Ja. Aber dreiköpfige?»

«Zerberus hatte auch keine Probleme damit», bemerkte Glass beim Aussteigen.

«Zerberus? Hängt der auch da am Fluss rum?»

«Hab ich mir sagen lassen», erwiderte Glass und schlug die Tür hinter sich zu.

Wieder in seinem Büro angekommen, verfluchte Glass abermals sein Pech ebenso wie sein eigenes plumpes Auftreten in dem Geschäft. Himmel, wenn selbst ein Taxifahrer die Polizisten in Zivil auf der Straße erkannte ... Aber er hatte außerdem die drei cleversten Zivilpolizistinnen der Behörde zu diesem Einsatz herangezogen. Eine hörte in der Funkzentrale den Telefonanschluss von Colettes ab, während die zwei anderen in einem neutralen Fahrzeug am Ende der Hintergasse saßen und darauf warteten, dass ein Zustelldienst oder ein Kurier kam, um das Päckchen abzuholen.

Denn so würde es aus dem Geschäft gelangen. Nicht durch die Vordertür, nicht in Milosz' Händen. Nein, jemand würde bei Colettes anrufen, nach Mrs. Triblick verlangen und sagen, ein Mann habe in dem Geschäft ein Päckchen vergessen und könne nicht selbst wiederkommen, um es zu holen. Er sei krank, erhole sich gerade von einer Verletzung. Ob er ihr vielleicht an der Kasse aufgefallen sei? Ja? Ob sie dann möglicherweise, in Anbetracht der Umstände, das Päckchen nachsenden könne? Oder es einem Kurier übergeben, der vorbeikommen würde? Noch heute Nachmittag? Der Kunde wäre ihr wirklich dankbar.

Milosz würde einen Plan ausgeheckt haben, ein System mit Übergaben an mehreren Zwischenstationen, um sicherzustellen, dass das Kästchen schließlich in seine Hände gelangte.

Glass war überzeugt gewesen, dass es so ablaufen würde. Der Anruf würde abgehört werden. Die beiden Zivilpolizistinnen in dem Auto in der Hintergasse würden den Kurier oder Zustelldienst mit dem Päckchen verfolgen. Sie würden dranbleiben und, wenn sie fürchteten, dass die Verfolgung zu auffällig wurde, ein weiteres Team rufen, das sie ablöste.

Doch nun kamen dem Lieutenant allmählich Zweifel. War Milosz nicht die ganze Zeit über viel zu clever für sie gewesen? Warum sollten sich die Dinge jetzt plötzlich zu ihrem Vorteil wenden?

Achtzehn

Während der ersten halben Stunde fiel es Malone nicht schwer, wach zu bleiben. Bis jetzt, da er sich in einem geparkten Wagen an der Baker Street den Hintern abfror, hatte er keine Ahnung gehabt, wie gut der Kaffee aus der Cafeteria schmecken konnte, Styroporbecher hin oder her. Eigentlich hatte er angenommen, er werde sich mit einer Thermosflasche von dem Café auf der anderen Straßenseite begnügen müssen, doch in letzter Minute war er noch in die Cafeteria der Dienststelle gelaufen und hatte sich dort eingedeckt. Es konnte eine lange Wache werden. Ohne Kaffee hielt er das nicht durch.

Malone behielt die Straße im Auge. Zwischendurch warf er alle paar Minuten einen Blick auf das Foto von Milosz, das er unter die Zeitung auf dem Sitz neben sich geschoben hatte. Er wollte sich das Gesicht fest einprägen, damit, falls Milosz tatsächlich vorbeikam, sein Bild sofort einrastete. Dabei war Malone klar, dass die Chancen eins zu einer Million standen. Milosz würde nicht kommen.

Doch dann war er plötzlich da. Einmal. Zweimal. Auf der Straße, weniger als ein Dutzend Meter von dem Wagen entfernt. Jedes Mal huschte Malones Blick erneut zu der Fotografie, und jedes Mal ließ er den Türgriff, den er bereits gepackt hatte, wieder los. Ihm wurde klar: Es war nicht Milosz, der in diesem flüchtigen, ihm ständig entgleitenden Bild gefangen war, sondern er selbst. Das war das Problem an Fotografien. Man betrachtete sie so lange, dass sie schließlich zur Wirklichkeit wurden und das verdrängten, was draußen in der Welt um einen herum existierte – erst recht wenn es so unbeständig, so anpassungsfähig an Licht und Umstände war, wie Milosz'

Gesicht zu sein schien. Man konnte es als Maske auf alles und jeden projizieren.

Gesichtsstruktur, murmelte Malone vor sich hin. Achte auf die Breite des Gesichts und auf die Augen. Vergiss den Rest.

Dann sah er Glass in einem Taxi vorbeifahren, das ein Stück weiter am Straßenrand hielt, genau vor Colettes. Glass stieg aus, das Kästchen unter dem rechten Arm, den linken noch immer in seltsamer Haltung vor sich. Wie um ihn der Welt zu zeigen, jedem, der ihn sehen wollte. Malone bemerkte, dass die Hand nicht mehr mit dem Tuch umwickelt war.

Während der Lieutenant den Gehweg überquerte, nahm er das Kästchen aus der Armbeuge und trug es vor sich her wie die Opfergabe in einer Zeremonie. In diesem Moment wurde Malone klar, was es enthielt.

«O mein Gott», sagte er laut, wieder einmal verblüfft über Glass' Mut. Und über seine Zähigkeit. Dass er nach dem, was er getan hatte, überhaupt noch auf den Beinen war ... Dass er, nachdem sein Entschluss bereits gefasst war, noch diese Operation aufgezogen hatte – sie mit derartiger Präzision vorbereitet und Keeves überredet hatte, mal eben zwölf Beamte dafür bereitzustellen. Das erforderte mehr als nur Mut.

Dann kam Malone plötzlich etwas in den Sinn. Wenn dies das Pfand war, was war dann die Auslösung? Er ließ den Gedanken einen Moment lang auf sich wirken. Lieber Gott, war Glass etwa willens, auch *das* zu tun, wenn es nötig war, um Amy zu retten?

Glass verschwand in dem Geschäft und kam etwa fünf Minuten später wieder zum Vorschein. Sein Gesicht, das beim Hineingehen ruhig gewesen war und frei von sichtbarem Zorn oder Schmerz, war jetzt verdüstert wie von Gewitterwolken. Etwas musste schiefgelaufen sein. Das Kästchen war fort, stattdessen trug er eine weiße Papiertüte bei sich. Umständlich stieg er wieder in das Taxi, das sofort anfuhr. Malone lehnte sich in seinem Sitz zurück, doch seine Gedanken rasten noch immer.

Ganz anders als die Zeit. Eine weitere Stunde verstrich. Die Scharen, die in der Mittagspause hier unterwegs gewesen waren, begannen sich zu lichten. In der gesamten Zeit betraten fünf, vielleicht sechs Männer Colettes, von denen keiner Milosz auch nur im Entferntesten ähnelte. Selbst wenn man in Betracht zog, dass er ein Verwandlungskünstler war und womöglich eine Verkleidung benutzte – die Unterschiede im Alter, der Größe oder dem Aussehen waren zu deutlich.

Ein paar der Passanten erkannte Malone. Er hatte sie bereits in den vergangenen Tagen beobachtet, während er stundenlang am Fenster des Cafés saß und auf die Straße hinausblickte. Mehrere Verkäuferinnen, darunter eine – wie hieß sie noch gleich, Hafize – von dem Feinkostladen in der Nähe, zu dem er manchmal kurz hinübergelaufen war, um Schokolade zu kaufen. Eine, die aussah wie Mrs. Neumann, die Frau, die in dem Café gegenüber Colettes den Kaffee anbrennen ließ. Der Bursche vom Zeitungskiosk an der 21st Street.

Als es zwei Uhr wurde, glaubte Malone vor Langeweile den Verstand zu verlieren. Immer wieder schaltete er sein Handy ein, in der vergeblichen Hoffnung auf eingegangene SMS oder Anrufe. Immer wieder tippte er die ersten fünf Ziffern von Noras Nummer ein und wählte dann nicht zu Ende. Während einer laufenden Operation galten strenge Regeln. Selbst wenn sich das Ganze unter Glass' Führung abspielte. Minimaler Telefonkontakt, und wenn, dann ausschließlich, um relevante Informationen weiterzugeben. Aber, Teufel, wer konnte in einem solchen Fall überhaupt sagen, was relevant war und was nicht? Insbesondere wenn stundenlang nichts geschah, die Mittagszeit eingeschlossen, und er, Malone, nicht daran gedacht hatte, sich etwas zu essen mitzunehmen. Er warf einen verstohlenen Blick zu dem Feinkostladen. Konnte er es riskieren?

Ja, sicher. Und sobald er es tat, sobald er auch nur für einen Moment den Wagen verließ, würde Glass ihn über Funk rufen. Oder Nora. Und dann würde sein Leben nicht mehr lebenswert sein. Malones Magen rumorte. Als er sich den Bauch rieb, hatte er das Gefühl, er könne die Wirbelsäule fühlen. Seufzend konzentrierte er sich wieder auf die Überwachung.

Nichts. Außer dass sich Glass zwischendurch einmal meldete.

«Gibt es irgendwas?», wollte er wissen.

«Nichts», teilte Malone ihm mit und wollte gerade das Mittagessen erwähnen, doch da hörte ihm bereits niemand mehr zu.

Um halb drei, als Malone kurz davor war einzudösen, wurde ihm klar, dass er einen schweren Fehler begangen hatte. In einer Stadt wie dieser. Er hatte vergessen, die Autotüren zu verriegeln. Als die Beifahrertür aufgerissen wurde, glaubte er im ersten Moment, einem Autoraub zum Opfer zu fallen.

«Du wirst doch nicht einschlafen?», sagte eine Stimme.

«Himmel, Nora!» Er rieb sich mit dem Handrücken die müden Augen und sah sie an. Trotz ihrer düsteren Miene war ihm ihr Anblick höchst willkommen. «Was machst du denn hier?»

«Ich dachte mir, dass du dich sicher langweilst.» Sie ließ sich auf den Beifahrersitz fallen, schloss die Tür und zog die Zeitung unter sich hervor. «So», sagte sie, als sie Milosz' Foto zwischen den Seiten entdeckte, «das ist er also?»

Sie studierte die Fotografie stirnrunzelnd, konzentriert. Sie sah das Bild zum ersten Mal, da sie den Morgen allein an ihrem Computer zugebracht hatte. Nicht einmal Solly hatte sich bei ihr blicken lassen. Sie hatten lediglich telefonischen Kontakt gehabt, und bei jedem ihrer Telefonate hatte er seltsamer geklungen. Doch Nora hütete sich, nach dem Grund zu fragen. Dazu kannte sie ihn zu gut.

«Bei so einer Überwachung wirst du verrückt», klagte Malone. «Du starrst ein Foto an, und dann schaust du raus auf die Straße und siehst den Kerl überall. Das Foto wird zur Wirklichkeit, es läuft plötzlich herum. Du glaubst auf einmal, dass du den Kerl kennst. Dabei kennst du in Wahrheit nichts als das Foto. Verstehst du, was ich meine?»

Nora verstand nicht. Oder falls doch, sagte sie es nicht. Stattdessen nahm sie mit regloser Miene jedes Detail der Fotografie in sich auf.

«Jetzt fang du nicht auch noch an», warnte Malone, der sie beobachtete. «Erzähl mir nicht, dir kommt er auch bekannt vor.»

«Nein.» Nora riss sich von dem Bild los. Doch Malone entging nicht, dass sie alle paar Sekunden wieder einen flüchtigen Blick darauf warf. «Wie sollte ich ihn kennen? Solly ist der Einzige, der schon mit ihm zu tun hatte, und bis er das Foto auftreiben konnte, hatte selbst er Schwierigkeiten sich zu erinnern, wie der Mann aussieht.»

«Aber ...?», half Malone nach, als er sah, dass der verwirrte Ausdruck auf ihrem Gesicht blieb und sie den Kopf erneut über das Bild beugte.

«Da ist irgendwas ...»

«Ich weiß», sagte Malone. «Es ist verrückt, aber das gleiche Gefühl hatte ich auch. Es hat etwas Vertrautes, nicht wahr? Weißt du, ich habe eine Theorie dazu.»

Sie sah ihn an. *Verschone mich mit deinen Theorien,* sagte ihr Blick. Doch er sprach weiter.

«Ich denke, er ist ein Jedermann. Darum bildet man sich ein, ihn zu kennen. Darum sieht man ihn überall.»

Sie erwiderte nichts.

«Glaubst du nicht?» Er berührte sie am Handgelenk.

«Vielleicht.» Sie schüttelte den Kopf und drückte Malone das Foto in die Hand.

«Wie auch immer», sagte er, «du hast mir noch gar nicht verraten, warum du hier bist.»

«Solly ist kurz davor, den Einsatz abzublasen.»

«Tja, man muss dem Herrn auch für kleine Gnaden dankbar sein.»

«In einer halben Stunde ist Ende.» Sie schaute auf die Uhr. «Genau genommen in zwanzig Minuten. Und Keeves wird die Operation nicht verlängern. Er ist auf hundertachtzig, weil die ganze Sache nach einem Fehlschlag aussieht. Zwölf Leute für länger als drei Stunden im Einsatz, und es ist nichts dabei herausgekommen.»

«Hatte er denn ernsthaft damit gerechnet? Dachte er, Milosz spaziert geradewegs in einen Hinterhalt?»

«Weiß der Himmel. Jedenfalls hat Solly beschlossen, das Risiko einzugehen und mich herzuschicken, bevor die anderen abgerufen werden.»

«Um nachzusehen?»

«Ja.»

«Aber werden sie dich nicht wiedererkennen? Diese Mrs. Triblick?»

«Na ja, jetzt haben wir ohnehin nichts mehr zu verlieren. Und wenn tatsächlich jemand da drin an der Sache beteiligt ist, dann setzt mein Erscheinen denjenigen möglicherweise unter Druck, sodass er sich zu etwas Unbedachtem hinreißen lässt.»

«Glaubst du, er weiß, was er tut?»

«Keine Ahnung. Aber eins ist klar: *Wir* wissen nicht, was er tut.»

«Wie meinst du das?»

«Er hat gesagt, zwölf Leute und du sollten vor Ort sein.»

«Sind sie auch. Ich habe nachgezählt. Ich habe mit allen gesprochen.»

«Es sind zwölf, mit denen du in Verbindung stehst. Aber ich bin gerade die 21st Street entlanggegangen, und da sind noch zwei, die für diesen Einsatz nicht offiziell eingeteilt sind. In einem Auto am Ende der Hintergasse.»

«Zwei von unseren Leuten?»

«Raychelle vom Betrugsdezernat und noch eine junge Frau, die ich nicht kenne. Ich meine aber, sie schon mal gesehen zu haben. Und der Wagen ist definitiv einer von unseren.»

«Verdammt, dabei soll ich angeblich die Operation leiten. Wenn er nicht einmal mir vertraut –»

«Er vertraut dir genug, um dir einen *Teil* der Operation zu übertragen.»

«Und was ist mit dem anderen Teil?»

«Das weiß der Himmel.» Sie zuckte mit den Schultern. «Ich weiß nur, dass ich in fünf Minuten da reingehen und mich umsehen soll. Und nach weiteren fünfzehn Minuten werden die zwölf abberufen.»

«Und die anderen beiden?»

«Ich habe keine Ahnung. Ich weiß nicht einmal, ob sie überhaupt zu dieser Operation gehören oder vielleicht zu einer ganz anderen.»

Sie berichtete Malone von einer dritten Kollegin in der Funkzentrale, die Kontakt zu den beiden in der Hintergasse hielt.

«Und was ist mit mir? Was soll ich tun, wenn er den Einsatz beendet?»

Wieder konnte Nora nur mit den Schultern zucken. «Ich nehme an, er wird dir die Anweisungen direkt erteilen.»

«Du hast ihn heute Vormittag noch nicht gesehen?»

«Nein, ich habe ihn nur telefonisch gesprochen.»

Malone berichtete ihr hastig von den Wanzen im Haus der Gardners. Von der Botschaft in dem Kästchen im Safe. Und davon, was sich am Vormittag in der Tiefgarage zugetragen hatte.

«Grundgütiger Himmel ...»

Er war froh, es ihr selbst gesagt zu haben. Das hatte wenigstens den Schock etwas gemildert.

Doch der war nichts im Vergleich zu dem Schock, der

sie treffen würde, wenn sie erst Zeit gehabt hatte, darüber nachzudenken, was dieses Pfand womöglich implizierte.

Um zwei Uhr war der Schmerz in Glass' Hand so heftig wie nie zuvor, noch verdoppelt durch das Trauma des Schneidens und Nähens. Die Innenseite seiner Wade, wo ein kleiner Hautlappen entfernt worden war, um das rohe Gewebe der Wunde abzudecken, schmerzte jetzt ebenfalls.

Er schluckte noch eine Tablette aus der Packung, die Rubenstein ihm mitgegeben hatte. Was würde Milosz denken, fragte sich Glass, wenn er die zerquetschte Masse aus Fleisch und Fingernagel sah? Würde er sich betrogen fühlen, weil er sein Pfand in einem solchen Zustand erhielt? Glass glaubte es nicht. Er sah im Geiste vor sich, wie Milosz einen Blick in das Kästchen warf und nickte. Okay, besagte das dünne Lächeln auf seinem Gesicht, er hatte nicht genauer angegeben, in welchem Zustand das Pfand zu sein hatte, und wenn Glass – aus welchem Grund auch immer – beschlossen hatte, sich zusätzliche Schmerzen zuzufügen, umso besser.

Warum er es auf diese Weise getan hatte, wusste Glass selbst nicht recht. Teils ging es einfach um das praktische Problem, Rubenstein oder irgendeinen anderen Arzt von der Notwendigkeit zu überzeugen, einen gesunden Finger zu amputieren. Doch es spielte noch etwas anderes hinein. Es hatte damit zu tun, dass er nicht bereit war, ohne weiteres einen unbeschädigten Teil von sich selbst herzugeben. Nicht an jemanden wie Josef Milosz.

Der Gedanke an Milosz und an das, was Rachel

McNeill in seiner Gewalt durchgemacht haben musste, gab ihm überhaupt die Kraft zu funktionieren. Dieser Gedanke wirkte wie ein mentales Betäubungsmittel, das zusätzlich zu den Tabletten jedes Schmerzsignal abdämpfte, das von unterhalb seines linken Ellenbogens kam. Wenn er ein Opfer gebracht hatte, dann für die Mädchen und keinesfalls für Milosz. «Lieutenant?» Es war die Stimme von Rose Goddard aus der Funkzentrale. «Ich habe Officer Clark am Funk, die Sie sprechen möchte.»

«Verbinden Sie uns.» Er wartete auf das kurze Knistern aus dem Gerät auf seinem Schreibtisch, das ihm verriet, dass die Verbindung zu dem Auto in der Gasse hinter Colettes hergestellt war.

«Raychelle, was gibt es?»

«Eine Frau ist gerade aus dem Hinterausgang von Colettes gekommen, Sir. Sie geht zu Fuß die Gasse entlang.»

«Beschreibung.»

«Eins achtundsechzig, knapp fünfundfünfzig Kilo, dunkelhaarig, sieht hispanisch aus, möglicherweise Mexikanerin –»

«Maria Gomez. Die Frau, die für den Postversand zuständig ist. Was geschieht jetzt?»

«Officer Ballard folgt ihr, Sir.»

«Zu Fuß, nehme ich an?»

«Hmm. Ich sitze noch im Wagen. Sie hat einen Ohrstecker und ein Mikro, sodass wir uns verständigen können. Die Frau scheint zu einer Baustelle zu gehen, oder vielleicht ist es ein provisorischer Parkplatz.»

«Trägt sie etwas bei sich?»

«Nichts.»

«Sind Sie sicher?»

«Es ist nichts zu sehen, Sir.»

«Könnte sie ein Päckchen am Körper versteckt tragen?» Er beschrieb die Maße der Schachtel.

«Nicht wenn ihr nicht eine dritte Titte gewachsen ist.»

Glass sah mit hochgezogenen Augenbrauen sein Funkgerät an. Was wäre wohl los gewesen, wenn *er* sich einen solchen Spruch geleistet hätte?

«Sie trägt enge Jeans, aber richtig eng, wenn Sie verstehen, was ich meine. Und einen anliegenden Pulli.»

«Trotzdem – sagen Sie Tessa, sie soll dicht rangehen. Ich will wissen, ob irgendeine Möglichkeit besteht, dass sie etwas versteckt bei sich trägt.»

«Geht in Ordnung. Einen Moment.»

Glass hörte, dass sie über eine andere Verbindung seine Anweisungen flüsternd an ihre Kollegin weitergab.

«Okay, Tessa geht jetzt an ihr vorbei, Lieutenant. Sie dreht dann eine Schleife und nähert sich von hinten wieder.»

«Sie geht an ihr vorbei? Warum das?»

«Die Frau ist bei einem Auto stehen geblieben. Jetzt öffnet sie die Tür und steigt ein. Es scheint, als wollte sie damit wegfahren.»

«Vergessen Sie Tessa. Lassen Sie sie zurück, wenn es nicht anders geht, und hängen Sie sich an den Wagen dran.»

«Das wird nicht nötig sein, Lieutenant. Er kommt in meine Richtung die Gasse entlang. Jetzt hat die Frau vor dem Hintereingang des Geschäfts gehalten. Sie steigt aus und schließt die Hintertür auf. Das Auto versperrt die halbe Straße. Ich denke nicht, dass sie lange drinbleibt.»

«Vielleicht wird die Post gar nicht abgeholt? Vielleicht bringt sie sie zu einer Annahmestelle, oder sie liefert die Kuriersendungen selbst aus?»

«Ich weiß es nicht, Lieutenant. Ich kenne die Abläufe in diesem Laden nicht.»

Und er kannte sie ebenso wenig. Verdammt, dachte er, wie viele Patzer konnten ihnen in diesem Fall eigentlich noch passieren?

«Sagen Sie Tessa, sie soll ganz langsam zurückkommen», wies er die Zivilpolizistin an, «damit sie das Auto möglichst genau zu dem Zeitpunkt erreicht, wenn die Frau wieder rauskommt. Auf diese Weise sehen Sie aus zwei unterschiedlichen Blickwinkeln, was sie trägt.»

Erneut hörte er Raychelle im Hintergrund flüstern. Dann sprach sie wieder zu ihm: «Okay, da kommt sie. Zwei Säcke, weißes Leinen. Sie sind oben zugebunden. Wie mit Seemannsknoten, wissen Sie? Sehen ziemlich schwer aus. Vielleicht zehn Kilo in jedem.»

«Wo ist Tessa?»

«Sie geht gleich an ihr vorbei ... jetzt.»

«Was macht die Frau mit den Säcken? Verstaut sie sie hinten im Wagen?»

«Ja. Sie schlägt gerade die Heckklappe zu. Sie schließt sie ab. Tessa ist jetzt an ihr vorbei und kommt auf mich zu.»

«Beobachten Sie die Frau, nicht Tessa. Achten Sie auf ihre Hände. Können Sie sie sehen? Die ganze Zeit über?»

«Ja. Sie hat sonst nichts in der Hand. Nur die Schlüssel.»

«Sind Sie sicher?»

«Ja. Und Tessa kann es bestätigen. Sie wird in dreißig Sekunden bei mir sein.»

«Um was für ein Fahrzeug handelt es sich?»

«Ich weiß nicht genau, eine Art Kombi.»

«Könnte sie während der Fahrt die Säcke hinten erreichen?»

«Wenn sie Spider-Woman ist, vielleicht.»

«Ich nehme an, das heißt nein.»

«Tut mir leid, Lieutenant, das heißt nein.»

Er hörte über Funk, dass sich die Autotür öffnete und jemand einstieg. Dann schlug die Tür wieder zu. «Officer Ballard ist zurück, Sir.»

«Tessa, sind Sie da?»

«Ja, Sir.»

«Hat sie etwas bei sich getragen? Außer den beiden Säcken? Zu irgendeinem Zeitpunkt?»

«Nein, Sir.»

«Sind Sie sicher?»

«Positiv.»

«Was tut sie jetzt?»

«Sie fährt jetzt los und ist gleich an uns vorbei. Ich glaube, wir unternehmen eine Spazierfahrt. Ich wende jetzt und folge ihr.»

«Halten Sie mich auf dem Laufenden», verlangte er. «Beschreiben Sie weiter, was gerade geschieht. Und wenn sie flüchtet oder auch nur den Anschein erweckt, als hätte sie es vor, halten Sie sie auf. Selbst wenn Sie dazu das Fahrzeug rammen müssen.»

«Wir sind jetzt aus der Gasse raus, Lieutenant», berichtete Raychelle. «Es geht in südlicher Richtung weiter.»

«Wie fährt sie?»

«Langsam. Auf der rechten Spur. Ich bin zwei Fahrzeuge hinter ihr, eine Spur weiter links. Der Verkehr ist im Augenblick nicht so dicht, ich kann also jederzeit auf ihre Spur wechseln, wenn sie abbiegt. Wenn man vom Teufel spricht ... Gerade biegt sie ab.»

«In welche Straße?»

«Tyler, in westlicher Richtung. Ich habe das Gefühl, sie will nicht weit fahren. Sie lässt es gemächlich angehen.»

«Vielleicht um nicht aufzufallen. Sie wird nicht riskieren wollen, dass sie wegen überhöhter Geschwindigkeit angehalten und ihr Führerschein überprüft wird. Immerhin ist sie illegal hier.»

«Sie biegt jetzt in die Thompson ein. Und biegt sofort wieder ab. Da könnte sie uns leicht bemerken. Sollen wir trotzdem dranbleiben?»

«Sie bleiben dran, und wenn sie Sie geradewegs in die Hölle führt.»

«Okay, Lieutenant. Ich weiß jetzt, wohin sie unterwegs ist. Die Post hat einen Hintereingang zur Thompson raus. Da sind Parkplätze für Geschäftskunden. Sie fährt jetzt in eine Parkbucht. Ich kann eine in der Nähe nehmen oder vorbeifahren.»

«Tun Sie, was immer nötig ist. Solange Sie zu keinem Zeitpunkt den Sichtkontakt zu ihr verlieren.»

«Okay. Da ist eine freie Parkbucht, drei Plätze weiter. Ich parke jetzt ... Sie steigt aus. Geht um den Wagen herum.»

«Tessa, Sie müssen nach hinten in den Abfertigungsbereich. Gehen Sie zum Türspion und zeigen Sie Ihre Dienstmarke. Wenn es nicht anders geht, dringen Sie gewaltsam ein. Sie müssen da drin sein, wenn ihre Post reinkommt. Ich will, dass jedes Stück zweifach untersucht wird. Raychelle, Sie stellen sich in die Nähe von Gomez und achten genau auf jedes Päckchen, das sie aus den Säcken nimmt.»

«Und wenn eins das Format des Kästchens hat?»

«Dann nehmen Sie es an sich. Warten Sie nicht, bis es nach hinten zu Tessa gelangt. Und nehmen Sie die Frau fest.»

«Und wenn jemand von den Angestellten Einwände erhebt? Diese Leute können ziemlich heikel sein mit ihrem Postgeheimnis.»

«Dann halten Sie demjenigen die Pistole an den Kopf, mal sehen, wie heikel er dann noch ist. Anschließend wählen Sie meine Nummer und geben ihm das Handy.»

«Verstanden. Sie hat jetzt die Säcke ausgeladen und geht auf die Tür zu. Wir sind hinter ihr.»

Das Funkgerät verstummte, und damit endete der Film, der sich in Glass' Kopf abgespielt hatte.

Doch gleich darauf begann ein anderer, denn sein Handy klingelte. Nora war bei Colettes im Geschäft eingetroffen. Ihre Stimme klang etwas zittrig.

«Was ist los?», fragte er.

«Das Kästchen ... Es ist tatsächlich verschwunden.»

Das allein konnte sie nicht derart erschüttert haben, dachte Glass. Etwas anderes warf sie aus der Bahn. Doch er hatte jetzt keine Zeit herauszufinden, was es war. Er würde sich später bei ihr dafür entschuldigen, dass er ihr gewisse Dinge verheimlicht hatte.

«Solly?», ertönte Noras leise Stimme an seinem Ohr. «Was soll ich jetzt tun?»

«Wo sind Sie gerade?»

«Vor den Regalen mit dem Buchstaben R. Rachmaninow, Ravel ... Aber da liegt kein Kästchen.»

Wenn es nicht dort war, musste es folglich in der Post sein. In Gomez' Säcken. Aber was, wenn nicht? Was, wenn das alles nur eine weitere Scharade war, die Milosz inszeniert hatte? Was, wenn er das Kästchen einfach dort gelassen hatte, bis jemand anderes es fand? Ein weiterer grausiger Scherz.

«Solly?», hörte Glass aus weiter Ferne. Noras beinahe verängstigter Tonfall holte ihn in die Gegenwart zurück.

«Nora, ich glaube, ich weiß, wohin das Kästchen verschwunden ist. Aber ich bin nicht sicher, nicht hundertprozentig.»

«*Mussten* Sie das tun?», zischte sie durch die Leitung.

Himmel, dachte er, das hatte nicht lange gedauert.

«Ja, ich musste es tun. Hören Sie, Nora, vertrauen Sie mir?»

Ihr Zögern dauerte nur einen Sekundenbruchteil, doch es entging ihm nicht. «Ja.»

«Das beruht auf Gegenseitigkeit. Ich weiß nicht, wie sich diese Sache für Sie anfühlt. Ich habe noch eine zweite Operation laufen. Wissen Sie das?»

«Klar.»

Natürlich hatte sie es erfahren. Sie arbeitete schließlich im Mittelpunkt des gesamten elektronischen Netzwerks.

«Ich kann Ihnen im Augenblick nicht sagen», fuhr er fort, «wie sich das alles zusammenfügen wird – falls überhaupt. Deshalb überlasse ich Ihren Part ab jetzt Ihnen. Urteilen Sie nach dem, was Sie vor sich sehen, und tun Sie, was immer nach Ihrem Gefühl in der jeweiligen Situation das Richtige ist.»

«Hier fühlt sich überhaupt nichts richtig an, Solly», protestierte Nora. «Nichts.» Er hörte im Hintergrund einen gedämpften Wortwechsel.

«Okay», sagte sie, «los geht's.»

«Eins noch –», setzte er an. Zu spät.

«Dachte ich mir doch, dass Sie es sind», sagte Mrs. Triblick, als Nora auf die Theke zuging. «Ich meinte, Sie erkannt zu haben.» Die Augen hinter der Schmetterlingsbrille blickten klar und ohne zu blinzeln. «Sarah, nicht wahr?»

«Es tut mir leid, Mrs. Triblick.» Nora klappte ihre Brieftasche auf und zeigte ihre Dienstmarke. «Ich bin nicht Sarah Wilson, und ich suche auch keinen Job. Ich bin Nora Bloom vom Crime Bureau. Morddezernat. Ich muss Ihnen ein paar Fragen stellen.»

«Natürlich», erwiderte Mrs. Triblick, ohne auch nur einen Moment verwirrt zu erscheinen, und wies auf eine Seitentür. «Lassen Sie uns doch drinnen unter vier Augen reden. Maxine kommt an der Kasse für eine Weile allein zurecht.»

Ihre ruhige Stimme irritierte Nora. Sie hätte gedacht, beim Anblick der Dienstmarke und der Erwähnung des Wortes *Mord* würde die Frau nervös werden. Solly hatte recht: Wenn sie Mrs. Triblicks sonderbare Brille ausblendete, erkannte auch sie den stählernen Blick der Augen dahinter. Darin war kein Anzeichen von Erschrecken zu sehen. Es schien beinahe, als habe Mrs. Triblick sie erwartet.

«Schließlich brauchen wir die Kundschaft nicht unnötig zu beunruhigen», fuhr Mrs. Triblick fort, während sie die Bürotür hinter sich schloss. «Nicht wahr, meine Liebe?»

«Heute Mittag», begann Nora ohne Umschweife, entschlossen, sich nicht noch einmal von der Anrede *meine Liebe* und der geflissentlichen Höflichkeit dieser Frau einlullen zu lassen, «irgendwann zwischen zwölf und ein Uhr, hat jemand ein Päckchen in leuchtend roter Verpackung bei Ihnen im Geschäft liegen lassen.»

«Ach ja», sagte Mrs. Triblick. «Ich glaube –»

«Sie wissen davon?»

«Ja. Das heißt, ich habe es nicht selbst gesehen –»

«Aber es *war* dort?»

«Soweit ich weiß, ja.»

«Und jetzt ist es verschwunden.»

«Tatsächlich? Als Maxine mir davon erzählt hat – sie war nämlich diejenige, die es bemerkt hat, wissen Sie –, habe ich gesagt, sie soll es einfach dort liegen lassen. Ich dachte, sicher wird sich der Betreffende daran erinnern und wiederkommen, um es zu holen.»

«Und, hat jemand es geholt?»

«Nun, es scheint so, meine Liebe. Sie sagten doch selbst, dass es verschwunden ist.»

Dieses Gespräch lief nicht so, wie Nora es geplant hatte. Mrs. Triblick vermittelte eine sachliche Logik, die Nora rasend machte und die nicht ganz zu ihrer eigenen passte.

«Aber es wurde von jemand anderem weggenommen als von der Person, die es dort zurückgelassen hat.»

«Ja? Aber meine Liebe, woher wollen Sie das wissen?»

Die Situation wurde immer absurder. «Mrs. Triblick, wenn Sie bitte *meine* Fragen beantworten würden.»

«Nun, ich bemühe mich. Vielleicht könnte Maxine uns weiterhelfen?»

Nora nickte. Vielleicht würde sie aus Maxine etwas Sinnvolles herausbekommen. «Könnten Sie sie bitte rufen?»

Mrs. Triblick öffnete die Tür und bat Maxine in das Büro.

«Wie ich hörte, haben Sie ein rotes Päckchen gefunden», begann Nora. «Im Laden.»

Maxines Augen weiteten sich. Für drei oder vier Sekunden wirkte sie tatsächlich hellwach. Was hatte Solly gesagt? Sie hätte wahrscheinlich etwas genommen? Etwas anderes als Vitamin C …

«Ja, aber ich habe es da liegen lassen.» Maxines Stimme klang schrill vor Anspannung, bis sich Mrs. Triblick zu ihr hinüberbeugte und ihren Handrücken tätschelte. Dabei schien sie etwas von ihrer Ruhe auf die junge Frau zu übertragen. Diese fasste sich und fuhr fort: «Ich habe es nicht angerührt. Ich habe es einfach dort liegen lassen. Wissen Sie noch?», wandte sie sich hilfesuchend an Mrs. Triblick.

«Natürlich, meine Liebe. Genau das habe ich der Dame von der Polizei gerade erzählt.»

«Aber der Kunde ist nicht zurückgekommen, um das Päckchen zu holen», beharrte Nora. Warum konnten sich die beiden nicht auf das Wesentliche konzentrieren?

«Doch, doch, sie hat es geholt», widersprach Maxine.

«Das haben Sie mir ja noch gar nicht erzählt, Maxine, meine Liebe», mischte sich Mrs. Triblick ein.

«Ich wollte es erzählen, aber dann hab ich es vergessen. Sowieso erschien es mir nicht so wichtig.»

«Moment mal», unterbrach Nora. «Sagten Sie gerade, *sie* hat es geholt?»

«Ja. Sie hatte einen Korb bei sich, da hat sie es reingelegt. Dabei hat sie mir zugelächelt.»

«Und wie sah sie aus, diese Frau?»

«Ich weiß nicht. Eigentlich ganz normal.»

«Sie müssen sich doch an *irgendetwas* erinnern! Wie groß war sie? Welche Haarfarbe hatte sie? Wie sah ihre Kleidung aus, ihr Make-up? Trug sie eine Brille?»

«Sie war ungefähr so groß wie ich», sagte Maxine. «Vielleicht auch etwas größer. Das Kleid war grässlich, mit Blumenmuster. Und, wie gesagt, sie hatte einen Korb.»

«Und sie hat das Päckchen mitgenommen? In dem Korb? Sind Sie ganz sicher?»

«Ja! Ich weiß noch, wie sie es hochgehalten und gesagt hat, dass sie ja so vergesslich ist oder so. Und dann hat sie das Päckchen in den Korb gelegt und gesagt, aber jetzt ist ja alles in Sicherheit.»

Neunzehn

Soziopathen, insbesondere solche, die Gewalttaten gegen andere Menschen verübten, waren Einzelgänger, darin war sich die Forschung einig. Dabei waren sie durchaus fähig zu sozialer Interaktion und kamen auf oberflächlicher Ebene oft gut mit anderen zurecht, mit Nachbarn oder Arbeitskollegen. Sie verstanden schnell die Signale dafür, welche Sprache und welches Verhalten im jeweiligen Umfeld passend waren – sie hielten sich an äußerliche Hinweise, um ihren Mangel an Gespür zu kompensieren. Doch ihr soziopathisches Verhalten, ihre Gewalttätigkeit, die willkürliche Grausamkeit übten sie allein und im Geheimen aus, das besagten sämtliche bestehenden Theorien. Deshalb versteckten sich diese Menschen vor der übrigen Welt und teilten sich niemandem wirklich mit. Sie benutzten andere, manipulierten sie, doch sie ließen niemanden in ihre Welt hinein. Niemand sollte das seelische Ödland sehen, aus dem ihr wahres Selbst bestand. Sie hatten keine Komplizen.

Milosz jedoch schien welche zu haben.

Und Glass hatte nie an diese Möglichkeit gedacht. Nicht ein einziges Mal. Wie sollte es jetzt weitergehen?

Zu allem Übel musste er sich nun die Berichte sämtlicher Beamter über den Einsatz anhören. Solche Besprechungen nach Operationen konnten einem den letzten Nerv rauben. Sie zogen sich oft stundenlang hin. Selbst angesichts einer Deadline wie der jetzigen bestanden die Leute darauf, ausführlich ihren Standpunkt zu erklären. Es war wie nach einem Verkehrsunfall: Wenn man vier verschiedene Zeugen befragte, die an den vier Ecken der Kreuzung gestanden hatten, erhielt man unweigerlich vier verschiedene Unfallberichte.

Andererseits konnten diese Nachbesprechungen natürlich auch wichtige Erkenntnisse liefern, sofern die beteiligten Personen clever genug waren. Denn die Unterschiede – die Stellen, an denen sich die verschiedenen Informationsbröckchen überschnitten und wo sie aufeinanderprallten –, das waren gerade die Punkte, an denen manchmal neue Informationen ans Licht kamen. Neue Einblicke gewonnen wurden.

Glass, Malone und Nora hatten sich versammelt, um die Ereignisse des Tages noch einmal wiederzukäuen, doch keiner von ihnen schien fähig, etwas Neues zu dem Fall beizutragen. Die Luft im Raum roch schal, nach Niedergeschlagenheit, muffigen Akten und ungespülten Kaffeetassen. Aus dem Hamburger-Papier auf Malones Schreibtisch strömte der Geruch von erkaltendem Essen. Nora hatte von ihrem Burger nur dreimal abgebissen, und ausnahmsweise hatte Malone nicht den Rest vertilgt.

Glass hatte beim Hereinkommen einen Blick auf die Essensreste geworfen und überrascht festgestellt, dass er hungrig war. Er hätte sich ein Sandwich besorgen sollen. Malone berichtete den beiden vom Morgen – seinem frühen Anruf bei Boyd Gardner, der Neuigkeit über Mrs. Gardner, der Durchsuchung des Hauses auf Wanzen.

Doch keiner von ihnen war wirklich bei der Sache, nicht einmal Malone, der auf Autopilot lief. Jeder war in seine eigenen Grübeleien versunken, brütete über irgendeinem irritierendem Detail oder einer ungeklärten Frage, die sie einerseits quälte wie ein fauler Zahn und andererseits doch ganz willkommen war, weil sie von der Tatsache ablenkte, dass der Tag insgesamt ein völliger Reinfall gewesen war.

Malone grübelte immer noch darüber, dass Milosz ihm irgendwie bekannt vorkam – eine Überzeugung, die er einfach nicht loswurde, sosehr sich sein Verstand auch dagegen wehrte. Insgeheim graute ihm davor, dass er Milosz tatsächlich gesehen haben könnte. Dass der Mann vorbeigekommen war, während er selbst halb träumend im Wagen wartete oder irgendwann früher, als er am Fenster des Cafés saß. Dass Milosz womöglich sogar einen Moment lang innegehalten hatte, dort vor ihm auf der Straße, um ihm ins Gesicht zu sehen, ehe er wieder mit dem Strom der Passanten verschmolz.

Nora hingegen warf Glass zwischendurch immer wieder verstohlene Blicke zu, was diesem nicht entging. Von Zeit zu Zeit sah sie ihm flüchtig ins Gesicht, und dann wusste er schon, was als Nächstes kam: Ihr Blick glitt automatisch zu seinem Arm, seiner Hand. An diesem Punkt wandte sie sich ab, starrte an die Wand und biss sich auf die Lippe. Bis ihr Blick sich erneut auf ihn richtete und sich der ganze Ablauf wiederholte.

Endlich schloss Malone seinen Bericht. Er wollte jetzt nur noch nach Hause und schlafen. Verstohlen sah er auf die Uhr: Viertel nach sieben. Was für eine Zeitverschwendung – ein ganzer Tag war verloren, ein Tag, den zu verlieren sie sich wirklich nicht leisten konnten.

«Was quält Sie, Malone?», fragte Glass.

«Alles.»

«Eine Sache genügt für den Anfang.»

Und so erzählte Malone ihm, was ihn am meisten beunruhigte: das Gefühl, dass er Milosz auf der Straße oder sonst irgendwo gesehen und ihn nicht erkannt hatte.

«Und Nora, was ist mit Ihnen? Quält Sie auch etwas?»

«Nun, wenn Sie mich so fragen ...» Sie senkte den Blick auf seine Hand.

«Okay», sagte er. «Ich denke, ich schulde Ihnen eine Erklärung.»

Glass sprach so schnell, dass den beiden keine Zeit blieb, eine Frage einzuwerfen. Als er bemerkte, dass Nora ihn unterbrechen wollte, erzählte er von Rachels Anruf. Er erwähnte den Namen des Parfüms – Eternity. In dem Moment, als er ihn aussprach, veränderte sich Noras Gesichtsausdruck. Doch Malone war derjenige, der zuerst das Wort ergriff.

«Vielleicht sollten wir noch einmal zu Rodney Springer fahren», schlug er vor. «Diese Frau mit dem langen schwarzen Kleid, mit roten Flecken überall ...»

Aber Glass hörte nicht zu, sondern beobachtete Nora. Sie hatte die Arme fest vor dem Körper verschränkt und wiegte sich mit gesenktem Kopf auf ihrem Stuhl vor und zurück.

«O mein Gott», sagte sie. «O ... mein ... Gott.»

«Was ist?», fragte Malone. «Was ist los, Nora?»

Sie schlug beide Hände vors Gesicht.

«Nora!», rief Glass laut, um sie aus ihrer Trance zu reißen.

Sie schlug die Hände vor den Kopf, spreizte die Finger, ohne die Hände sinken zu lassen, und sah die beiden durch die Zwischenräume an.

«Was?», drängte Glass.

«Milosz» war alles, was sie erwiderte.

«Nora, reißen Sie sich zusammen. Wovon reden Sie?»

Sie zeigte auf den PC auf seinem Schreibtisch. «Haben Sie sein Foto da eingescannt?»

«Ja. Das heißt, einer der Techniker hat es für mich getan.»

Eben war Nora noch wie gelähmt gewesen von einer Vision, die nur sie allein sehen konnte, jetzt jedoch wurde sie mit einem Schlag zum Energiebündel. Sie stemmte sich entschlossen aus ihrem Bürostuhl hoch und schob Glass beiseite, um an seinen Computer zu kommen.

«Was haben Sie da drauf?» Der Rechner, der im Standby-Modus gelaufen war, erwachte auf einen Tastendruck zum Leben. «Haben Sie Photoshop? Paintbox? Identimax?»

Glass sah sie verständnislos an. «Ich habe da drauf, was immer mir jemand installiert hat.»

«Gott, das ist hoffnungslos!», stieß sie frustriert hervor, den Blick auf den Monitor gerichtet. «Das ist völlig nutzlos. Mit diesem Rechner kann man *überhaupt nichts* anfangen.»

«Würden Sie bitte tief durchatmen und uns erst mal sagen, wovon Sie überhaupt reden?»

«Ich will es Ihnen nicht *sagen*», schrie sie ihn an, bereits auf dem Weg zur Tür, «ich will es Ihnen *zeigen*! Aber ich brauche etwas Zeit. Kommen Sie in zehn Minuten runter in den IT-Raum. Danny, du auch.»

Glass fühlte sich in der IT-Zentrale nicht unwohl. Die Stille, die Dunkelheit, das Glimmen der Monitore in dem von indirekter Beleuchtung schwach erhellten Raum ... Das gedämpfte Klappern der Tastaturen. Gerade war Abendpause, deshalb saß außer Nora nur ein weiterer Mitarbeiter an seinem Arbeitsplatz.

«Augenblick noch», sagte Nora, drückte mehrere Tasten und rief das Phantombild einer Frau mittleren Alters auf. Dann teilte sie den Bildschirm in der Mitte, sodass die Frau auf der rechten Seite erschien und ein Foto von Milosz auf der linken.

«O mein Gott», stieß Malone hervor. «Das ist ... Sie war *dort*!»

«Bei Colettes?» Noras Gesicht war jetzt grau. «Du meinst, vorhin? Heute Nachmittag?»

«Ja.»

Glass schaute vom einen zum anderen. «Sie beide kennen diese Frau?», fragte er knapp.

«Das ist Mrs. Neumann», erklärte Nora. «Von dem Café auf der anderen Straßenseite.»

Glass brauchte einen Moment. Er betrachtete erneut den Bildschirm, und als ihn die Erkenntnis traf, fiel er merklich in sich zusammen. «Die beiden sind ein und dieselbe Person», stellte er fest.

«Das hat mich nicht mehr losgelassen, seit wir das Foto haben», sagte Malone. «Wir kannten ihn – *sie* – tatsächlich. Er hat uns dabei beobachtet, wie wir ihn beobachteten. Tag für Tag. Und uns dabei Kaffee gemacht.»

«Sobald Sie den Namen des Parfüms nannten – Eternity –, traf es mich wie ein Hammerschlag», fügte Nora hinzu.

«Benutzt sie das?», fragte Glass, ohne den Blick vom Monitor zu wenden. «Diese Mrs. Neumann?»

«Immer.»

«Ist mir gar nicht aufgefallen», gestand Malone.

«Warum auch? Aber dann hast du Rodney Springer erwähnt und seine Zeichnungen von der Hexe in dem langen dunklen Kleid. Ich habe mir das Foto von Milosz noch einmal vor Augen geführt, und irgendwie ergab sich mit einem Schlag eine ... Wie nennt man das, Solly?

Wenn sich plötzlich aus Teilchen und Stückchen das Ganze zusammenfügt?»

«Gestalt», erwiderte Malone geistesabwesend, ehe Glass antworten konnte.

«Ja, genau», sagte sie. «Gestalt. Es war, als hätte jemand einen Vorhang beiseitegezogen, und sie stand da auf der Bühne. Ich meine, er.»

«Lächelnd», ergänzte Glass. «Über seine gelungene Vorstellung. Mankiewicz – Milosz – Neumann. Neu-Mann. Mal sieht man ihn, dann wieder nicht.»

Sie schwiegen einen Moment lang, während sie auf dem Bildschirm die zwei Gesichter des Josef Milosz betrachteten: den Häftling mit Sonderrechten und die Frau, in deren Rolle er geschlüpft war.

«Wir haben uns einige Patzer geleistet», sagte Malone – ein Understatement, das nicht zu überbieten war. «Aber wenigstens haben wir ihn jetzt.»

«Haben wir ihn wirklich?», entgegnete Glass, der noch immer die Frage zurückhielt, die er Malone am dringendsten stellen wollte: Sie waren Tag für Tag dort, und Ihnen ist nie aufgefallen, dass diese Frau ein Mann war?

Doch er sprach die Frage nicht aus, weil er das Phänomen selbst auf Noras Bildschirm vor sich sah – diese fließende, chamäleonhafte Fähigkeit zur Verwandlung, die Milosz besaß – und sich fragte, ob er an Malones Stelle es wohl bemerkt hätte.

«Etwa nicht?», fragte Malone zurück. «Wir brauchen nur morgen früh hinzufahren, ihn zu verhaften und ihn auszuquetschen, bis er redet und uns verrät, wo Amy ist.»

«Und Sie denken ernsthaft, dass er dort ist? Nach dem heutigen Maskenball?»

«Warum nicht? Er weiß ja nicht, dass Nora ihn identifiziert hat.»

«Danny hat recht», mischte sich Nora ein. «Weshalb denken Sie, dass er nicht da sein wird?»

«Weil uns das einen Vorsprung verschaffen würde. Und können Sie sich an einen einzigen Moment in den vergangenen neun Monaten erinnern, in dem er uns nicht wenigstens zwei Schritte voraus war? Mehr als das – er hat nicht nur unsere nächste Reaktion vorhergesehen, er hat uns völlig manipuliert.»

Das schwache Licht im Raum fühlte sich plötzlich an wie eine ersterbende Dämmerung, eine schattenhafte Finsternis, die sich schwer auf die drei senkte.

Dann wurde die Tür aufgestoßen, und plötzlich drang blendende Helligkeit herein.

«Spielstunde, wie? Schnurrbärte und komische Bildchen?» Commissioner Keeves zeigte mit ausgestrecktem Finger auf den Monitor. «Ich weiß, wer der da ist.» Er wies auf das Verbrecherfoto von Milosz. «Aber wer ist die Tunte daneben, die Sie zusammengebastelt haben?»

«Wir probieren nur gerade etwas aus, Sir.» Glass verstellte Keeves hastig den Blick auf den Bildschirm.

«Sie tun seit dem Tag, an dem Sie hier angefangen haben, nichts weiter, als herumzuprobieren, Glass. Wie heute Nachmittag dieser Maskenball bei Colettes.»

«Sir?»

«Also, was ist es heute Abend? Computerspiele?» Keeves sprach Glass jetzt aus nächster Nähe ins Gesicht. Die beiden waren wie zwei Kampfhähne, die darauf warteten, aufeinander losgelassen zu werden, während sich ihre Schnäbel schon beinahe berührten. «Ich habe Ihnen für den Einsatz zwölf Leute zur Verfügung gestellt, weil Sie gesagt haben, dann würden Sie diesen Milosz noch vor heute Abend fassen.»

«Ja, Sir.»

Keeves sah sich um und breitete in einer spöttisch-fragenden Geste die Hände aus. «Und, wo ist er? Warum sehe ich ihn nirgendwo?»

«Ich weiß es nicht, Sir.»

Keeves brachte sein Gesicht wieder dicht vor das von Glass. «Wollen Sie mir erzählen, Glass, dass diese ganze Operation Kali für die Katz war?»

«So würde ich es nicht formulieren, Sir.»

«Nein? Ich will Ihnen jetzt mal was sagen, Glass. Ich bin heute Abend zum Essen verabredet. Mit dem Bürgermeister. Und Ihnen, Glass, geht die Zeit aus.»

Malone hatte den Eindruck, der Commissioner sei kurz davor, Glass am Kragen zu packen.

«Habe ich mich klar ausgedrückt?», fragte Keeves langsam.

«Kristallklar, Sir.»

Keeves' Verabschiedung bestand in einem Türenknallen.

«Warum haben Sie es ihm nicht gesagt, Lieutenant?», fragte Malone, nachdem der Commissioner fort war.

«Damit es sofort auch der Bürgermeister erfährt? Und Gardner?»

«Himmel, stimmt ja», sagte Nora. «Die Wanzen sind doch noch da.»

«Dieses Café gegenüber Colettes ...» In Glass' Stimme kam wieder Leben. «Hat das auch abends geöffnet?»

«Bis zehn», antwortete Malone.

«Er ist jetzt bestimmt nicht da, Solly», wandte Nora

ein. «Er hat in der Tagschicht gearbeitet. Die muss schon längst vorbei sein.»

«Ich weiß, dass er nicht da sein wird. Weder heute Abend noch morgen. Wer ist der Eigentümer? Der Betreiber?»

«Spiros sowieso», sagte Malone. «Ein Grieche. Vielleicht treffen wir ihn an. An den Tagen, an denen wir dort waren, ist er immer gegen fünf gekommen.»

«Gut. Statten wir diesem Spiros einen Besuch ab.»

«Wollen Sie Verstärkung, einen Streifenwagen?»

«Nein. Nur wir drei.»

«Sie denken doch nicht, dass der Bursche mit drinsteckt?»

«Nein», erwiderte Glass. Auf dem Weg zur Tür stieß er mit der verletzten Hand an eine Stuhllehne, doch seine ruhige Stimme verriet nichts von seinem Schmerz. «Milosz ist ein gewalttätiger Soziopath. Das bedeutet, er ist ein Einzelgänger. Er hat keine Komplizen.»

Zwanzig

Sie machten sich mit einem zivilen Streifenwagen auf den Weg. Als sie das Café erreichten, war es noch erleuchtet. Glass fuhr langsam auf der gegenüberliegenden Straßenseite vorbei. Durch die getönte Scheibe konnte man schwer hineinsehen, doch es saßen zumindest ein paar Gäste in der Nähe der Fenster.

Er wendete um hundertachtzig Grad, stellte den Wagen dreißig Meter vom Café entfernt am Straßenrand ab und schaltete erst den Motor aus, dann die Scheinwerfer. Er blieb einen Moment lang sitzen und schaute hinaus.

«Hat dieses Lokal einen Hintereingang?»

«Ja», sagte Malone, «es gibt einen Durchgang bis zur Dean.»

Glass warf einen prüfenden Blick in den Rückspiegel, beobachtete, wie die Ampel hinter ihm auf Rot schaltete.

«Wie lange braucht man bis dahin?»

Malone überlegte. «Zwei, vielleicht drei Minuten.»

«Okay, wir machen das jetzt ganz lehrbuchmäßig. Malone, ich will, dass Sie um den Block zum Hinterausgang laufen und von dort reingehen. Nora und ich warten vorn, bis Sie drin sind.»

Er beobachtete, wie Malone die nächste Straßenecke erreichte, dann sah er auf die Uhr. Es herrschte nicht viel Verkehr, und sie konnten hören, wie der Motor des Wagens in der frostigen Luft abkühlte.

«Gehen wir», sagte er schließlich.

Sie stiegen aus und stellten sich in den Eingang eines Ladens nebenan. Glass ließ eine weitere Minute verstreichen, ehe er Nora nach vorn winkte. Sie ging halb an dem Café vorbei, dann blieb sie einen Moment lang stehen, als wolle sie die Speisekarte im Fenster lesen. Sie drehte sich zu Glass um.

«Er ist drin», flüsterte sie.

Noch ehe sie ausgesprochen hatte, betrat auch Glass das Café.

Spiros Antoniou hatte sein Abendessen beendet und saß bei einem Kaffee an der Wand nahe der Küche, von wo aus er den Gastraum gut überblicken konnte. Er war froh, dass nicht viel Betrieb herrschte. Er freute sich schon darauf, sich nachher mit Sonny ins Hinterzimmer zu setzen und die zweite Hälfte des Spiels Patriots gegen Pittsburgh Steelers zu sehen. Spiros mochte die Steelers, den waghalsigen, ausgefallenen Stil, den sie spielten, aber sein Herz schlug für Boston. Dort hatte er fünf Jahre lang als Kellner und Tellerwäscher gearbeitet, damals, als er gerade erst ins Land gekommen war.

Er hatte die Kellnerin bereits nach Hause geschickt und wollte Sonny gerade sagen, er solle in der Küche anfangen, sauber zu machen, als die Tür geöffnet wurde. Zwei neue Gäste, jetzt noch. Die eine Person kam ihm bekannt vor, die junge Frau – sie war doch schon mal hier gewesen? Hübsch. Diese Haarfarbe sah man in Griechenland nicht oft.

«Sie suchen einen Tisch?», sprach er sie an. Daraufhin griff der Mann in seine Manteltasche, zog etwas Schwarzes hervor, klappte es auf.

«Lieutenant Glass», sagte er. Eine Dienstmarke blitzte auf und verschwand ebenso schnell wieder. «Morddezernat. Sind Sie hier der Betreiber?»

«Das Café gehört mir.»

«Spiros?»

«Spiros Antoniou. Was soll das, Lieutenant?»

Glass reichte ihm ein Foto. «Kennen Sie diese Person?»

«Sicher. Mrs. Neumann.»

«Wo ist sie?»

Spiros sah sich um. Die beiden Paare am Fenster wichen seinem Blick aus. «Sie arbeitet abends nicht. Was geht hier vor? Sie stören meine Gäste.»

«Wann haben Sie sie zuletzt gesehen?»

«Gestern. Die Kellnerin sagt, sie sei gestern nach der

Mittagspause nicht wiedergekommen.» Er breitete ratlos die Arme aus. «Weg, einfach so. Gibt es Probleme?»

Malone, der sich inzwischen in den hinteren Räumen des Cafés umgesehen hatte, trat zu ihnen. «Zwei Personen in der Küche. Koch und Tellerwäscher.»

«Natürlich», sagte Spiros, der jetzt genügend Selbstsicherheit wiedererlangt hatte, um ärgerlich zu werden. «Das hätte ich Ihnen auch sagen können.»

«Wo ist die Kellnerin?», wollte Glass wissen.

«Ich habe sie früher nach Hause geschickt. Nicht viel los heute Abend.»

«Warum könnte Mrs. Neumann so plötzlich verschwunden sein? Mitten in ihrer Schicht?»

Spiros zuckte die Schultern. «Sie hat schon seit Wochen gesagt, sie will Schluss machen. Ist ein Jahr hier gewesen, und jetzt will sie weiterziehen. Erst dachte ich, sie will mehr Geld, also habe ich ihr ein Angebot gemacht. Ich wollte sie nicht verlieren. Ich meine, sie ist nicht besonders beliebt, sie redet nicht viel mit den Gästen oder mit den Kollegen, und sie ist auch keine Schönheit. Mit dem Gesicht gewinnt sie keinen Schönheitswettbewerb.»

Glass wechselte einen irritierten Blick mit Malone.

«Aber Sie» – Spiros wandte sich an Malone –, «Sie wissen ja, dass sie den besten Kaffee macht, nicht wahr? Diese Frau kann machen, dass eine Kaffeebohne *spricht*.»

Wieder sah Glass Malone an, diesmal mit einer fragend hochgezogenen Augenbraue. Malone zuckte zur Antwort mit den Schultern. Der Bursche ist Grieche, besagte die Geste, wenn er nicht weiß, wie furchtbar sein Kaffee ist …

Glass überlegte, ob er Malone in das Geheimnis einweihen sollte. Ihm verraten, dass hier durchaus kein Widerspruch vorlag. Die Beweislage war eindeutig: Mrs. Neumann machte, unabhängig von ihren sadistischen Neigungen, den besten Kaffee in der Stadt, und zwar für alle ihre Gäste bis auf einen: den Mann, der Tag für Tag mit dem Rücken zu ihr dasaß und auf die Straße hinausblickte. Und von dem sie wusste, dass er ein Cop war.

Glass beschloss, es ihm nicht zu sagen. Er fand, Malone sei clever genug, um es früher oder später selbst zu erkennen.

«Hören Sie», sagte er und wandte sich wieder Spiros zu, «wo wohnt diese Mrs. Neumann?»

«Ich weiß nicht. Ich sage ja, sie hat nicht viel geredet. Hat sich mit niemandem eingelassen.»

«Dann zeigen Sie mir ihre Gehaltsabrechnungen», verlangte Glass ungeduldig.

Spiros traten Schweißperlen auf die Stirn. «Ich ... Als sie hier angefangen hat, hat sie gesagt, sie bekommt eine Pension. Sie war krank. Irgendwo, ich weiß nicht.»

«Aber ich», entgegnete Glass. «Fahren Sie fort.»

«Sie hat gesagt, wenn sie offiziell Geld verdient und das Finanzamt kommt dahinter, dann verliert sie die Pension.»

«Das heißt, Sie haben sie bar bezahlt? Sie haben keine Unterlagen darüber? Sind alle Ihre Angestellten hier illegal beschäftigt?»

Spiros fuhr sich mit der Zunge über die Lippen. «Nein, ich schwöre. Ich kann Ihnen Abrechnungen zeigen. Es ist nur –»

«Sparen Sie sich das», fiel Glass ihm ins Wort. «Wie

haben Sie sie kontaktiert? Wenn Sie zum Beispiel mal eine Schicht tauschen mussten oder so?»

«Ich habe sie nicht kontaktiert.»

«Das glaube ich Ihnen nicht.»

«Hören Sie, Lieutenant, ich habe nicht gefragt, sie hat nichts erzählt. Sie ist hergekommen, sie hat Kaffee gemacht. Ich habe sie bezahlt, und sie ist wieder gegangen.»

«Ein ganzes Jahr lang? Was, wenn sie mal krank war?»

«Dann hat sie mich angerufen. Und wenn sie einen Tag freihaben wollte, hat sie es vorher abgesprochen.»

«Festnetz oder Handy?»

Spiros sah ihn verständnislos an.

«Herr im Himmel», stieß Glass hervor. «Also, was könnte von ihr noch hier sein? Gibt es Spinde für das Personal?»

«Ja, aber ich glaube, sie hat ihren nie benutzt.»

«Zeigen Sie ihn mir trotzdem», verlangte Glass, und sie folgten dem Cafébesitzer nach hinten in einen kleinen Nebenraum mit einem Tisch, ein paar Stühlen, Aschenbechern, Zeitschriften und einem halben Dutzend Metallspinden.

«Welches ist ihrer?»

«Dieser hier.»

«Öffnen Sie ihn.»

Spiros probierte den Türgriff. Der Spind war abgeschlossen. «Anscheinend hat sie den Schlüssel mitgenommen.»

«Haben Sie keinen Zweitschlüssel?», fragte Glass.

«Doch, doch, sicher.» Aber Spiros machte einen unsicheren Eindruck. «Er muss irgendwo sein. Meine Frau –»

Weiter kam er nicht, denn Glass hatte bereits selbst den Griff in der Hand. Im wörtlichen Sinne. Die drei anderen starrten verblüfft auf das Loch in dem Aluminiumblech. Sie hörten das metallische Klappern des Schlosses, das an der Innenseite der Tür auf den Boden des Schließfaches fiel.

«Himmel», flüsterte Malone, erschrocken über Glass' plötzliche Heftigkeit. Es schien, als habe sich in dieser einen Geste der gesamte Frust des Tages Bahn gebrochen.

«He!» Spiros schoss das Blut ins Gesicht. «Das hier ist ein Café. Sie können hier nicht einfach –»

«Das hier ist ein Tatort, Mr. Antoniou.» Glass steckte einen Finger in das Loch in der Spindtür und zog sie auf. Der Spind war leer bis auf ein kleines Fläschchen im obersten Fach. Glass zog mit der gesunden Hand ein Taschentuch hervor und nahm damit das Fläschchen heraus. *Eternity* stand auf dem Etikett. *Der Duft für die Ewigkeit.*

Als er sich umdrehte, fiel sein Blick auf Spiros. Ein Blick, den selbst Malone beängstigend fand.

«Was?», flüsterte der Cafébesitzer. Er breitete die Hände aus, sah hilfesuchend Nora und Malone an. Doch die konnten nichts für ihn tun.

«Nun, Mr. Antoniou, lassen Sie mich klarstellen, ob ich das recht verstanden habe. Sie wissen also rein gar nichts über diese sogenannte Mrs. Neumann, die ein Jahr lang hier gearbeitet hat.» Glass sprach mit äußerster Beherrschung, aber dadurch wirkte er umso bedrohlicher. «Sie haben keinerlei Unterlagen. Sie sehen nicht die geringste Möglichkeit, mir weiterzuhelfen. Ein Jammer. Ich würde es wirklich bedauern, die Steuerbehörde über Ihre kleinen Mauscheleien mit der Lohnzahlung informieren zu müssen.» Er nickte kurz, dann wandte er sich ab, um wieder nach vorn in den Gastraum zu gehen.

«Warten Sie.» Spiros folgte ihm. «Hören Sie, Lieutenant, ich will keinen Ärger. Ich kann Ihnen vielleicht helfen.» Er wischte sich mit einem Taschentuch den Schweiß von der Stirn.

Glass schwieg abwartend. Das Café war jetzt leer.

«Es gibt einen Briefumschlag», sagte Spiros.

Glass überlief ein vertrauter kalter Schauder. Das sähe Milosz ähnlich, dachte er. Noch ein Brief. Warum hatte er damit nicht gerechnet? Milosz war ihnen wieder einmal voraus.

«Ich habe ihn im Abfall gefunden.» Spiros ging zur Theke, nahm von der Ablage darunter einen verknitterten Briefumschlag und hielt ihn Glass entgegen. Darauf stand eine handgeschriebene Adresse.

Mrs. J. Mankiewicz
2/44 Niellsen Road
Richmond East 21145

Glass nahm den Umschlag. Alle drei, Malone, Nora und er selbst, hielten den Atem an. Langsam riss er den Umschlag auf, blickte hinein. Doch darin steckte nicht das mittlerweile vertraute Blatt Papier mit einer Nachricht, einer neuen unaussprechlichen Forderung. Stattdessen war der Umschlag leer.

«Wann haben Sie diesen Umschlag gefunden?»

«Letzte Woche. Als ich den Müll rausgebracht habe.»

«An welchem Tag letzte Woche?»

«Die Müllabfuhr kommt donnerstags, also war es wahrscheinlich am Dienstag oder Mittwoch.»

«Hat Mrs. Neumann öfter etwas in den Abfall geworfen? Papier, Taschentücher, Schminksachen?»

«Vorher es ist mir nie aufgefallen. Vielleicht hat eins von den anderen Mädchen was gesehen.» Er blickte Nora an. «Sie würden staunen, hier findet man alles Mögliche.»

«Sie sehen den Abfall wohl sehr gründlich durch, Mr. Antoniou?», entgegnete Nora. Er errötete.

«Warum haben Sie den behalten?», wollte Glass wissen. «Wozu heben Sie einen leeren Umschlag auf?» Er beugte sich vor, sodass sein Gesicht dicht vor das des kleinen Mannes gelangte. «Und warum haben Sie mir verschwiegen, dass Sie wissen, wo sie wohnt?»

Der Cafébesitzer wich zurück. «Ich wollte keinen Ärger –»

Doch Glass hatte sich bereits abgewandt. Die Motive des Mannes spielten keine Rolle. Und der einzige Grund dafür, dass er das Ding gefunden hatte, war, dass Milosz es so gewollt hatte.

An der Tür drehte er sich noch einmal um. «Sie rühren sich nicht von hier weg, ehe mein Team eintrifft», sagte er zu Spiros. «Ist das klar?» Dann ging er hinaus, ohne eine Antwort abzuwarten.

«Malone», sagte Glass, als die beiden anderen ihn eingeholt hatten, «rufen Sie die Spurensicherung. Die werden zwar auch nichts herausfinden, was wir nicht bereits wissen, aber rufen Sie sie trotzdem.»

«Lieutenant, wir sollten diese Adresse überprüfen.» Jetzt, da sie einen konkreten Anhaltspunkt hatten, konnte Malone es nicht erwarten zu handeln. «Von hier aus sind es nur zwanzig Minuten nach Richmond.»

«Denken Sie etwa, er ist da?»

«Sie sagen doch selbst immer, man muss jedem Hinweis nachgehen. Vielleicht ist er da, vielleicht auch nicht. Haben wir eine andere Wahl?»

«Richmond ist ein Industriegebiet, oder?»

«Halb und halb», erwiderte Malone. «Östlich des Flusses Leichtindustrie, westlich davon Wohn- und Geschäftsgegenden. Auch ethnisch ist es stark gemischt. Schwarze, Koreaner, Hispanier. Genau der Ort, wo sich so jemand verkriechen würde. Jeder kümmert sich nur um seine eigenen Angelegenheiten. Keiner will, dass andere sich einmischen.»

«Okay», sagte Glass. «Fahren Sie mit Nora dort vorbei. Sagen Sie mir Bescheid, wenn sich irgendetwas ergibt.»

«Kommen Sie nicht mit?»

Glass winkte bereits ein Taxi heran. «Nein», sagte er. «Diesen Part übernehmen Sie allein.»

«Warum wollte er nicht mitkommen?», fragte Malone, während er den Wagen zwischen einem Bus und einer Straßensperre aus Beton hindurchmanövrierte.

Bei diesem Fahrstil hatten sie zwar gute Chancen, Richmond in einer Viertelstunde zu erreichen, dachte Nora, aber sie würden dabei mehr Gemetzel anrichten als Milosz, wenn er die Schlüssel zum Waisenhaus in die Hände bekäme.

«Ich weiß es nicht genau», erwiderte sie, nachdem sie die Augen wieder geöffnet hatte. «Vielleicht wegen seiner Hand. Du hast doch gesehen, wie er sie schont. Oder vielleicht wollte er dich auch mal zum Zug kommen lassen. Dir die Leitung übertragen. Meine Güte, Danny, geh doch mal ein bisschen vom Gas. Wenn du so weitermachst, kommen wir nicht ohne Totalschaden an.»

«Himmel, Nora, wenn Milosz *tatsächlich* da ist ...»

Auch Nora spürte, wie bei diesem Gedanken ihr Puls beschleunigte. «Und wenn Amy noch am Leben ist ...»

Dann hing jeder seinen Gedanken nach. Malone starrte angestrengt durch die Windschutzscheibe in dem Versuch, das Verhalten der Fahrer um sich herum vorherzusehen. Als sie vom Freeway abfuhren, lotste Nora ihn durch eine verkehrsberuhigte Zone nach Richmond East hinein, in eine Gegend, die aus Lagerhäusern, Fabriken und Industriehöfen bestand. Mehrere Cafés waren noch geöffnet für die Angestellten von Werkstätten und Lagerhäusern, in denen Spätschicht gearbeitet wurde. Sie kamen an einem Straßenzug mit heruntergekommenen Gebäuden vorbei, die aussahen wie ehemalige Stadthäuser.

«Das macht nicht den Eindruck ...», begann Nora.

«Nein.» Malone versuchte zuversichtlicher zu klingen, als er sich fühlte. «Aber in solchen Gegenden kann man nie wissen. Manchmal braucht man nur um eine Ecke zu biegen ...»

Er tat ebendas, und gleich darauf fanden sie sich auf der Niellsen Road wieder.

«Wenigstens gibt es hier Häuser, Autos und Laternen», sagte er. «Da vorn, noch ein Stück die Straße entlang.»

«Denk dran», erinnerte Nora ihn, «wir sollen nicht

reingehen, sondern nur beobachten und Solly Bericht erstatten. Wir unternehmen nichts ohne seine Anweisung.»

«Ja, ja», sagte Malone, der mit wachsender Hoffnung die Hausnummern las. Die Adresse, nach der sie suchten, befand sich am anderen Ende der Straße, dort, wo die Beleuchtung heller war und Autos fuhren.

«Es ist eine Bar», stellte Nora fest, als sie hinter einer Reihe Autos und Transporter hielten. «Weiter nichts, nur eine Bar.»

«Aber stimmt die Adresse auch? Das ist nicht die Hausnummer, die auf dem Briefumschlag steht, oder?»

«Nein, es ist das Haus nebenan.»

Beide blickten hinüber zu den grellbunten Neonlichtern und dem stämmigen schwarzen Türsteher. Im Fenster blinkte eine Leuchtschrift: *Girls, Girls, Girls.*

«Es ist ein Striplokal», sagte Malone. Er schaltete den Motor und die Scheinwerfer ab und rief Glass an, um ihm mitzuteilen, was sie vorgefunden hatten.

Der Lieutenant klang nicht besonders überrascht.

«Überschätzen Sie niemals die Macht des Zufalls, Malone.»

«Der Briefumschlag war also eine falsche Fährte?»

«Denken Sie doch mal nach. Wir hetzen zu dem Café, um Mrs. Neumann zu verhaften, aber sie ist nicht da. Der Besitzer hat zufällig gerade letzte Woche herausgefunden, wo sie wohnt. Sie hetzen weiter zu ihrem Haus, um sie dort zu verhaften. Aber es ist gar nicht ihr Haus, es ist ein Striplokal. Jetzt sitzen Sie mit offenem Mund davor. Sind Sie sicher, dass er nicht hinter Ihnen steht, Malone? Jetzt, in diesem Moment, mit einer Videokamera?»

Malone musste sich beherrschen, nicht in den Rückspiegel zu schauen oder den Kopf zu drehen und sich zu vergewissern. Doch Glass forderte ihn gerade auf, nach etwas anderem Ausschau zu halten.

«*Girls, Girls, Girls*, das ist das Einzige, was ich sehe», berichtete er. «Augenblick mal, doch, da steht ein Name. Auf einem Schild über der Eingangstür. Es ist nicht besonders gut beleuchtet.»

«*Three Blind Mice*», las Nora vor. «Drei blinde Mäuse?»

Sie hörten Glass am anderen Ende bitter auflachen.

«Wie geht es jetzt weiter, Lieutenant?»

«Wenn Sie schon mal da sind, können Sie auch was tun für Ihr Geld.»

«Wir sollen reingehen?»

«Warum nicht? Vielleicht bekommen Sie da etwas zu sehen, was Sie noch nie gesehen haben.»

Malone und Nora wechselten einen Blick.

«Ach, und Malone», sagte Glass, als sie bereits aus dem Wagen stiegen, «fragen Sie an der Garderobe, ob Nachrichten hinterlegt wurden.»

«Das meinen Sie doch nicht ernst?»

«Es sind schon seltsamere Dinge geschehen.»

Am Eingang zum Club hielt Malone dem Türsteher seine Dienstmarke hin. Drinnen saß in einem schäbigen Garderobenraum eine junge Frau mit Fransen-BH. Abgesehen davon war sie oberhalb der Taille nackt.

«Hör auf zu gaffen», zischte Nora. «Schau lieber, wie es drinnen aussieht.»

Malone schob die Vorhänge beiseite und betrat die Bar. Ein Dutzend Männer saßen mit ihren Getränken an Tischen oder standen an der Theke. Die Luft war von

Rauch erfüllt. Vorn auf einer kleinen Bühne tanzte ein Mädchen an der Stange. Ein weiteres bewegte sich auf allen vieren in einem Käfig auf und ab wie eine Katze. Ihre nackte Haut glänzte von Öl.

«Hab ich nicht gerade gesagt, du sollst aufhören zu gaffen?» Nora war Malone gefolgt. «Falls es dir noch nicht aufgefallen sein sollte, keine der beiden da ist Mrs. Neumann. Jetzt geh und überprüf die Garderobe. *Ich* kontrolliere inzwischen hier drin die Ausweise.»

«Okay, okay.»

Als er wieder in den Eingangsbereich kam, traf er auf drei Personen: den Türsteher, den Manager und das Mädchen mit dem Fransen-BH, das offenbar gerade Pause von der Bühne hatte. Vielleicht, dachte Malone, zog sie die Fransen an, wenn sie herauskam. Damit sie passend gekleidet war, um neue Gäste zu begrüßen.

«Officer?» Der Manager wirkte angespannt, schien aber bereit zu kooperieren. In welcher Weise auch immer es erforderlich sein sollte. Malone hatte den Eindruck, dass er im Geiste schon die Brieftasche zückte. «Gibt es irgendein Problem?»

«Detective Malone», stellte er sich vor. «Ich suche jemanden.»

«Die Mädchen hier sind alle volljährig. Sie haben Papiere. Was sie in ihrer Freizeit tun –»

Malone hob abwehrend die Hand. Die Szene war ihm zuwider. Glass hatte recht: Milosz hätte seine helle Freude an dieser drittklassigen Komödie gehabt. «Hat hier vielleicht irgendjemand eine Nachricht hinterlegt?» Er wandte sich direkt an das Mädchen mit den Fransen, das den Wortwechsel bisher mit ausdruckslosem Gesicht mit angehört hatte.

«Eine Nachricht?» Sie war schätzungsweise achtzehn. Hübsch. Kleiner Mund, Stupsnase. «Für wen?»

Was sollte er darauf sagen? *Ich weiß es nicht*? Der Manager und der Türsteher verfolgten die Szene mit wachsender Verwirrung. Das war nicht die Art von Erpressung, die sie von der Polizei ihres Bezirks gewöhnt waren.

«Für einen gewissen Glass. Solomon Glass», sagte Malone aufs Geratewohl.

Das Mädchen warf einen Blick unter die Theke. «Einen *Lieutenant* Glass?», fragte sie dann.

«Soll das heißen, es wurde tatsächlich eine Nachricht hinterlegt?»

«Keine Nachricht. Ein Päckchen.»

Sie zog es hervor. Eine Zigarrenkiste. Als sie sie Malone reichte, sah er die Einstiche an ihrem Arm.

«Wann wurde das abgegeben?»

Sie zuckte die Schultern. «Weiß nicht. Das kann jedes von den Mädchen da hingelegt haben. Vielleicht auch jemand vom Reinigungspersonal. Die Ablage ist sozusagen unser Fundbüro.»

«War das Päckchen schon hier, als Sie Ihre letzte Schicht hatten?»

«Keine Ahnung. Hab nicht nachgesehen.»

«Jetzt hören Sie mal», schaltete sich der Manager ein, gerade als Nora wieder herauskam und mit einem Blick zu Malone den Kopf schüttelte. Dann sah sie das Kästchen in seiner Hand.

«Hören Sie», sagte der Manager noch einmal. «Hier gibt es keine Drogen. Wir sind eine Bar, ein Tanzlokal. Wir haben eine Lizenz. Mit Drogen haben wir nichts zu tun.»

«Immer langsam.» Malone hob eine Hand. «Es geht nicht um Drogen. Es ist nur etwas, das ein ... Bekannter hier für uns hinterlegt hat.»

«Was ist da drin, wenn es keine Drogen sind?»

Malone wechselte einen Blick mit Nora. Sie zuckte mit den Schultern – warum nicht?

Er öffnete das Kästchen und schaute hinein. Nora spähte ihm über die eine Schulter, der Manager über die andere.

«Na so was, drei blinde Mäuse!», rief der Manager und lachte über den makabren Inhalt. «Sieh mal, Benny», sagte er zu dem Türsteher. «Drei tote Mäuse. Aber was ist mit ihren Gesichtern? Haben die Masken auf oder was?»

Malone zog seinen Stift aus der Tasche und drehte damit eine der Mäuse um.

«Hey, das sind ja Sie», stellte der Manager fest. Er hatte recht: Am Kopf der Maus war ein kleines Foto von Malones Gesicht befestigt.

«Und das da, das sind Sie, nicht wahr?» Er verglich Noras Gesicht mit dem Foto an der zweiten Maus.

«Ich denke schon», bestätigte sie.

«Und wer ist die dritte?»

«Niemand, den Sie kennen», antwortete Malone. Er drehte die dritte Maus herum, um sich zu vergewissern, dass es Glass sein sollte. Dabei bemerkte er unter den drei kleinen Kadavern ein Stück Papier. Er zog es behutsam heraus und drehte es um. Es war die Zeichnung von einer Frau, die ein Messer in der Hand hielt. Sie trug ein langes, geblümtes Kleid.

«Sie hat die Schwänze mit einem Messer abgeschnitten», stellte Nora fest.

«Ja, stimmt», bestätigte der Manager. «Drei blinde Mäuse – *Three Blind Mice*, das sind wir, sozusagen. Aber was steht da an der Seite?», wollte er wissen.

Malone hielt das Kästchen hoch.

«Das ist der Anfang von einem Kindervers», sagte Nora. «Drei blinde Mäuse, schau, wie sie laufen ...»

«Verrückt», kommentierte der Manager. «Was für Scherze sich die Leute einfallen lassen.»

Als Nora und Malone wieder im Wagen saßen, riefen sie Glass noch einmal an. «Fahren Sie zurück zum Café, zu den Kollegen von der Spurensicherung», wies er Malone an. «Geben Sie ihnen das Kästchen und bleiben Sie dabei, bis die Jungs fertig sind. Und wenn Sie schon mal dort sind, nehmen Sie auch gleich die Aussage des Besitzers auf.»

«Was ist mit mir, Solly?», wollte Nora wissen.

«Ich brauche Sie hier auf der Wache. Nehmen Sie sich ein Taxi. Und, Malone, ich will Sie beide morgen früh um halb acht hier sehen – und zwar pünktlich, verstanden?»

Malone stöhnte. Am nächsten Tag war Samstag. Und an diesem Abend würde er noch wer weiß wie lange in dem verdammten Café herumsitzen.

Während er den Wagen anließ, murmelte er vor sich hin. Was zum Teufel hatte Glass in der Zwischenzeit vor? Das interessierte ihn wirklich brennend.

Einundzwanzig

Es war lange nach Mitternacht, als die Forensiker ihre Arbeit beendeten. Sie hatten hundert Fotos von nichts gemacht – einem leeren Spind, einer gebrauchten Parfümflasche – und jede glatte Oberfläche im gesamten Café auf Fingerabdrücke untersucht. All das, um *was* zu beweisen? Dass Milosz hier gewesen war? Dass er den besten Kaffee in diesem Teil des Universums machte?

Spiros hatte mit unbehaglicher Miene dabeigestanden. Malone ließ ihn eine Weile schwitzen, dann setzte er sich mit ihm hin und nahm seine Aussage auf. Diese überzeugte ihn, sofern das noch nötig war, vollends davon, wie clever Milosz tatsächlich gewesen war. Wie wenig er von sich preisgegeben hatte, selbst gegenüber seinem Arbeitgeber. Nun gut, Spiros mochte kein besonders scharfer Beobachter sein, und er hatte auch nicht viel Kontakt mit Mrs. Neumann gehabt. Wenn er um fünf kam, um das Café zu übernehmen, hatte sie ihre Tagschicht schon beendet oder war gerade im Begriff zu gehen, oft ohne ihn auch nur zu grüßen.

Doch Malone argwöhnte, dass noch mehr dahintersteckte. Im Gespräch mit Spiros wurde ihm klar, dass es sich bei diesem Burschen, der ohne einen Penny von einer winzigen Ägäisinsel in die Staaten gekommen war, um einen traditionsverbundenen Mann handelte. Dass die Frau, die er vor etwa einem Jahr eingestellt hatte, in Wahrheit ein Mann sein könnte, erschütterte ihn in den Grundfesten.

Am Ende war deprimierend klar, dass Spiros Antoniou rein gar nichts über Milosz wusste, weder über sein Alter noch über seinen Hintergrund oder seine früheren Arbeitgeber. Milosz hatte seinen Lohn wöchentlich ausbezahlt bekommen, in bar, ohne Arbeitgeberleistungen. Die beiden hatten nur das Nötigste miteinander gesprochen. Auch von den übrigen Mitarbeitern wusste niemand etwas über ihn zu sagen. An den Tagen, an denen irgendwelche Kontrollen anstanden, sei es durch das Gesundheits- oder das Arbeitsamt, meldete sich Milosz krank. Und hin und wieder hatte er sich ein paar Tage freigenommen, um eine Tante im Norden des Staates zu besuchen.

«Wie oft kam das vor?», fragte Malone.

«Drei oder vier Mal. Und immer nur für ein paar Tage.»

«Wann war das letzte Mal?»

Spiros überlegte kurz, dann ging er zur Bar und zog einen Dienstplan hervor. Er hatte zwar keine Aufzeichnungen über Mrs. Neumann geführt, wohl aber über ihre Vertretung. «Am Einundzwanzigsten.»

«September?»

«Ja. Am Einundzwanzigsten ist sie gefahren und am Fünfundzwanzigsten war sie wieder hier. Vier Tage Urlaub.»

Einer für die Vorbereitungen, einer, um Amy zu entführen, einer, um sie zu ... operieren, einer, um sie anschließend zu behandeln und sicherzustellen, dass sie nicht verblutete. Und dann zurück ins Café. An die Maschine. Ans Fenster.

Malone nahm Spiros den Dienstplan aus der Hand und blätterte zurück, um die Zeiträume von Milosz' früheren Abwesenheiten zu überprüfen. Da er genau wusste, nach welchen Daten er zu suchen hatte, war es nur eine Sache von Sekunden. Alles passte zusammen.

«Wir werden diesen Plan brauchen, Mr. Antoniou. Und ich will detaillierte Angaben über alle, die mit Mrs. Neumann zusammengearbeitet haben.»

Als die Kollegen von der Spurensicherung ihre Sachen zusammenpackten, war Malone so deprimiert wie nie zuvor in seinem Berufsleben. Sie kannten den Gesuchten, sie besaßen ein Foto von ihm, hatten seine Fingerabdrücke. Sie kannten seine Vorgehensweise, seinen Modus Operandi – und dennoch waren sie nicht näher daran, ihn zu finden, als zu Anfang. Und wenn sie ihn nicht bald fassten, würde ein weiteres seiner Opfer tot sein.

Malone wollte gar nicht darüber nachdenken, wer dieses Opfer sein könnte.

Draußen wehte ein scharfer, eisiger Wind. Malone zog sein Handy hervor. «Ich bin's», sagte er, als Nora sich meldete. «Bist du noch auf?»

«Hm.»

«Alles in Ordnung mit dir?»

«Ja. Ich konnte nicht schlafen, da habe ich etwas gelesen.» Er glaubte in ihrer Stimme einen Widerstand wahrzunehmen.

Einen Moment lang schwiegen beide. Dann fragte Nora: «Und wie sieht's bei dir aus? Alles okay?»

«Na ja, ich habe nichts Neues aus Spiros rausbekommen. Der Bursche ist so ahnungslos wie ein Blinder auf dem Schießstand.»

Wieder folgte ein seltsames Schweigen. Jeder schien dem Atem des anderen zu lauschen.

«Ich dachte, ich könnte vielleicht noch vorbeikommen?», sagte Malone schließlich.

«Okay.»

Hatte es etwas mit ihm zu tun? Oder war es der Fall, der ihnen beiden zu schaffen machte? «Bist du sicher, dass es dir recht ist?»

«Klar. Warum denn nicht?»

Er konnte es nicht sagen.

Als er eintraf, war sie schon im Bademantel und machte sich gerade zum Schlafengehen fertig. Das Wohnzimmer war aufgeräumt, und von dem Buch, das sie angeblich gelesen hatte, war nichts zu sehen. Vielleicht hatte sie in Wirklichkeit gar nicht gelesen. Vielleicht hatte sie ebenso wie er vor sich hin gebrütet, gefangen in derselben gedanklichen Tretmühle. Sie sah ziemlich abgespannt aus.

Und ihre ersten Worte, nachdem sie ihn an der Tür wie immer mit einem flüchtigen Kuss begrüßt hatte, bestätigten seinen Verdacht.

«Milosz hat es also tatsächlich auf Solly abgesehen, nicht wahr?»

«Ja», sagte Malone. «Ich denke, darauf lief es die ganze Zeit hinaus.»

«Und die anderen – die Kinder, die Mütter – die waren nur Mittel zum Zweck?»

«Wahrscheinlich.»

«Aber warum hat er dann nicht direkt ihn aufs Korn genommen?»

«Das weiß ich nicht.»

Sie schauten einander an. Angesichts all dieses Elends – des Elends so vieler Menschen – fühlten sie sich ratlos und verloren.

«Du siehst erschöpft aus», sagte Nora. «Gönn dir erst mal eine heiße Dusche und einen Whiskey, dann fühlst du dich bestimmt besser. Und anschließend brauchst du Schlaf.»

Er war so müde, dass es ihm nicht einmal leidtat, was sie ihm damit signalisierte: dass Schlaf das Einzige war, worauf er heute Nacht hoffen durfte.

Sie behielt recht, was die Dusche betraf – danach fühlte er sich tatsächlich besser. Beinahe als ob seine Haut ihm wieder passte. Der Whiskey stieg ihm allerdings augenblicklich zu Kopf, und all seine Erschöpfung brach mit einem Schlag über ihn herein. Er trank die letzten Tropfen aus und ging in die Küche, um das Glas auszuspülen.

Im Spülbecken stand bereits ein leeres Glas. Er runzelte die Stirn, nahm es in die Hand und roch daran. Das unverkennbare Aroma von Double Malt stieg ihm in die Nase. Aber Nora hasste Whiskey, erinnerte er sich. Sie hatte zwar immer eine Flasche davon in ihrem Apartment, aber nur für ihn. Sie selbst trank nie davon. Hatte vielleicht der Druck der vergangenen Tage sie dazu gebracht, ihre Abneigung zu überwinden?

Oder hatte sie womöglich früher am Abend schon einen Besucher empfangen?

Er versuchte diesen Gedanken zu verfolgen, doch sein Verstand war zu träge. Nichts schien mehr einen Sinn zu ergeben. Also spülte Malone sein Glas, stellte es auf das Abtropfgitter, warf noch einen letzten Blick auf das Schnapsglas in der Spüle und schaltete das Licht aus.

Es hieß immer, die beste Art, ein Problem zu lösen, sei, darüber zu schlafen. Am Morgen war es oft von selbst verschwunden oder wenigstens auf ein Format geschrumpft, mit dem man zurechtkam.

Doch das galt nicht für Malone. Jedenfalls nicht an diesem Morgen und mit diesem speziellen Problem. Sein Kopf war zu schwer, als dass er richtig denken konnte, seine Zunge zu träge, um Fragen zu stellen. Er hatte nur vier Stunden geschlafen und fühlte sich, als habe er die ganze Nacht getrunken. Ein einziger Whiskey konnte unmöglich einen solchen Kater verursachen. Nora sah auch nicht besser aus, als er sich fühlte.

Sie aßen Obst zum Frühstück, tranken Kaffee. Danach hatte Malone zumindest wieder das Gefühl, dass sein Kopf auf den Schultern saß. Auch wenn die Aussicht von dort keineswegs besser war. Nora hatte wahrscheinlich recht: Wenn es gestern schlimm gewesen war, würde es heute noch schlimmer werden.

«Heilige Mutter Gottes, ist es schon so spät?», rief sie. «Wann sollten wir im Büro sein?»

«Halb acht.»

«Dann müssen wir uns jetzt auf den Weg machen.»

Malone trank noch einen großen Schluck Kaffee. «Okay, ich bin startklar. Gehen wir.»

Eine Minute später zog er die Wohnungstür hinter sich zu. Dann betrachtete er nachdenklich Nora, die vor ihm her durch den Hausflur ging. War am vergangenen Abend noch jemand anders hier gewesen? Wenn ja, kam nur eine Person in Frage. Aber warum hatte sie ihm dann nichts davon erzählt? Sie würde ihn doch nicht hintergehen?

Nein, niemals. Trotzdem wurde er den Gedanken nicht los, dass Glass womöglich in ihrer Wohnung gewesen war und Nora nichts davon gesagt hatte. Vielleicht würde er Glass danach fragen.

Zweiundzwanzig

Der Tag war gerade erst angebrochen, und es herrschte beißende Kälte. Dennoch erwartete der Junge ihn bereits auf der offenen Veranda, die Angelrute in einer Hand, ein Päckchen mit Ködern in der anderen. Als Glass anhielt, kam Nathan ihm entgegen, um ihn zu begrüßen.

«Neues Auto?», fragte er.

«Nein, das ist nur ein Mietwagen.»

«Schick.» Er drehte sich zum Haus um. «Onkel Sol ist hier, Mom!», schrie er. «Ich bin dann weg.»

Und an Glass gewandt, sagte er: «Los geht's.»

Glass – der emotionale Asket und eingefleischte Zyniker – staunte wieder einmal darüber, wie zielsicher Kinder einen treffen konnten, indem sie einfach sie selbst waren. Mit ihrer unverhohlenen Wiedersehensfreude. Auch wenn die einzige Waffe, die sie in der Hand hielten, eine Angelrute war.

«Hallo, Sol!», rief Susan ihm von der Haustür aus zu. Sie warf einen prüfenden Blick zum Himmel, der von bleiernen Wolken bedeckt war. «Pass auf, dass er sich nicht erkältet.»

Glass schaute auf Nathan hinunter, auf dessen unbändiges schwarzes Haar, den dicken Wollschal, den er um den Hals trug, den schweren Lumberjack, die Moleskin-Handschuhe und die Lederstiefel. Er fragte sich, seit wann der Junge wohl auf den Beinen war, wie lange er schon fertig angezogen auf seinen Onkel wartete. Er warf einen Blick auf die Uhr.

«Wir sind spätestens um Viertel nach sieben zurück!», rief er Susan zu.

Nathan hatte seine Köderdose in die Tasche gesteckt und griff nach Glass' Hand. «Ach, das hatte ich ganz vergessen», sagte er, als sein Onkel zurückzuckte, und betrachtete die Ledermanschette, die dieser inzwischen trug.

«Ein Unfall», erklärte Glass und ging über den Gartenweg zum Auto.

«Ich weiß. Dad hat es mir erzählt, damit ich nicht erschrecke.»

Nathan betrachtete die Hand, die Glass noch immer vor sich hielt. Wenn er sie seitlich hängen ließ oder beim Gehen den Arm schwang, pochte und hämmerte sie wie ein unerbittlicher Trommelschlag.

«Kann ich mal sehen?», fragte der Junge. «Kannst du dieses Lederdings abmachen? Sieht man da den Knochen rausstehen?»

«Nein.» Glass zog seinen Neffen am Ohr. «Du blutrünstiges Monster. Was hat dein Vater sonst noch gesagt?»

«Er hat gesagt, dass Onkel Michael dir den Finger verarztet hat.»

«*Onkel* Michael?»

«Dr. Rubenstein.»

«Und den nennst du Onkel?»

«Dad hat gesagt, ich soll ihn so nennen. Er sagt, ich bräuchte eine größere Familie. Schließlich habe ich keine Cousins und nur einen Onkel.»

«Ah. Ich verstehe.»

Glass schloss den Wagen auf, und Nathan legte seine Angelrute längs zwischen die Sitze.

«Darüber sollte er lieber mit deiner Großmutter reden.»

«Hat er schon.»

Sie setzten sich ins Auto. Nathan konnte den Blick nicht von der linken Hand seines Onkels losreißen.

«Und was hat deine Großmutter gesagt?» Glass ließ den Motor an und fuhr los in Richtung Fluss.

«Sie hat gesagt, bei zwei so tollen Jungen hätte jedes weitere Kind nur eine Enttäuschung werden können.»

«Hmm.» Glass nahm sich im Stillen vor, sich in Zukunft mehr um seine Mutter zu kümmern. Aber was sollte er ihr erzählen?

«Sie hat auch gesagt», berichtete Nathan weiter, «dass du früher immer so lieb zu Dad warst. Dass du der beste große Bruder der Welt warst.»

«Und was hat dein Vater dazu gesagt?»

«Er kann sich nicht mehr dran erinnern, er sagt, er müsste an dem Tag wohl weg gewesen sein. Beim Zahnarzt, sich Zähne ziehen lassen oder so.»

Am Fluss, als Nathan seine Angel zwischen den Sitzen herausholte, schrie er auf.

«Onkel Sol, wo ist denn *deine* Angel? Du hast ja deine Angel vergessen!»

«Ich dachte, ich versuche es mal hiermit.» Glass zog eine Handspule unter seinem Sitz hervor. «Zur Abwechslung.»

«Damit fängst du nie was.»

«Kümmere dich um deinen Köder, Hemingway, und wirf deine Angel aus. Wir haben nur eine Stunde.»

«Ist es wegen deiner Hand?»

Kinder, dachte Glass. Keine Diskretion, keine Zurückhaltung. Sie sprechen aus, was ihnen gerade in den Sinn kommt.

«Sollen wir wirklich hier angeln, Onkel Sol?»

«Hier ist Wasser, oder etwa nicht? Fische leben im Wasser.»

«Aber es ist so dreckig! Hier ist bestimmt alles vergiftet. Dad sagt, es ist verrückt, hier zu angeln. Da fängt man höchstens Mutanten.»

«Wirklich? Na, er muss es ja wissen.»

«Meinst du nicht?», fragte Nathan und warf zum ersten Mal seine Angel aus. Mit sicherem Schwung platzierte er den Köder weit vom Ufer im grauen Wasser des Flusses. Glass nickte anerkennend. Der Junge hatte geübt.

«Ein Fisch, der in diesem Wasser überlebt, muss ganz besonders gesund sein», sagte er. «Und wenn du einen fängst, würde ich ihn deinem Vater zu essen geben.»

«Warum kannst du nicht mal ernst sein, Onkel Sol?»

«Ich *bin* ernst.»

«Nein, bist du nicht. Du sagst immer das Gegenteil von dem, was du eigentlich sagen willst.»

«Und woher weißt du, was ich eigentlich sagen will?»

«Weil du mein Onkel bist.»

Danach schwiegen sie eine Weile, und Nathan genoss offensichtlich das Fischen. Den Köder zu befestigen, seine Angel auszuwerfen, den Haken zu lösen, wenn er sich an irgendetwas verfangen hatte, die Angel einzuholen … die Plastiktüten loszuschneiden, die sich in seinen Köder verheddert hatten. Es dauerte eine ganze Weile, bis ihm auffiel, dass sein Onkel gar nicht angelte. Er hatte noch nicht ein einziges Mal seine Schnur ausgeworfen, sondern stand einfach nur da und sah ihm, Nathan, zu. Und dachte nach.

«Dad sagt, du brauchst eigentlich nicht so einen Arzt wie Onkel Michael.»

«So, sagt er das?»

Glass hatte allmählich die Nase voll von Onkel Michael.

«Dad sagt, du brauchst einen Physiater.»

«Ja, vielleicht, jetzt sind wir beide aber hier und fischen, oder nicht?»

Der Junge schaute zu ihm auf.

«Stör dich nicht an mir, Nathan. Du bist ein guter Junge. Es ist nur ... Ich glaube, ich weiß, was dein Dad meint. Einen Arzt für den Kopf, stimmt's? Was hat er sonst noch gesagt?»

«Er sagt, du wirst nie glücklich werden, solange du nicht heiratest.»

«Und dafür sorge, dass du ein paar Cousins und Cousinen bekommst? Und Oma Glass mehr Enkel?»

«Hm.»

Kindermund. Da klang sogar aus den Lügen der Väter eine Wahrheit heraus. Glass fragte sich, welche Botschaften Izzy sonst noch auf diesem Weg an ihn übermitteln wollte.

«Dad sagt, er hat Angst, dass du bald stirbst.»

«Warum das?»

«Weil du Polizist bist.»

Neben dem Schwimmer von Nathans Angel war ein kleiner Strudel in der Strömung zu sehen. Es hätte sogar ein Fisch sein können. Glass wartete darauf, dass der Junge an der Schnur zog, um den Widerstand zu prüfen. Doch er hielt die Rute reglos in seinen Händen, die jetzt rot vor Kälte waren.

«Du stirbst doch nicht, Onkel Sol, oder?»

Während Nathan das aussprach, ruckte er an seiner Angel, wie um die Worte im selben Moment ungesagt zu machen. Ein Gewirr aus grauen, verrottenden Algen und Plastik schwamm träge auf das Ufer zu.

«Das bringt nichts», sagte er, die Stimme von Enttäuschung erfüllt – oder vielleicht von etwas, das tiefer ging. «Nächstes Mal», fuhr er hastig fort, ehe Glass etwas erwidern konnte, «nächstes Mal musst du mit mir wieder irgendwohin fahren, wo man richtig angeln kann. An den See. Oder ans Meer. Hier ist es zu kalt.»

«Abgemacht», sagte Glass, nickte und ließ den Blick über das trügerische graue Wasser dieses gottverlassenen Ortes schweifen. Er dachte an den Taxifahrer. *Ja, ich würde es drüben bei der Jaspers Bridge versuchen.* Arschloch.

«Mit einem Boot. Damit wir aufs Wasser rauskönnen.» Nathan wies auf den Klumpen Plastik, den er von seinem Haken hatte losschneiden müssen. Auf die Fastfood-Verpackungen, die weggeworfenen Flaschen, das Gewirr alter Angelschnüre, die kaputten Ausrüstungsteile, die sich zu ihren Füßen häuften. «Wo nicht solches Zeug rumschwimmt.»

Glass hielt die Angelrute mit der gesunden Hand fest, während sich der Junge abmühte, die Schnur zu entwirren. Am Ende gab er es in einem Anfall von Wut auf und durchtrennte sie mit einem einzigen heftigen Schnitt. Glass glaubte zu erkennen, dass er den Tränen nahe war.

«Du hast recht, Nathan, das hier ist eine blöde Stelle. Jemand hat mir einen falschen Tipp gegeben. Es tut mir leid.»

«Schon okay», sagte der Junge. «Wenigstens haben wir es versucht.»

Auf der Rückfahrt sprachen sie nur wenig. Als sie

sich Nathans Elternhaus näherten, fragte Nathan, ob Glass noch mit hineinkomme.

«Leider nicht. Aber trotzdem danke, Nathan.»

«Warum nicht?»

«Ich habe viel zu tun.»

Glass half Nathan beim Aussteigen mit der Angel. Seine Stiefel waren schlammverkrustet. Susan würde nicht begeistert sein.

Der Junge stand am Bordstein, die Angelrute in der einen Hand, die Köderdose in der anderen. Genau wie vor einer Stunde. Nur das Licht wirkte jetzt seltsam matt, und all die Farbe schien aus Nathans Gesicht gewichen zu sein. Er sah aus, als würde er frieren, blass und unglücklich.

Glass betrachtete den Jungen, der den Blick auf das Auto richtete, auf die Angel in seiner Hand. Überallhin, nur nicht auf seinen Onkel.

«Hör mal, Nathan», sagte er, plötzlich sehr ernst. «Würdest du etwas für mich tun? Es ist wichtig.»

«Was denn?»

«Sag deinem Dad, er soll nicht alles glauben, was in der Zeitung steht, okay? Wirst du das für mich tun?»

«Klar, kein Problem. Und nächstes Mal geht's an den See, ja?»

«Nächstes Mal geht es an den See.»

«Mit einem Boot?»

«Mit einem Boot.»

«Cool.»

Nathan bückte sich, um seine Angelrute aufzuheben. Auf halbem Weg zum Haus blieb er stehen und drehte sich noch einmal um. Die dichter werdenden Wolken schienen alles Licht aus dem Himmel aufzusaugen.

«Bald, Onkel Sol?»

«Bald», versprach Glass. «Sobald ich es einrichten kann.»

Bevor es zu spät ist, schien der Junge hinzufügen zu wollen, als er ein letztes Mal winkte.

Teil III

Out in the marsh reeds
A bird cries out in sorrow
As though it had recalled
Something better forgotten

Ki no Tsurayuki

Dreiundzwanzig

«Bist du sicher, dass er halb acht gesagt hat?», fragte Malone, als sie das Büro leer vorfanden.

«Völlig sicher.»

«Und wo ist er dann?»

Sie warteten fünf Minuten. Zehn.

«Ich gehe runter, ich habe noch einiges an Arbeit aufzuholen», sagte Nora schließlich. «Ruf mich an, wenn er auftaucht.»

Malone blieb allein zurück. Und das war in dieser Situation das Allerschlimmste für ihn. Sobald Nora gegangen war, stieg ein ganzer Schwarm düsterer, unbeantwortbarer Fragen auf und begann ihn zu umkreisen. Wo war Glass? Wenn er sagte, er wolle sich um halb acht mit ihnen treffen, dann meinte er das normalerweise wörtlich. Und dann das leere Whiskeyglas – war er gestern Abend bei Nora gewesen? Wenn ja, warum? Und warum hatte sie ihm immer noch nichts davon erzählt? Was, wenn dem Lieutenant etwas zugestoßen war? Was, wenn sich die Wunde an seiner Hand entzündet hatte?

Malone ging auf und ab. Setzte sich wieder. Versuchte zu arbeiten. Stand erneut auf. Er ging zu Glass'

Schreibtisch, nahm den Kalender und blätterte um auf das heutige Datum. Acht Uhr. Viertel nach acht.

Er griff zum Telefon, wählte Glass' Nummer. Niemand meldete sich.

Schließlich hielt er es nicht länger aus. Er rief Nora an.

«Er ist immer noch nicht hier», sagte er. «Ich fahre mal raus zu seiner Wohnung, um nachzusehen, ob alles okay ist.»

«Meinst du wirklich?»

«Ja, ich halte diese Warterei nicht mehr aus. Ruf mich an, wenn er kommt, ja?»

Glass' Wagen stand draußen vor dem Haus, als Malone eintraf. Der schwarze Chevy sah aus, als gehöre er auf den Schrottplatz. Malone parkte drei Häuser weiter am Straßenrand, ging zurück zu dem Chevy und legte eine Hand auf die Motorhaube. Das Metall war kalt. Aber wer konnte wissen, wie schnell ein Motor bei diesem Wetter abkühlte? Malone bückte sich, spähte durch die Scheibe. Auf dem Beifahrersitz lag eine Ausgabe von *The Tribune*, noch gefaltet, ungelesen. Sie war von gestern.

Er hatte während der Fahrt noch einmal versucht anzurufen, um Glass mitzuteilen, dass er zu ihm auf dem Weg war, doch wieder meldete sich niemand. Vielleicht war der Lieutenant noch unter der Dusche, dachte Malone hoffnungsvoll. Vielleicht hörte er deshalb auch nicht das Klopfen an der Tür. Malone wartete ein paar Minuten, dann klopfte er erneut. Und ein drittes Mal, wesentlich fester. Wo zum Teufel steckte Glass?

Schließlich hämmerte und polterte er an die Tür. Und tatsächlich öffnete sich eine: die der Wohnung nebenan. Eine Frau in zitronengelbem Morgenmantel und mit einem Tuch um den Kopf blickte Malone durch den Dunst ihrer ersten Morgenzigarette an.

«Wollen Sie die Tür einschlagen?»

«Haben Sie Lieutenant Glass heute Morgen schon gesehen?»

«Kommt drauf an», erwiderte sie.

Kommt drauf an, wer fragt, hieß das. Malone zog seine Dienstmarke hervor und hielt sie der Raucherin direkt vors Gesicht.

«Ich bin nicht kurzsichtig», sagte sie und lehnte sich zurück.

«Also, haben Sie ihn gesehen oder nicht», fragte Malone noch einmal energischer.

«Nein. Und anscheinend ist er auch nicht hier», entgegnete sie und wandte sich ab, um wieder hineinzugehen. «Es sei denn, er ist über Nacht taub geworden.» Die Tür schlug zu.

Verdammt. Malone betrachtete Glass' Tür und erinnerte sich daran, dass sie während der Mafia-Kriege speziell gesichert und verstärkt worden war. Es würde ihm niemals gelingen, das Ding einzuschlagen.

Am Fenster nebenan bewegte sich ein Vorhang, und während Malone auf die Feuertreppe zu Glass' Balkon zuging, sah er kurz etwas Zitronengelbes aufblitzen. Gleich darauf fiel der Vorhang wieder zu. Wichtigtuerin, dachte er. Was hatte sie vor – wollte sie die Polizei rufen?

Die Glastüren zum Schlafzimmer waren abgeschlossen, die Vorhänge jedoch nicht zugezogen, sodass Malone einen Blick in das Zimmer und das angrenzende Bad werfen konnte. Kein Lebenszeichen zu entdecken, das Bett schien unberührt. Auch diese Türen waren, wie er wusste, speziell gesichert und mit Scheiben aus Panzerglas versehen.

Alles, was Malone sah, deutete darauf hin, dass Glass nicht hier war und dass er auch in der vergangenen Nacht nicht hier gewesen war. Aber warum stand dann sein Wagen vor dem Haus?

Er versuchte noch einmal anzurufen. Diesmal ertönte weder das Rufzeichen noch die Ansage des Anrufbeantworters.

In dem Moment überkam Malone die Angst.

In der Ferne hatte eine Sirene eingesetzt. Während Malone die Feuertreppe wieder hinunterstieg und auf den Gehweg hinaustrat, wurde die Sirene lauter. Malone verfluchte im Stillen die Nachbarin. Er konnte es sich nicht erlauben, sich hier aufhalten zu lassen und stundenlang die Fragen irgendeines übereifrigen Streifenpolizisten zu beantworten.

Es war schon fast halb zehn, als Malone wieder in der Dienststelle eintraf. Ein paar Streifenpolizisten, die er vom Sehen kannte, gingen in der Tiefgarage wortlos an ihm vorbei. Als er sich nach ihnen umsah, stellte er fest, dass auch sie ihn beobachteten. Er schaute hastig an sich hinunter, um festzustellen, was an ihm nicht stimmte. Ob er womöglich vergessen hatte, seine Hose anzuziehen.

Glass war noch immer nicht im Büro. Es brannte kein Licht, der Monitor seines Computers war dunkel. Malone versuchte es erneut per Telefon. Vergeblich.

Da er unmöglich tatenlos an seinem Schreibtisch sitzen konnte, fuhr er mit dem Aufzug hinunter in die IT-Zentrale. «Commissioner Keeves hat angerufen», teilte ihm einer der Kollegen dort mit, sobald er eintrat. «Er hat gesagt, Sie sollen raufkommen.»

Himmel, dachte Malone, das musste bedeuten, dass der Chef jetzt den Bericht über den gestrigen Abend haben wollte. Den ganzen Bericht, nicht nur die Details, die Glass ihm hinterlassen hatte. Malone eilte zurück in sein Büro und rief in der Forensik an, um sich zu erkundigen, wie weit sie mit den Fotos und den Fingerabdrücken waren. Die beiden Officers, die in dem Café gewesen waren, seien noch nicht da, hieß es. Sie hätten in der vergangenen Nacht noch spät einen Einsatz gehabt.

«Dann wollen wir sie heute Morgen mal schön ausschlafen lassen, wie?», erwiderte Malone sarkastisch.

Er versuchte ein letztes Mal, Glass anzurufen, dann setzte er sich an seinen Schreibtisch, um Spiros Antonious Aussage niederzuschreiben. Um Viertel nach zehn kam ein Anruf von Keeves' Assistentin. «Der Chef will Sie sprechen», sagte Alice. *«So-fort.»* Malone wollte etwas erwidern, doch die Leitung war bereits tot.

Als er in der fünfzehnten Etage ankam, führte Alice ihn gleich in Keeves' Büro. Dieser saß hinter seinem Schreibtisch, und ihm gegenüber, mit dem Rücken zur Tür, saß Nora. Was machte sie hier? Worüber konnten die beiden gesprochen haben? Sie drehte sich nicht zu ihm um.

Als Malone beinahe Noras Stuhl erreicht hatte,

bedeutete Keeves ihm mit einer Handbewegung, stehen zu bleiben. Dann musterte er ihn von oben bis unten.

«Sie wollten mich sprechen, Sir?»

«Ich *muss* Sie sprechen, Malone. Das macht einen Unterschied.»

Nora blickte zum ersten Mal kurz zu Malone auf. Nimm dich in Acht, sagte ihr Gesichtsausdruck. Doch in ihrem Blick lag noch etwas, eine Warnung anderer Art, die Malone nicht deuten konnte. Im nächsten Moment richtete sie den Blick wieder geradeaus.

«Ist Glass inzwischen aufgetaucht?», fragte Keeves.

«Ähm, noch nicht, Sir.»

«Wie ich hörte, sind Sie zu seiner Wohnung gefahren?»

«Ja, Sir.»

«Und?»

«Dort war keine Spur von ihm zu sehen, Sir. Ich bezweifle ...» Malone senkte den Blick kurz zu Nora, doch sie starrte entschlossen geradeaus. «Ich bezweifle», setzte er noch einmal an, «dass er in der vergangenen Nacht überhaupt zu Hause war.»

Keeves dachte einen Moment nach. «Telefon?», fragte er dann barsch.

«Er scheint Probleme mit seinem Handy zu haben, Sir. Es ist momentan tot.»

«Auto?»

«Steht vor seinem Haus.»

«Ihnen ist doch wohl klar, Malone, was los sein wird, wenn dieses Kind stirbt? Und wenn die Presse Wind von der Geschichte bekommt? Ich meine, von der wahren Geschichte. Ich sehe schon die Schlagzeilen. *Amy Gardner tot. Polizei hat wieder einmal völlig versagt.*»

«Sir.»

«Als ob die Tuesday-Reed-Affäre nicht schon schlimm genug gewesen wäre.»

«Sir?», sagte Malone in einem Ton, als höre er zum ersten Mal davon. Nora bewegte leicht den Kopf, wie zur Warnung.

«Verschonen Sie mich mit Ihrem *Sir*, Malone.» Keeves war jetzt aufgestanden und stützte sich in drohender Pose mit beiden Händen auf die Schreibtischplatte. «Lassen Sie mich eines absolut klarstellen, Malone. Selbst wenn diese Sache Gardner und dem Bürgermeister das Genick bricht – ich werde mich nicht mit ins Verderben ziehen lassen. Haben Sie mich verstanden?»

«Ja, Sir», erwiderte Malone. Was sonst hätte er sagen sollen?

«Und wenn doch, dann werden Sie und Glass und der übrige Idiotenverein vom Morddezernat mit mir untergehen. Mit einem Unterschied: Sie bekommen dazu einen Tritt in den Arsch, dass Sie für den Rest des Lebens Schuhcreme von Ihrem Gaumen lecken können. Habe ich mich klar ausgedrückt?»

«Vollkommen, Sir.»

Wieder blickte Nora kurz zu Malone auf.

«Wenn Glass nicht gefunden wird, wenn er nicht bis heute Mittag hier in meinem Büro erscheint, ist er nicht nur von dem Fall abgezogen, sondern gänzlich vom Dienst suspendiert. Verstanden?»

«Ja, Sir», sagte Malone.

«Und warum sind Sie dann noch hier? Es bleiben noch anderthalb Stunden bis Mittag, die Uhr tickt. Und, Malone, wir befinden uns jetzt in kontinuierlicher Zeit. Ihnen ist klar, was das heißt?»

«Dass keiner nach Hause geht, bis der Fall abgeschlossen ist.»

«In achtundvierzig Stunden und weniger als dreißig Minuten. Das bedeutet keinen Schlaf, und es interessiert mich nicht, ob Tag oder Nacht ist. Wenn mir zu Ohren kommt, dass irgendjemand die Worte ‹Samstag› oder ‹Wochenende› in den Mund nimmt ...»

«Ich bin mir nicht bewusst, welcher Wochentag ist, Sir.»

«Das war mir bereits klar, als ich Sie eingestellt habe, Malone.»

«Danke, Sir.»

«Sie haben neunzig Minuten, um Glass aufzutreiben. Melden Sie sich um zwölf wieder hier in meinem Büro.»

«Sir.» Malone zögerte noch eine Sekunde, um zu sehen, ob Nora mit ihm kommen würde. Doch Keeves' Gesichtsausdruck besagte, dass sie nicht mitkam. Dass er mit ihr noch nicht fertig war.

Malone warf im Hinausgehen einen letzten Blick auf ihr Profil. Ihr Gesicht zeigte keinerlei Regung. Er fuhr mit dem Aufzug in die zweite Etage und ging in die IT-Zentrale, um ihr eine Nachricht zu hinterlassen.

Er sah sich an ihrem Arbeitsplatz nach einem Stift um, fand jedoch keinen. Als er die oberste Schreibtischschublade aufzog, sah er ihr Handy. Sekundenlang stand er da, den Blick darauf gerichtet, und rang mit seinem Gewissen. Schließlich nahm er es und drückte auf Wahlwiederholung. Die Nummer, die im Display erschien, war dieselbe, die er selbst den ganzen Vormittag über anzurufen versucht hatte: die von Glass. Als er aufschaute, sah er, dass Noras Kollegin ihn beobachtete. Er begegnete ihrem Blick mit Unschuldsmiene, woraufhin sie sich widerstrebend wieder ihrem Monitor zuwandte.

Malone rief in Noras Handy das Menü auf. Sie hatte Glass heute Morgen um elf Minuten nach fünf angerufen, mehr als anderthalb Stunden bevor er selbst überhaupt aufgestanden war. Er drückte eine weitere Taste. Dauer des Anrufs: fünf Minuten siebenundzwanzig.

Warum hatte sie den Lieutenant um diese Zeit kontaktiert? Und weshalb hatte das Telefonat so lange gedauert? Hatte sie mehr als fünf Minuten lang der schwarzen Stille gelauscht? Oder war dies der letzte Anruf gewesen, den Glass angenommen hatte, ehe er das Handy abschaltete und den Stecker seines Telefons herauszog? Aber was noch wichtiger war: Warum hatte Nora nicht gewollt, dass Malone davon erfuhr?

Je länger er darüber nachdachte, umso mehr schwirrte ihm der Kopf. Er legte das Handy wieder in die Schublade und ging. Als er in seinem Büro ankam, hatte sich der Schwindel zu einem bohrenden Kopfschmerz gesteigert. Ihm blieben noch fünfundachtzig Minuten, um dem Ganzen ein Ende zu bereiten.

Er machte Izzy Glass' Telefonnummer ausfindig und rief ihn an. Izzy erklärte, er habe seit ein paar Tagen nichts mehr von seinem Bruder gehört. Als Nächstes versuchte Malone es im Mario's. Vielleicht war Glass dort gewesen. Wieder Fehlanzeige. Und schon fiel Malone niemand mehr ein, den er noch hätte anrufen können. Das zeigte ihm, wie wenig er eigentlich über Glass wusste. Er beschloss, erneut zur Wohnung des Lieutenant zu fahren.

Der Chevy stand noch immer am Straßenrand. Malone machte sich auf die Suche nach dem Hausmeister.

Er fand sein Büro, an dessen Tür ein Schild mit dem Namen Stan Watts angebracht war, aber auf Malones Klopfen reagierte niemand. Er drehte den Türknauf, doch das Büro war verschlossen. Er wollte gerade wieder gehen, als er einen mürrischen alten Kerl den Flur entlang auf sich zukommen sah, einen Styroporbecher mit dampfendem Kaffee in der Hand.

«Wissen Sie, wo der Hausmeister ist?», fragte er.

«Sicher. Wer will das wissen?»

Malone zückte seine Dienstmarke. «Detective Malone, Morddezernat.»

«Was hat er angestellt?»

«Nichts, soweit ich weiß. Aber ich muss mit ihm reden.»

«Worüber?»

Malone, dem nur noch weniger als eine Stunde blieb, war nicht in der Stimmung für solche Spielchen. «Hören Sie», sagte er, «entweder Sie wissen, wo er ist, oder nicht.»

«Er steht vor Ihnen.»

«Verdammt, warum haben Sie das nicht –?» Er unterbrach sich. Was brachte das jetzt? «Ich suche Lieutenant Glass», erklärte er. «Er scheint nicht zu Hause zu sein.»

«Ist das eine Feststellung oder eine Frage? Er war seit gestern nicht hier.»

«Dann müssen Sie mir seine Wohnung aufschließen.»

«Tut mir leid, aber das kann ich nicht tun. Es sei denn, Sie haben einen Durchsuchungsbeschluss.»

Malone hielt dem Mann erneut seine Dienstmarke vors Gesicht.

«Woher weiß ich, dass die echt ist? Da könnte ja jeder kommen. Heute Morgen war schon ein Bursche mit so einer hier, der hat versucht, in die Wohnung da drüben einzubrechen. Irgendein Verrückter. Wenn nicht ein Streifenwagen gekommen wäre – da hat er es wohl mit der Angst bekommen ...»

«Mr. Watts, ich verlange nichts weiter, als dass Sie einmal mit mir durch die Wohnung gehen, um nachzusehen, ob dort irgendetwas nicht in Ordnung ist. Das ist doch wohl nicht zu viel verlangt?»

Der Hausmeister rieb sich das Kinn. «Tja, ich weiß nicht recht ...»

«Hören Sie, ich habe eine Idee. Ich gebe Ihnen die Nummer von der Dienststelle.» Malone riss eine Seite von seinem Notizblock und kritzelte eine Nummer darauf. «Sie können die Nummer im Telefonbuch überprüfen. Rufen Sie an und verlangen Sie Commissioner Jack Keeves. Sagen Sie, es ist ein Notfall, wegen Code 127. Haben Sie das verstanden? Code 1-2-7. Man wird Sie mit der Assistentin des Commissioner verbinden, einer Frau namens Alice. Dann sagen Sie erneut, es ist ein 127. Und fügen hinzu, dass ich Detective Malone bin. Werden Sie das tun?»

Watts knurrte. «Geht in Ordnung. Sie warten aber hier.» Er nahm den Zettel, öffnete die Tür zu seinem Büro und stieß sie mit dem Fuß hinter sich zu.

Malone hatte das Gefühl, Ewigkeiten auf diesem Flur zu stehen. Er hörte Watts drinnen telefonieren, konnte aber nicht verstehen, was gesprochen wurde. Endlich kam der Hausmeister wieder heraus.

«Haben Sie mit dem Commissioner sprechen können?»

«Ja. Hörte sich an, als wüsste der tatsächlich, wer Sie sind.»

«Danke, Mr. Watts. Können wir uns jetzt in der Wohnung umsehen?»

«Kein Problem, gehen wir.»

Und so erfuhr Malone, dass es – wenigstens nach der Einschätzung von Stan Watts – für einen Lieutenant von der Polizei ungewöhnlich war, keinen Plasmafernseher zu haben, und noch ungewöhnlicher, mehr Vinylplatten als CDs zu besitzen. Seltsam, dachte Malone, er hätte Watts selbst eher für einen Vinyl-Typen gehalten.

«Himmel, nein, digital ist mir allemal lieber.»

Der alte Knabe hätte noch weitere Kommentare abgegeben, doch für Malone war binnen Minuten offensichtlich, dass sich Glass nicht in der Wohnung befand und wahrscheinlich schon seit ein bis zwei Tagen nicht hier gewesen war. Er begann sich wie ein Eindringling zu fühlen. Dies hier war Glass' Privatsphäre. Obwohl die Wohnung leer war, kam es ihm vor, als ob der Lieutenant da sei, ihn beobachtete und das, was er sah, nicht in Ordnung fand.

«Wissen Sie, eigentlich sollte er mir ja Bescheid geben, wenn er länger unterwegs ist. Sie haben wohl auch keine Ahnung, wo er sein könnte?», fragte Watts.

«Ich komme sozusagen geradewegs aus dem Haus der Ahnungslosen», erwiderte Malone. «Und ich selbst bin der Ahnungslose Nummer eins.»

Die Aufzüge in der Dienststelle waren überfüllt mit Leuten, die gerade Mittagspause hatten. Da es bereits vier Minuten vor zwölf war, nahm Malone die Treppe. In der fünften Etage traf er auf die Person, mit der er dort am allerwenigsten gerechnet hatte. Sie schien ihrerseits ebenso erstaunt, ihn zu sehen.

«Nora, Gott sei Dank! Ich muss mit dir reden. Was in aller Welt geht hier vor?»

«Nicht jetzt, Danny. Bitte.» Sie zeigte auf ihre Armbanduhr. «Die Zeit ist um, und Keeves ist gerade explodiert.»

«Wie –»

«Tut mir leid, ich kann mich jetzt nicht aufhalten. Ich bin auf dem Weg zu Sollys Bruder.» Sie wandte sich ab und rannte die Treppe hinunter, wobei sie immer zwei bis drei Stufen auf einmal nahm.

«Bist du von Sinnen?», rief Malone ihr nach. «Willst du dir ein Bein brechen? Außerdem habe ich schon mit Izz-»

Auf dem Absatz unter ihm schlug die Tür zu.

Er stieg weiter die Treppe hinauf bis zu der Etage, in der Keeves sein Büro hatte. Dort musste er erst einmal längere Zeit im Vorzimmer warten. Alice wich seinem Blick aus. Also konzentrierte sich Malone stattdessen auf etwas anderes: die stummen Gesichter des Nachrichtenkanals, der nonstop ohne Ton in Alices Büro eingeschaltet war. Über den unteren Bildschirmrand lief eine Zeile Teletext.

Um halb eins summte das Telefon auf ihrem Schreibtisch. Sie nahm den Hörer ab, dann nickte sie Malone zu.

«Sie können jetzt reingehen.»

Doch sie öffnete ihm nicht die Tür, wie sie es am Vormittag noch getan hatte. Vielleicht hatten sie inzwischen eine Sprengfalle angebracht, dachte Malone, während er nach der Klinke griff.

Diesmal saß Keeves nicht an seinem Schreibtisch, sondern stand am Fenster und blickte auf die Stadt hinaus. *Seine* Stadt, wie seine Haltung auszudrücken schien. Ohne sich umzudrehen, winkte er Malone zu sich heran.

«Schon eigenartig, wozu sich manche Menschen hinreißen lassen, nicht wahr, Malone?»

«Ja, Sir.»

Wovon zum Teufel sprach er? Meinte er sich selbst? Malone versuchte seinem Blick zu folgen, doch die Augen des Commissioner glitten unruhig mal hier-, mal dorthin, von den Docks und dem grauen Wasser des Hafens auf der einen Seite zu den nebelverhangenen Palisades auf der anderen. Er wirkte abgelenkt.

«Wer kann wissen, was im Kopf eines Menschen vor sich geht, hm?»

Viele Gespräche mit dem Commissioner bestanden zur Hälfte aus Äußerungen wie dieser, zusammenhanglosen Sätzen, die sich auf nichts Konkretes zu beziehen schienen. Die Gefahr lag darin, sich dabei zu entspannen. Und irgendwann, wenn man gerade dümmlich grinsend Floskeln wie «Ja, in der Tat, Sir, wer könnte das?» von sich gab, sah man sich schlagartig den gnadenlosen Augen eines wachsamen, beutehungrigen Adlers gegenüber.

«Sie haben ihn also nicht gefunden?»

«Nein, Sir.»

Keeves richtete den Blick noch immer auf die Stadt, als könne er Glass auf diese Weise in dem Winkel aufspüren, in den er sich verkrochen hatte.

«Und wie viel Zeit bleibt uns noch? Wann läuft die Frist für die kleine Gardner ab?»

«In ungefähr fünfundvierzig Stunden, Sir.»

«Ich werde ihn verdammt nochmal kreuzigen, wenn ich ihn finde, lassen Sie sich das gesagt sein.» Keeves hielt einen Moment lang inne, als überlegte er etwas, dann wandte er sich Malone zu.

«Also gut. Ich treffe diese Entscheidung zwar wider besseres Wissen, aber ich will, dass Sie den laufenden Fall übernehmen. Auf Tag-für-Tag-Basis. Von jetzt an unterstehen Sie mir direkt, ist das klar?»

Keeves bemerkte den Ausdruck auf seinem Gesicht.

«Fühlen Sie sich nicht zu sehr geschmeichelt, Malone. Stellen Sie sich vor, ich übertrage Ihnen die Leitung nicht etwa, weil ich plötzlich entdeckt habe, dass Sie Perry Mason sind. Wenn ich jetzt neue Leute hinzuziehe, werden die verdammt sicher nicht solchen Mist machen wie Sie. Aber sie würden erst mal vierundzwanzig Stunden brauchen, um den Mist aufzuarbeiten, den Sie und Glass schon angerichtet haben. Deshalb sind Sie jetzt dran, bis diese Sache geklärt ist – auf die eine oder andere Weise.»

«Was ist mit Lieutenant Glass?»

«Was soll mit ihm sein?»

«Ist er suspendiert?»

«Vergessen Sie Glass. Wenn er nicht hier ist, wie zum Teufel soll er dann diesen Fall leiten? Glass ist am Ende. Ob er unter dem Druck zusammengebrochen ist oder sich eigenmächtig abgesetzt hat oder was auch immer, es ist verdammt nochmal eine Unmöglichkeit, einfach zu verschwinden und diese Gardner ihrem Schicksal zu überlassen.»

«Vielleicht ist er undercover gegangen, Sir.»

Keeves musterte seinen Untergebenen spöttisch. «Sie

sehen zu viel fern, Malone. Dabei kennen Sie doch die Spielregeln, Sie wissen ganz genau, dass man so etwas nicht einfach im Alleingang durchziehen kann, ohne sich abzumelden. Das hier ist keine Ein-Mann-Operation.»

«Nein, Sir.»

«Von jetzt an gilt er offiziell als vermisst. Ich brauche Ihnen nicht zu erklären, was das bedeutet. Und Sie und ich werden uns jetzt auf die eigentliche Aufgabe konzentrieren – Boyd Gardners Tochter aus diesem Höllenloch rauszuholen. Verstanden?»

«Ja, Sir.»

Malones Magen krampfte sich noch mehr zusammen. Offiziell vermisst? Das klang nicht gut, gar nicht gut. Wenn Glass bereit war, sich selbst einen Finger abzuhacken, war er dann auch bereit ...? Und wie sollte er, Malone, diesen Fall allein leiten?

«Woran arbeiten Sie momentan?», wollte Keeves wissen.

«Ich lese die eingehenden Berichte über die Ermittlungen im Café, Sir. Und in den Vororten sind so viele Streifen- und Zivilpolizisten unterwegs, wie wir aufbringen konnten.»

«Was tun die da?»

«Sie zeigen Ladenbesitzern, Verkäufern, Taxi- und Busfahrern das Phantombild von Mrs. Neumann. Ich meine, das Foto von Milosz.»

«Also, welches von beiden?»

Malone sah ihn an.

«Officer Bloom und ich haben vorhin ein wenig miteinander geplaudert.»

«Das Phantombild, Sir. Mrs. Neumann. Sie muss

schließlich irgendwo wohnen, einkaufen, aus dem Bus steigen. Wir beginnen in der Innenstadt, bei dem Café, und arbeiten uns dann nach und nach durch dic Vororte.»

Keeves nickte. «Das ist zwar ein ziemlich vager Ansatz, aber einen Versuch ist es wert.»

«Es bleibt allerdings nur noch wenig Zeit, Sir.»

«Ich glaube, das ist uns allen bewusst, Malone. Aber ich will *nicht*, dass dieses Bild an eine breitere Öffentlichkeit gerät, ist das klar? Nichts über den Fall darf mehr an die Medien durchsickern, bis wir diesen Wahnsinnigen gefunden haben.»

«Verstanden, Sir.»

«Gut.» Keeves wandte sich noch einmal dem Fenster zu, um in das Herz der Stadt hinauszublicken. «Und jetzt will ich, dass Sie nach Harmony fahren, zu den Gardners, und ihnen alles erzählen. Sie haben ein Recht darauf, es zu erfahren.»

«Aber, Sir –»

«Sagen Sie ihnen, dass Sie jetzt den Fall leiten. Erzählen Sie, dass Glass verschwunden ist. Alles.»

«Aber Sir, das geht nicht.»

«Warum nicht?»

«Sie haben doch die Berichte gelesen, Sir. Das Haus der Gardners ist völlig verwanzt.»

«Nein. Ich habe inzwischen sämtliche Wanzen entfernen lassen. Wenn Glass tatsächlich den großen Helden gespielt haben sollte, ist Milosz der Letzte, der davon erfahren wird.»

Malone starrte ihn an.

«Ja, auch darüber weiß ich Bescheid.»

Als Malone schwieg, fuhr Keeves fort: «Woher wissen wir eigentlich, dass sich Milosz an seinen Teil des Handels halten wird? Vielleicht weiß er es nicht einmal selbst. Und solange er unschlüssig ist, bleibt uns noch Zeit. Ich *will*, dass Gardner vollständig ins Bild gesetzt wird, Malone. Er soll nicht losziehen und auf eigene Faust etwas Unausgegorenes unternehmen. Diese Leute müssen darauf vertrauen, dass wir sie auf dem Laufenden halten. Ich will, dass sie alles erfahren, was wir wissen. Einschließlich dieses wahnwitzigen Spiels, das Glass anscheinend mit Milosz spielt. Haben Sie verstanden?»

«Sir –»

Doch der Blick, mit dem Keeves ihn bedachte, war unmissverständlich: Malone, Sie bewegen sich auf sehr dünnem Eis ...

«Sir, bei allem Respekt», beharrte er, «Lieutenant Glass hatte den Verdacht, dass eine der undichten Stellen bei Gardner selbst liegen könnte.»

«Tatsächlich», entgegnete Keeves eisig. «Und war das, bevor oder nachdem er von den Wanzen erfahren hat?»

Ein sehr berechtigter Einwand.

«Ich verstehe, was Sie meinen, Sir.»

«Also, Malone, Sie lassen ab sofort Ihr Handy rund um die Uhr eingeschaltet. Ich will Sie jederzeit in einem Sekundenbruchteil erreichen können.»

Malone nickte und verstand die Worte als Aufforderung, zu gehen.

Im Vorzimmer hatte sich Alice mit mehreren Kollegen vor dem Fernseher versammelt, dessen Ton jetzt eingeschaltet war. Sie sahen die Ein-Uhr-Nachrichten. «... seit gestern am späten Abend vermisst», sagte der

Nachrichtensprecher gerade. Auf dem Bildschirm war ein Foto von Glass zu sehen.

Malone blieb wie angewurzelt stehen. «Was ist das?»

«Pssst!» Alice legte einen Finger an die Lippen.

«Lieutenant Solomon Glass, eine Schlüsselfigur in der Tuesday-Reed-Affäre, die im vergangenen Jahr den gesamten Bundesstaat erschüttert hat, leitete die Ermittlungen zu den Entführungen von Rachel McNeill, Mei Ling Chen, Rodney Springer und zuletzt Amy Gardner, der Tochter des millionenschweren Geschäftsmannes Boyd Gardner. Ungenannten Quellen zufolge soll sich Glass seit einiger Zeit in stark depressiver Verfassung befunden haben, da in den Ermittlungen keine Fortschritte erzielt wurden. Die Polizei appelliert an die Bevölkerung, Hinweise auf den Verbleib von Lieutenant Glass ...»

Die versammelte Gruppe brach in aufgeregtes Getuschel aus. Malone stellte sich neben Alice.

«Wie zum Teufel haben die Medien davon Wind bekommen?», fragte er flüsternd.

Alice warf einen vielsagenden Blick auf die geschlossene Tür zu Keeves' Büro, dann wandte sie sich wieder Malone zu und zog die Augenbrauen hoch.

«Aber –», setzte er an. Doch sie schüttelte hastig den Kopf und kehrte wortlos an ihren Schreibtisch zurück.

Malone ging zum Aufzug und drückte den Knopf. Während er wartete, sah er sich noch einmal um und stellte fest, dass Alice erneut die Nachrichten im Fernsehen verfolgte. Die Tür zum Büro des Commissioner war jetzt geöffnet, und Keeves stand im Rahmen. Er sah

Malone über den Flur hinweg an, und sein Blick war unmissverständlich. *Ich schaue Ihnen sehr genau auf die Finger, Malone,* sagte er. *Wenn Sie das hier verkorksen, werden Sie sich wünschen, Sie wären nie geboren.*

Vierundzwanzig

Das Haus der Gardners wirkte verlassen. Es war früher Abend, und Malone hatte auf der Dienststelle alles getan, was in seiner Macht stand. Unter seiner Leitung waren dreißig Officers im Einsatz, die von dem Café aus fächerförmig in die umgebenden Vororte ausschwärmten, in Geschäfte gingen, Taxis anhielten, an Haustüren klopften – auf der Suche nach jemandem, der das Phantombild erkannte. Malone selbst war ebenfalls dort unterwegs gewesen. Doch um vier Uhr konnte er nicht länger vor sich herschieben, was Keeves ihm aufgetragen hatte: Er musste zu den Gardners hinausfahren. Bei der Aussicht darauf war ihm alles andere als wohl in seiner Haut.

In der Auffahrt standen keine Autos, und die Garage war verschlossen. Das ganze Haus schien in Erwartung zu sein. Oder in Trauer.

Malone hatte sich telefonisch angekündigt und die Gardners vorgewarnt, sie sollten sich nicht zu große Hoffnungen machen, denn es gebe keine konkreten Neuigkeiten über Amy. Es gehe um etwas gänzlich anderes, was er ihnen mitteilen müsse.

«Es hat etwas mit Lieutenant Glass zu tun, nicht wahr?», fragte Mrs. Gardner, sobald sie im Wohnzimmer Platz genommen hatten. Cyrus saß zu ihren Füßen auf dem Teppich. Malone hätte sich ohrfeigen mögen, weil er nicht daran gedacht hatte, dem Jungen ein Spielzeug mitzubringen.

«Ja, in der Tat», bestätigte Malone. «Haben Sie die Nachrichten im Fernsehen gesehen?»

«Gerade eben. Ein Freund hat uns angerufen und uns darauf aufmerksam gemacht», erwiderte Boyd Gardner. Er hatte seine arrogante, aufbrausende Haltung abgelegt und schien – nachdem er vielleicht zum ersten Mal in seinem Leben gezwungen war, seine eigene Machtlosigkeit einzugestehen – jegliche Autorität, die ihm noch geblieben war, an seine Frau übertragen zu haben. Die wiederum benahm sich keineswegs wie jemand, der noch zwei Tage zuvor als Patient in Darlington gewesen war. Sie schien ihre Krise überwunden und ihre frühere Gelassenheit zurückgewonnen zu haben.

«Ich weiß, was Sie denken, Mr. Malone», sagte sie. «Es war tatsächlich nicht leicht.» Sie warf einen Blick zu ihrem Mann. «Und vorgestern, nun, da gab es einen Moment ... einen Moment, in dem ich dachte, alles sei hoffnungslos. Aber so gestatte ich mir nicht mehr zu denken. Ich gestatte mir einfach nicht mehr, so zu denken. Was immer geschehen mag, wird geschehen.»

Womöglich war das, was Boyd Gardner bei seiner Frau als Krankheit gedeutet hatte, in Wirklichkeit eine Qualität, die in seinem eigenen Gefühlsrepertoire eine so geringe Rolle spielte, dass er sie nicht erkannt hatte: Geduld. Resignation. Die Fähigkeit, sich in den unaufhaltsamen Fluss der Ereignisse zu fügen.

Es fiel Malone schwer zu glauben, dass der Mann, der ihm da gegenübersaß – nervös, ständig damit beschäftigt, unsichtbare Fussel von seinem Pullover zu zupfen –, derselbe war, der jedem Amtsträger in der Stadt telefonisch mit Donnerwetter, Höllenfeuer und Exekution gedroht hatte. Jetzt wirkte er gebrochen, und Malone empfand zum ersten Mal Mitleid mit ihm.

«Es stimmt also – er ist verschwunden?», fragte Gardner.

«Ja, wir gehen davon aus.»

Und da er nicht recht wusste, wo er anfangen sollte, beschloss Malone, sich an Keeves' Anweisungen zu halten. So war er auf der sicheren Seite. Er brachte die Gardners auf den neuesten Stand, erzählte ihnen alles, was er selbst wusste.

«Dann ist das Ganze eine Art Rachefeldzug?», folgerte Boyd Gardner, als Malone zur Geschichte der Milosz-Brüder kam.

«Ich denke, das trifft es nicht genau», erwiderte Malone.

Nachdem er die Kiste des Grauens geöffnet hatte, berichtete er hastig weiter, breitete den gesamten Inhalt vor den beiden aus. Die erfolglose Operation bei Colettes, das Café, die Entdeckung von Mrs. Neumann.

«Wir waren dort», unterbrach Mrs. Gardner ihn. «Amy und ich. Wenn wir bei Colettes eingekauft hatten, sind wir anschließend immer hinüber ins Café gegangen. Amy hat so gern am Fenster gesessen, zwischen all den Erwachsenen, sie hat auf die Straße hinausgeschaut und die Passanten beobachtet. Ich erinnere mich auch an die ... *Frau,* die den Kaffee gemacht hat. Sie hat sich bei Amy nach ihrer Musik erkundigt. Sie wirkte so harmlos!» Mrs. Gardner verstummte, von Unglauben überwältigt. «Das Leben in Harmony kann für Kinder ziemlich eintönig sein. Der Ort ist so abgeschieden! Auch wenn ich daran nicht gedacht habe, als wir hierhergezogen sind. Aber der Gedanke, dass ich verantwortlich bin –»

«Du bist nicht verantwortlich», fiel Boyd Gardner ihr ins Wort. «Nicht mehr als ich, weil ich nie zu Hause bin. Du hast doch nichts weiter getan, als mit ihr auszugehen. Um ihr eine Freude zu machen.»

«Und dadurch habe ich sie geradewegs in die Arme dieser ...» Mrs. Gardners Gelassenheit drohte zu bröckeln. Sie war den Tränen nahe.

Selbst Eisen hat einen Punkt, an dem es bricht, dachte Malone. Laut sagte er: «Ihr Mann hat recht, Mrs. Gardner. Sie sind nicht verantwortlich. Jedenfalls nicht durch bewusstes Handeln und nicht allein. Ich denke, in gewisser Weise sind wir alle mitverantwortlich, Lieutenant Glass und mich selbst eingeschlossen. Weil wir so langsam waren, so begriffsstutzig.» Er sprach jetzt mehr zu sich selbst als zu ihr.

«Aber was ist mit ihm?»

«Wir wissen es nicht, Mrs. Gardner. Wie Sie ja aus den Fernsehberichten erfahren haben, gilt er offiziell als vermisst. Außerdem bin ich befugt Ihnen – allerdings vertraulich – mitzuteilen, dass wir um seine Sicherheit fürchten.» Anschließend berichtete er die Details, die er bisher zurückgehalten hatte. Über das Pfand, das Glass beigebracht hatte.

«O nein», flüsterte sie.

«Wir können es nicht mit Sicherheit sagen, Mrs. Gardner. Wir haben keine Gewissheit, solange nicht ... einer von beiden gefunden wird.»

«Aber das meine ich nicht», sagte sie, und Malone erkannte, dass sie bereit war, auch weiterhin die Verantwortung auf sich zu nehmen. Für Glass' Leben, seinen möglichen Tod. «Als ich neulich sagte, ich wüsste, dass er alles Menschenmögliche täte, damit sie freikommt, da hatte ich keine Ahnung, dass das bedeuten könnte ... Mir ist einfach der Gedanke gar nicht gekommen ...»

«Natürlich nicht. Keiner von uns hätte sich das vorstellen können.»

«Vielleicht dachte er, ich würde das von ihm verlangen? Nicht explizit, aber ... Aber vielleicht, als dieser ... *Milosz* ihn aufgefordert hat, an meine Stelle zu treten, um Amy zu retten – vielleicht dachte er da, ich *würde* es von ihm verlangen.» Sie sprach mit wachsender Erregung.

«Das glaube ich nicht, Mrs. Gardner.»

Allmächtiger Gott, dachte Malone mit einem Blick zu ihrem Mann, warum sagt er nicht auch mal was? Boyd Gardner saß nur mit gesenktem Kopf da, als sei das alles zu viel für ihn. Als könne er es nicht einmal mit anhören.

Doch Malone täuschte sich.

«Und ich dachte, es ginge um mich», sagte Gardner langsam. Die Worte waren an seine Frau gerichtet. Malone blieb reglos sitzen. Ihm war klar, dass er in diesem Moment für die beiden nicht existierte.

«Ich wusste nicht, ob ich fähig wäre, es zu tun», flüsterte Gardner. «Selbst für Amy.»

Malone warf ihm einen Blick zu. Er wirkte völlig verloren. Unendlich allein.

«Aber jetzt hat Lieutenant Glass, jemand, den ich nicht einmal kenne ...»

Er konnte sich nicht überwinden, den Satz zu beenden. Die drei saßen schweigend da. Das einzige Geräusch im Raum war das leise Atmen von Cyrus, der auf dem Boden neben dem Sessel seiner Mutter eingeschlafen war.

Bis plötzlich Malones Handy mit schrillem, durchdringendem Ton die Stille zerriss. Er zog es aus der Tasche und warf einen Blick auf das Display. Es war Rose Goddard von der Funkzentrale.

«Entschuldigen Sie mich», sagte er zu den Gardners, ging in eine Ecke des Zimmers und schirmte das Gerät mit der Hand ab, damit sie nicht mithören konnten. «Rose?», sagte er. «Was gibt es?»

«Wir haben Lieutenant Glass gefunden.»

Gott sei Dank! «Wo? Wo zum Teufel hat er gesteckt?»

«Es tut mir leid, Danny ...»

Die harte Realität dessen, was sie ihm sagen wollte, traf ihn wie ein Geschoss. Er schien keine Luft mehr zu bekommen und hatte das Gefühl, dass der Boden unter ihm schwankte. Als Rose weitersprach, verstand er sie kaum, so laut rauschte das Blut in seinen Ohren.

«Wo?», fragte er noch einmal.

«In Red Hook. Da unten stehen einige verlassene Lagerhäuser. Es, hm ... Es hat den Anschein, als ob er gesprungen ist.»

Malone fiel das Atmen immer schwerer. Er spürte, dass die Blicke der Gardners auf ihm ruhten.

«Es hat den Anschein?»

«Nun, solange kein Autopsiebericht vorliegt ...»

Als er Roses Stimme wieder hörte, schien sie von sehr weit weg zu kommen. «Danny? Alles in Ordnung mit Ihnen?»

«Ja, sicher.»

«Der Commissioner sagt, Sie sollen zur Dienststelle zurückkehren. Er autorisiert Sie, den Gardners zu erzählen, was geschehen ist, aber danach sollen Sie sich sofort auf den Rückweg machen. Es tut mir leid, Danny», sagte sie abermals.

Malone unterbrach mit einem Tastendruck die Verbindung. Er drehte sich um, stand da, das Telefon in der Hand. Sein Blick wanderte zu Cyrus, der auf dem Boden lag, dann zu den Gardners, die auf der Couch kauerten und ihn abwartend anschauten. An ihren Gesichtern erkannte er, dass er kein Wort zu sagen brauchte.

«Lieutenant Glass ...?», setzte Mrs. Gardner an.

Er nickte nur.

«Es muss jede Minute in den Nachrichten zu sehen sein. Der Commissioner wollte, dass ich es Ihnen zuerst sage.» Malone verstummte. Stand noch immer reglos da.

«Wissen Sie, was geschehen ist?», fragte Boyd Gardner nach sekundenlangem Schweigen.

«Noch nicht. Seine Leiche wurde bei einem der verlassenen Lagerhäuser unten in Red Hook gefunden. Es sieht so aus ... Es sieht so aus, als sei er gesprungen.»

Gardner brauchte einen Moment, um das zu verarbeiten. Als er schließlich wieder das Wort ergriff, erkannte Malone deutlich, dass in ihm Hoffnung und Anstand miteinander rangen.

«Aber bedeutet das nicht», begann er schließlich, «dass Amy ...?»

Es war Mrs. Gardner, die darauf antwortete. «Das hängt ganz von *ihm* ab. Von Milosz. Ob er sein Wort hält oder nicht.»

Auf dem Rückweg zur Dienststelle fuhr Malone schnell und so geistesabwesend, dass er beinahe mit einem Krankenwagen zusammengestoßen wäre, der bei Rot über die Ampel fuhr – er hatte die Sirene nicht wahrgenommen. Dann ertönte das Rufsignal seines Funkgeräts. Er beugte sich vor und schaltete die Freisprecheinrichtung ein.

«Ja?», rief er laut, um die Fahrgeräusche zu übertönen.

«Hast du es schon gehört?»

«Nora? Rose hat mich gerade angerufen. Ich bin auf dem Weg zur Dienststelle.»

«Danny ...» Sie verstummte. Weinte sie? «Es ist einfach so ...»

Malone war klar, dass Glass' Tod Nora härter treffen musste als ihn oder sonst jemanden von den Kollegen. «Nora, ist alles in Ordnung mit dir?»

«Ich weiß es nicht», erwiderte sie. «Keine Ahnung.»

Malone blickte in die schnell hereinbrechende Nacht hinaus. Für einen Moment hatte er den Eindruck, als ob nicht er selbst sich bewegte, sondern alles andere an ihm vorbeiraste. Autos, Ladenfenster, Lichter. Eine Kreuzung kam kurz in Sicht und war gleich darauf wieder verschwunden.

«Danny?»

«Ja, ich bin noch da.»

«Ich bin jetzt zu Hause. Kommst du her, nachdem du dich auf der Dienststelle gemeldet hast?»

«Was, wenn Keeves etwas anderes mit mir vorhat?»

«Mit Keeves werde ich schon fertig», erwiderte sie. Unter anderen Umständen hätte Malone darüber gelacht. Mit Keeves wurde niemand fertig. «Melde dich auf der Dienststelle, erstatte Bericht und dann komm zu mir.»

«Okay», sagte er. Und wenn ihn das seinen Job kostete ... Sei's drum, dann würde er eben seine Dienstmarke abgeben. Vorher hatte er allerdings noch eine Sache zu Ende zu bringen. Er würde einen Kerl namens Milosz finden und dafür sorgen, dass ihn nie mehr jemand fand. Malone warf einen Blick auf die Uhr. «In einer Stunde bin ich bei dir.»

Er unterbrach die Verbindung. Doch gleich darauf ertönte das Rufsignal des Funkgeräts erneut.

«Der Commissioner hat mich beauftragt, Sie zu warnen», teilte Alice ihm mit.

«Wovor?»

«Draußen vor dem Gebäude sind Scharen von Reportern versammelt. Kameras und so weiter, die reinste Festbeleuchtung.»

«Okay», erwiderte er. «Ich komme durch den Hintereingang.»

«Nein, er will, dass Sie eine Erklärung abgeben.»

«Was für eine Erklärung?»

«Das ist ihm egal. Sie sollen sagen, was Sie wollen. Erzählen Sie denen, wie großartig Sie immer mit Lieutenant Glass zusammengearbeitet haben. Was für ein wunderbarer Partner er war. Er sagt, die Chefsache erledigt er, wenn sich die Lage etwas beruhigt hat. Vielleicht am späteren Abend. Oder morgen früh.»

«Kann ich denen auch sagen, wie verkorkst dieser ganze Fall von Anfang an war?»

«Ich glaube, das ist nicht das, was der Commissioner im Sinn hat. Sie sollen Ihre Erklärung persönlich halten.»

«Alice», sagte Malone, «würden Sie mir einen Gefallen tun? Richten Sie dem Commissioner aus, er kann mich mal.»

Er wartete ihre Antwort nicht ab, sondern drückte die Taste am Armaturenbrett und bog auf die 14th Street ab.

«Arschloch», sagte er.

Doch die Meute lauerte ihm auch an der hinteren Einfahrt zur Dienststelle auf. Es war genauso, wie Alice es angekündigt hatte. Und das Tor öffnete sich nicht. Malone blickte durch die Windschutzscheibe in das Blitzlichtgewitter der Kameras. Er sah die Umrisse von Köpfen in der Dunkelheit auftauchen und hörte den anschwellenden Stimmenlärm. Als er die Tür aufstieß und aus dem Wagen stieg, wurden ihm sofort mehrere Mikrophone vors Gesicht gehalten, und dann ging das Sperrfeuer der Fragen los.

«Detective Malone, was ist Ihre Reaktion auf diesen Vorfall?» – «Wann haben Sie davon erfahren?» – «Können Sie uns sagen, was geschehen ist?» – «Er war Ihr Partner, nicht wahr?» – «Stimmt es, dass er sich das Leben genommen hat?»

Doch plötzlich schienen die Stimmen um ihn herum mit einem Schlag in weite Ferne zu rücken, und nur eine einzige Frage klang ihm deutlich in den Ohren.

«Detective Malone, was bedeutet das jetzt für Amy Gardner?»

Dies war der einzige Moment, in dem er sich direkt den Kameras zuwandte. Die Scheinwerfer leuchteten ihm ins Gesicht. Dahinter lag die dunkle Stadt. «Es bedeutet Folgendes», sagte er, «wenn der Entführer sein Wort hält, müsste sie jetzt freigelassen werden. Sie müsste in Sicherheit sein.»

Brillant. Das Kompliment, von Alice ausgerichtet, stand bereits auf Malones Monitor, als er sein Büro erreichte.

Was zum Teufel war das für ein Kommentar? Brillant? Er hatte gerade seinen Partner verloren. Ein Menschenleben war ausgelöscht. Wenn er Keeves das nächste Mal begegnete, würde er ihm die Zähne einschlagen.

Malone sah die letzten eingegangenen Protokolle über die Vernehmungen der Angestellten im Café durch, die Berichte der Officers, die sich in den Vororten umgehört hatten. Er rief seine E-Mails ab, die telefonischen Nachrichten, die für ihn hinterlassen worden waren. Er begann seinen Protokollbogen auszufüllen, doch dann hielt er inne. Nicht jetzt. Nora wartete auf ihn. Er musste mit ihr reden. Malone fuhr seinen Computer herunter und ging zum Kleiderständer, um seinen Mantel zu nehmen. Als er sich umdrehte, stand Keeves in der Tür.

«Ich brauche einen Zeugen», sagte er.

Malone sah ihn an und brachte kein Wort heraus. Keeves erwiderte seinen Blick.

«Wofür?»

«Um die Leiche zu identifizieren. Ich gehe jetzt ins Leichenschauhaus, und ich brauche einen Zeugen. Sie.»

Ohne eine Erwiderung abzuwarten, machte er auf dem Absatz kehrt. Gleich darauf fand sich Malone auf dem Flur wieder, folgte unwillig der sich entfernenden Gestalt, fast als würde er an einem unsichtbaren Band hinter ihr hergezogen.

Fünfundzwanzig

Als am nächsten Morgen der Wecker klingelte, dachte Malone im Halbschlaf zuerst, er sei bei Nora. Er streckte den Arm aus, um sie an sich zu ziehen, griff jedoch ins Leere. Dann schlug er die Augen auf und fand sich in seinem eigenen Schlafzimmer wieder. Es war halb sieben.

Er versuchte sich an den Albtraum des vergangenen Abends zu erinnern. Himmel, wann war er nach Hause gekommen? Er hatte überhaupt kein Zeitgefühl mehr. Er erinnerte sich noch daran, dass er vom Leichenschauhaus zu Noras Wohnung gefahren war. Vor dem Haus hatte er sie vom Handy aus angerufen und darauf gewartet, dass das Licht anging. Doch das Fenster blieb dunkel, und sie meldete sich nicht.

Vielleicht hatte sie inzwischen das Warten aufgegeben und eine Schlaftablette genommen. Vielleicht hatte sie es sich auch anders überlegt und wollte lieber allein sein. Malone blieb eine Weile im Dunkeln sitzen, dann fuhr er nach Hause, ohne noch einmal anzurufen.

Jetzt stieg vor seinem geistigen Auge wieder das Bild von Glass' Leiche auf, bleich und unirdisch, ein zerschlagener, lebloser Körper. Eine Welle der Trauer drohte Malone zu überwältigen.

Er duschte, zog sich an, doch er fühlte sich noch immer wie betäubt. Es war, als bewege sich sein Körper von allein durch das kleine Apartment, während sein Bewusstsein von außen zusah. Als er den Fernseher einschaltete, brauchte er einen Moment, um zu begreifen, dass die Person auf der Mattscheibe er selbst war.

Er sah weiß und benommen aus. Der Schock über Glass' Tod stand ihm ins Gesicht geschrieben. Die gespenstischen schwarzen Wolkenstreifen und der graugrüne Widerschein von den Lichtern der Stadt verliehen der gesamten Szene etwas Unwirkliches. Sie wirkte fast wie ein Gemälde. Vielleicht eines von Edward Hopper. Flach, isoliert, befangen. Unwirklich – und doch so wirklich.

«Jemand erwartet Sie», sagte einer der Angestellten am Empfang, sobald er aus dem Aufzug trat.

«Wer?»

«Sie hat ihren Namen nicht genannt, sondern nur gesagt, dass sie Sie sprechen muss. Ich habe sie vor Ihrem Büro warten lassen. Ich hoffe, das ist in Ordnung?»

«Sicher.» Was kümmerte es Malone, wer ihn erwartete.

Doch als er in den Flur zu seinem Büro einbog, sah er Sophie Corner mit verschränkten Armen und geschlossenen Augen an der Wand lehnen. Sie hörte ihn kommen und drehte sich langsam zu ihm um. «Sie?», sagte er, zu ausgelaugt, um höflich zu sein.

«Ich musste herkommen. Ich hoffe, es macht Ihnen nichts aus.»

«Nein, das ist in Ordnung ...» Er wusste nicht, wie er fortfahren sollte. Was gab es schon zu sagen? Doch während er mit dem Türschlüssel hantierte, fühlte er sich beinahe erleichtert, dass sie hier war. So musste er das Büro nicht allein betreten.

«Ich hätte vorher anrufen sollen», sagte sie.

«Nein, nein. Ehrlich gesagt bin ich froh, dass Sie da sind.»

Er stieß die Tür auf, trat zur Seite und ließ sie zuerst in den von Erinnerungen belasteten Raum gehen. Sie sah sich um, während er seinen Mantel ablegte und die Jalousien öffnete.

«Das hier war also sein Arbeitsplatz?», fragte sie.

Gemeinsam betrachteten sie den Schreibtisch.

«Demnach war er wohl nicht gerade ein Freund von Papierkram.»

«Nein.» Beide brachten ein schwaches Lächeln zustande.

Malone ertappte sich dabei, dass er Sophie musterte. Im bleichen Morgenlicht war schwer zu erkennen, ob sie Make-up trug oder nicht, doch ihre Haut wirkte abgesehen von der Röte ihrer Lippen unnatürlich blass. «Möchten Sie sich nicht setzen?», bot er an.

«Danke, nein.»

Sie verschränkte die Arme vor dem Körper, eine Geste, an die er sich von dem Nachmittag im Mario's erinnerte. «Ich, hm ... ich bin zufällig vorbeigekommen. Da dachte ich, ich schaue mal rein und, tja ...» Sie verzog das Gesicht über die Unzulänglichkeit ihrer eigenen Worte. «Ich möchte Ihnen mein Beileid aussprechen. Ich weiß, dass Sie gut zusammengearbeitet haben.»

«Ja, wir waren ein Team», erwiderte Malone und hätte noch weitergesprochen, doch er spürte, dass ihr etwas auf der Zunge lag. Dass sie hergekommen war, um eine Frage zu stellen.

«Ich habe heute Morgen im Radio gehört», begann sie, «dass ... nun, es hieß, es *wird davon ausgegangen,* dass es sich bei dem Toten um Lieutenant Glass handelt. Ich nehme an, das heißt, dass er noch nicht identifiziert wurde? Offiziell?»

«Nein, er ist identifiziert worden.»

Sie schaute Malone direkt ins Gesicht und hob dabei das Kinn ein wenig. In diesem winzigen Moment wurde ihm klar: Er war nicht der Einzige, dem Glass' Tod schwer zu schaffen machte.

«Der Commissioner und ich waren gestern Abend noch im Leichenschauhaus. Er wird heute Morgen eine offizielle Erklärung abgeben.» Malone warf einen Blick auf die Uhr. «Das heißt, wahrscheinlich ist er jetzt gerade dabei.»

«Ich verstehe.» Sie schlug die Augen nieder. «Es besteht also keine Möglichkeit, dass es gar nicht ...?»

«Nein», sagte Malone schroffer als beabsichtigt und bereute im selben Moment seinen Tonfall.

Sie musste sein Unbehagen gespürt haben, seine Abwehr. Er wiederum wusste immer noch nicht recht, was sie eigentlich wollte. Dieses Gespräch hätte auch telefonisch stattfinden können. Aber dann nahm er erneut diesen Ausdruck wahr, der flüchtig über ihr Gesicht huschte.

Und Malone begriff.

Er ahnte, was Glass ihr bedeutet hatte und warum sie hergekommen war, statt anzurufen: um in seinem Büro zu sein, an seinem Arbeitsplatz, nur ein einziges Mal, und dann einer Zukunft den Rücken zu kehren, die noch nicht einmal begonnen hatte. Aber bis er mit seinen Gedanken so weit gekommen war, hatte Sophie bereits wieder ihre geschäftsmäßige Maske aufgesetzt.

«Es wird eine Autopsie geben müssen», sagte sie. «In Anbetracht der Umstände.»

Malone nickte.

«Und eine gerichtliche Untersuchung?»

«Wahrscheinlich. Aber das verzögert nicht notwendig die –»

«Nein, natürlich nicht.» Ihre Körpersprache drückte aus, dass sie über die juristischen Details, das Prozedere selbst Bescheid wusste.

«Wenn Sie vielleicht so freundlich wären, mich wissen zu lassen, wann sie stattfindet?»

Tuesday Reed war eingeäschert worden, erinnerte sich Malone. Und ihre Asche wurde verstreut. Er fragte sich, was Glass in seinem Testament verfügt und ob er überhaupt eins aufgesetzt hatte. Eigentlich wurden sie dazu angehalten, aber viele der Kollegen im Morddezernat waren abergläubisch.

Nachdem Sophie gegangen war, saß Malone lange da und dachte über die Menschen nach, über Männer und Frauen, und über die Geheimnisse, die sie voreinander hatten.

Es war fast zehn, als er sich plötzlich der Stille bewusst wurde, die sich wie eine Glocke über ihn gesenkt hatte. Kein Telefonklingeln, keine gehetzten Besuche oder ergebnislosen Razzien, keine beharrlichen Forderungen aus der Chefetage. Es war, als hielte die ganze Welt den Atem an. Wartete.

Vielleicht würde er sich daran gewöhnen müssen, dachte Malone. Daran, aus dem Wachschlaf aufzutauchen und eine Vision in der Tür stehen zu sehen.

«Nora?»

Wie lange war sie schon dort und beobachtete ihn? Er hatte nicht einmal gehört, dass die Tür geöffnet wurde.

«Danny?», sagte sie, doch sie sah ihn nicht direkt an, sondern ließ den Blick durch den Raum schweifen. «War jemand hier?»

«Wieso?»

Sie war jetzt bei ihm im Zimmer. «Riechst du es nicht?»

Er hatte keine Ahnung, wovon sie sprach.

«Nein, außer mir war heute Morgen niemand hier. Nur Sophie Corner hat kurz reingeschaut. Du weißt schon, von der Staatsanwaltschaft.»

«Sophie Corner?»

«Sie wollte ihr Beileid aussprechen. Aber ich glaube, das war nicht der einzige Grund, warum sie gekommen ist.»

Er dachte daran, Nora nach der vergangenen Nacht zu fragen, danach, warum sie nicht ans Telefon gegangen war. Doch es schien ihm, als hätte sich eine Kluft zwischen ihnen aufgetan, und er konnte sich nicht überwinden, sie darauf anzusprechen. Sie schnitt das Thema ihrerseits ebenfalls nicht an. Als sie schließlich das Wort ergriff, sprach sie zu seiner Erleichterung nicht über sie beide. Jedenfalls nicht direkt.

«Keeves hat gesagt, dass du ihn zur Identifizierung begleitet hast.»

Malone nickte.

«Er hat gerade die Presseerklärung abgegeben», berichtete sie. «Auf den Stufen vor der Morgue. Ich war dabei.»

«Warum bei der Morgue?»

«Was denkst du wohl? Wir reden hier vom Commissioner. Er ist immer auf größtmögliche Wirkung bedacht.»

«Bist du auch reingegangen?»

«Nein.» Ihr Tonfall wurde sanfter. «Aber für dich muss es furchtbar gewesen sein», sagte sie.

Er sah den gequälten Ausdruck in ihren Augen, aber er sah auch, dass sie Näheres wissen wollte.

Also berichtete er. Von der Fahrt mit Keeves zum Leichenschauhaus. Von dem mürrischen Angestellten, der Glass' Leiche aus dem Kühlfach gezogen und achtlos, ohne Respekt vor dem Toten das Laken zurückgeschlagen hatte. Malones Blick war sofort zu Glass' linker Hand mit dem fehlenden Finger gewandert. Daran hatte er seine letzte Hoffnung geknüpft – dass es doch eine Verwechslung sein könnte.

Ehe er hineingegangen war, hatte er den Forensikbericht gelesen. Die Details über Fingerabdrücke, Zahn- und Kieferbefund, Blutgruppe, das Übliche. Es würde ein paar Tage dauern, bis die Ergebnisse der DNS-Untersuchung vorlagen, doch das war nur noch eine Formalität.

Was er Nora nicht sagte, ihr nie würde sagen können, war, dass Glass' Gesicht bis zur Unkenntlichkeit zertrümmert und der gesamte Kopf durch den Aufprall in den Körper hineingestaucht worden war. Wie wenig diese kalte Reglosigkeit dem Lieutenant ähnlich sah …

Malones Schweigen hing einen Moment lang im Raum. Sie standen am Fenster und blickten auf die Stadt hinaus, Glass' Stadt. Die Welt, die er geliebt hatte. Am Ende war es Nora, die sie in die Wirklichkeit zurückholte.

«Es tut mir leid, dir das sagen zu müssen, Danny, aber Keeves will, dass du eine Sorgfaltsprüfung durchführst. An Sollys sämtlichen Unterlagen.»

«Warum ich? Weshalb nicht die Kollegen von der Einheit für interne Ermittlungen?»

«Ich weiß es nicht. Er hat mir nur aufgetragen, es dir auszurichten.»

«Aber das kann Tage dauern.»

«Er sagt, du sollst dich erst mal nur auf das Wichtigste beschränken. Den Kleinkram können später andere erledigen.»

«Was meint er mit dem Wichtigsten?»

«Keine Ahnung. Wahrscheinlich die Ausrüstung, seine Waffe, Dokumente über laufende Fälle. Du sollst sie heraussuchen und sicherstellen, dann an die Waffenkammer und die Aktenstelle geben und Bericht erstatten.»

«Was soll das, bin ich neuerdings für Aufräumarbeiten zuständig? Ich soll jetzt diesen Fall leiten!»

Nora erwiderte nichts. Sie wandte sich vom Fenster ab, ging zu seinem Stuhl und setzte sich.

«Das ist alles Quatsch, nicht wahr?», sagte er. «Ich leite den Fall nicht. Ich habe ihn keine Minute lang geleitet. Nicht einmal auf Tag-für-Tag-Basis. *Er* leitet ihn. Nachdem wir die ganze Arbeit geleistet haben. Er denkt, wenn Amy gefunden wird, wenn sie freigelassen wird – *falls* sie freigelassen wird –, kann er die Lorbeeren einheimsen. Das Ganze ist doch nur ein Manöver, um mich aus dem Weg zu haben.» Malones aufgestauter Zorn brach sich plötzlich Bahn. «Er zieht die Fäden hinter den Kulissen oder vor den Kameras, schön und gut, aber rate mal, wessen Kopf rollt, wenn die ganze Sache schiefläuft.»

«Ich denke nicht, dass es so einfach ist, Danny. Keeves hat sich selbst ins Rampenlicht gestellt, und wenn Amy nicht freikommt, wird das auch ihn zu Fall bringen. Und es wäre ein tiefer Fall. Er gewinnt nur, wenn sie freigelassen wird. Auch für ihn ist das ein riskantes Spiel.»

«Ja, klar», versetzte Malone säuerlich.

Er sah zu, wie Nora nach seiner Computermaus griff. «Was machst du da?»

«Also, ich glaube nicht, dass er mich heute Morgen nur zur Gesellschaft mitgenommen hat. Er will, dass ich die Fotos durchsehe und diejenigen aussuche, auf denen er am vorteilhaftesten getroffen ist.»

«Machen die Presseleute das nicht selbst?»

«Nicht deren Fotos – unsere. Das war keine gewöhnliche Pressekonferenz. Keeves hatte auch die gesamte Dokumentationsabteilung dazugebeten. Fotos, Film, Video, alles. Er will nicht, dass irgendwelche Aufnahmen an die Öffentlichkeit gelangen, die ihn als Idioten dastehen lassen.»

«Der Kerl ist größenwahnsinnig.»

«Nein, genau so will er gerade nicht wirken.» Sie klickte sich schnell durch die Fotos. «Wie ein Staatsmann, imposant, ernst, aber nicht zu düster – so hat er es ausgedrückt. Und die Redakteure von ein paar wichtigen Zeitungen fressen ihm aus der Hand – wenn er ihnen die Bilder zuspielt, die er gut findet, dann werden sie die bringen statt ihrer eigenen.»

«Ich fasse es nicht.»

«Tja, das nennt man Politik.»

«Und wo bleibt dabei Amy Gardner?»

«Sie wartet. Genau wie wir. Bis wir wissen, wie Milosz' nächster Schachzug aussieht. Außerdem – wer weiß, was Keeves inzwischen hinter den Kulissen in Gang gesetzt hat?»

Malone betrachtete die Bilder auf dem Monitor.

Keeves immer im Vordergrund, hinter ihm eine Reihe monumentaler grauer Stufen. Die City Morgue, ein gedrungener, düsterer Bau, der an ein Kriegsdenkmal erinnerte. Der Commissioner in makellosem dunklem Anzug mit einem dezenten Dienstabzeichen am Revers. Eine goldgelbe Krawatte, passend zur Trauer. Silbernes Haar, schütter, aber exakt zurückgekämmt. In der Pose eines Staatsmannes, wie er es beabsichtigt hatte.

Malone blickte an den steinernen Monumenten vorbei – dem Leichenschauhaus im Hintergrund, dem lebenden Denkmal davor – und richtete seine Aufmerksamkeit auf eine Gestalt, die daneben geradezu verschwindend klein wirkte.

«Du siehst schön aus», sagte er, ohne nachzudenken. Und hörte den seltsamen Unterton in seiner Stimme, als habe er sie bereits verloren.

«Es geht nicht darum, wie *ich* aussehe», erwiderte Nora, noch immer völlig geschäftsmäßig. «Konzentrier dich auf Keeves. Auf den imposanten Eindruck, den er erwecken will, das Staatsmännische.»

Es mussten insgesamt mehrere hundert Fotos sein, von denen viele nur Nora und Keeves mit dem Gebäude im Hintergrund zeigten.

«Vielleicht eins von diesen hier», sagte sie, während sie eine Bilderreihe durchscrollte. Im Hintergrund waren die Pressefotografen zu sehen, die die Szene aus unterschiedlichen Blickwinkeln aufnahmen. «Er legt Wert darauf, dass die Menschenmenge um ihn herum wahrgenommen wird. Dass der Eindruck vermittelt wird, er stehe im Mittelpunkt.»

Malone zog seinen Stuhl näher heran, während Nora die letzte Fotoserie aufrief. Diese Bilder waren alle von der Seite aufgenommen, aus einem niedrigen Winkel, sodass die Stufen zu Keeves hinaufführten. Der Commissioner stand da, aufrecht wie ein Soldat, mit angemessenem Ernst, den Blick in die Ferne gerichtet. Neben ihm Noras schlanke Gestalt in Blau und dahinter, weniger deutlich, teils stehend, teils kniend Dutzende weiterer Fotografen, deren Gesichter von den Kameras verdeckt waren.

Bis auf einen. Seine Kamera hing unberührt vor seiner Brust, während er die Szene vor sich betrachtete. Auf seinem Gesicht lag die Andeutung eines Lächelns.

«Mein Gott», flüsterte Nora und beugte sich vor, um das Bild auf dem Monitor näher zu betrachten. «Du lieber Himmel!»

«Was ist?» Malone sah nur Noras Hinterkopf. Endlich lehnte sie sich wieder zurück, sodass auch er auf den Bildschirm sehen konnte.

Er schaute hin, fand jedoch nichts Besonderes an dem Foto. «Was ist denn?», fragte er noch einmal.

«Da.» Sie tippte mit dem Zeigefinger auf den Monitor, auf das Gesicht des Fotografen mit der Kamera vor der Brust.

«Das ist doch nicht möglich!» Malone sah genauer hin, aber er wusste bereits, dass er sich nicht getäuscht hatte. «Er war *da*?»

«Er kann kaum weiter als zehn Meter von mir entfernt gestanden haben. Und ich habe ihn nicht bemerkt.»

«Na ja, du hast nicht in seine Richtung geschaut. Er stand ja hinter dir.»

«In diesem Moment schon. Aber vorher, als sie sich

alle um uns gedrängt haben, wie konnte ich ihn da übersehen?»

Malone erwiderte nichts – dasselbe hatte er sich auch gerade gefragt.

«Als wir rausgekommen sind», fuhr Nora fort, «und ich die Meute sah, die uns erwartete, mit Blitzlichtgewitter und so weiter – ich glaube, da habe ich die Menschen einfach ausgeblendet. Ich meine, als Individuen. Ich habe sie nur noch als Masse wahrgenommen.»

«Ist er noch auf einem anderen Bild?»

Sie suchten und suchten, doch er war sonst nirgendwo zu erkennen, jedenfalls nicht mit Sicherheit. Ein Foto zeigte eine Gestalt, die er sein konnte, aber nur aufgrund der Kleidung war es schwer zu sagen, und das Gesicht war diesmal hinter einer Kamera verborgen.

«Er wollte es selbst dokumentieren», flüsterte Nora.

«Das kann nicht der einzige Grund für seine Anwesenheit gewesen sein. Warum sollte er dafür alles aufs Spiel setzen? Wenn es ihm um eine Dokumentation gegangen wäre, hätte er einfach Fotos aus den Zeitungen ausschneiden können. Warum sollte er ein derartiges Risiko eingehen?»

In diesem Moment wurde ihnen beiden klar: Genau darum war es ihm gegangen. Er wollte erscheinen, wollte unbemerkt am Ort des Geschehens sein. Um seinen Sieg zu bekräftigen.

«Außerdem ...» Nora brach als Erste das Schweigen. «Erinnerst du dich noch daran, was Solly gesagt hat? Milosz hält sich für unbesiegbar. Er hat schon seit so langer Zeit Gott gespielt, dass er sich einbildet, er wird niemals gefasst.»

«Es könnte auch noch einen weiteren Grund geben», sagte Malone langsam.

«Und der wäre?»

«Er musste sich Gewissheit verschaffen.»

«Worüber?»

«Dass es *wirklich* Glass war.» Malone erinnerte sich an die Saat des Zweifels – oder war es Hoffnung gewesen? – in Sophie Corners Gedanken. Und in seinen eigenen. «Er braucht all das, die öffentliche Bestätigung. Durch den Commissioner persönlich.»

«Aber das hätte er auch haben können, indem er die Fernsehübertragungen angesehen und die Zeitungen gelesen hätte.»

«Auf keinen Fall. Er musste selbst vor Ort sein. Vergiss nicht, der Mann ist paranoid.»

«Mag sein», räumte Nora ein und betrachtete wieder das Foto. «Vielleicht kommen mehrere Faktoren zusammen. Sieh ihn dir nur an! Dieses Lächeln. Ich denke, er ist da, um zu sagen: Seht her, ich habe gewonnen. Und wenn irgendjemand aufmerksam genug ist, ihn zu bemerken, verdoppelt das für ihn nur den Reiz.»

«Ja, so wird es wohl sein», sagte Malone. Ihm schwirrte der Kopf bei dem Gedanken daran, dass Milosz ihnen wieder einmal einen Schritt voraus gewesen war.

Dann stand er auf, um die Spannung in seinem Rücken und den Schultern zu lockern. Die Bewegung verhalf ihm zu einem Entschluss, und er nahm hastig seinen Mantel vom Kleiderständer.

«Was hast du vor?»

«Ich gehe nochmal zum Leichenschauhaus.»

«Du bist verrückt. Er wird nicht mehr dort sein.

Wahrscheinlich war er schon wieder verschwunden, bevor das letzte Foto gemacht wurde.»

«Das weiß ich. Ich will nur hinfahren und mir selbst die Stelle ansehen, wo er stand.»

An der Tür hielt Malone inne. «Mir fällt gerade etwas ein.»

«Was denn?»

«Woher wusste er davon?»

«Wer?»

«Milosz. Keeves hat natürlich die Presse benachrichtigt und das Fernsehen. Aber woher kannte Milosz den Ort und die Zeit?»

«Ich habe keine Ahnung», gestand Nora. «Vielleicht hört er auch das Telefon des Commissioner ab.»

«Niemals. Bei all den Sicherheitsvorkehrungen rings um Keeves ...»

«Dann hat er es vielleicht bloß erraten?»

«Ich glaube nicht, dass er jemals nur rät.»

Noras Gesichtsausdruck zeigte, dass ihr die Frage zu kompliziert wurde. «Vielleicht hat er einen Freund bei der Presse oder so. Um Himmels willen, du sollst dich jetzt um die Sorgfaltsprüfung kümmern, schon vergessen? Aber wenn du unbedingt gehen willst, dann geh. Je eher du dich auf den Weg machst, desto eher bist du wieder zurück.»

Malone wusste selbst nicht, was er vorzufinden erwartete. Als er mit seinem Wagen beim Leichenschauhaus hielt, war der Platz davor regennass und verlassen. So verlassen wie am vergangenen Abend. Doch gerade als er aussteigen wollte, wimmelte es auf den Stufen vor dem Eingang plötzlich von Reportern, Fernsehteams und Videokameras, und ein wahres Blitzlichtgewitter brach los. Dann waren sie wieder verschwunden, so schnell, wie sie gekommen waren. Nur ein einzelner Mann stieg die breite Steintreppe hoch, in einer Hand einen Aktenkoffer, in der anderen einen Regenschirm. An der Tür blieb er stehen und zog eine Ausweiskarte durch den Scanner des elektronischen Schlosses. Die Tür glitt auf, und der Mann ging hindurch.

Malone blieb in seinem Wagen sitzen und blickte zu dem Gebäude auf. Fünf Minuten später machten ein Mann und eine Frau in weißen Kitteln – wahrscheinlich Ärzte oder Labortechniker – den gleichen Spießrutenlauf durch.

Anschließend war erneut alles ruhig.

Was zum Teufel hatte er erwartet? Dass Milosz hier auf ihn warten würde? Dass er dort stehen würde, an der Stelle, wo zuvor Keeves gestanden hatte, und darauf warten, dass Starermittler Detective Daniel Malone vorfuhr und ihm Handschellen anlegte?

Ein weiterer Mann kam vom tiefer gelegenen Parkplatz und stieg die Stufen hinauf. Er war etwa Mitte sechzig, trug einen anthrazitgrauen Anzug und hatte volles weißes Haar. Über seinem Arm lag ein weißer Kittel, und er bewegte sich mit souveräner Autorität. Hier mussten täglich ein Dutzend Autopsien stattfinden, vielleicht mehr.

Malone warf einen letzten Blick auf die Front des Gebäudes, die wuchtige Steinfassade, die bronzene Widmungstafel, die in die Mauer eingelassen war, die schweren Türen, die in das modernisierte Innere aus Glas und Stahl führten. Dann fuhr er langsam zum Ende des Straßenblocks und an einer Seite des Gebäudes entlang.

An der Rückfront war die Morgue nur drei Stockwerke hoch, hell und luftig, und von der Straße aus konnte Malone in einen kleinen, begrünten Hof mit einem weißen Springbrunnen und Bänken hinunterschauen, wo wahrscheinlich Mitarbeiter bei gutem Wetter ihren Mittagsimbiss verzehrten. Nachdem sie den Vormittag mit blutigen Routinearbeiten zugebracht hatten. Malone fuhr langsam weiter. Ein Sonnenstrahl brach durch die Wolken und ließ die Farben der letzten Blätter an den Platanen entlang dem Gehweg aufleuchten. Das alles war sehr hübsch, dachte Malone, eine perfekte Kulisse für einen Fototermin. Es war ein Jammer, dass sie die Aufnahmen nicht hier gemacht hatten, zwischen den Bäumen, statt an der düsteren Vorderfront. Doch was einmal geschehen war, ließ sich nicht mehr rückgängig machen. Jetzt nicht und nie.

In seinem Büro klebte an seinem Monitor ein gelber Post-it-Zettel. *Bin beim Commissioner*, stand darauf. Malone dachte an das, was ihm aufgetragen worden war. Er betrachtete Glass' Schreibtisch, die Berg-und-Tal-Landschaft aus Aktenheftern und losen Papieren. Er öffnete die Schubladen, die ebenfalls mit Unterlagen vollgestopft waren. Es würde Wochen dauern, das alles durchzusehen.

Malone ging zum Safe, um seine Waffe einzuschließen. Dann tippte er 1016 ein, Glass' PIN, und erinnerte sich dabei an die plötzliche Angst und Erregung, die ihn überwältigt hatte, als er das zum ersten Mal tat. Er sah die wenigen Papiere in Glass' Sicherheitsschließfach durch. Ein paar Versicherungsunterlagen, die man wohl am besten Izzy übergeben sollte. Ein paar Aktien und Anleihen. Fotos. Malone sah sie nicht an – er wollte nicht wissen, was sie zeigten.

Anschließend suchte er nach Glass' Waffe, doch sie war nicht hier. Dienstmarke, Ausweis, Brieftasche – all das hatte er im Leichenschauhaus gesehen. Aber kein Halfter, keine Pistole.

Wo mochte sie sein?

Malone spähte noch einmal in das enge Fach. Da der hintere Teil dunkel war, tastete er mit der Hand hinein, fand jedoch nichts als ein weißes Stück Papier.

Er zog es hervor, las, was draufstand, und hätte es vor Schreck beinahe fallen lassen.

Halten Sie sich aus meinen Privatangelegenheiten raus, Malone.

Es war, als hätte er die Worte gehört, nicht gelesen. Von Glass' eigener Stimme gesprochen. Als sei der Lieutenant hier bei ihm im Raum. Verunsichert zog sich Malone wieder an seinen Schreibtisch zurück.

Glass hatte also gewusst, dass er bereits einmal heimlich das Schließfach geöffnet hatte. Und trotzdem hatte er nichts darüber gesagt.

Jetzt, da es zu spät war, um um Entschuldigung zu bitten, zu erklären, was er getan hatte, empfand Malone seinen eigenen Verrat stärker denn je. Er schaute sich in dem Büro um, nahm die billige Einrichtung wahr, die Leere, die heillose Unordnung. Er konnte Glass' Sachen nicht durchsehen. Nicht jetzt. Sie würden jemand anderen dafür auftreiben müssen.

Malone ging zum Fenster, um über die Stadt hinauszublicken, doch die war auf wundersame Weise verschwunden, verschleiert vom Regen, der inzwischen wieder eingesetzt hatte. Malone stand reglos da und hing seinen Gedanken nach. Er wünschte sich so sehr, alles wäre anders.

Stunden vergingen. Stunden, in denen er nichts von Belang hörte. Nichts von Belang tat. Nirgendwohin ging.

Er verrichtete mechanisch ein paar Aufgaben, sprach mit den Officers, den Streifen- und Verkehrspolizisten, die weiterhin Bürgerinnen und Bürger der Stadt das Foto unter die Nase hielten. Doch er war nicht bei der Sache. Seine Gedanken kreisten unaufhörlich um Glass. Manchmal dachte er auch an Amy. Und manchmal an Nora und an den kalten, dunklen Raum, der sich zwischen ihnen aufgetan hatte.

Er stand von seinem Schreibtisch auf, um zum hundertsten Mal ans Fenster zu gehen. Allmählich wurde es dunkel, und die Stadt, die noch vor kurzem in ein Gewaber aus Smog und tiefhängenden Wolken eingehüllt gewesen war, erhob sich wieder in all ihrer nächtlichen Pracht. Lichtbänder verliefen in alle Richtungen, und Gebäude, die zuvor Blöcke sich verdüsternder Schatten gewesen waren, schmückten sich nun mit Perlenketten aus weißem Licht.

Malone ertappte sich dabei, dass er genau dasselbe tat, was Glass immer in der Stunde nach der Abenddämmerung getan hatte: Er zog eine Lamelle der Jalousie mit dem Zeigefinger herunter, um das Licht der Stadt durch das entstandene kleine Dreieck in den Raum strömen zu lassen.

Er dachte noch über diese nachgeahmte Geste nach, als sein Telefon klingelte. Malone ließ die Lamelle wieder zurückschnappen und eilte an seinen Schreibtisch.

«Mr. Malone?»

Eine Frauenstimme. Wen hatte er erwartet? Etwa Milosz selbst?

«Ich bin es, Karen Gardner.»

«Natürlich, Mrs. Gardner. Haben Sie etwas gehört? Hat jemand Kontakt zu Ihnen aufgenommen?»

«Nein», sagte sie. «Und eigentlich hatten wir uns vorgenommen, den Fernseher ausgeschaltet zu lassen, aber ich habe gerade die Nachrichten gesehen. Mit Commissioner Keeves und einer jungen Frau ...»

Malone blieb stumm.

«Dann ist es also wahr?», sagte sie schließlich.

«Es ist wahr. Sosehr ich auch das Gegenteil wünschte.»

«Ich wollte Ihnen nur sagen, wie leid es mir tut. Für ihn ... und auch für Sie. Man konnte sehen, wie sehr er Sie achtete.»

«Mich achtete?»

«Ja, aber ich nehme an, das war Ihnen bereits klar.»

Malone nickte stumm in das Telefon und versuchte zu verarbeiten, was anscheinend für andere offensichtlich, für ihn selbst jedoch nicht erkennbar gewesen war.

«Es gibt immer Dinge, über die man nicht spricht», fuhr sie fort. «Man nimmt einfach an, dass der andere es weiß. Und dann ist es zu spät – und man fragt sich, ob der andere es wirklich wusste und ob man es ihm nicht doch hätte sagen sollen. Solange noch Zeit dazu war.»

Malone gab einen zustimmenden Laut von sich. «Wir werden tun, was wir können, Mrs. Gardner, damit Amy zu Ihnen zurückkommt. Wir geben nicht auf.»

«Das weiß ich, Mr. Malone. Genau das hat Lieutenant Glass auch gesagt, erinnern Sie sich nicht? Hier in unserem Wohnzimmer.»

«Ja.»

«Was uns betrifft, wir werden die Nacht über aufbleiben und darauf warten, dass Amy zu uns zurückkommt. Dieser Mann kann nicht so grausam sein, sie nicht freizulassen. Nicht nachdem dieses Opfer gebracht wurde.»

Malone hatte eine Menge zu tun, was ihn hätte ablenken können. Doch nichts davon half.

Er begann die Papiere zu sortieren, stapelte die Akten auf der rechten Seite von Glass' Schreibtisch und seine persönlichen Papiere aus den Schubladen und dem Safe auf der linken. Die beiden Stapel sahen ordentlich und organisiert aus, doch der Effekt war rein äußerlich – für Keeves oder sonst jemanden, der kontrollieren kam. In Wirklichkeit hatte Malone überhaupt nichts sortiert. Die persönlichen Papiere waren ein Wust aus Notizen, Memos und Briefen, manche davon Jahre alt. Andere sahen aus wie Bittschreiben von seiner früheren Frau Miriam. Malone hatte nichts davon gelesen. Er hatte sogar der Versuchung widerstanden, einen Blick auf das jeweilige Datum zu werfen.

Immerhin war jetzt in der Mitte des Schreibtischs eine freie Fläche entstanden, sodass man sich hinsetzen und anfangen konnte, das Material von einem der beiden Stapel zu sichten und Entscheidungen zu treffen.

Sofern jemand das wollte.

Malone ging zu dem improvisierten Sofa aus nebeneinandergestellten Stühlen, die er aus dem Büro nebenan geborgt hatte, und zog die Decke aus dem Sanitätsraum über sich.

Handy und Festnetztelefon in Reichweite, blickte er hinauf zur düsteren Zimmerdecke.

Eine Weile dachte Malone an nichts. Dann begannen seine Gedanken um Nora zu kreisen. Und anschließend um Glass. Dann dachte er wieder an nichts, bis nach einiger Zeit der eine oder andere der beiden wieder in sein Bewusstsein drang.

Es waren eher Bilder als richtige Gedanken. Bilder von Nora, wie sie lachte. Wie sie die Füße in seinen Rücken stemmte und ihn aus dem Bett stieß. Von Glass, wie er nach dem Kaffeetrinken im Mario's Rachel McNeill in den Mantel half. Wie er in der dunklen Tiefgarage des Police Department stand und seinen Finger an den metallenen Rahmen der Autotür legte. Die Bilder kamen und gingen, in die Dunkelheit projiziert, und leisteten ihm kümmerliche Gesellschaft, während die Nacht voranschritt. Mitternacht ging vorüber. Ein Uhr. Es war drei Uhr früh, als das Telefon erneut klingelte.

Sechsundzwanzig

Um ein Uhr in derselben Nacht umrundete ein kleiner Toyota zweimal einen Straßenblock in der Innenstadt. Schließlich kam er im Schutz einer Platane, die noch Laub trug, zum Stehen.

Der Fahrer schaltete den Motor ab, dann blieb er reglos und wachsam im Dunkeln sitzen. Er überblickte die verlassene Straße, spähte durch Eisengitter zu einem begrünten Hof mit Springbrunnen, zu dem ein paar Stufen hinunterführten.

Der Parkplatz war leer – bis auf eine Katze, die aus

dem Nichts erschien, ebenso reglos sitzen blieb wie er und zu ihm hochschaute.

Bis halb zwei waren nicht mehr als ein halbes Dutzend Autos und ein paar Taxis mit hohem Tempo vorbeigefahren – Leute, die spät zum Essen ausgegangen waren, ins Kino oder ins Theater, und die es jetzt eilig hatten, nach Hause zu kommen. Nur eins dieser Fahrzeuge hielt an. Der Mann beobachtete im Seitenspiegel, wie der Fahrer dicht vor dem Gittertor des Hofes parkte.

Ein Mann in Uniform stieg aus. Er öffnete das Tor und eilte mit lautem Stiefelpoltern die Steinstufen in den Hof hinunter. Als er unter einer Laterne entlangging, war sein Atem als kleine Dampfwolke vor seinem Mund zu sehen. Es war kalt dort unten in dem Hof.

Der Uniformierte schaltete eine Taschenlampe ein, deren gelber Lichtstrahl über die Fenster im Erdgeschoss tanzte, während er am Gebäude entlangging. Auf dem Rückweg überprüfte er die Eingangstür zum Gebäude – ein beiläufiger Stoß mit der flachen Hand gegen die glatte Oberfläche – und steckte eine Karte zwischen Tür und Rahmen. Die Taschenlampe schwenkte noch einmal in weitem Bogen über den begrünten Hof, den Springbrunnen und die leeren Bänke ringsum, dann leuchtete sie dem Wachmann den Rückweg zu seinem warmen Auto.

Die ganze Zeit warf er keinen einzigen Blick hinauf zur Straße, von wo aus ein Mann ihn beobachtete. Er stieg in seinen Wagen, wendete und fuhr um den Block zur Vorderfront des Gebäudes.

Es war fast zwei, als sich der Mann in dem Toyota endlich rührte. Er stieg aus, schloss den Wagen ab und lief mit raschen Schritten auf das Tor zu. Mit seiner dunklen Jacke und Hose war er im Schatten der Bäume nahezu unsichtbar. Die Gummisohlen seiner Schuhe erzeugten kein Geräusch auf dem Gehweg, nur hin und wieder raschelte welkes Laub unter seinen Schritten.

Er sprang die Stufen noch schneller hinunter als zuvor der Wachmann und folgte dessen Weg zur Tür. Der schwache grünliche Lichtschimmer aus dem Gebäude erinnerte an einen Swimmingpool mit Unterwasserbeleuchtung.

Die Taschenlampe, die der Mann mitgebracht hatte, war viel kleiner als die des Wachmannes, ein bleistiftdünner Lichtstrahl, den er nicht auf die Tür richtete, sondern auf den elektronischen Kartenleser an der Wand daneben. Er stellte sich dicht davor, um das Licht mit seinem Körper abzuschirmen, zog einen Schraubenzieher aus der Tasche, löste die Metallabdeckung des Kartenlesers und entfernte den winzigen Skimmer, den er in der vergangenen Nacht dort angebracht hatte. Dann schraubte er das Gehäuse wieder zu, kniete sich neben der Wand auf den Boden und drehte mit dem Schraubenzieher die Schlitzschraube an der Rückseite des Skimmers – eine halbe Umdrehung gegen den Uhrzeigersinn. Er griff noch einmal in die Tasche und holte ein Stück Plastik von der Größe einer Kreditkarte hervor, das er durch den Skimmer zog. Eine kleine Diode leuchtete rot. Er zog die Karte noch einmal durch. Die Diode leuchtete jetzt grün.

Er stand auf, sah sich um. Er hörte den Lärm der Lastwagen auf der Brücke in Richtung des Westside Highway und der Freeways, die von dort aus kreuz und quer durch den Bundesstaat verliefen. Er steckte den Skimmer ein, nahm die Karte und zog sie durch das Lesegerät. Nichts geschah. Als er sie noch einmal langsamer durch den Schlitz zog, hörte er das leise Klicken, mit dem sich das Türschloss öffnete. Er schob die Tür einen Spalt auf und trat hindurch.

Drinnen im grünlichen Dämmer blieb er kurz stehen, um noch einmal den Parkplatz und den Hof zu überblicken. Nichts bewegte sich. Die Katze war verschwunden.

Er drehte sich um und ging zügig den Flur nach links entlang. Im Vorbeigehen las er die Türschilder: Anatomiesaal 3, Anatomiesaal 4, Präparations- und Materialraum. Am nächsten Raum stand Kühlhalle. Er blieb davor stehen.

Er nahm einen Schlüsselbund aus der Jacke. Im Schein seiner Taschenlampe probierte er einen Schlüssel nach dem anderen, bis er einen fand, der passte. Er öffnete das Schloss.

Der Raum erinnerte tatsächlich an einen Pool, erfüllt von einem klaren grünlichen Licht, das an der Decke schimmerte und auf dem weißen Fliesenboden wie durch Wellen waberte. Er blieb mit dem Rücken zur Tür stehen und sah sich um. Die Taschenlampe brauchte er jetzt nicht mehr. Entlang den Wänden zu beiden Seiten waren Schränke und Schließfächer eingebaut. Mitten im Raum stand ein langer Stahltisch. In die hintere Wand waren mehrere Reihen Kühlfächer mit ausziehbaren Bahren eingelassen, die mit großen Stahlklappen verschlossen waren. Es war kalt hier drin, aber nicht so kalt, wie es in diesen eisigen Fächern sein musste.

Er zählte drei Reihen übereinander mit jeweils neun Klappen. An den Griffen hingen Schilder, nur bei den äußersten rechten Klappen nicht. Vierundzwanzig Leichen insgesamt. Er ging hinüber, schaltete seine Taschenlampe wieder ein und schritt zügig die Reihen ab. Am zwölften Schild blieb er stehen und las, was darauf stand. Daten, Identität, Tag der Einlieferung. Er zog die Bahre heraus, leuchtete die Leiche mit der Taschenlampe an.

Ein eisiger Hauch schlug ihm aus dem Kühlfach entgegen. Der schmale Strahl der Taschenlampe huschte über den Körper abwärts bis zur linken Hand. Er knurrte zufrieden und zog aus der Jackentasche eine Zigarrenkiste hervor.

Seine Befriedigung war nur von kurzer Dauer. Aus den Schatten hinter ihm löste sich eine Gestalt, die sich mit unheimlicher Lautlosigkeit auf ihn zubewegte, und im nächsten Augenblick war die Welt rot vor Schmerz. Der erste Schlag traf ihn seitlich am Hals und riss ihn herum, ein kräftiger Hieb mit einem Gegenstand, der so hart war, dass es sich anfühlte, als müsse sein Genick brechen. Der zweite folgte, noch ehe er sich wieder gefangen hatte – eine stählerne Faust, die ihm beinahe das Brustbein zertrümmerte. Die Zigarrenkiste fiel zu Boden, und langsam brach er daneben zusammen.

Er hatte keine Ahnung, wie lange er bewusstlos gewesen war. Er wusste nur, dass er in einem Moment zu ersticken glaubte, die Lunge gelähmt von dem Schlag, und im nächsten – noch schmerzhafter – die Luft mit solcher Heftigkeit wieder hineinströmte, dass er überzeugt war, sie müsse ihm den Brustkorb sprengen. Er lag seitlich auf dem Boden und schnappte gierig, wenn auch unter brennenden Schmerzen, nach Luft, schluckte sie, wie ein Ertrinkender Wasser schluckt. Drei Minuten mussten so vergangen sein, ehe er allmählich wieder sehen und hören konnte. Dann drang die Stimme von Glass in sein Bewusstsein, der über ihm stand und ruhig sagte: «Sie wollen mich sehen, Josef?»

«Ich hätte es wissen müssen, Glass», keuchte Milosz. Er bekam verschwommen mit, dass Glass ihn am Kragen hochzerrte und auf einen Stuhl fallen ließ. Der kalte Stahl des Tisches an seiner Stirn und Wange linderte wenigstens etwas die Hitze, die ihm noch immer Lunge und Kehle zu versengen schien.

Als er sich genügend erholt hatte, um den Kopf zu heben, sah er, dass Glass knapp zwei Meter von ihm entfernt rittlings auf einem zweiten Stuhl saß, die Arme auf die Rückenlehne gestützt, und ihn beobachtete. Auf dem Tisch lag neben Glass' rechter Hand ein schwarzer Revolver.

Glass hielt Milosz eine Plastikflasche mit Wasser hin. «Was trinken?»

Milosz sah die Flasche wortlos an.

Glass seufzte übertrieben, öffnete die Flasche und trank. Dann schraubte er den Deckel wieder zu und rollte die Flasche über den Tisch zu Milosz.

«Es ist nur Wasser, Josef.»

«Sie bilden sich wohl ein, Sie hätten gewonnen, was?» Milosz war noch immer atemlos, und seine Stimme klang schrill wie der Schrei eines Falken.

«Ich würde sagen, im Augenblick ist es eine Pattsituation, finden Sie nicht?»

«Wegen des Mädchens?»

«Mit nur einem Bauern kann man nicht gewinnen, Josef.»

«Manchmal doch.»

Glass ließ das unkommentiert. Er war nicht hergekommen, um über Endspiele zu diskutieren. In den vergangenen sechsunddreißig Stunden, während er in der dämmrigen Kühlhalle wartete, waren seine Gedanken pausenlos um diesen Moment gekreist. Die einzigen Menschen, die ihn in dieser Zeit besucht hatten, waren der Direktor des Leichenschauhauses und Keeves und Nora, die sich für eine halbe Stunde zu ihm gesetzt hatten, ehe sie hinausgingen und vor die Presse traten. Jetzt, da der Moment gekommen war, stellte Glass zu seinem Erstaunen fest, dass er nahezu nichts empfand. Keine Gefühle gegenüber dieser äußerlich unscheinbaren Gestalt vor ihm. Keinen Triumph, keine Rachsucht, keine Befriedigung darüber, endlich die Gelegenheit zur Vergeltung zu haben. Nicht einmal Hass. Nichts so Persönliches. Hier ging es weder um ihn noch um Milosz. Es ging um Amy Gardner. Und wenn er diese Sache zu etwas Persönlichem machte, würde sie für seine Befriedigung mit dem Leben bezahlen.

«Sie haben jetzt mehrere Möglichkeiten», sagte Glass sachlich, als hielte er einen Vortrag. «Sie können versuchen zu fliehen, Sie können auf Verhandlung setzen. Aber Sie können mich nicht schlagen, Josef. Nicht aus der Position heraus, in der Sie jetzt sind. Und das wissen Sie.»

Milosz saß stumm da und schaute sich um.

«Deshalb habe ich Sie hergelockt», fuhr Glass fort. «Damit Sie das begreifen. Das logische Paradox darin.» Er wusste, er durfte sich keine Häme darüber erlauben, seinen Widersacher in die Falle gelockt zu haben. Wenn er ihn erniedrigte oder herablassend behandelte, war Amy so gut wie tot.

Milosz stieß sein kaltes Lachen aus. «Und worin besteht dieses Paradox?»

«Darin, dass Sie jetzt nur noch gewinnen können, indem Sie Zugeständnisse machen.»

Er sah, dass Milosz darüber nachdachte. Doch während er das tat, kam er auf einen früheren Punkt zurück. Einen Punkt, der offenbar an seinem Stolz kratzte.

«Sie haben mich nicht hergelockt, Glass.»

«Ach nein?»

«Ich bin hergekommen, weil ich selbst es so wollte.»

«Sie trauen niemandem, oder, Josef?»

Milosz griff nach der Wasserflasche und trank mit langsamen Schlucken. «Nein, und ich tue gut daran.»

«Sie haben geglaubt, ich sei tot.»

«Ich habe geglaubt, Sie seien ein Mann, der zu seinem Wort steht, Glass.»

«Aber Sie mussten sich dennoch selbst vergewissern.»

Glass wurde bewusst, dass er trotz der Kälte im Raum schwitzte. Milosz dagegen wirkte jetzt gelassener, überlegener. Nachdem er sich etwas erholt hatte, schien er Vergnügen an der Situation zu finden.

«Warum ich?», fragte Glass.

Milosz grinste. «Sie sind der Einzige, der mir je Angst eingejagt hat, Glass. Der Einzige, den ich für würdig hielt.»

«Das eine Mal, als ich zu Ihnen ins Labor gekommen bin, da habe ich Ihnen also Angst gemacht?»

«Da habe ich erkannt, dass Sie so sind wie ich. Mein Spiegelbild. Nur dunkler. Viel gefährlicher als ich, weil Sie denken, Sie seien Gott. Sie denken, Sie seien *im Recht*.»

Glass starrte ihn sprachlos an.

«Ich wusste, dass Sie nach mir suchen würden, nachdem Tomas tot war. Dass Sie es tun *mussten*. Sie wollten die Schuld sühnen, die Sie nicht mehr losließ, und ich sollte das Opfer sein. Deshalb bin ich untergetaucht. Hatten Sie sich wirklich eingebildet, es würde so leicht sein? Haben Sie geglaubt, Sie könnten einfach ankommen und mit mir über das *reden*, was Sie getan hatten?» Wieder ließ er sein leises, kaltes Lachen ertönen.

«Wissen Sie», fuhr Milosz fort, «ich habe jahrelang über Sie nachgedacht. Sie halten sich für sehr clever, Mr. Glass, aber ich kenne Sie besser, als Sie sich selbst kennen. Ich weiß, was Sie wollen. Sie wollen mich eliminieren. Und ich weiß, was Sie davon abhält.»

Er wartete darauf, dass Glass fragte, was. Spielte mit ihm. Doch als dieser tatsächlich die Frage stellte, ging Milosz nicht darauf ein.

«Wissen Sie eigentlich, wie viele Stunden ich Ihnen zugehört habe, Glass? Wie oft ich die Tonbänder wieder und wieder abgespielt habe?»

Glass erkannte jetzt, weshalb Milosz redete. Nicht aus Mitteilungsbedürfnis, nicht aus Angst. Nicht weil er ein Jahr lang in dem Café, unter so vielen Menschen, kaum ein Wort mit jemandem gewechselt hatte. Nicht aus irgendeinem normalen, menschlichen Grund, sondern weil er einen Rivalen brauchte. Jemanden, den er als beinahe ebenbürtig ansah und der das Ausmaß dessen begreifen konnte, was er, Milosz, erreicht hatte.

«Ich habe nächtelang im Dunkeln gesessen und jedem Ihrer Worte gelauscht, den Tonfall Ihrer Stimme studiert.» Wieder schwieg er für eine Weile.

«Und was haben Sie dabei herausgefunden?», fragte Glass.

«Dass Sie glauben, Sie seien im Recht», erwiderte Milosz langsam. «Obwohl Sie in Wirklichkeit im Unrecht sind. Sie sind ein Monster, genau wie ich, zu allem fähig. Ihnen fehlt nur der Wille. Das ist der einzige Unterschied zwischen Ihnen und mir.»

«Dann muss ich ja eine ziemliche Enttäuschung für Sie sein, Josef.»

«Sie sind nichts weiter als ein jämmerlicher Sentimentalist, Glass. Mit anzuhören, wie Sie und diese Frau ...» Er brach angewidert ab.

«Mrs. Gardner?»

«Wie Sie über dieses Kind lamentiert haben. Da wurde mir klar, wie schwach Sie in Wirklichkeit sind. Nach all den Jahren tragen Sie es immer noch mit sich herum, dieses süßliche, ekelhafte Schuldgefühl. Wie eine Sucht, von der Sie nicht loskommen. All diese Rührseligkeit über Kinder – was finden Sie an denen eigentlich so Besonderes?»

«Es ging also nie um Rache? Für Maria und Francesca?»

«Rache?» Diesmal war Milosz' Lachen voller Hohn. «Ihr Tod hat Sie in meine Nähe geführt, weiter nichts. Genau wie der brave kleine Tomas, der Arme, der nicht ertragen konnte, was ich ihm angetan hatte. Wovon er glaubte, dass ich es ihm wieder angetan hätte.»

«Wieder?»

Milosz überhörte den Einwurf. Er war jetzt weit fort.

«Tomas ... Tomas, der immer alles bekomen hat. *Alles.* Dabei war *ich* derjenige, der das Talent hatte. Aber die haben dafür gesorgt – *sie* hat dafür gesorgt –, dass alles in ihn investiert wurde. Das Geld, die Instrumente, der Unterricht.»

«Welcher Unterricht?»

Doch wieder war es, als hörte Milosz ihn gar nicht.

«Können Sie sich vorstellen, wie das war, zuhören zu müssen – Abend für Abend, Jahr für Jahr *das* mit anhören zu müssen? Wie dieser jämmerliche Tölpel, der keinerlei musikalisches Gehör hatte, zu spielen versuchte?»

Milosz hielt inne und beobachtete, wie das seltsame grüne Licht in den Fenstern tanzte. «Wissen Sie, meine Mutter hat immer seine Finger bewundert, hat sie stolz anderen Leuten vorgeführt. Seine langen Künstlerfinger, seine Musikerfinger.»

Glass betrachtete Milosz' Profil, sah, dass er mit etwas rang.

«Am Ende hat Tomas die Musik gehasst. Wohingegen ich sie geliebt habe. Ich habe die Musik immer geliebt. Tomas – dieser Schwachkopf! Wissen Sie, er hat wirklich geglaubt, Annaliese hätte sich in mich verliebt.»

Glass schwieg. Milosz wandte sich wieder ihm zu.

«Und dann sind Sie dahergekommen, Glass, und ich konnte mein Glück nicht fassen. Während ich im St. Helens saß, hatte ich viel Zeit, darüber nachzudenken, wie ich mit Ihnen spielen, wie ich Sie ködern könnte. Durch Ihre Schuld, Ihre Sentimentalität, Ihre elende Schwäche. All diese verwöhnten kleinen Mädchen mit ihrer Musik ...»

«Und der Junge, Rodney Springer? Warum haben Sie ihn freigelassen?»

«Ah, das hat Sie wohl verwirrt?»

«Ja.»

Milosz lehnte sich zurück und klatschte in die Hände. «Eben *darum* habe ich ihn freigelassen. Der Junge bedeutete mir nichts. Er war nutzlos, nach zwei Tagen hat er sich schon vor Angst in die Hose gemacht und war nichts weiter als ein hysterisches Häufchen Elend. Dabei hatte ich mit ihm noch gar nicht richtig angefangen. Die Mädchen waren stärker. Diese kleine McNeill, bei der habe ich eine volle Woche gebraucht, um sie zu brechen.»

Glass verdrängte das Bild von Rachel in den Händen dieses Mannes. «Warum jedes Mal am Zweiundzwanzigsten? Da steckte kein persönliches Ritual dahinter, oder? Keine Opferung. Das wäre ein bisschen zu plump für Sie.»

«Ich wusste, dass Sie das alles durchschauen würden. Ich wusste, Sie würden erkennen, dass so etwas nur eine Art ist, in der die Menschen sich selbst eine tröstliche Sicherheit erschaffen.»

«Indem sie sich zu Tode ängstigen beim Gedanken an Wahnsinnige, Monster, Werwölfe, die den Mond anheulen? Natürlich, dadurch würde niemand auf Sie verfallen – auf jemanden, der so normal, so rational ist wie Sie.»

«Aber Sie sind dahintergekommen, nicht wahr, Glass? Wenn auch langsam – ich musste Ihnen mehr Hinweise geben, als Sie verdienten.»

«Und dann ging alles ein bisschen zu schnell für Sie.»

Milosz beugte sich vor, stützte die Unterarme auf den Tisch und grinste Glass an. «Wissen Sie, es sollte eigentlich noch ein weiteres Opfer geben. Eins, das in Verbindung zu Ihnen steht, Glass. Um Sie ganz direkt ins Spiel mit einzubeziehen.»

Glass dachte über dieses «Spiel» nach, über Milosz' Taktiken, seine Vorgehensweise. Ihm dämmerte, worauf es hinauslief.

Milosz sah, dass ihm die Erkenntnis kam, nickte und rieb sich die Hände. «Ganz recht», sagte er. «Nathan.»

Glass gab sich Mühe, sich den Schock nicht anmerken zu lassen, doch das Lächeln auf Milosz' Lippen verriet, dass es ihm nicht gelang.

«Das sollte Ihr Geburtstagsgeschenk werden.»

Weshalb war ihm der Verdacht nie gekommen? «So hatten Sie also den Abschluss geplant? Am zweiundzwanzigsten Dezember?»

«Aber dann musste ich das Ganze plötzlich vorziehen. Nicht, dass ich es bereut hätte, nachdem der Entschluss einmal gefasst war. Ich kann Ihnen gar nicht sagen, wie sehr mich diese Frauen mit ihrer Schwäche anwidern. Vor allem die Gardner – ich hätte kotzen können, wenn ich sie nur reden hörte. So *aufopferungsvoll*. Bereit, ihr Leben hinzugeben, ohne sich auch nur einen Augenblick dagegen zu sträuben. Aus *Liebe*.» Milosz' Lächeln erstarb, er verzog verächtlich den Mund.

«Amys Leben bedeutet ihr eben mehr als ihr eigenes.»

«Das ist widerlich, Glass. Widerlich.»

«Es ist eine Gleichung, nicht mehr und nicht weniger. Sie hat abgewogen und ihre Entscheidung getroffen. Ihren Einsatz gebracht.»

«Tja, sie hat verloren. Und wissen Sie, warum? Ihretwegen, Glass. Weil Sie nicht zu Ihrem Wort gestanden haben.»

Milosz' Stimme bekam einen zornigen Unterton, und Glass begriff, dass bei aller moralischen Leere und Düsternis irgendwo in ihm noch ein winziger Funke glomm. Kein Gewissen im eigentlichen Sinn, eher eine erlernte elementare Regel. Ein Ehrenkodex. Wo erlernt? In der Schule? In einer Dorfkirche, bei einem Gemeindepfarrer? Wer konnte das wissen.

Und es spielte jetzt keine Rolle. Glass warf einen verstohlenen Blick auf die Uhr – es war fast drei. Ihm war klar: Er konnte Milosz' Zorn und dessen Stolz gegen ihn verwenden.

«So, ich habe also mein Wort gebrochen.»

«Sie haben die Herausforderung angenommen. Sie haben das Pfand gebracht, Sie haben sich auf den Handel eingelassen. Und dann haben Sie einen Rückzieher gemacht.»

«Weil ich Angst hatte zu sterben.»

«Ich weiß. Sie sind schwach, Glass. Es fehlt Ihnen an Entschlossenheit.»

«Im Angesicht des Todes fehlt es uns allen an Entschlossenheit. Das ist ansteckend.»

«Mich hat es nicht angesteckt, Glass.»

«Nein? Wollen Sie damit sagen, dass Sie dem Tod ins Auge blicken können, ohne Angst zu empfinden? Sie können mich einen Schwächling nennen, weil Sie selbst sich nicht fürchten?» Glass hob in spöttischer Ehrfurcht die Arme. «Josef Milosz kann all das sterbliche Grauen um sich herum ansehen und zeigt selbst niemals eine Schwäche.»

«So ist es», entgegnete Milosz, jetzt wieder sehr ruhig.

«*Nur* Josef Milosz?», höhnte Glass. «Ist Josef als Einziger fähig, wieder und wieder den Tod zu sehen und immer noch zu seinem Wort zu stehen, seinen Teil der Vereinbarung immer noch einzuhalten? Wenn die Schwächlinge schon alle in die Knie gegangen sind?»

«So ist es», wiederholte Milosz. «Sie sind unfähig, das zu glauben, weil Sie es selbst nicht können.»

«Beweisen Sie es.»

Milosz zog eine Augenbraue hoch.

«Sagen Sie mir, wo Amy Gardner ist.»

«Ah, *jetzt* verstehe ich ...» Milosz Gesicht nahm augenblicklich einen verschlagenen Ausdruck an. «Also darauf wollen Sie hinaus. Und Sie denken, dass ich Ihnen das einfach verrate? Warum sollte ich das tun, Glass?»

Glass war bewusst, dass Amys Leben vom Verlauf der nächsten Sekunden abhing. «Weil Sie der Einzige sind, der es kann.»

Er blickte Milosz fest in die Augen. «Weil Sie sich *entscheiden* können, es zu tun.» Glass hob die rechte Hand und schnippte mit den Fingern. Das Geräusch hallte in dem gekachelten Raum wider. «Einfach so.» Jetzt war es an Glass, zu lächeln. «Es gibt keinen anderen Grund», sagte er, «keinen, bis auf die Tatsache, dass Sie die Macht haben. Die Macht zu entscheiden, ob sie lebt oder stirbt.»

«Sie sind gut, Glass.» Milosz lachte. «Das muss ich Ihnen lassen. Aber was täten Sie im Gegenzug für mich? Ich weiß, dass Sie mich nicht gehen lassen könnten.»

Glass schwieg einen Moment. «Nichts», sagte er und erkannte an Milosz' Gesicht, dass er damit immerhin eine Probe bestanden hatte. «Aber wenn Sie es mir sagen», fuhr er fort, «und mich anlügen, dann jage ich Ihnen eine Kugel durchs Herz.»

Milosz zuckte nicht mit der Wimper. «Und wenn ich es Ihnen nicht sage?»

«Dann erschieße ich Sie auch.»

«Nein, das werden Sie nicht tun.»

«Weil ich sentimental bin? Weil es mir an Entschlossenheit fehlt?»

«Ganz genau.»

«Nun, stellen Sie mich auf die Probe, Josef. Ich werde keine dramatische Szene machen, ich werde keinen Countdown veranstalten. Aber wenn Sie mir nicht innerhalb der nächsten dreißig Sekunden eine Adresse nennen, dann werde ich diese Pistole nehmen und Sie erschießen. Und wenn Sie mir eine falsche Adresse nennen, ebenfalls. Sie haben die Wahl.»

Milosz war fasziniert, das sah Glass ihm an. Nicht so sehr von seinen eigenen Möglichkeiten – den Optionen, die sein Gehirn erkannt hatte, ehe Glass sie ihm nannte –, sondern von Glass' Psychologie. War das der billige Bluff eines Schwächlings? Oder war Glass doch ein wenig stärker, wenn es darum ging, das Leben eines *anderen* auszulöschen? War er womöglich doch der Rivale, nach dem er, Milosz, sich immer gesehnt hatte?

Glass' Hand ruhte auf der Waffe.

«Das werden Sie nicht tun», sagte Milosz.

Glass entsicherte die Pistole, hob sie und richtete sie mitten auf Milosz' Brust.

In diesem Moment, das spürte Glass, kamen Milosz

zum ersten Mal ernsthafte Zweifel. Während er langsam den Finger am Abzug krümmte, sah er, wie es hinter diesen farblosen Augen arbeitete. Es konnte jetzt geschehen oder jetzt oder jetzt. Glass sah, wie sich die Augen weiteten, hervortraten. Und er wartete.

«Okay, Glass. Sie können jetzt aufhören mit dem Theater. Ich spiele Ihr kleines Spiel mit. Warum auch nicht?» Das Lächeln war verschwunden, Milosz' Stimme klang dünn und gehetzt. «Versuchen Sie es unter 17/124, Littleton Drive.»

«Welcher Vorort?»

«Sehen Sie, Sie hätten es in Wahrheit nicht getan.»

«Welcher Vorort?»

«Redwood», sagte Milosz gleichgültig.

Glass legte den Revolver wieder auf den Tisch, zog sein Handy hervor und wählte Malones Nummer.

Die Stimme, die sich meldete, klang benommen.

«Sie schlafen doch nicht etwa im Dienst, Malone?»

Am anderen Ende blieb es still.

«Wer spricht dort?»

«Was glauben Sie wohl, Malone? Ich bin es, Glass.»

Er hörte Malone scharf einatmen.

«Das sind Sie, Milosz, nicht wahr?»

«Die PIN zu meinem Tresorfach ist 1016. Haben Sie meine Nachricht bekommen, Malone? Dass Sie sich aus meinen Privatangelegenheiten raushalten sollen?»

Malone erstarrte.

«Ich weiß, was Sie jetzt denken, Malone. Aber ich bin nicht Milosz.»

Glass lauschte dem Schweigen am anderen Ende.

«Malone ...?»

«Himmel! Lieutenant? Was zum Teufel ...?»

«Ich erkläre Ihnen später alles. Zunächst mal nur das Allerwichtigste: Ich bin im Leichenschauhaus, ich lebe und spreche gerade mit Mr. Milosz. Er hat mir eine Adresse genannt, wo wir angeblich Amy Gardner finden. Sind Sie wach genug, einen Stift zu halten?»

«Sie Mistkerl –»

«Es ist ein Apartment. Nummer 17, 124 Littleton Drive, Redwood. Wissen Sie, wo das ist?»

Malone versuchte seine Gedanken zu ordnen. «Okay, Lieutenant», brachte er schließlich heraus, «aber was, wenn das wieder nur eine falsche Fährte ist?»

«Mr. Milosz legt Wert darauf, ein Mann zu sein, der zu seinem Wort steht», sagte Glass und sah Milosz dabei direkt an.

«Haben Sie den Verstand verloren, Lieutenant?»

Glass entging nicht, dass sich Milosz anstrengte mitzuhören. Er wirkte perplex.

«Ich sage Ihnen jetzt, was Sie zu tun haben, Malone. Zuerst rufen Sie Nora an. Sie wartet unten, zusammen mit Rose Goddard.»

«Nora? Sie meinen, sie *wusste* davon? Sie hat es die ganze Zeit gewusst?»

«Sie werden ein SWAT-Team nehmen –»

«Wo zum Teufel soll ich um diese Uhrzeit ein SWAT-Team hernehmen?»

«Es wartet drei Zimmer weiter, in Frank Adairs altem Büro.»

«Ach, tatsächlich? Und wer steckt sonst noch in dieser Sache mit drin?»

«Nora hält ein medizinisches Ambulanzteam abrufbereit. Rettungswagen, Notarzt, eine Traumaspezialistin. Die sollten gleichzeitig mit Ihnen eintreffen. Sobald Sie das Haus erreicht haben, rufen Sie mich an. Haben Sie verstanden? Und jetzt machen Sie, dass Sie loskommen, jede Sekunde zählt.»

Glass unterbrach die Verbindung. Milosz schien seine Verwirrung inzwischen überwunden zu haben.

«Er wusste es gar nicht?»

«Nein.»

«Sie haben ihn verarscht.»

«So könnte man es ausdrücken.»

Glass glaubte einen Anflug von Bewunderung über Milosz' Gesicht huschen zu sehen. Milosz hatte bereits früh im Leben erkannt, dass die Welt geschlossen gegen ihn stand. Dass sich Menschen zusammenrotteten, sich verbündeten, um ihn fertigzumachen, sodass er seinerseits erbittert und mit allen Mitteln Widerstand leisten musste. Doch nun sah er jemanden vor sich, der ebenso zu allem bereit, ebenso manipulativ war wie er selbst. Dieser Solomon Glass benutzte Menschen – seine Freunde, Kollegen, Leute, die ihm eigentlich nahestehen sollten –, um seine Ziele zu erreichen. Er betrog und täuschte sie, spielte mit ihnen.

Dann veränderte sich Milosz' Gesichtsausdruck. Aber zu welchem Zweck?, schien er sich zu fragen. Für ein Kind, ein wertloses Kind. Das war sinnlos. Dennoch musste er es wissen.

«Warum haben Sie Malone hintergangen?»

«Weil er nicht schauspielern kann, und wenn es sein Leben gälte. Er ist zu ehrlich. Seine Gedanken stehen ihm ins Gesicht geschrieben, und auch seine Stimme verrät ihn.»

Wieder sah Milosz beeindruckt aus. «Ich verstehe»,

sagte er. «Sie wussten also, dass das Haus der Gardners verwanzt war? Seit wann?»

«Schon seit einiger Zeit.»

«Und Sie haben die Wanzen dort gelassen.»

«Ja. Aber Keeves hat Malone weisgemacht, er habe sie entfernen lassen.»

Milosz nickte. «Und das war gelogen. Auf diese Weise konnte Malone, dieser Idiot, mir Botschaften übermitteln, zum Beispiel die Nachricht von Ihrem Tod. Ohne es selbst zu wissen. Clever.»

«Er war überzeugend, oder etwa nicht?»

«Sie scheinen sich darauf einiges zugutezuhalten, Glass. Dabei ist Malone so begriffsstutzig, dass es nicht schwer gewesen sein kann, ihn hinters Licht zu führen.»

«Er ist nicht begriffsstutzig. Das ist nicht sein Problem. Sein Problem ist, dass er Menschen vertraut, und Sie wissen ja, Josef, wohin das führen kann.»

Glass beobachtete die Wirkung seiner Worte.

«Ich habe ihm geglaubt.»

«Malone?»

«Commissioner Keeves. Als ich ihn gestern draußen auf der Vortreppe habe reden hören.»

«Sie sollten ihm auch glauben. Außerdem ist Keeves von Natur aus unaufrichtig – der Mann ist imstande, seine eigenen Gedanken sogar vor sich selbst zu verbergen.» Glass warf einen Blick auf die Uhr. Zwölf Minuten nach drei – Malone müsste inzwischen auf halbem Weg sein.

Milosz schien sich jetzt in seine eigenen Gedanken zurückgezogen zu haben.

«Warum sind Sie *wirklich* hergekommen, Josef?», fragte Glass nach kurzem Schweigen.

«Wie Sie selbst gesagt haben: Ich musste es sehen. Um sicher zu sein, dass es kein Trick war.»

«Aber Sie haben doch geglaubt, dass ich tot bin, nicht wahr? Sie haben Malone und Keeves geglaubt.»

Milosz erwiderte nichts.

«Weshalb sind Sie dann ein solches Risiko eingegangen, Josef? Ausgerechnet Sie, der sonst nie Risiken eingeht! Wenn Sie auch nur im Entferntesten geargwöhnt haben, dass ich noch am Leben bin, musste Ihnen auch klar sein, dass ich bewaffnet sein würde. Warum haben Sie selbst keine Pistole mitgenommen?»

«Ich brauche keine.» Milosz beobachtete den Lieutenant scharf. «Öffnen Sie die Zigarrenkiste», sagte er.

Glass sah erst ihn an, dann das Kästchen auf dem Boden und folgte der Aufforderung. Er klappte den Deckel auf und nahm die glänzende Klinge heraus, die darin lag. Ein Chirurgenskalpell. Es dauerte nur einen Moment, bis er begriff. «Sie sind gekommen, um sich ein Souvenir zu holen, nicht wahr?», sagte er langsam. «Und, was sollte es denn sein? Ein Ohr? Meine Nase?»

Milosz fuhr sich mit der Zunge über die Lippen.

«Und was hätten Sie damit gemacht, Josef? Es in Spiritus eingelegt? Im Tiefkühlfach aufbewahrt?»

«Darüber hab ich noch nicht nachgedacht.»

Glass saß eine Minute lang schweigend da. Er dachte an Milosz' bisherige Vorgehensweise. Und plötzlich wurde ihm klar, was das Souvenir gewesen wäre und wer es bekommen hätte.

«Ich verstehe», sagte er. «Die Eier – für die Mutter eines Weicheis.» Einen Moment lang glaubte er vor sich zu sehen, wie seine Mutter das Kästchen öffnete. «Das wäre ein krönender Abschluss gewesen, nicht wahr, Josef?»

«Stellen Sie sich vor, wie das durch die Presse gegangen wäre.»

Doch nichts konnte die Ruhe erschüttern, die Glass jetzt empfand. «Eins macht mich neugierig: Warum Zigarrenkisten?»

Milosz lächelte und schüttelte den Kopf. «Sie denken zu sehr um die Ecke, Glass. Ich wusste, dass Sie darauf niemals kommen würden.»

Sobald Milosz das ausgesprochen hatte, begriff Glass erneut. Er hatte die Sache nicht wörtlich genug genommen. «Sie wollten sich in Rauch hüllen», sagte er. «Wie geistreich.»

Dann klingelte sein Handy.

«Wir sind da, Lieutenant», meldete Malone. «Wenigstens ist es diesmal tatsächlich ein Apartmentblock.» Er klang jetzt hellwach und wieder ganz und gar professionell. Doch Glass wusste, dass die nötige Klärung zwischen ihnen nur auf später aufgeschoben war. «Die Eingangstür zum Hausflur hat eine schwere Glasscheibe. Klingeln wir den Hausmeister raus, oder was?»

«Halten Sie sich zurück und lassen Sie das SWAT-Team reingehen. Sind die Mediziner vor Ort?»

«Die waren schon vor uns hier.»

«Bleiben Sie dran, Malone. Ich will wissen, was geschieht.»

Glass hörte leises Stimmengemurmel, gefolgt von einem explosionsartigen Knall und dem Klirren von Glassplittern.

«Okay, wir sind drin.»

«Stecken Sie sich das Handy in die Brusttasche und berichten Sie weiter über alles, was Sie sehen.»

Milosz lauschte jetzt sichtlich gespannt. Er konnte nicht mehr still sitzen. «Also gut», sagte Glass zu ihm, «wir können gemeinsam zuhören.» Er drückte die Lautsprechertaste an seinem Handy und legte es auf den Tisch.

«Zwölf, dreizehn ...» Malone zählte auf dem Weg durch die Flure die Apartments. «Es muss hier im Erdgeschoss sein. Siebzehn – wir sind da.» Er verstummte.

«Himmel, die Tür ist aus Eiche oder so», fuhr er nach kurzem Schweigen fort. Seine Stimme klang blechern aus dem Lautsprecher. «Bestimmt sieben Zentimeter dick.»

«Klingel? Klopfer? Türspion?»

«Nichts.»

«Dann schlagen Sie sie ein. Tun Sie, was immer nötig ist, um in diese Wohnung einzudringen. Wenn es nicht anders geht, sprengen Sie die Tür.»

Glass hörte eine Abfolge dumpf polternder Laute. Ein Rammbock prallte gegen massives Holz, und der Lärm hallte in dem engen Flur wider. Fünf, sechs Anläufe, dann sprang die Tür auf.

«Schließen Sie die Augen, Josef», sagte Glass, «und lassen Sie den Film ablaufen.» Und zu seinem Erstaunen tat Milosz genau das.

«Der Flur, eine Garderobe mit Hüten und Mänteln. Dann das Wohnzimmer, Sofas, Sessel, Fernseher –»

«Lassen Sie die Details weg. Schildern Sie mir nur den Gesamteindruck, Malone.»

«Computer, eine Menge elektronische Geräte. Die Küche – leer. Vorratskammer, Wäschekammer, auch beide leer. Zimmer zu beiden Seiten des Flurs.»

Aus dem Handy ertönte das Poltern von Malones Stiefeln und denen der anderen Männer.

«Zwei Schlafzimmer», berichtete Malone schwer atmend weiter. «Schränke, Betten, alles leer. Das zweite Schlafzimmer – auch leer. Damit bleibt nur noch der Keller.»

«Es gibt einen Keller?»

«Sieht so aus. Am Ende des Flurs ist eine Tür, die eigentlich nur nach unten führen kann. Es könnte ein Keller sein oder eine Abstellkammer. Die Tür ist abgeschlossen.»

«Vielleicht hätten Sie da zuerst nachsehen sollen?»

Malone erwiderte nichts. Glass hörte ein Krachen.

«Wo zum Teufel ist der Lichtschalter?», fragte Malone. «Hat irgendwer Licht?»

«Und?», fragte Glass, als ihm das Schweigen zu lange dauerte. «Ist es nun ein Keller oder nicht?»

«Ein betonierter Raum, eine Art Abstellkammer. Wir benutzen Taschenlampen, weil wir kein Licht finden.»

«Und?»

«Nichts, Lieutenant. Massenhaft alte Kisten und Kartons in einer Ecke. Ein Sofa. Eine Vitrine mit schickem Porzellan.»

«Sonst noch irgendwas?»

«Nichts.»

Glass sah Milosz an. Der hatte die Augen wieder geöffnet und grinste höhnisch. Glass griff nach seiner Pistole.

«Schieben Sie die Vitrine zur Seite», sagte Milosz. «Sie läuft auf Rollen. Aber passen Sie auf, dass das Porzellan nicht kaputt geht.»

Sie hörten, dass das Möbelstück weggerollt wurde. Dann ertönte ein kurzes helles Klirren – etwas war zu Boden gefallen.

«*Schwachkopf!*», rief Milosz aus. Es war das erste Mal, dass Glass ihn die Beherrschung verlieren sah. Sein Gesicht war wutverzerrt. «Das hat dieser Idiot doch mit Absicht gemacht!»

«Da ist eine Tür, Lieutenant», meldete sich Malone wieder. «Eine Tür in der Wand. Aber sie hat keine Klinke. Ich kann nicht erkennen, wie sie geöffnet wird.»

«Hebeln Sie sie auf», wies Glass ihn an. «Schlagen Sie sie nicht ein. Wer weiß, was dahinter ist.»

Er hörte das Scharren einer Brechstange zwischen der Ziegelwand und dem Holz der Tür, gefolgt von dem *Plop, plop* der hölzernen Bolzen, die aus der Wand sprangen, und schließlich riss die Tür offenbar aus den Angeln.

«O Gott», stöhnte Malone.

«Was ist, Malone? Sagen Sie mir, was Sie sehen.»

«Eine Sekunde, Lieutenant. Ich muss erst mal wieder Luft bekommen.»

Glass hörte ihn husten und würgen.

«Himmel. Dieser Gestank!»

«Was für ein Gestank?»

«Keine Sorge, nicht, was Sie jetzt denken. Es stinkt nach Scheiße, nach Exkrementen. Da ist ein Bett, eine Art Pritsche, aber ich kann nicht ... Da!», rief er plötzlich, jetzt an die anderen Männer gerichtet, «sehen Sie, da drunter! Holen Sie sie raus! Heben Sie die Pritsche an und holen Sie sie raus.»

«Ist sie es, Malone? Ist sie am Leben? Ist es Amy?»

«Verdammt, Lieutenant, lassen Sie mir doch eine Sekunde Zeit.»

«Sie ist es», sagte Milosz. «Und sie ist noch am Leben. Oder jedenfalls war sie es, als ich sie zuletzt gesehen habe. Wenn sie inzwischen gestorben ist ...»

«Sie atmet, Lieutenant. Zwar flach, aber sie lebt. Die Sanitäter setzen ihr gerade eine Sauerstoffmaske auf. Sie atmet! Aber Herrgott, ihr Mund ... Das Kinn ist schwarz, und da, wo normalerweise die Lippe ist, sieht man die unteren Zähne.»

«Wer leitet das SWAT-Team vor Ort?»

«Lindfield.»

«Sagen Sie ihm, sie sollen Amy rausschaffen, dann alles absperren und versiegeln und die Nachbarn beruhigen. Sie übergeben Lindfield jetzt die Leitung und kommen hierher.»

«Ins Leichenschauhaus?»

«Es wird Zeit, dass Sie Josef Milosz kennenlernen.»

Siebenundzwanzig

«Nun, Glass, es scheint, als hätten Sie diese Runde doch noch gewonnen.»

«Ach ja?» Glass schob die Pistole in seine Jacke und stand auf. Er durchquerte den Raum und ging zu den Schränken. «Dann war das alles nur ein Spiel zwischen uns beiden, Josef, zwischen Ihnen und mir? Ging es gar nicht um Amy? Um Mrs. Gardner? Mrs. Chen? Mrs. McNeill? Und Rachel?»

«Die waren bedeutungslos, das wissen Sie. Sie haben gewonnen. Was wollen Sie mehr?»

«Ich will noch auf eine Frage die Antwort wissen.»

«Und die lautet?» Milosz sah zu, wie Glass Verschiedenes aus einem Schrank nahm – etwas aus Kunststofffolie, Handschuhe und noch einen Gegenstand, den Milosz nicht erkennen konnte. Glass brachte alles zurück an den Tisch und ließ es auf die Stahlplatte fallen. Dann setzte er sich wieder und legte die Pistole neben sich.

«Nun, eigentlich stammt die Frage nicht von mir, sondern von Malone. Sie brennt ihm auf den Nägeln.»

Glass zog die Handschuhe an. Beim linken fiel es ihm schwer, doch endlich gelang es ihm. Er zog kurz an beiden, um den Sitz am Handgelenk zu überprüfen. Dann hielt er sie hoch, um sie genauer zu betrachten.

«Als ich das Kästchen öffnete, das Sie an Mrs. Gardner geschickt haben, konnte Malone es nicht ertragen. Er wollte wissen, ob Sie Betäubungsmittel verwendet haben. Bei Amy und bei Rachel und Mei Ling. Ob Sie die Kinder bewusstlos gemacht, ihnen Schmerzmittel gegeben haben. Also frage ich Sie jetzt, stellvertretend für ihn.»

«Warum, wenn Sie die Antwort doch bereits kennen?»

«Weil ich es von Ihnen hören will.»

«An dem Tag, als Sie ins Labor gekommen sind, habe ich es Ihnen gesagt.»

«Sie sagten, die Leute dort würden nicht gern Medikamente einsetzen, weil sie die Versuchsergebnisse verfälschen.»

«Ich wusste, dass Sie sich daran erinnern würden.» Milosz lächelte.

Bis er sah, was Glass aus dem Jackett zog: einen zweiten Revolver in Silber und Grau, der in einem Klarsichtbeutel eingeschweißt war.

«Glock», sagte Glass und warf einen Blick auf den Markennamen, als hätte er noch nie zuvor eine gesehen. «Eine Standardwaffe bei der Polizei. Nicht so wie meine. Meine ist eine altmodische .38er.»

Er blickte zu Milosz auf und sah, dass dieser zum zweiten Mal seine stählerne Beherrschung verloren hatte.

Glass riss den vakuumverschweißten Beutel auf, um die Pistole herauszunehmen. Er legte sie neben seine eigene auf den Tisch und faltete dann den Beutel säuberlich zusammen.

«Was machen Sie da, Glass?»

Statt einer Antwort griff der Lieutenant nach den anderen Gegenständen auf dem Tisch – durchsichtigen Plastikfolien mit Gummibändern daran, die an Duschhauben erinnerten. Es waren Überschuhe, wie sie im OP benutzt wurden. Als sich Glass bückte, um einen davon über seinen linken Schuh und den Saum des Hosenbeins zu ziehen, machte Milosz Anstalten aufzustehen. Doch Glass war schneller und hatte bereits die Waffe gehoben.

«Ich bin noch nicht fertig», sagte er und zog den anderen Überschuh über seinen rechten Fuß, vergewisserte sich, dass auch hier der Hosensaum bedeckt war. «Okay, jetzt können Sie aufstehen.»

Er winkte Milosz auf die andere Seite des Tisches, sodass sie einander gegenüberstanden, die Tischfläche zwischen sich.

«Was soll das, Glass?»

«Waren Sie jemals ein Kind, Milosz?» Glass legte seine Pistole mit dem Griffstück zu sich an die Tischkante, dann beugte er sich hinüber und platzierte die

Glock in der gleichen Position vor Milosz. «Haben Sie jemals Western gesehen?»

Milosz schnaubte. «Das ist doch ein kindisches Spiel, Glass.»

«Genau.»

«Sie haben gesagt, Sie würden mich umbringen, wenn ich Sie anlüge.»

«Aber ich habe nicht gesagt, dass ich Sie *nicht* umbringen werde, wenn Sie die Wahrheit sagen.»

Vielleicht rührten seine Worte an einen Überrest alten Schmerzes, einem Gefühl der Ungerechtigkeit des Lebens, das tief in Milosz' Kindheit zurückreichte. Vielleicht war es ein momentaner Aussetzer, eine unerträgliche Enttäuschung darüber, dass seine Pläne derart zunichte gemacht wurden. Vielleicht war es, weil er mit einem Schlag alles, was er erreicht hatte, auf das Niveau dieses dummen, kindischen Spiels herabgewürdigt sah.

Was immer Milosz veranlasste, vorzuschnellen und nach der Waffe auf dem Tisch vor ihm zu greifen – es kostete ihn das Leben.

Er starb, ohne einen Laut von sich zu geben. Der gezielte Herzschuss, den Glass abfeuerte, tötete ihn auf der Stelle, da sich die Brusthöhle sofort mit dem ausströmenden Blut füllte. Milosz brach in die Knie und kippte anschließend langsam zur Seite.

Doch dann geschah etwas Seltsames, was Glass irritierte und ihn dazu brachte, noch einmal zu schießen: Milosz hob für einen Moment den Kopf, als habe er seine letzten Kraftreserven mobilisiert, um Glass etwas zu sagen. Nicht mit Worten, sondern durch ein Lächeln. Ein letztes spöttisches Mienenspiel, das alles in

Frage stellte, was sich eben zwischen ihnen abgespielt hatte. *Ich habe gelogen, Glass*, schien dieses Lächeln zu sagen, *ich habe gelogen, als ich sagte, Sie hätten gewonnen*.

Die zweite Kugel traf ihn direkt in den Hals, doch sie zerriss nicht Knochen und Fleisch, sondern schlitzte die Haut seitlich zu einer langen Furche auf, die sich gleich darauf sauber wieder schloss – wie die Trickspardose eines Kindes, die eine Münze verschwinden ließ.

Glass ging um den Tisch herum und blieb vor ihm stehen, wobei er darauf achtete, nicht in die Blutlache zu treten. Als er in dem gespenstischen grünen Licht auf Milosz hinunterblickte, hatte er den Eindruck, dass der ihn immer noch anlächelte.

«Was zum Teufel muss man tun, damit du endlich stirbst?», flüsterte er vor sich hin.

Das Heulen einer näher kommenden Sirene holte ihn mit einem Ruck in die Wirklichkeit zurück.

Mit schnellen Bewegungen schob er seine eigene Waffe wieder ins Halfter und hob die Glock auf, die Milosz noch kaum richtig in der Hand gehalten hatte, als ihn bereits die Kugel ins Herz traf. Er steckte den Plastikbeutel ein, dann stellte er sich dicht neben Milosz' Kopf, richtete die Glock auf die Stelle hinter dem Tisch, an der er selbst zuvor gestanden hatte, und gab einen Schuss in Kopfhöhe ab. Die Kugel schlug in einen Vitrinenschrank mit Instrumenten ein, und eine Million funkelnder Scherben prasselten auf den gefliesten Boden. Anschließend ging Glass neben Milosz in die Knie und drückte ihm die Pistole in die Hand. Er krümmte Milosz' Zeigefinger um den Abzug, hob dessen schlaffen

Arm, sodass die Pistole zur Decke zielte, und feuerte ein weiteres Mal.

Die Kugel schlug mit einem dumpfen Laut in den Gipskarton ein, und Glass wich hastig der Wolke aus Gips, Holzfasern und Staub aus, die daraufhin niederging. Nachdem sich der Staub gelegt hatte, näherte sich Glass wieder, nahm Milosz die Pistole aus der Hand und stieß sie an, sodass sie über den Boden davonschlitterte und knapp anderthalb Meter entfernt liegen blieb.

Glass hörte jetzt die Wagen, mindestens drei, die mit hoher Geschwindigkeit über die Rampe zum Parkplatz hinunterfuhren. Der erste musste einfach durch die Schranke gerast sein. Der Lieutenant begutachtete den Winkel, in dem Milosz' Leiche liegen geblieben war, die Position der Waffe. Autotüren wurden zugeschlagen, Männer mit schweren Stiefeln rannten zum Eingang des Gebäudes. Glass streifte den linken Handschuh ab, wobei er vor Schmerz das Gesicht verzog. Er hob die rechte Hand an den Mund, um den Handschuh mit den Zähnen abzuziehen. Doch dann zögerte er und warf noch einen Blick auf Milosz. Seine Augen waren geöffnet, und das Gesicht schien direkt zu Glass zu sprechen. *Sind Sie sicher, Glass?*, fragte es. *Sind Sie sicher, dass Sie auch nichts vergessen haben?*

Die Stimmen waren von draußen jetzt deutlich zu hören. Jemand hämmerte mit der Faust gegen die Tür.

Glass beugte sich erneut über die Leiche, tastete mit der noch immer behandschuhten Hand Milosz' Achselhöhlen ab, seinen Bauch, die Leistengegend, doch er fand nichts. Dann ertönte erneut das Geräusch von berstendem Glass, und er fuhr herum.

Nicht hier drin, sagte sein Verstand. Das war draußen. Eine Fensterscheibe.

Er wandte sich wieder um. Ihm blieben noch dreißig Sekunden, höchstens eine Minute. Und als er gerade im Begriff war, sich aufzurichten und sich einzugestehen, dass er schließlich doch verloren hatte, fand er es, mit einem Riemen an der Innenseite von Milosz' Fußknöchel befestigt: ein digitales Aufzeichnungsgerät, etwa zweieinhalb Zentimeter im Durchmesser. Glass riss es ab, zerrte sich hastig die Plastikbeutel von den Schuhen, den Handschuh von der rechten Hand. Er steckte den Rekorder in den Handschuh, rollte ihn zusammen, legte ihn auf den Boden und zertrat ihn mit dem Absatz. Zur Sicherheit trat er noch ein zweites Mal zu. Er hob die Überreste auf, ging schnell zu einer Klappe mit der Aufschrift *Infektiöses Material – durch Verbrennung zu entsorgen* und warf alles hinein.

Er hörte jetzt die eiligen Schritte über den Flur näher kommen. Die Männer rannten in seine Richtung und durchsuchten dabei alle Räume, die am Weg lagen.

«Lieutenant?» Malones Stimme übertönte die übrigen. «Wo sind Sie?»

Er erreichte wieder den Tisch, gerade als sie in den Raum nebenan stürmten. «Hier!», rief er zurück.

Im nächsten Moment waren sie bei ihm.

Malone schaltete das Licht ein. Er sah Glass mitten im Raum stehen und in die plötzliche Helligkeit blinzeln.

«Sie haben sich Zeit gelassen, Malone», sagte der Lieutenant ruhig.

Seinem Partner war die Erleichterung deutlich anzusehen. Hinter ihm drängten ein halbes Dutzend Kollegen in voller Kampfmontur in den Raum. Malone sah sich noch immer suchend um.

«Wo ist Milosz?» Er ließ den Blick über die zerschossene Vitrine gleiten, über die Scherben auf dem Boden.

Glass zeigte zur anderen Seite des Tisches. Dann sah er wortlos zu, wie Malone den Tisch umrundete.

Er stieß einen leisen Pfiff aus. «Was ist passiert?»

«Wie sich herausstellte, hatte er doch eine Waffe. Er hat einen letzten verzweifelten Versuch unternommen. Und verloren.»

«Herzschuss», stellte Malone fest, beugte sich vor und sah genauer hin. «Und ein zweiter in den Hals.» Er blickte zu Glass auf.

Der Raum füllte sich nach und nach mit Officers vom Special Branch, die Befehle erteilten, den Tatort absperrten und dafür sorgten, dass keine Spuren verfälscht wurden. Jemand, den Glass nicht kannte, kam auf ihn zu. «Es tut mir leid, Lieutenant», sagte er, «aber ich muss Ihre Pistole beschlagnahmen.»

Glass händigte sie ihm aus. Er spürte, dass Malone ihn beobachtete, seine Gedanken zu lesen versuchte. Glass wandte sich ihm zu, schaute ihm ins Gesicht und sagte: «Es ist vorbei, Malone. Amy ist in Sicherheit. Mir ist nichts passiert. Jetzt können wir alle weiterleben. So gut es eben geht.»

Achtundzwanzig

Es war bereits sieben Uhr früh, als Malone endlich Feierabend machen, etwas essen und dann schlafen gehen konnte. Er hatte die dringendsten Formalitäten erledigt und Glass zu seiner zweiten Heimat zurückgebracht, der Einheit für interne Ermittlungen. Malone fühlte sich überreizt. Die Anspannung und die Erschöpfung der vergangenen Tage machten sich erst jetzt richtig bemerkbar. Doch es gab noch etwas, das er regeln musste, bevor er wirklich zur Ruhe kommen konnte. Noch eine letzte Sache, die es zu klären galt.

«Ich bin froh, dass du gekommen bist», sagte sie.

«Lügnerin», erwiderte er. Aber ohne Bitterkeit.

Die beiden sahen einander an, ihr Gesicht ebenso angespannt wie seines. Sie befanden sich in Noras Wohnzimmer, wo sich Malone immer zu Hause gefühlt hatte. So sicher. So geborgen. Jetzt wusste er nicht, womit er zu rechnen hatte, wie die Dinge zwischen ihnen standen. Er wusste nicht einmal, wie er danach fragen sollte. Und so zog er sich in einen anderen Schmerz zurück, etwas, worüber er Gewissheit hatte.

«Ich habe wie ein verdammter Idiot dagestanden», sagte er. «Ihr alle habt es gewusst – nicht nur du und Keeves, sondern auch Izzy, nicht wahr? Du hast dich nicht mit ihm getroffen, um ihm beizubringen, dass Glass womöglich tot ist. Du bist hingefahren, um ihm zu sagen, dass er *nicht* tot ist, ganz gleich, was im Fernsehen berichtet wird. Und du hast ihm auch gesagt, dass er mir nichts davon erzählen darf, wenn ich mich bei ihm melde.»

«Es tut mir leid.» Nora ließ für einen Moment den Kopf hängen. «Danny, das war keine großangelegte Verschwörung, glaub mir. Es hat sich alles erst in letzter Minute so ergeben, es war ein letzter verzweifelter Versuch. Nach dem Abend in dem Café dachte er, Milosz hätte gewonnen und dass er dessen Forderung erfüllen müsse, wenn er Amy retten wollte. Erst auf dem Rückweg zur Dienststelle kam ihm die Idee.»

«Aber du hast sofort mitgespielt.»

«Ja.» Sie unternahm keinen Versuch, das abzustreiten.

«Du hast mich fröhlich hinters Licht geführt.» Er hörte den selbstmitleidigen Unterton seiner Stimme und verachtete sich dafür.

«Ich habe das nicht *fröhlich* getan, Danny. Ich war alles andere als glücklich über diese Angelegenheit. Aber, ja, ich habe es getan. Ich habe mitgespielt. Und ich war mir dabei der Konsequenzen bewusst. Für dich, für mich und für uns beide.»

Ihre Direktheit brachte Malone aus dem Konzept. Verwirrt von seinen eigenen Gefühlen, versuchte er sich auf den sicheren Boden der Tatsachen zu retten, indem er das Gespräch auf die Details der Operation lenkte.

«Der Tote im Leichenschauhaus – wer war das?»

«Ein nicht identifizierter Selbstmörder.»

Natürlich – an jedem beliebigen Tag lagen etliche solcher Leichen in der City Morgue. Niemand kam, um sie zu identifizieren, es gab niemanden, dem aufgefallen wäre, wenn an einem Körperteil etwas manipuliert wurde. Zum Beispiel an einem Finger.

«Und wie hat Glass den Commissioner dazu gebracht, seinen Segen zu dem Manöver zu geben? Und sogar noch selbst zu der Täuschung beizutragen?»

«Keeves war drauf und dran, ihn zu suspendieren, aber er steckte selbst derart in der Klemme, dass er sich von Solly hat überreden lassen. Immerhin hatte niemand einen besseren Vorschlag.»

Das stimmte allerdings. «Und wann hast du davon erfahren?»

«In der Nacht nach den Three Blind Mice. Solly ist hergekommen und hat es mir erzählt.»

Malone dachte darüber nach. «Als ich später angerufen habe, war er also noch hier?»

«Hm.»

«Und was habt ihr gemacht?»

Sie sah ihm offen ins Gesicht. «Geredet.»

«Geredet?» Er hörte wieder den Zweifel in seiner Stimme.

«Ja», sagte sie fest.

«Weiter nichts?» Malone verfluchte sich insgeheim selbst, noch während er die Frage aussprach.

«Weiter nichts.»

Sie blickten einander betreten an.

«Danny, hör zu, ich fand es selbst furchtbar, dich so zu hintergehen. Zu lügen, um die Sache zu decken. Dich als Idioten dastehen zu lassen. Aber wenn ich diese Wahl noch einmal zu treffen hätte – Amys Leben, Sollys Leben, das Vertrauen zwischen dir und mir –, dann würde ich wieder genauso handeln, so weh es auch getan hat.»

Malone nickte. «Ich weiß», sagte er. «Das verstehe ich. Was mir zu schaffen macht, ist, dass du dachtest, du könntest mir nicht vertrauen.»

«Das Problem ist nicht, dass ich dir nicht vertraue. Das Problem ist, dass du nicht lügen kannst, ohne dass es dir sofort jeder anmerkt. Wohingegen Solly und ich –»

«Ich bin zu dumm zum Lügen? Ist es das, was du sagen willst?»

«Du bist zu ehrlich, um gut zu lügen. Und …»

«Und was?», fragte er. Sie streckte die Hand aus und ergriff die seine.

«Und dafür liebe ich dich, Danny.»

Eine Stunde später, nachdem sie sich auf die schönstmögliche Weise versöhnt hatten, schliefen sie tief und fest, eng umschlungen. Und die Welt kam langsam wieder ins rechte Lot. Zumindest *ihre* Welt.

Mittags, als Nora und Malone einander immer noch traumlos schlafend in den Armen lagen, entließen die internen Ermittler Glass aus der ersten Befragung. Inzwischen war die Stimmung zwischen ihnen recht locker.

«Haben Sie eigentlich schon mal darüber nachgedacht, zu uns zu kommen?», hatte der leitende Ermittler gefragt, als Glass hereingeführt wurde. «Ich meine, dauerhaft?»

Als er fertig war, ging Glass in den Waschraum der Dienststelle, um zu duschen und sich zu rasieren. Anschließend machte er sich auf den Weg in das Krankenhaus, in das Amy gebracht worden war. Er musste eine Stunde lang in der Cafeteria warten, weil sie gerade operiert wurde. Glass hatte bereits mit den Gardners telefoniert und sich erkundigt, wie sich der Zustand ihrer Tochter entwickelte. Es würde noch einige Zeit dauern, ehe er selbst zu ihr durfte.

An den Wänden der Cafeteria waren mehrere Fernseher angebracht, und alle zeigten dasselbe Bild: eine Jack-Keeves-Sondersendung. Glass musste zugeben, dass Keeves im Fernsehen eine wirklich gute Figur machte. Sein schütteres Haar war tadellos frisiert. Der obligatorische anthrazitgraue Anzug, das Dienstabzeichen dezent am Revers, die Krawatte diesmal in Blau, der Farbe der Hoffnung – das war Keeves, wie er leibte und lebte.

Der Reporter, der ihn interviewte, war gerade auf den Nebenschauplatz des Grauens zu sprechen gekommen: die Tatsache, dass einer von Keeves' wertvollsten Mitarbeitern den Mörder in die Falle gelockt hatte, indem er ihm einen seiner eigenen Finger zuspielte. Wie, wollte der Reporter wissen, konnte man einen gewöhnlichen Polizisten, ganz gleich, wie engagiert er sein mochte, zu so etwas bewegen? Zu einem solch schaurigen Akt bedingungsloser Tapferkeit?

Keeves richtete den Blick in die mittlere Distanz. «Es ist im Grunde eine Frage des Führungsstils», verkündete er. «Wenn einem die Untergebenen genügend vertrauen, würden sie durch die Hölle gehen, um das angestrebte Ziel zu erreichen. Aber alles muss von der obersten Ebene kommen.»

Glass ließ seinen angebissenen Bagel liegen und ging zur Tür. Auf dem Weg hinaus schnappte er noch den Anfang der nächsten Frage auf.

«Nun zu diesem außergewöhnlichen Plan, den Sie entwickelt haben: einen Ihrer Männer in der Leichenhalle der Morgue zu verstecken ...»

Im Warteraum vor der Intensivstation tranken die Gardners gerade Kaffee, den eine der Schwestern ihnen gebracht hatte.

«Sie hat das Schlimmste überstanden», sagte Boyd Gardner, sobald Glass hereinkam. «Natürlich sieht sie –»

«Sie lebt», fiel ihm Mrs. Gardner ins Wort. «Das ist das Einzige, worauf es ankommt.»

«Die Operationen werden sich noch über Wochen hinziehen.» Gardner hatte jetzt wieder die Oberhand. «Aber ich werde dafür sorgen, dass sie die besten Ärzte bekommt, wo auch immer die zu finden sind. In der

Schweiz, in Deutschland – ganz egal, wir bringen sie hin. Wir werden weder Kosten noch Mühen scheuen. Amy soll alles bekommen, was sie braucht.»

«Was sie jetzt am dringendsten braucht», sagte Mrs. Gardner, «ist Liebe.»

«Liebe, natürlich.» Boyd Gardner war durchaus in der Laune, auch Extravaganzen zuzugestehen. «Aufmerksamkeit. Das alles wird sie im Überfluss bekommen. Sobald sie sich erholt hat.»

Glass und Mrs. Gardner wechselten einen Blick.

«Wir werden Amy nicht weiter behelligen müssen.» Es war das erste Mal, dass Glass das Wort ergriff. «Ich meine, später. Sie braucht nicht einmal eine Aussage für die gerichtliche Untersuchung des Falles zu machen. Es sei denn, die Ärzte wären der Ansicht, dass es ihr helfen könnte, die Sache zu verarbeiten. Aber das können wir alles später noch entscheiden.»

«Danke, Lieutenant.» Mrs. Gardners Blick glitt kurz zu seiner Hand. «Es gibt Dinge», fuhr sie fort, und Glass bemerkte, dass ihre Stimme belegt klang, «für die man einem Menschen leicht danken kann. Wo man problemlos die richtigen Worte findet. Andere …»

«Es ist schon in Ordnung, Mrs. Gardner. Ich verstehe.»

«Wir *alle* brauchen jetzt Zeit, um das Ganze zu verarbeiten. Und um zu heilen.»

«Ich werde etwa in einer Woche noch einmal herkommen und Amy besuchen – sofern Sie nichts dagegen haben. Und sofern sie dann noch hier ist.»

Er verabschiedete sich, fuhr mit dem Aufzug nach unten und folgte dem langen Flur zum Ausgang der Klinik. Auf dem Parkplatz schlug er den Kragen hoch, um sich vor dem peitschenden Wind zu schützen. Es lagen noch zwei Dinge vor ihm, die er erledigen musste, und beide waren nicht erfreulich. Aber zuerst würde er nach Hause fahren, um etwas zu schlafen.

Am folgenden Vormittag verbrachte Glass eine Stunde auf der psychiatrischen Station in Darlington, wo Rodney Springer behandelt wurde. Der Lieutenant musste mit Dr. Willis reden, nicht zuletzt, um für sich selbst etwas zu klären. Um herauszufinden, ob die Hoffnung gänzlich aus der Welt verschwunden war.

Es war früher Nachmittag, als er wieder auf der Dienststelle ankam. Er war suspendiert, bis die internen Ermittler mit ihm fertig waren, was Wochen oder sogar Monate dauern konnte. Doch er wollte dieses Treffen lieber hier, auf neutralem Boden, stattfinden lassen als in Noras Wohnung. Deshalb hatte er Nora und Malone aus ihrem dreitägigen Sonderurlaub, den Keeves ihnen zum Ausgleich gewährt hatte, zurückgerufen und sie herbestellt.

Malone würde beschämt und gekränkt sein, dessen war sich Glass bewusst. Wahrscheinlich würde ihm die Begegnung unangenehm sein. Und Nora? Der er angeboten hatte, für sie den Sündenbock abzugeben? «Schieben Sie es auf mich», hatte er zu ihr gesagt. «Erzählen Sie ihm, ich hätte Sie dazu gezwungen. Ich hätte Sie erpresst.»

Sie hatte ihn entrüstet angesehen. «Ich werde ihm die Wahrheit sagen. Das ist das Mindeste, was er jetzt verdient hat.»

Entsprechend erstaunt war der Lieutenant, als er in sein Büro kam. Die beiden lachten gerade über eine Bemerkung, die er nicht gehört hatte. Als Malone ihn sah, erstarb sein Lächeln. Er setzte eine mürrisch-gekränkte Miene auf, doch Glass durchschaute die Maske.

«Wo haben Sie gesteckt, Solly?», fragte Nora, als er sich in seinen Bürostuhl fallen ließ. «Sie sehen furchtbar aus.»

«Danke.»

«Wir haben uns Sorgen um Sie gemacht.»

«Ja, das habe ich gemerkt, als ich reinkam.»

Augenblick mal, besagte Malones Gesichtsausdruck, das hier ist *meine* Szene. Ich bin derjenige, der Mitleid verdient hat.

«Waren Sie bei Amy?»

«Nein, sie liegt noch auf der Intensivstation. Aber ich war bei Rodney Springer. Es scheint Anlass zur Hoffnung zu geben», berichtete der Lieutenant. «Irgendwie hat dieser Junge im Kopf Mrs. Neumann und seine Mutter zu einer Person verschmolzen. Das Kleid war der Schlüssel. Milosz hatte absichtlich eins ausgesucht, das einem Kleid ähnelte, das Mrs. Springer häufig trug. Das Kleid, das Rodney auf den Bildern gemalt hat, mit den roten Flecken. Wir hatten angenommen, es sei Blut –»

«Dabei waren es in Wirklichkeit Blumen?» Malone hielt das Schweigen nicht länger aus. Er konnte nicht anders, als Anteil am Schicksal des Jungen zu nehmen.

«Nachdem Dr. Willis das klar geworden ist, kann er es für die Therapie des Jungen nutzen. Er will versuchen, beides wieder voneinander zu trennen, das Bild und die reale Mutter.»

«Damit der Junge begreift, dass sie zwar ähnlich aussehen, aber trotzdem verschieden sind? Dass er sie nur durcheinandergebracht hat?»

«Willis denkt, dass zumindest eine Chance besteht. Auch wenn es einige Zeit dauern wird.»

«Das ist ja wunderbar», sagte Nora. «Nicht wahr, Danny?»

Glass bemerkte den Blick, den die beiden wechselten, die Intensität darin, und erkannte, wie die Dinge lagen. Er beschloss, einen Schritt nach vorn zu wagen, um auszuloten, wie es zwischen ihm und den beiden stand.

«Es gibt einen Punkt bei dieser ganzen Angelegenheit, der mir leidtut, Malone», begann er ernst. «Eine Sache, für die ich mich bei Ihnen entschuldigen muss.»

«*Eine* Sache?»

«Ich habe etwas von Ihnen verlangt, wozu ich selbst niemals den Mut aufgebracht hätte.»

«Sie meinen, als Trottel dazustehen? Wie viel Mut braucht man dazu schon?»

«Nein, ich meine Mrs. Neumanns Kaffee zu trinken. Ich weiß nicht, wie Sie das verkraftet haben.»

Malone musterte Glass, konnte ihm jedoch nichts als Zerknirschung ansehen. Er sah Nora an. Die war keine so gute Schauspielerin wie in der vergangenen Woche – auf ihrem Gesicht breitete sich ein Lächeln aus, das er einfach hinreißend fand. Selbst wenn es auf seine Kosten ging.

«Tja, Lieutenant», erwiderte er, «jemand musste es tun. Lieber Himmel, der weltbeste Kaffee – für alle anderen, nur nicht für mich.»

«Ich wusste, dass Sie dahinterkommen würden, Malone», sagte Glass. «Früher oder später.»

Glass war versucht, sein regelmäßiges Treffen mit Izzy abzusagen. Seit Milosz' Tod waren zwei volle Tage vergangen, aber das Fernsehen und die Zeitungen machten noch immer großen Wirbel um die Story. Nach und nach zerrten sie die grausigen Details ans Licht. Inzwischen gab es auch Hintergrundberichte. Über den Fall Tomas Milosz, den Tod der beiden kleinen Mädchen, Maria und Francesca, und ihrer Mutter. Und über den unseligen Polizisten, der dabei eine Rolle gespielt hatte.

Schließlich wurden sogar die Tuesday-Reed-Affäre und die langen Ermittlungen, die darauf folgten, wieder aufgewärmt. Inzwischen konnte Glass nicht einmal mehr über die Straße gehen, ohne dass Leute ihn anstarrten, mit dem Finger auf ihn zeigten, tuschelten. Fremde kamen auf ihn zu und stellten Fragen. Wollten seine Hand sehen.

Die ganze Angelegenheit begann Commissioner Keeves zu ärgern. Dabei war er derjenige, der die Geschichte überhaupt in die Medien gebracht hatte und seitdem dafür sorgte, dass sie in den Schlagzeilen blieb. Aber *nicht*, um die Hauptrolle einem schmierigen, publicityheischenden, aufsässigen, ethisch fragwürdigen, untergeordneten Lieutenant vom Morddezernat zu überlassen!

«Halten Sie sich von der Straße fern, Glass», wies Keeves ihn an, «zumindest bis die internen Ermittler mit Ihnen fertig sind. Sorgen Sie dafür, dass Sie nicht mehr auf den Titelseiten erscheinen.»

«Ich hatte nie darum gebeten, auf den Titelseiten zu erscheinen, Sir.»

«Kaufen Sie sich einen Hut, Glass.»

Deshalb hatte er daran gedacht, nicht ins Mario's zu gehen, sondern Izzy anzurufen und das Treffen zu verschieben. Doch nach einer weiteren Sitzung bei den internen Ermittlern, die sich immer noch keinen Reim darauf machen konnten, warum Milosz gerade diese Waffe gewählt hatte und welche Rolle das Skalpell spielte, hatte er gedacht: Zum Teufel, was soll's? Wenn er Keeves von der öffentlichen Bühne verdrängte, würde sich der Commissioner eben seine eigene private Bühne kaufen müssen.

«Wenn du so weitermachst und für jedes Kind, das daherkommt, einen Teil von dir selbst abgibst», sagte Izzy gerade, «wird bald nicht mehr viel von dir übrig sein.»

«Andere Leute in dieser Stadt zahlen gutes Geld dafür, Teile von sich entfernen zu lassen. Abzusaugen, umzumodeln. Sieh dir doch deinen Freund Rubenstein an.»

«Freund? Er hat mir eine Rechnung geschickt.»

«Ich hoffe, er hat nicht die Entsorgung abgetrennter Körperteile in Rechnung gestellt.»

«Sol, jetzt sei doch mal ernst. Ein halber Finger, okay, das wird nicht so schlimm aussehen, wenn es einmal richtig geheilt ist. Aber was, wenn es beim nächsten Mal ernst wird?»

«Ich denke, das lasse ich auf mich zukommen.»

Doch Izzy hörte seinem Bruder plötzlich nur noch halb zu. Er richtete den Blick über Glass' Schulter hinweg in den Gastraum des Cafés, und seine Augen begannen so intensiv zu leuchten, dass Glass nicht anders konnte, als in den Spiegel zu schauen, um zu sehen, wer Izzy jetzt wieder den Kopf verdrehte. Es war nicht schwer zu erkennen.

«O mein Gott», stöhnte Izzy. «Sieh dir die mal an! Sie kommt auf uns zu. Geh weiter in diese Richtung, Baby! Geh einfach *weiter* ...»

«Hallo», grüßte sie, als sie zu ihnen an den Tisch trat.

«Sag's nicht», raunte Izzy. «Nein, sag's mir nicht. Ihr ...»

«Wir sind uns noch nicht begegnet», sagte sie. Nicht unhöflich, sondern in einer liebenswürdig-autoritären Art, die Izzy für einen Moment die Sprache verschlug. Dieser Moment genügte.

«Das ist mein Bruder Izzy», stellte Glass vor. «Izzy, dies hier ist Miss Corner von der Staatsanwaltschaft.»

«Miss Corner?»

«Für alle anderen Sophie», sagte sie. «Es tut mir leid, wenn ich störe, aber ... ob ich vielleicht kurz mit Ihrem Bruder sprechen könnte?»

«Izzy lässt uns sicher gern für einen Moment allein», erwiderte Glass. «Es sind noch Freunde von ihm hier.»

«Ach ja?», murmelte Izzy.

«Er wollte gerade hinübergehen, um sie zu begrüßen.»

«Das trifft sich ja ausgezeichnet.» Sophie lächelte Izzy an, der im Gehen beinahe am Nebentisch einen Stuhl umgerissen hätte. «Ich bleibe nur ein paar Minuten», sagte sie zu ihm.

Izzy bedachte Glass mit einem breiten Grinsen und ging an die Bar.

Woher wusste sie, dass er hier war?, fragte sich Glass. Hatte jemand es ihr gesagt? Eins der schwarzen Vögelchen, die sie ständig umschwärmten? Vielleicht war es auch bloßer Zufall. Oder hatte sie selbst ihn schon öfter hier gesehen, ohne dass er sie bemerkte? Hatte sie ihn beobachtet, ihn mit diesen klugen schwarzen Augen gemustert, so, wie sie es jetzt tat?

«Ich freue mich, Sie zu sehen», sagte sie schließlich und nahm auf Izzys Stuhl Platz.

Sie war bleicher, als er sie je zuvor gesehen hatte. Das gab ihm zu denken. Malone hatte ihm berichtet, dass sie zu ihm ins Büro gekommen war, sobald sie es erfahren hatte.

«Ich meine, ich hasse Beerdigungen», fügte sie hinzu, ehe er Zeit hatte, weitere Schlüsse zu ziehen.

Sie war eine clevere Frau. Und sie war umwerfend. Trotz des kalten Wetters trug sie ein ärmelloses Oberteil, ein locker sitzendes schwarzes Seidentop, das die Blässe ihrer Schultern und Arme unterstrich. War sie so, ohne Blazer, von der Straße hereingekommen oder hatte sie ihn erst drinnen ausgezogen und auf ihre lässig-elegante Art über ihre Aktentasche gelegt?

Sie warf einen unverhohlenen Blick auf den Tisch, auf seine Hand und wirkte eher neugierig als entsetzt. Wenn sie irgendeine Frage dazu stellen würde, dachte er in diesem Moment, dann wäre es sicher so etwas wie: Wie fühlt es sich an?, oder: Stimmt es, dass man den fehlenden Körperteil noch spürt? Und er hätte ihr bereitwillig geantwortet, dass er sich bereits daran gewöhnt hatte und dass die Geschichte mit dem Phantomgefühl tatsächlich stimmte.

Doch dann stellte sie gar keine Frage.

«Ich habe darüber nachgedacht», sagte sie stattdessen, «was jemanden dazu bewegen kann, so etwas zu tun.»

«Helfen Sie mir auf die Sprünge.»

«Sich fast sechsunddreißig Stunden lang in einer eisigen Leichenhalle versteckt zu halten.»

«Ein zusätzlicher Pullover leistet gute Dienste.»

«Sie haben eine Vorliebe für Extreme, nicht wahr, Lieutenant?»

«Manchmal werde ich dazu getrieben.»

Doch die Frage war ernst gemeint, das verrieten ihre schwarzen Augen, die fest in seine blickten.

«Und was ist mit Ihnen, Miss Corner?», fragte er. «Führen Sie ein extremes Leben?»

«Manchmal muss man wohl an seine Grenzen gehen, wenn man sich richtig lebendig fühlen will», erwiderte sie ohne die Spur eines Lächelns. Dann fuhr sie fort: «Ich schulde Ihnen einen Drink. Für letztes Mal. Vielleicht zum Dinner – Sie sind nicht zufällig heute Abend noch frei?»

«Nein», antwortete er, «ich habe bereits eine Verabredung.»

«Oh», sagte sie mit gerundetem Mund, der ein Ausdruck von Enttäuschung und zugleich eine halbe Entschuldigung war für den Fall, dass sie sich zu viel angemaßt hatte. Sie zuckte die Achseln und hätte es vielleicht dabei belassen, doch dann gewann ihre Neugier die Oberhand.

«Nicht etwa mit einer gewissen rothaarigen Polizistin? Einer mit sehr weißer Haut, aus Dublin?»

«Sie meinen Nora? Malones Verlobte?»

«Verlobte?»

«Seit heute Mittag.»

«Ich verstehe. Also …?»

«Es ist jemand völlig anderes. Jemand, den Sie kennen.»

Für einen Moment war sie sichtlich verwirrt, dann dämmerte ihr die Erkenntnis. «Rachel McNeill.»

«Und ihre Tante. Ich hatte versprochen, die beiden

mal zum Abendessen auszuführen. Wenn der Fall abgeschlossen ist.»

Sie nickte. «Ihr Beruf spielt stark in Ihr Privatleben hinein, nicht wahr?»

«Manchmal. Aber morgen Abend habe ich noch nichts vor», fügte er hinzu, um ihr die Frage zu ersparen.

Sie schürzte die Lippen, als müsse sie erst überlegen. «Dann darf ich das als Verabredung ansehen?», fragte sie.

«Sie dürfen», erwiderte er und stand gleichzeitig mit ihr auf. «Da wäre nur eins», fügte er hinzu, als sie sich schon zum Gehen wenden wollte, «nicht im Winterset, einverstanden?»

«Nein, irgendwo anders. Sie entscheiden. Lassen Sie uns einen neuen Anfang machen», sagte sie. «Wer weiß, vielleicht habe ich Sie am Ende des Abends sogar so weit, dass Sie mich Sophie nennen.»

Nicht im Winterset, hatte er gesagt. Und sie hatte zugestimmt. Irgendwo anders, hatte sie gesagt. Ein neuer Anfang.

Also was tat er hier, nur eine Stunde nachdem sie sich getrennt hatten, allein in der hinteren Bar des Winterset, mit einem Drink in den Händen, den er gar nicht wollte, und in Gedanken durch die Straßen und Gassen seiner Erinnerung streifend?

Was erwartete er, was geschehen würde? Dass sein Handy plötzlich klingelte und eine Stimme aus der Vergangenheit sagte: «Zimmer 369»? Und dass er hinaufgehen und feststellen würde, dass sich seine Welt für immer verändert hatte?

Ihm wurde bewusst, dass er sich daran gewöhnt

hatte, immer wieder in diese Schattenwelt zurückzukehren. Diese graue Sphäre zwischen der dichten Realität der Vergangenheit und der Substanzlosigkeit der Gegenwart. Und er hatte sich nicht nur daran gewöhnt, sondern fühlte sich sogar immer wohler darin.

Als er für sechsunddreißig Stunden in der Kühlhalle des Leichenschauhauses eingeschlossen gewesen war, hatte er sich selbst dafür verflucht, dass er so wenig Gedanken an seine eigene Zukunft verschwendete. Auf professioneller Ebene hatte er an alles gedacht. Er hatte daran gedacht, eine Pistole mitzubringen – zwei, um genau zu sein –, aber nicht an etwas so Simples wie ein Buch zum Zeitvertreib oder eine Taschenlampe. In der ersten Nacht hatte er in einem Regal eine alte Zeitung gefunden, hatte sich vor der Tür auf den Boden gekniet und im Lichtschein, der durch die Ritze drang, ein paar Artikel entziffert. In einem hieß es, am äußersten Rand des Universums sei eine neue Galaxie entdeckt worden, Millionen Lichtjahre entfernt. Die Astronomen spekulierten sogar darüber, diese Entdeckung könne auf die Existenz eines völlig neuen, noch unbekannten Universums hindeuten.

Es war noch früh am Abend, und dieser hintere Barraum, wie immer ruhig und schummrig beleuchtet, war fast menschenleer. In einer Nische auf der anderen Seite des Ganges saß ein Paar. Glass beobachtete, wie die junge Frau abwechselnd nervös ihre Hände knetete und sie dann wieder dem Mann ihr gegenüber entgegenstreckte. Sie sprachen miteinander in leisem, eindringlichem Flüsterton, und zwischendurch schwiegen sie ab und zu für längere Zeit. Der Mann war wesentlich älter als das Mädchen.

Glass war sich plötzlich völlig sicher, dass es nur ein einziges Universum gab. Und seine Gesetze, auch wenn sie an bestimmte Grundprinzipien gebunden waren, entzogen sich der Erkenntnis. Letztendlich konnte man das entweder hinnehmen und das Beste aus den paar wahllos zugeteilten Spielkarten machen, die das Schicksal einem anbot, oder man resignierte und warf das gesamte Blatt hin. Es gab keine Welt dazwischen. Oder wenigstens keine, die es wert gewesen wäre, darin zu leben.

In diesem Moment wurde ihm klar, warum er an diesem Abend hergekommen war. Er war gekommen, um Abschied zu nehmen.

Er saß da und sah sich um, nahm das alles in sich auf. Ein letztes Mal.

Nach einer Weile erhob er sich, ließ seinen Drink unberührt auf dem Tisch stehen und ging zur Tür. Ihm blieb gerade noch genug Zeit, um nach Hause zu fahren, zu duschen und sich umzuziehen, ehe er Rachel und ihre Tante abholen musste.

Als er an der Nische mit dem Pärchen vorbeikam, sah er, dass die junge Frau, die nichts und niemanden außer dem Mann ihr gegenüber wahrnahm, gerade lächelte, wenn auch mit Tränen in den Augen.